Patricia Highsmith

Der talentierte Mr Ripley

mit Illustrationen
von Alexandra Rügler

Patricia Highsmith

Der talentierte Mr Ripley

Roman

Büchergilde Gutenberg

1

Tom blickte zurück; er sah den Mann aus dem Green Cage treten und eilig ausschreiten. Tom ging schneller. Der Mann folgte ihm, soviel stand fest. Tom hatte ihn vor fünf Minuten bemerkt, als er ihn von einem anderen Tisch aus vorsichtig beäugte, als wäre er sich nicht ganz sicher, aber fast. Das »fast« genügte Tom; er hatte sein Glas geleert, gezahlt und das Lokal verlassen.

An der Ecke beugte Tom sich vor und trabte über die Fifth Avenue. Raoul's – sollte er es darauf ankommen lassen und sich dort etwas zu trinken bestellen? Das Schicksal herausfordern und so weiter? Oder sollte er sich Richtung Park Avenue verdrücken und versuchen, den Mann in einer dunklen Einfahrt abzuschütteln? Tom ging in das Raoul's.

Während er zu einem freien Hocker an der Theke schlenderte, sah er sich automatisch nach einem bekannten Gesicht um. Den dicken Rothaarigen, dessen Namen er sich nie merken konnte, sah er mit einer Blondine an einem Tisch sitzen. Der Dicke winkte ihm zu, und Tom erwiderte den Gruß mit einer schlaffen Handbewegung. Er schob ein Bein über den Hocker und blickte herausfordernd und zugleich gespielt lässig zur Tür.

»Gin Tonic, bitte«, sagte er zu dem Barkeeper.

Sah der Mann aus wie jemand, den man ihm auf die Fersen setzen würde? Sah er so aus oder nicht oder doch? Er sah weder wie ein Polizist noch wie ein Ermittler aus. Er sah aus wie ein Geschäftsmann, wie ein typischer Vater, gut gekleidet, wohlgenährt, mit grauen Schläfen und einer leicht unsicheren Ausstrahlung. Sah so jemand aus, der solche Aufträge ausführte wie einen im Lokal in ein Gespräch verwickeln und einem dann plötzlich – *patsch!* – eine Hand auf die Schulter legen und mit der anderen seine Dienstmarke zücken? *Tom Ripley, Sie sind verhaftet.* Tom ließ die Tür nicht aus den Augen.

Da kam er. Der Mann schaute sich um, sah ihn und wandte sofort den Blick ab. Er nahm seinen Strohhut ab und setzte sich ums Eck an das andere Ende der Theke.

Großer Gott, was wollte der von ihm? Er war doch nicht etwa ein *warmer Bruder*, dachte Tom wieder, doch diesmal suchte sein gemartertes Hirn so lange, bis es das Wort gefunden hatte, als könnte das Wort ihn schützen, weil ihm so einer lieber gewesen wäre als ein Polizist. Zu einem warmen Bruder konnte man einfach lächelnd »Nein, danke« sagen und weggehen. Tom rutschte auf dem Hocker zurück und atmete tief durch.

Er sah, wie der Mann dem Barkeeper ein verneinendes Zeichen machte und um die Theke herum auf ihn zukam. Es war soweit! Tom starrte den Mann wie gelähmt an. Sie konnten ihm nicht mehr als zehn Jahre aufbrummen, dachte er. Höchstens fünfzehn, aber bei guter Führung – Im selben Moment, in dem der Mann den Mund öffnete, verspürte Tom einen Stich quälender, verzweifelter Reue.

»Entschuldigen Sie, sind Sie Tom Ripley?«

»Ja.«

»Mein Name ist Herbert Greenleaf. Ich bin Richard Greenleafs Vater.« Sein Gesichtsausdruck brachte Tom mehr aus der Fassung, als wenn er eine Pistole auf ihn gerichtet hätte. Die Miene war freundlich, lächelnd, hoffnungsvoll. »Sie sind mit Richard befreundet, nicht wahr?«

In seinem Hirn stellte sich eine undeutliche Verbindung her. Dickie Greenleaf. Ein großer blonder Bursche mit ziemlich viel Geld, das wußte er noch. »Oh, Dickie Greenleaf. Ja.«

»Jedenfalls kennen Charles und Marta Schriever Sie. Die beiden haben mir von Ihnen erzählt und meinten, daß Sie – nun, ja ... Könnten wir uns vielleicht an einen Tisch setzen?«

»Ja«, sagte er entgegenkommend und nahm sein Glas. Er folgte dem Mann zu einem freien Tisch hinten in dem kleinen Raum. Noch mal davongekommen! dachte Tom. Frei! Niemand wollte ihn festnehmen. Es ging um etwas anderes. Egal, was es war, es ging nicht um Diebstahl oder Urkundenfälschung oder wie immer es heißen mochte. Vielleicht saß Richard in der Klemme. Vielleicht suchte Mr. Greenleaf Rat oder Hilfe. Tom wußte ganz genau, was man zu einem Vater wie Mr. Greenleaf sagen mußte.

»Ich war mir nicht ganz sicher, ob Sie Mr. Ripley sind«, sagte Mr. Greenleaf. »Ich glaube, wir haben uns nur einmal gesehen. Waren Sie nicht einmal mit Richard bei uns zu Hause?«

»Ich glaube, ja.«

»Die Schrievers haben Sie mir beschrieben. Wir haben Sie zu erreichen versucht; die Schrievers wollten uns miteinander bekannt machen. Sie haben gehört, daß man Sie hin und wieder in der Green-Cage-Bar antreffen

RAOUL'S
OPEN

kann. Und heute abend habe ich zum erstenmal dort nach Ihnen Ausschau gehalten; vielleicht ist das ein gutes Omen.« Er lächelte. »Ich habe Ihnen letzte Woche geschrieben, aber Sie haben meinen Brief wohl nicht erhalten.«

»Nein, das habe ich nicht.« Marc schickte ihm seine Post nicht nach, dachte Tom. Zum Henker mit ihm. Vielleicht wartete sogar ein Scheck von Tante Dottie. »Ich bin vor etwa einer Woche umgezogen«, sagte Tom erklärend.

»Ach, so. Na ja, viel stand nicht drin. Nur daß ich Sie gern kennenlernen und mich gern mit Ihnen unterhalten würde. Die Schrievers meinten, daß Sie und Richard gute Freunde waren.«

»Ja, ich erinnere mich an ihn.«

»Aber in letzter Zeit haben Sie keinen Kontakt gehabt?« Er sah enttäuscht aus.

»Nein. Ich habe Dickie in den letzten Jahren nicht gesehen.«

»Er lebt seit zwei Jahren in Europa. Die Schrievers halten große Stücke auf Sie; sie meinten, Sie könnten sicher Einfluß auf Dickie nehmen, wenn Sie ihm schrieben. Ich möchte, daß er zurückkommt. Er hat Verpflichtungen zu Hause – aber auf seine Mutter und mich will er nicht hören.«

Tom war verblüfft. »Was haben die Schrievers denn erzählt?«

»Sie meinten – und da haben sie wohl ein bißchen übertrieben –, Sie und Richard seien enge Freunde. Vermutlich dachten sie, Sie hätten sich die ganze Zeit über geschrieben. Wissen Sie, ich kenne mittlerweile fast keine von Richards Freunden –« Er warf einen Blick auf Toms Glas, als hätte er ihn gern auf einen neuen Drink eingeladen, doch Toms Glas war noch fast voll.

Tom erinnerte sich an eine Cocktailparty bei den Schrievers mit Dickie Greenleaf. Möglicherweise waren die Greenleafs mit den Schrievers besser bekannt als er, was alles erklären würde, denn er hatte mit den Schrievers höchstens drei- oder viermal in seinem Leben zu tun gehabt. Das letztemal, erinnerte er sich, hatte er die Einkommensteuererklärung für Charley Schriever gemacht. Charley war Fernsehregisseur und hatte den Überblick über seine freiberuflichen Einnahmen und Ausgaben komplett verloren. Tom war ihm als wahres Genie erschienen, weil er seine Steuerunterlagen entwirrt und – auf völlig legalem Weg – eine wesentlich geringere Steuerschuld errechnet hatte als Charley. Vielleicht war das der Grund für Charleys warme Empfehlung an Mr. Greenleaf gewesen. Wenn er ihn nach jenem Abend beurteilte, hätte Charley Mr. Greenleaf glaubhaft versichern können, daß Tom intelligent, vernünftig, überaus ehrlich und äußerst hilfsbereit sei. Was eine leise Fehleinschätzung war.

»Sie kennen wohl sonst niemand, der Richard so nahesteht, daß er auf ihn hören würde?« fragte Mr. Greenleaf in ziemlich kläglichem Ton.

Tom fiel Buddy Lankenau ein, doch er wünschte Buddy eine so unangenehme Mission nicht an den Hals. »Ich fürchte, nein«, sagte er und schüttelte den Kopf. »Warum will Richard denn nicht nach Hause kommen?«

»Er sagt, das Leben drüben gefällt ihm besser. Aber seiner Mutter geht es nicht sehr gut – nun ja, das sind Familiensachen. Ich will Sie nicht damit langweilen.« Fahrig strich er sich mit der Hand über sein dünnes, ordentlich gekämmtes graues Haar. »Er sagt, er sei Maler. Das wäre nicht weiter schlimm, aber dafür fehlt es ihm an Talent. Zum Schiffsbau hätte er genug Talent. Wenn er es nur einsetzen würde!« Er blickte auf, als der Kellner ihn ansprach. »Scotch mit Soda, bitte. Dewar's. Und was nehmen Sie?«

»Nichts, danke«, sagte Tom.

Mr. Greenleaf sah ihn an, als müßte er sich rechtfertigen. »Sie sind der erste von Richards Freunden, der mir zuhören will. Alle anderen finden, ich würde mich in sein Leben einmischen.«

Das konnte Tom sich gut vorstellen. »Ich würde Ihnen wirklich gern helfen«, sagte er höflich. Jetzt fiel ihm ein, daß Dickies Reichtum aus einer Schiffswerft stammte. Kleine Segelboote. Ohne Frage wollte sein Vater, daß er nach Hause kam, um die Familienfirma zu übernehmen. Tom schenkte Mr. Greenleaf ein unbestimmtes Lächeln und leerte sein Glas. Er war auf die Stuhlkante gerutscht, um aufzustehen, doch die Enttäuschung seines Gegenübers war fast mit Händen zu greifen. »Wo in Europa lebt er denn?« fragte Tom, dem es völlig egal war, wo Dickie steckte.

»In einem Ort namens Mongibello, südlich von Neapel. Dort gibt es nicht einmal eine Bücherei. Verbringt die Zeit mit Segeln und Malen. Er hat sich dort ein Haus gekauft. Richard hat sein eigenes Vermögen – nicht zuviel, aber offenbar genug, daß man davon in Italien leben kann. Tja, jeder nach seinem Geschmack, aber ich werde wohl nie verstehen, was er an dem Ort findet.« Mr. Greenleaf lächelte tapfer. »Kann ich Ihnen nichts anbieten, Mr. Ripley?« fragte er, als der Kellner seinen Scotch mit Soda brachte.

Tom wollte weg, doch er wollte den Mann nicht mit seinem Drink allein dasitzen lassen. »Ja, danke, gerne«, sagte er und reichte dem Kellner sein Glas.

»Charley Schriever hat mir erzählt, Sie wären in der Versicherungsbranche«, fuhr Mr. Greenleaf unverfänglich fort.

»Das ist schon eine Zeitlang her. Ich ...« Doch er wollte nicht sagen, daß er für die Steuerbehörden arbeitete; nicht jetzt. »Ich bin jetzt in der Buchhaltung einer Werbeagentur.«

»Ach?«

Einen Moment lang schwiegen beide. Mr. Greenleafs Augen betrachteten Tom mit einem unbeirrbaren, mitleiderregenden und gierigen Blick. Was um Himmels willen sollte er sagen? Tom bedauerte, daß er sich auf den Drink hatte einladen lassen. »Wie alt ist Dickie jetzt eigentlich?« fragte er.

»Fünfundzwanzig.«

Wie ich, dachte Tom. Dickie lebte dort drüben wahrscheinlich wie im Paradies – eigenes Geld, ein Haus, ein Boot. Warum sollte es ihn nach Hause ziehen? Er sah nun deutlicher Dickies Gesicht vor sich: ein breites Grinsen, blondes Haar mit widerspenstigen Wirbeln, ein sorgloses Gesicht. Dickie war ein Glückspilz. Und er, wie lebte er mit fünfundzwanzig? Von der Hand in den Mund. Ohne Bankkonto. Heute zum erstenmal in seinem Leben vor der Polizei auf der Flucht. Er war mathematisch begabt. Warum zum Teufel wurde er dafür nicht an irgendeinem Posten bezahlt? Tom merkte, daß all seine Muskeln verspannt waren, daß die Streichholzschachtel zwischen seinen Fingern beinahe platt gedrückt war. Er war es leid, so gottverdammt leid, leid, leid! Er wünschte, er säße wieder allein an der Theke.

Er trank einen großen Schluck. »Wenn Sie mir Dickies Adresse geben, schreib ich ihm gerne«, sagte er schnell. »Er wird sicher noch wissen, wer ich bin. Wir waren einmal zusammen fürs Wochenende draußen auf Long Island. Dickie und ich haben Muscheln gesammelt, die es dann zum Frühstück gab.« Tom lächelte. »Einigen ist schlecht geworden, aber die Stimmung war sowieso nicht besonders. Ich erinnere mich nur daran, daß Dickie davon sprach, nach Europa zu gehen. Kurz danach muß er gefahren –«

»Jetzt weiß ich's wieder!« sagte Mr. Greenleaf. »Das war das letzte Wochenende mit Richard. Ich glaube, er hat mir das mit den Muscheln erzählt.« Er lachte ein wenig zu laut.

»Ich war auch ein paarmal bei Ihnen zu Hause«, sagte Tom, der sich für seine Geschichte zu erwärmen begann. »Dickie hat mir die Schiffsmodelle auf seinem Tisch gezeigt.«

»Das waren bloß Fingerübungen!« Mr. Greenleaf strahlte. »Hat er Ihnen auch seine Konstruktionsentwürfe gezeigt? Oder seine Zeichnungen?«

Das hatte er nicht, doch Tom sagte begeistert: »O ja! Aber sicher! Federzeichnungen. Teilweise faszinierend.« Er hatte sie nie gesehen, doch jetzt sah er sie vor sich, akkurate Zeichnungen, auf denen jede Linie, jeder Bolzen und jede Schraube bezeichnet waren. Er sah Dickie, wie er sie ihm lächelnd hinhielt, und er hätte sie noch minutenlang zum Entzücken Mr. Greenleafs in allen Einzelheiten schildern können, doch er bremste sich.

»Ja, in dieser Hinsicht hat Richard Talent«, sagte Mr. Greenleaf nicht unzufrieden.

»Das glaube ich auch«, stimmte Tom ihm zu. Sein Überdruß hatte eine neue Dimension angenommen. Er konnte es spüren. Manchmal überkam ihn das auf Partys, meistens jedoch, wenn er mit jemandem essen ging, mit dem er eigentlich nicht essen gehen wollte, und der Abend sich endlos hinzog. Jetzt konnte er notfalls vielleicht noch eine Stunde lang vorbildlich höflich sein, doch dann würde er innerlich in die Luft gehen und die Bar fluchtartig verlassen. »Leider habe ich gerade keine Zeit, sonst würde ich selbstverständlich gern hinfahren und versuchen, Richard umzustimmen. Vielleicht könnte ich ja etwas bei ihm bewirken«, sagte er aus dem einzigen Grund, daß Mr. Greenleaf diese Worte von ihm erwartete.

»Meinen Sie wirklich? – Das heißt, ich weiß ja nicht, ob Sie sowieso eine Europareise vorgesehen hatten.«

»Nein, das hatte ich nicht.«

»Richard hat immer viel auf die Meinung seiner Freunde gegeben. Wenn jemand, den er kennt – jemand wie Sie –, sich freinehmen könnte, um ihn aufzusuchen, würde ich selbstverständlich die Reisekosten übernehmen. Das wäre sicher sinnvoller, als wenn ich hinführe. Aber Sie können sich wahrscheinlich im Augenblick nicht beurlauben lassen, oder?«

Toms Herz tat einen gewaltigen Sprung. Er setzte eine nachdenkliche Miene auf. Das war eine Möglichkeit. Irgend etwas in ihm hatte den Braten gerochen und sich darauf gestürzt, noch bevor sein Verstand es begriffen hatte. Derzeitige Tätigkeit: keine. Wahrscheinlich mußte er sich ohnehin bald auf die Socken machen. Er wollte weg aus New York. »Vielleicht«, sagte er bedächtig und mit weiterhin nachdenklicher Miene, als erwäge er die tausend kleinen Verpflichtungen, die ihn daran hindern könnten.

»Wenn Ihnen das möglich wäre, würde ich mit dem größten Vergnügen für Ihre Auslagen aufkommen. Meinen Sie wirklich, Sie könnten es bewerkstelligen? Sagen wir, noch in diesem Herbst?«

Es war bereits Mitte September. Tom hielt den Blick auf den Siegelring mit dem abgenutzten Siegel an Mr. Greenleafs kleinem Finger geheftet. »Unter Umständen, ja. Ich würde Richard gern wiedersehen – erst recht, wenn Sie meinen, es könnte etwas nützen.«

»Oh, davon bin ich überzeugt! Auf Sie hört er bestimmt. Und wenn jemand wie Sie, der lange nichts mit ihm zu tun hatte, ihm eindringlich vor Augen führt, warum er zurückkommen soll, kann er Ihnen auch keine persönlichen Motive unterstellen.« Mr. Greenleaf lehnte sich zurück und betrachtete Tom zufrieden. »Wissen Sie, mein Partner Jim Burke und seine Frau haben letztes Jahr auf ihrer Europareise einen Abstecher nach Mongibello gemacht. Und Richard hat ihnen versprochen, bis Winteranfang zurückzukommen. Das war letztes Jahr. Jim hat die Hoffnung aufgegeben. Wer hört schon als Fünfundzwanzigjähriger auf einen alten Knaben von über sechzig? Sie könnten Erfolg haben, wo wir anderen nichts ausrichten konnten!«

»Hoffentlich«, sagte Tom bescheiden.

»Noch einen Drink? Wie wär's mit einem anständigen Brandy?«

2

Als Tom sich auf den Heimweg machte, war es nach Mitternacht; Mr. Greenleaf hatte angeboten, ihn im Taxi mitzunehmen, aber Tom wollte nicht, daß er sah, wo er wohnte – in einem schäbigen alten Sandsteinhaus zwischen Third und Second Avenue mit einem Schild ZIMMER ZU VERMIETEN. Die letzten zweieinhalb Wochen hatte Tom bei Bob Delancey gewohnt, den er nur flüchtig kannte; Bob war als einziger unter Toms Freunden und Bekannten in New York bereit gewesen, ihn aufzunehmen. Keiner seiner Freunde hatte ihn bei Bob besucht, denn er hatte niemandem erzählt, wo er wohnte. Der größte Vorteil der Unterkunft bei Bob bestand darin, daß Tom dort unübertroffen gefahrlos seine Post unter dem Namen George McAlpin entgegennehmen konnte. Aber das übelriechende Klo am Flurende, das man nicht abschließen konnte, das schmierige Einzelzimmer, das aussah, als hätten tausend verschiedene Leute dort gewohnt und ihren jeweiligen Schmutz hinterlassen, ohne einen Finger zu krümmen, um daran etwas zu ändern, die ständig verrutschenden Berge von *Vogue* und *Harper's Bazaar* und diese affigen riesigen Rauchglasschalen voller Schnurreste, Stifte, Zigarettenkippen und verfaulendem Obst überall in der Wohnung! Bob war freiberuflicher Dekorateur für Einzelhandel und Kaufhäuser, doch inzwischen bekam er nur noch hin und wieder bei den Antiquitätenhändlern in der Third Avenue etwas zu tun, und die Rauchglasschalen hatte er von einem dieser Läden als Bezahlung erhalten. Die Schäbigkeit der Behausung hatte Tom schockiert, und es hatte ihn schockiert, daß er überhaupt jemanden kannte, der so lebte, doch er hatte gewußt, daß er dort nicht lange bleiben würde. Und jetzt hatte sich Mr. Greenleaf gefunden. Irgend etwas fand sich immer. Das war Toms Credo.

Bevor er die Sandsteinstufen betrat, hielt Tom inne und sah sich vorsichtig nach links und nach rechts um. Nichts außer einer alten Frau, die ihren Hund ausführte, und einem alten Mann, der um die Ecke der Third Avenue geschwankt kam. Wenn ihm etwas verhaßt war, dann das Gefühl, verfolgt zu werden, von wem auch immer. In letzter Zeit hatte er dieses Gefühl dauernd. Er rannte die Stufen hinauf.

Was kümmerte ihn jetzt noch die Schäbigkeit, dachte er beim Betreten des Zimmers. Sobald er sich einen Paß besorgen konnte, würde er nach Europa reisen, wahrscheinlich sogar in einer Kabine der ersten Klasse. Auf sein Fingerschnipsen würden ihn Kellner bedienen! Er würde sich zum Abendessen umziehen, in den großen Speisesaal schlendern und mit den Leuten an seinem Tisch wie ein Gentleman plaudern! Für den heutigen Abend konnte er sich gratulieren, dachte er. Er hatte alles richtig gemacht. Mr. Greenleaf konnte nicht entfernt auf den Gedanken kommen, Tom habe die Europareise aus ihm herausgekitzelt. Ganz im Gegenteil. Er wollte Mr. Greenleaf nur helfen. Er würde sich bei Dickie alle Mühe geben. Mr. Greenleaf war ein so anständiger Zeitgenosse, daß er alle Mitmenschen automatisch für genauso anständig hielt. Tom hatte fast vergessen, daß es solche Menschen auf der Welt gab.

Bedächtig zog er sein Jackett aus und lockerte seine Krawatte; er beob-

IQUORS!

achtete jede seiner Bewegungen wie die eines anderen. Erstaunlich, wieviel aufrechter er jetzt dastand, wie anders sein Gesichtsausdruck jetzt war. Es war einer der seltenen Momente in seinem Leben, in denen er mit sich zufrieden war. Er langte mit einer Hand in Bobs überfüllten Wandschrank und schob die Kleiderbügel herrisch auseinander, um Platz für seinen Anzug zu schaffen. Dann ging er ins Bad. Der alte rostige Duschkopf spritzte einen Wasserstrahl gegen den Duschvorhang und einen zweiten als unberechenbare Spirale, deren Wasser zu erwischen kein leichtes war, aber immer noch besser, als sich in die verdreckte Wanne zu setzen.

Als er am nächsten Morgen aufwachte, war von Bob nichts zu sehen, und ein Blick auf sein Bett verriet Tom, daß er nicht nach Hause gekommen war. Tom sprang auf, trat an den zweiflammigen Gaskocher und setzte Kaffee auf. Eigentlich ganz gut, daß Bob nicht da war. Tom wollte ihm nichts von der Europareise erzählen. Dieser miese Schnorrer würde es nur als kostenlose Vergnügung begreifen. Ebenso Ed Martin oder Bert Visser und all die anderen Nichtstuer aus seiner Bekanntschaft. Er wollte es keinem von ihnen erzählen, und er wollte keinen von ihnen am Kai sehen. Tom begann zu pfeifen. Heute abend war er von den Greenleafs zum Abendessen in ihrer Wohnung an der Park Avenue eingeladen.

Eine Viertelstunde später wanderte ein geduschter, rasierter und in Anzug und gestreifter Krawatte – wie er sie für sein Paßfoto besonders geeignet fand – gekleideter Tom Ripley mit einer Tasse schwarzen Kaffees in der Hand im Zimmer auf und ab und wartete auf den Briefträger. Danach würde er sich zur Radio City aufmachen und um den Paß kümmern. Was sollte er am Nachmittag unternehmen? Irgendwelche Ausstellungen besuchen, damit er abends die Greenleafs damit unterhalten konnte? Sich über Burke Greenleaf Watercraft Inc. informieren, um Mr. Greenleaf zu zeigen, daß er sich für seine Arbeit interessierte?

Das dumpfe Auftreffen der Post im Briefkasten drang durch das offene Fenster herein, und Tom ging nach unten. Er wartete, bis der Briefträger draußen verschwunden war, und nahm erst dann den Brief an George McAlpin von der Ecke des Briefkastens, auf die der Briefträger ihn gelegt hatte. Er riß den Brief auf. Zum Vorschein kam ein Scheck über einhundertneunzehn Dollar und vierundfünfzig Cent, ausgestellt auf die Einkommensteuerbehörde. Gute alte Mrs. Edith W. Superaugh, zahlte, ohne mit der Wimper zukken, ja sogar ohne anzurufen. Das war ein gutes Omen. Er ging nach oben zurück, zerriß Mrs. Superaughs Briefumschlag und warf die Schnipsel in den Abfalleimer.

Den Scheck steckte er in einen braunen Umschlag in der Innentasche eines seiner Anzüge im Wandschrank. Jetzt betrug sein Guthaben in Schecks eintausendachthundertdreiundsechzig Dollar und vierzehn Cent, wie er im Kopf nachrechnete. Zu schade, daß er sie nicht einlösen konnte! Oder daß keiner der Schwachköpfe auf die Idee gekommen war, Bargeld zu schicken oder seinen Scheck auf George McAlpin auszustellen, aber das hatte bisher leider keiner getan. Tom hatte irgendwann den verfallenen Ausweis eines Geldboten gefunden; das Gültigkeitsdatum konnte er fälschen, aber die Schecks damit zu kassieren war zu riskant, selbst wenn er sich eine gefälschte Vollmacht ausstellte. Das Ganze war folglich nichts weiter als ein boshafter Scherz. Ein handfester Spaß. Er bestahl ja niemanden. Bevor er nach Europa abfuhr, dachte er, würde er die Schecks vernichten.

Auf seiner Liste standen sieben weitere Kandidaten. Sollte er sich in den letzten zehn Tagen nicht wenigstens noch einen von ihnen vorknöpfen? Als er nach dem Gespräch mit Mr. Greenleaf gestern nach Hause gegangen war, hatte er beschlossen, die Sache zu beenden, sobald Mrs. Superaugh und Carlos de Sevilla zahlten. Mr. de Sevilla hatte sich bisher nicht gerührt – dem mußte man wahrscheinlich erst mit einem Anruf die Hölle heiß machen, dachte Tom –, aber Mrs. Superaugh hatte es ihm so leicht gemacht, daß er sich versucht fühlte, einen letzten Kandidaten zu bearbeiten.

Aus seinem Koffer im Wandschrank holte Tom eine malvenfarbene Schachtel mit Briefpapier. Unter den Briefbögen steckte ein Stapel verschiedener Formulare, die er vor ein paar Wochen in der Steuerbehörde entwendet hatte, bei der er als Buchhalter gearbeitet hatte. Ganz unten lag seine Kandidatenliste – sorgfältig ausgewählte Leute aus der Bronx und aus Brooklyn, die nicht unbedingt darauf erpicht waren, in der New Yorker Steuerbehörde vorstellig zu werden, Künstler und Schriftsteller und Freiberufler, die keine Steuervorauszahlungen leisteten und zwischen sieben- und zwölftausend im Jahr verdienten. Tom mutmaßte, daß diese Klientel eher selten einen Steuerberater beschäftigte, aber dennoch genug verdiente, um sich nicht weiter zu wundern, wenn man ihr mitteilte, sie habe sich in ihrer Steuererklärung um zwei- oder dreihundert Dollar verrechnet. Es gab William J. Slatterer, einen Journalisten, Philip Robillard, einen Musiker, Frieda Hoehn, eine Illustratorin, Joseph J. Gennari, einen Fotografen, Frederick Reddington, einen Künstler, Frances Karnegis – an Reddingtons Namen blieb Toms Blick haften. Reddington war Comiczeichner; wahrscheinlich jemand, der über seine Finanzen keinerlei Überblick hatte.

Tom nahm zwei Formulare mit der aufgedruckten Bezeichnung STEUERBESCHEIDKORREKTUR, legte ein Blatt Durchschlagpapier zwischen sie und schrieb hastig die Angaben unter Reddingtons Namen auf seiner Liste ab. Einkommen: $ 11 250,–. Abzüge: 1. Ausgaben $ 600,–. Belastungen: 0,00. Steuerguthaben: 0,00. Verzögerungsgebühr: (er zauderte kurz) $ 2,16. Steuerschuld: $ 233,76. Dann nahm er ein Blatt Briefpapier mit dem Briefkopf der Steuerbehörde in der Lexington Avenue aus seinem Vorrat, strich die Adresse mit kühnem Schwung durch und tippte darunter:

Sehr geehrter Steuerzahler,
bitte senden Sie Ihr Antwortschreiben wegen zeitweiliger Überlastung der Behörde an folgende Außenstelle:
Abteilung Nachbearbeitung
George McAlpin
187 E, 51 Street
New York 22, New York
Mit bestem Dank,
Ralph E. Fischer
Stellvertretender Leiter der Steuerermittlung

Das unterzeichnete Tom mit einer verschnörkelten, unleserlichen Signatur. Die übrigen Formulare räumte er weg für den Fall, daß Bob unerwartet auftauchte, und dann griff er zum Telefon. Er hatte beschlossen, Mr. Reddington auf den Zahn zu fühlen. Die Nummer ließ er sich von der Auskunft geben. Mr. Reddington war zu Hause. Tom erläuterte kurz den Sachverhalt und zeigte sich überrascht, daß Mr. Reddington noch nicht von der Behörde gehört hatte.

»Unser Schreiben hätte vor einigen Tagen herausgehen sollen«, sagte Tom. »Wahrscheinlich werden Sie es morgen erhalten. Wir waren in letzter Zeit etwas überlastet.«

»Aber ich habe meine Steuern bezahlt«, sagte die aufgeregte Stimme am anderen Ende der Leitung. »Es war alles –«

»So etwas kann vorkommen, leider, wenn es sich um freiberufliche Tätigkeiten handelt. Wir haben Ihre Angaben sehr sorgfältig überprüft, Mr. Reddington. Ein Irrtum unsererseits ist leider ausgeschlossen. Und wir wollen Ihnen schließlich keine Verspätungszuschläge oder Strafgebühren aufbrummen ...« An dieser Stelle lachte er jovial. Mit einem leutseligen und zutraulichen Lachen konnte man in der Regel wahre Wunder bewirken. »Obwohl wir das tun müßten, wenn Sie nicht innerhalb von achtundvierzig Stunden den geschuldeten Betrag entrichten. Es tut mir leid, daß unser Schreiben noch nicht bei Ihnen eingetroffen ist. Nun ja, wie gesagt, wir waren ziemlich –«

»Gibt es irgend jemanden, an den ich mich persönlich wenden kann?« fragte Mr. Reddington kleinlaut. »Das ist ganz schön viel Geld!«

»Aber natürlich, ja doch.«

An dieser Stelle wurde Toms Stimme besonders vertraulich. Jetzt klang er wie ein gemütlicher alter Bursche weit in den Sechzigern, der die Geduld in Person sein würde, sollte Mr. Reddington in der Behörde erscheinen, ohne deshalb um einen roten Heller von seiner Forderung abzuweichen, mochte Mr. Reddington sich noch so sehr ins Zeug legen. George McAlpin verkörperte die Steuerbehörde der Vereinigten Staaten von Amerika, punktum. »Natürlich können Sie sich an mich persönlich wenden«, sagte er in seinem John-Wayne-Tonfall, »aber machen Sie sich keine Illusionen. Ich wollte Ihnen nur helfen, keine Zeit zu verschwenden. Selbstverständlich können Sie unsere Behörde aufsuchen, aber Ihre Unterlagen liegen mir lückenlos vor.«

Schweigen. Mr. Reddington würde ihm keine Fragen zu den Unterlagen stellen, weil er höchstwahrscheinlich nicht wußte, was er fragen sollte. Für den Fall, daß Mr. Reddington ihn fragen sollte, worum es überhaupt ging, hatte Tom sich alles mögliche Geschwafel zurechtgelegt, über Besteuerungsgrundlagen und Steuerprogression, Steuererleichterungen und Vorsteuerabzüge, Vorauszahlungsmodalitäten und Nachzahlungsvorschriften, das er in einem gemessenen Ton vorzutragen pflegte, dem sich so wenig entgegenhalten ließ wie einem Sherman-Panzer. Bisher hatte niemand darauf bestanden, persönlich vorzusprechen und noch mehr davon zu hören. Auch Mr. Reddington gab klein bei. Tom hörte es seinem Schweigen an.

»Na gut«, sagte Mr. Reddington im Ton eines Geschlagenen. »Ich sehe mir den Bescheid an, wenn er morgen kommt.«

»In Ordnung, Mr. Reddington«, sagte Tom und legte auf.

Einen Augenblick blieb er sitzen und kicherte, die Handflächen seiner mageren Hände zwischen den Knien aneinandergepreßt. Dann sprang er auf, verstaute Bobs Schreibmaschine, kämmte sein hellbraunes Haar sorgfältig vor dem Spiegel und machte sich auf den Weg zur Radio City.

3

»Hal-loo-oo, Tom, mein Junge!« sagte Mr. Greenleaf in einem Ton, der gute Martinis verhieß, ein Feinschmeckeressen und ein Bett, falls Tom zu müde sein sollte, um nach Hause zu fahren. »Emily, das ist Tom Ripley!«

»Ich freue mich so sehr, Sie kennenzulernen!« sagte sie herzlich.

»Guten Abend, Mrs. Greenleaf.«

Sie entsprach fast gänzlich seinen Erwartungen – blond, relativ groß und schlank und förmlich genug, um seine besten Manieren zu provozieren, doch zugleich mit dem naiven Zutrauen aller Welt gegenüber, das auch Mr. Greenleaf auszeichnete. Mr. Greenleaf ging ihnen voran ins Wohnzimmer. Ja, dort war er mit Dickie gewesen.

»Mr. Ripley arbeitet in der Versicherungsbranche«, verkündete Mr. Greenleaf, und Tom fragte sich, ob er sich schon einen oder mehrere Martinis genehmigt hatte oder ob er nur besonders nervös war, denn am Vortag hatte Tom ihm die Werbeagentur, in der er zu arbeiten vorgab, ausführlich geschildert.

»Keine allzu aufregende Tätigkeit«, sagte Tom bescheiden zu Mrs. Greenleaf.

Ein Dienstmädchen betrat den Raum und brachte Martinis und Kanapees.

»Mr. Ripley war schon einmal hier«, sagte Mr. Greenleaf. »Er war mit Richard hier.«

»Oh, tatsächlich? Ich glaube allerdings nicht, daß ich mich an Sie erinnern könnte.« Sie lächelte. »Sind Sie aus New York?«

»Nein, ich komme aus Boston«, sagte Tom. Das stimmte.

Etwa dreißig Minuten später – genau zum richtigen Zeitpunkt, dachte Tom, denn die Greenleafs hatten darauf bestanden, daß er noch einen und noch einen Martini trank – gingen sie in das angrenzende Eßzimmer, wo ein Tisch für drei Personen gedeckt war mit Kerzen, großen dunkelblauen Servietten und einem ganzen kalten Huhn in Aspik. Doch vorher gab es Selleriesalat mit Remouladensauce. Tom mochte diesen Salat sehr gern. Er sagte es.

»Richard auch!« sagte Mrs. Greenleaf. »Er hat ihn am liebsten so gemocht, wie unsere Köchin ihn macht. Wie schade, daß Sie ihm nicht etwas davon mitbringen können!«

»Ich packe es mit den Socken ein«, sagte Tom lächelnd, und Mrs. Greenleaf lachte. Sie hatte ihm erzählt, daß sie ihm schwarze Wollsocken von Brooks Brothers für Richard mitgeben wollte, wie Richard sie gerne trug.

Die Unterhaltung war langweilig und das Essen hervorragend. Auf eine Frage von Mrs. Greenleaf antwortete Tom, er arbeite bei einer Werbefirma namens Rothenberg, Fleming & Barter. Als er den Namen wieder erwähnte, veränderte er ihn absichtlich in Reddington, Fleming & Parker. Der Unterschied schien Mr. Greenleaf nicht aufzufallen. Als Tom sich nach dem Essen mit Mr. Greenleaf allein im Eßzimmer befand, erwähnte er den Firmennamen abermals.

»Sind Sie in Boston zur Schule gegangen?« fragte Mr. Greenleaf.

»Nein, Sir. Ich war eine Zeitlang in Princeton, aber dann habe ich bei einer anderen Tante in Denver gelebt und habe dort das College besucht.« Tom machte eine Pause in der Hoffnung, Mr. Greenleaf werde ihn über Princeton ausfragen, doch vergebens. Tom hätte sich über die Geschichtskurse auslassen können, über die Vorschriften auf dem Campus, die Atmosphäre bei den Tanzveranstaltungen am Wochenende, die politischen Ansichten der Studentenschaft, über was auch immer. Im vergangenen Sommer hatte er sich mit einem Jungen aus Princeton angefreundet, der kein anderes Thema kannte; zuletzt hatte Tom ihn erbarmungslos ausgefragt für den Fall des Falles, daß er diese Informationen einmal brauchen konnte. Den Greenleafs hatte er erzählt, daß seine Tante Dottie in Boston ihn aufgezogen hatte. Als Sechzehnjährigen hatte sie ihn nach Denver verpflanzt; dort hatte er zwar nur die High School absolviert, doch im Haus seiner Tante Bea in Denver hatte ein junger Mann namens Don Mizell gewohnt, der die Universität von Colorado besuchte. Tom war zumute, als hätte er sie auch besucht.

»Irgendwelche Vorlieben?« fragte Mr. Greenleaf.

»Konnte mich nie richtig zwischen Buchhaltung und Englischaufsatz entscheiden«, erwiderte Tom lächelnd und im Vertrauen darauf, daß eine so uninteressante Antwort niemanden ermuntern würde, das Thema zu vertiefen.

Mrs. Greenleaf holte ein Fotoalbum, und Tom saß neben ihr auf dem Sofa, während sie darin blätterte. Richard bei seinen ersten Gehversuchen, Richard als Gainsboroughs Knabe in Blau mit langen blonden Locken auf einem grauenhaften ganzseitigen Farbfoto. Das Album interessierte Tom erst, als Richard etwa sechzehn war, schlank und langbeinig und mit gewelltem statt gelocktem Haar. Soweit Tom es beurteilen konnte, hatte Richard sich zwischen seinem sechzehnten und seinem drei- oder vierundzwanzigsten Lebensjahr – dem Jahr, in dem die Fotos abbrachen – kaum verändert, und es verwunderte ihn, wie wenig das strahlende, naive Lächeln variierte. Er hatte den Eindruck, daß Richard entweder nicht sonderlich intelligent war oder sich gern fotografieren ließ und glaubte, er sehe mit breitem Grinsen am attraktivsten aus, was ebenfalls nicht sonderlich intelligent gewesen wäre.

»Die hier habe ich noch nicht eingeklebt«, sagte Mrs. Greenleaf, die ihm einen Packen loser Fotos reichte. »Sie sind alle aus Europa.«

Sie waren interessanter: Dickie in einer Örtlichkeit, die ein Pariser Café zu sein schien, Dickie an einem Strand. Auf verschiedenen Bildern runzelte er die Stirn.

»Das hier ist übrigens Mongibello«, sagte Mrs. Greenleaf und zeigte auf ein Bild, auf dem Dickie ein Boot den Strand hinaufschleppte. Den Hintergrund des Fotos bildeten karge, felsige Berge und kleine weiße Häuser, die den Strand säumten. »Und hier ist das Mädchen, die einzige andere Amerikanerin, die dort lebt.«

»Marge Sherwood«, ergänzte Mr. Greenleaf. Er saß am anderen Ende des Raums, folgte jedoch vorgebeugt aufmerksam der Bilderschau.

Das Mädchen saß im Badeanzug auf dem Sand, die Arme um die Knie gelegt, unprätentiös und bodenständig, mit zerzaustem, kurzgeschnittenem blondem Haar – Typ Pfadfinderin. Es gab eine gute Aufnahme von Richard in Shorts auf einer Terrassenmauer. Er lächelte, aber anders als früher, wie Tom erkannte. Auf den Bildern aus Europa sah Richard erwachsener aus.

Tom merkte, daß Mrs. Greenleaf den Läufer zu ihren Füßen anstarrte. Ihm fiel ein, wie sie bei Tisch plötzlich gesagt hatte: »Ich wollte, das Wort Europa wäre mir nie zu Ohren gekommen!«, und wie besorgt Mr. Greenleaf sie angesehen hatte, bevor er ihm zulächelte, als wären solche Ausbrüche nichts Ungewohntes. Jetzt sah er, daß ihr Tränen in den Augen standen. Mr. Greenleaf stand auf und trat zu ihr.

»Mrs. Greenleaf«, sagte Tom behutsam, »ich möchte, daß Sie wissen, daß ich alles tun werde, was ich kann, um Dickie zur Heimkehr zu bewegen.«

»Ich danke Ihnen, Tom, ich danke Ihnen.« Sie drückte Toms Hand auf seinem Oberschenkel.

»Emily, meinst du nicht, es ist Zeit für dich, ins Bett zu gehen?« fragte Mr. Greenleaf, der sich über sie beugte.

Tom erhob sich mit Mrs. Greenleaf.

»Ich hoffe, Sie besuchen uns noch einmal, Tom, bevor Sie abreisen«, sagte sie. »Seit Richard fort ist, besuchen uns kaum noch junge Leute. Mir fehlen sie.«

»Ich würde mich freuen wiederzukommen«, sagte Tom.

Mr. Greenleaf verließ den Raum mit seiner Frau. Tom blieb stehen, die Hände an den Seiten, den Kopf erhoben. In einem großen Wandspiegel konnte er sich sehen: wieder ein aufrechter junger Mann voller Selbstachtung. Er wandte schnell den Blick ab. Er handelte richtig, er benahm sich, wie es sich gehörte.

Und dennoch verspürte er ein Schuldgefühl. Als er vorhin zu Mrs. Greenleaf gesagt hatte: »Ich werde alles tun, um ... «, da war es ihm ernst gewesen. Er wollte niemanden reinlegen.

Er spürte, daß er zu schwitzen begann, und versuchte sich zu beruhigen. Was machte ihn so nervös? Der Abend hatte doch so gut begonnen! Als er Tante Dottie erwähnt hatte –

Tom zuckte zusammen und blickte zur Tür, doch die Tür hatte sich nicht geöffnet. Es war das einzige Mal an diesem Abend gewesen, daß er unruhig geworden war, ein Gefühl der Unwirklichkeit verspürt hatte, so wie man sich vielleicht fühlte, wenn man log, doch es war in etwa das einzige gewesen, was er gesagt hatte, was *nicht* gelogen war: »Meine Eltern starben, als ich noch klein war. Meine Tante in Boston hat mich aufgezogen.«

Mr. Greenleaf kam zurück. Seine Gestalt schien rhythmisch zu zucken

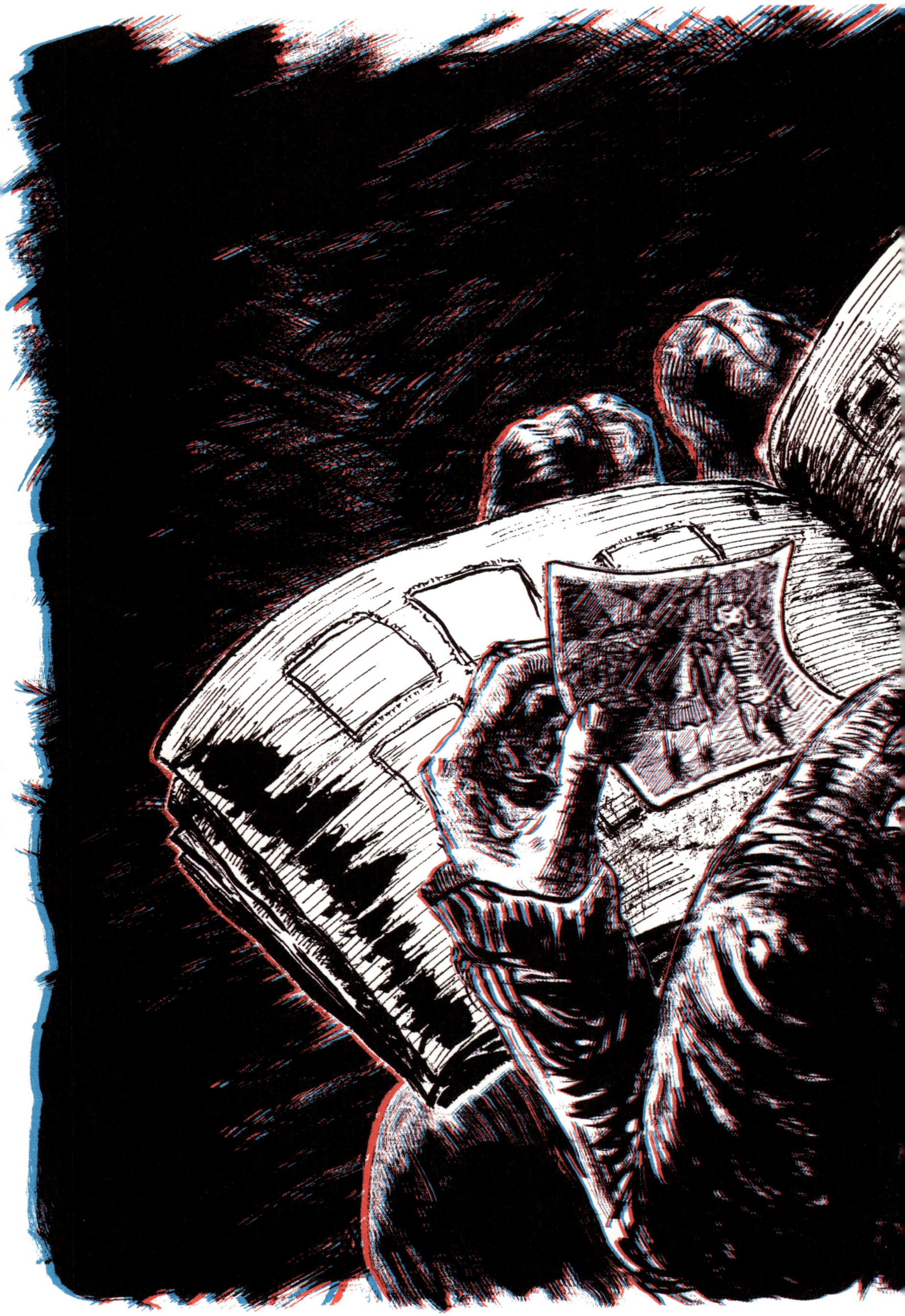

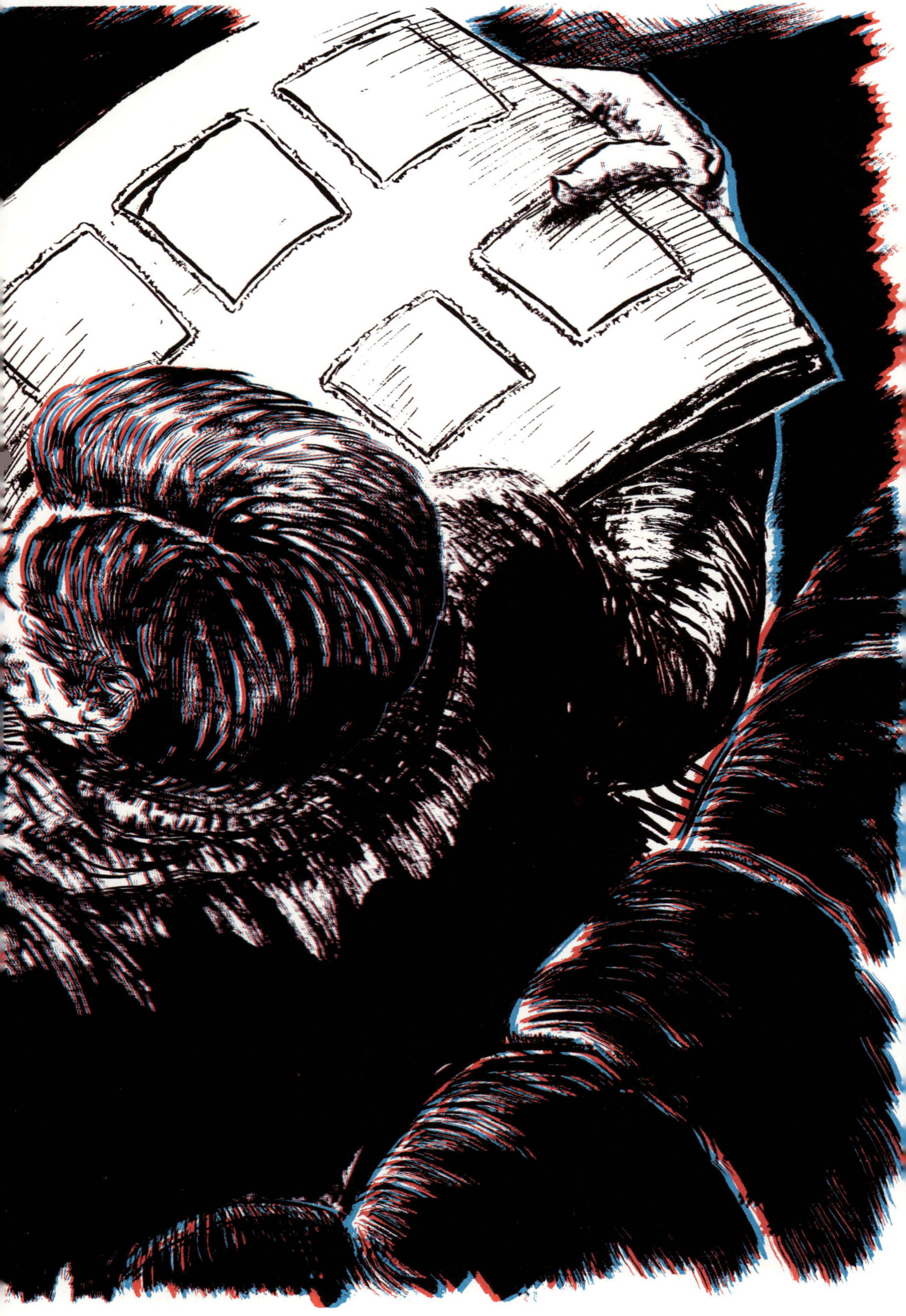

und mit jedem Zucken größer zu werden. Tom blinzelte in plötzlichem Erschrecken und in dem impulsiven Wunsch zuzuschlagen, bevor er angegriffen wurde.

»Wie wäre es mit einem Brandy?« sagte Mr. Greenleaf, der einen Mechanismus in der Vertäfelung neben dem Kamin betätigte.

Wie in einem Film, dachte Tom. In der nächsten Minute würde Mr. Greenleaf oder jemand anders rufen: »Danke, Schnitt!«, und er wäre wieder er selbst und säße im Raoul's vor seinem Gin Tonic. Nein, im Green Cage.

»Keine rechte Lust?« fragte Mr. Greenleaf. »Sie müssen nicht, wenn Sie nicht mögen.«

Tom nickte unbestimmt, und Mr. Greenleaf sah ihn ein wenig ratlos an, bevor er zwei Brandys einschenkte.

Kalter Schweiß brach Tom am ganzen Körper aus. Er erinnerte sich an den Zwischenfall letzte Woche in dem Drugstore, obwohl es vorbei war und er sich ermahnte, daß er sich nicht wirklich fürchtete, schon gar nicht im nachhinein. An der Second Avenue gab es einen Drugstore, dessen Telefonnummer er Leuten nannte, die sich nicht davon abbringen ließen, ihn wegen ihrer Einkommensteuer anzurufen, und denen er sagte, unter dieser Nummer der »Abteilung Nachbearbeitung« sei er mittwochs und freitags nachmittags erreichbar, allerdings nur zwischen halb vier und vier Uhr. Zu diesen Zeiten hielt er sich in der Nähe der Telefonkabine in dem Drugstore auf und spitzte die Ohren. Als der Drogist ihn bei seinem zweiten Besuch mißtrauisch ansah, hatte Tom ihm erklärt, er warte auf einen Anruf seiner Freundin. Und als er am letzten Freitag den Hörer abgenommen hatte, hatte eine Männerstimme zu ihm gesagt: »Sie wissen ja wohl Bescheid, oder? Wir wissen, wo Sie wohnen, falls Sie unbedingt einen Hausbesuch von uns haben wollen ... Wir haben das Zeug für Sie, vorausgesetzt, Sie haben auch was für uns.« Eine Stimme, die eindringlich und gleichzeitig ausweichend klang, so daß Tom das Ganze für einen Trick hielt und nicht wußte, was er antworten sollte. Und dann: »Passen Sie bloß auf! Wir sind schon unterwegs. Zu Ihnen nach Hause.«

Als Tom die Telefonkabine verließ, fühlten seine Beine sich wie Wackelpudding an; dann sah er, daß der Drogist ihn entsetzt mit angstgeweiteten Augen anstarrte, und dann begriff er plötzlich: Der Drogist handelte mit Rauschgift und befürchtete, Tom sei möglicherweise ein Zivilfahnder der Polizei, der ihm das Handwerk legen wollte. Tom hatte zu lachen begonnen und den Laden laut lachend, wenn auch schwankend verlassen, denn seine Beine zitterten noch immer.

»Denken Sie an Europa?« sagte Mr. Greenleafs Stimme.

Tom nahm das Glas, das Mr. Greenleaf ihm hinhielt. »Ja, das stimmt«, sagte er.

»Tja, ich hoffe, Ihre Reise wird Ihnen Spaß machen, Tom, und bei Richard die gewünschte Wirkung haben. Ach, übrigens, bei Emily haben Sie einen Stein im Brett. Das hat sie selber gesagt, ohne daß ich fragen mußte.« Mr. Greenleaf balancierte das Glas zwischen den Handflächen. »Meine Frau hat Leukämie, Tom.«

»Oh. Das ist eine ernste Sache, nicht wahr?«

»Ja. Die Ärzte geben ihr nicht einmal mehr ein Jahr.«

»Das tut mir sehr leid«, sagte Tom.

Mr. Greenleaf holte einen Zettel aus der Tasche. »Hier habe ich eine Aufstellung der Schiffe. Ich denke, die Linie nach Cherbourg wäre am schnellsten und auch am interessantesten. Von dort fahren Sie mit dem Zug nach Paris und dann weiter im Schlafwagen über die Alpen nach Rom und Neapel.«

»Klingt prima.« Es begann aufregend zu klingen.

»In Neapel müssen Sie einen Bus nehmen, um Richards Dorf zu erreichen. Ich werde ihm schreiben, daß Sie kommen – natürlich nicht, daß Sie in meinem Auftrag kommen«, sagte er lächelnd, »aber daß wir uns begegnet sind. Richard sollte genug Platz für Sie haben, aber falls doch nicht, gibt es Hotels in der Ortschaft. Ich nehme an, daß Sie und Richard keine Verständigungsschwierigkeiten haben werden. Und was das Geld betrifft …« Mr. Greenleaf lächelte sein väterliches Lächeln. »Ich schlage vor, daß ich Ihnen neben dem Europaticket sechshundert Dollar in Travellerschecks mitgebe. Ist das in Ordnung? Mit den sechshundert müßten Sie sich zwei Monate lang über Wasser halten können, und wenn Sie mehr brauchen, müssen Sie mir nur ein Telegramm schicken, mein Junge. Im übrigen sehen Sie nicht aus wie die Sorte junge Leute, die das Geld zum Fenster hinauswerfen.«

»Es klingt sehr großzügig, Sir.«

Der Brandy machte Mr. Greenleaf zunehmend sentimental und scherzhaft, und Tom wurde zunehmend wortkarg und gallig. Er wollte nur noch weg. Doch er wollte auch nach Europa fahren und Gnade vor Mr. Greenleafs Augen finden. Die Momente auf dem Sofa waren qualvoller als die schreckliche Öde am Vorabend in der Bar, denn jetzt wollte der Wechsel in eine andere Stimmung sich partout nicht einstellen. Mehrmals sprang er mit dem Glas in der Hand auf und schlenderte zum Kamin und zum Sofa zurück, doch als er in den Spiegel sah, waren seine Mundwinkel heruntergezogen.

Mr. Greenleaf erging sich in Reminiszenzen an eine Reise nach Paris mit dem zehnjährigen Richard. Nichts daran war auch nur halbwegs interessant. Sollte es in den kommenden zehn Tagen Ärger mit der Polizei geben, dachte Tom, konnte er bei Mr. Greenleaf unterschlüpfen. Er konnte ihm erzählen, er habe seine Wohnung bereits untervermietet oder was auch immer, und sich hier verstecken. Ihm war auf fast körperliche Weise elend.

»Mr. Greenleaf, ich glaube, ich sollte langsam gehen.«

»Was, jetzt schon? Ich wollte Ihnen doch noch ... Nun ja, macht nichts. Ein andermal.«

Tom wußte, daß er hätte fragen müssen: »Was wollten Sie noch sagen?«, und geduldig abwarten, doch er ertrug es nicht länger.

»Ich wollte Ihnen natürlich noch unsere Werft zeigen!« sagte Mr. Greenleaf fröhlich. »Wann hätten Sie Zeit rauszukommen? Wahrscheinlich nur während Ihrer Mittagspause. Ich finde, Sie sollten Richard erzählen können, wie die Werft heute aussieht.«

»Ja – während meiner Mittagspause könnte ich kommen.«

»Sie können mich jederzeit anrufen, Tom. Sie haben ja meine Durchwahl. Wenn Sie mir eine halbe Stunde vorher Bescheid sagen, schicke ich einen Fahrer vorbei, der Sie abholt. Wir können ein Sandwich essen, während ich Ihnen alles zeige, und der Fahrer bringt Sie dann zurück.«

»Ich werde Sie anrufen«, sagte Tom. Er hatte das Gefühl, er müsse ohnmächtig werden, wenn er nur eine Minute länger in der schummerigen Beleuchtung des Eingangsraums verweilte, doch Mr. Greenleaf kicherte schon wieder in sich hinein und fragte ihn, ob er einen bestimmten Roman von Henry James gelesen habe.

»Bedaure, Sir, *den* kenne ich nicht«, sagte Tom.

»Na ja, nicht weiter wichtig«, sagte Mr. Greenleaf.

Dann schüttelten sie sich die Hand, ein langer, erdrückender Händedruck Mr. Greenleafs, und es war vorbei. Aber im Aufzug konnte Tom sehen, daß die verzerrte und angstvolle Miene nicht von ihm gewichen war. Er lehnte sich erschöpft in eine Ecke des Aufzugs, doch er wußte, daß er, sobald er das Erdgeschoß erreichte, losrennen und den ganzen Weg nach Hause rennen, rennen, rennen würde.

4

Die Atmosphäre in der Stadt wurde im Verlauf der Tage immer sonderbarer. Es war, als hätte New York seine Echtheit oder Wichtigkeit eingebüßt und spielte ihm jetzt in einer gigantischen Anstrengung etwas vor mit all den Bussen, Taxis und eiligen Passanten, den Fernsehshows in allen Bars an der Third Avenue, den Markisen vor den Kinos, die am hellichten Tag beleuchtet waren, der Geräuschkulisse aus tausend lärmenden Hupen und dem Gewirr der Stimmen, die ohne Sinn und Zweck daherplapperten. Als würde die ganze Stadt am Samstag, wenn sein Schiff vom Kai ablegte, mit leisem Zischen in sich zusammensinken wie eine Bühnendekoration aus Pappmaché.

Vielleicht hatte er nur Angst. Er war kein Freund des Wassers. Er war noch nie auf dem Wasserweg gereist bis auf eine Fahrt von New York nach New Orleans und zurück, doch damals hatte er auf einem Bananenfrachter gearbeitet, hauptsächlich unter Deck, und kaum gemerkt, daß er sich auf dem Wasser befand. Die wenigen Male, die er an Deck gekommen war, hatte der Anblick des Wassers ihn erst erschreckt und ihm dann Übelkeit verursacht, und er war schnell wieder nach unten verschwunden, wo ihm sofort wohler wurde – im Gegensatz zu dem, was die Leute behaupteten. Seine Eltern waren im Hafen von Boston ertrunken, und Tom hatte immer gedacht, daß seine Wasserscheu etwas damit zu tun haben müsse, denn seit er denken konnte, fürchtete er sich vor dem Wasser, und er hatte nie schwimmen gelernt. Die Vorstellung, in nicht einmal einer Woche Wasser unter sich zu haben, viele Meilen tief, und zweifellos die meiste Zeit dieses Wasser sehen zu müssen, weil die Leute auf Ozeandampfern ihre Zeit meist an Deck verbrachten, verursachte Tom ein Gefühl von Übelkeit und Leere in der Magengrube. Seekrank zu sein, das ahnte er, war ganz sicher alles andere als schick. Er war noch nie seekrank gewesen, wäre es in diesen letzten Tagen aber oft genug fast geworden, wenn er nur an die Fahrt nach Cherbourg dachte.

Bob Delancey hatte er erzählt, er ziehe in einer Woche um, ohne zu sagen, wohin. Bob schien es ohnehin nicht zu interessieren. In der Wohnung in der Fifty-first Street begegnete man sich so gut wie nie. Tom war in Marc Primingers Haus in der East Forty-fifth Street zurückgegangen – er hatte noch die Schlüssel –, um ein paar Dinge abzuholen, die er dort vergessen hatte, und zwar zu einer Tageszeit, zu der er Marc nicht zu Hause vermutete, doch Marc war mit seinem neuen Mitbewohner Joel aufgetaucht, einem schmächtigen Bürschchen aus der Verlagsbranche, und hatte sein outriertes Großzügigkeitsgetue abgezogen, um Joel zu imponieren, denn wenn Joel nicht dabeigewesen wäre, dann hätte Marc Tom in Worten beschimpft, die nicht einmal ein portugiesischer Seemann in den Mund nehmen würde. Marc (dessen Taufname zu allem Überfluß Marcellus lautete) war ein häßlicher Gnom mit Privatvermögen und dem Steckenpferd, jungen Männern, die vorübergehend finanziell in der Klemme steckten, zu helfen, indem er sie in seinem zweistöckigen Haus mit den drei Schlafzimmern wohnen ließ, wobei er den lieben Gott spielte, der bestimmte, was sie zu tun und zu lassen hatten, und ihnen Ratschläge für ihr Leben und ihre Arbeit gab – beschissene Ratschläge in der Regel. Tom hatte es dort drei Monate lang ausgehalten, obwohl Marc fast die Hälfte der Zeit in Florida gewesen war und Tom das Haus für sich allein gehabt hatte, doch sobald Marc zurückgekommen war, hatte er ein riesiges Tamtam wegen irgendwelcher zerbrochenen Gläser aufgeführt – hatte mal wieder den strengen und rächenden Gottvater gegeben –, und Tom war ausnahmsweise so wütend geworden, daß er sich gewehrt und Marc die Meinung gesagt hatte. Woraufhin der ihn an die Luft gesetzt hatte, nicht ohne ihm zuvor dreiundsechzig Dollar für die zerbrochenen Gläser abzuknöpfen. Dieser Notnickel! Eine alte Jungfer hätte er sein sollen, dachte Tom, Leiterin eines Mädchenpensionats. Tom bedauerte zutiefst, sich jemals mit Marc Priminger eingelassen zu haben, und je eher er Marcs stupide Schweinsäuglein, seinen Bulldoggenkiefer und seine häßlichen Pfoten mit den Talmiringen (mit denen er in der Luft herumwedelte, wenn er andere Leute schikanierte) vergessen konnte, um so besser für ihn.

Cleo war der einzige Mensch aus seinem Freundeskreis, dem er von seiner Europareise erzählen wollte, und am Donnerstag vor seiner Abreise besuchte er sie. Cleo Dobelle war ein schlankes dunkelhaariges Mädchen, das für Toms Begriffe ebensogut Anfang Zwanzig wie um die Dreißig hätte sein können; sie lebte bei ihren Eltern am Gracie Square und war auf bescheidenem Fuß Malerin – auf sehr bescheidenem Fuß sogar, denn sie bemalte briefmarkengroße Elfenbeintäfelchen, die man mit einer Lupe betrachten mußte, und Cleo brauchte auch eine Lupe, um sie zu bemalen. »Denk nur mal, wie praktisch, daß ich *alle* meine Bilder in einer Zigarrenkiste transportieren kann! Andere Maler brauchen ganze Zimmerfluchten für ihre Gemälde!« sagte Cleo. Sie bewohnte ihre eigene Zimmerflucht mit Bad und Küche am Ende der Wohnung ihrer Eltern, und in ihrem Teil der Wohnung war es ziemlich dunkel, da die einzige natürliche Lichtquelle ein winziger Hinterhof war, überwuchert mit verwilderten Götterbäumen, die keinen Lichtstrahl durchließen. Cleo hatte immer Licht an, ein schwaches Funzellicht, das zu jeder Tageszeit für eine nächtliche Atmosphäre sorgte. Bis auf den Abend, an dem er sie kennengelernt hatte, kannte Tom Cleo nur in engen Samthosen in den verschiedensten Farben und buntgestreiften Seidenhemden. Sie hatten sich auf Anhieb verstanden, und Cleo hatte ihn für den nächsten Abend zum Essen in ihre Wohnung eingeladen. Cleo lud ihn immer nach Hause ein, und keiner der beiden wäre auf die Idee gekommen, daß er sie zum Essen oder ins Theater ausführen oder irgendeines der Dinge tun könnte, die man von jungen Männern gegenüber jungen Damen erwartete. Cleo rechnete nicht mit Blumen oder Büchern oder Pralinen, wenn er zum Essen oder zum Cocktail kam, doch hin und wieder brachte Tom ihr kleine Geschenke mit, weil es ihr Freude machte. Cleo war der einzige Mensch, dem er erzählen konnte, daß er nach Europa fuhr und warum. Und das tat er.

Cleo war fasziniert, genau wie er es erwartet hatte. Ihre roten Lippen öffneten sich in ihrem langen blassen Gesicht, sie schlug sich mit den Handflächen auf die samtbekleideten Oberschenkel und rief: »*Tom*-mie! Wie wunder-voll! Wie in einem Shakespeare-Stück oder so!«

Das gleiche dachte Tom. Es war genau das, was er so dringend hatte hören wollen.

Cleo bemutterte ihn den ganzen Abend, fragte ihn, ob er dies und das habe, Papiertaschentücher und Erkältungstabletten und Wollsocken, weil es in Europa im Herbst regnete, und alle Impfungen. Tom sagte, er habe alles geregelt.

»Komm bitte nicht zum Abschied auf das Schiff, Cleo. Ich kann es nicht ausstehen, verabschiedet zu werden.«

»Wo denkst du hin!« sagte Cleo voller Verständnis. »O Tommie, ich bin sicher, daß es herrlich wird! Schreibst du mir alles, was du mit Dickie erlebst? Du bist der einzige Mensch, den ich kenne, der mit einem *Ziel* nach Europa fährt.«

Er erzählte ihr von seinem Besuch in Mr. Greenleafs Schiffswerft auf Long Island, von den endlosen Bänken, an denen Maschinen glänzende Metallteile fertigten und Holz lackierten und polierten, von den Trockendocks mit Schiffsgerippen aller Größenordnungen und beeindruckte sie mit den Fachbegriffen, die Mr. Greenleaf verwendet hatte – Lukenkimming, Dollbord, Binnenkiel und Kimme. Er schilderte das zweite Essen im Hause Greenleaf, bei dem Mr. Greenleaf ihm eine Armbanduhr geschenkt hatte. Er zeigte Cleo die Uhr; sie war nicht atemberaubend teuer, aber eine sehr gute Uhr, eine Uhr, wie Tom sie selbst gewählt hätte – mit weißem Zifferblatt und zarten römischen Ziffern in schlichter Goldfassung und mit Krokodillederarmband.

»Nur weil ich vor einigen Tagen nebenbei erwähnte, daß ich keine Uhr besitze«, sagte Tom. »Er hat mich wirklich wie einen Sohn behandelt.« Und wiederum war Cleo der einzige Mensch, zu dem er das sagen konnte.

Cleo seufzte. »Männer! So etwas Tolles gibt es nur für euch! Einem Mädchen würde so etwas nie passieren! Männer sind so frei!«

Tom lächelte. Er hatte oft genug den Eindruck, daß es sich genau umgekehrt verhielt. »Sind das unsere Lammkoteletts, die gerade verbrennen?«

Cleo sprang kreischend auf.

Nach dem Essen zeigte sie ihm fünf oder sechs ihrer letzten Bilder, ein paar romantische Porträts eines jungen Mannes, den beide kannten, in weißem Hemd und mit offenem Kragen, und drei Phantasiedschungellandschaften, zu denen sie die Götterbäume draußen inspiriert hatten. Das Fell der Äffchen auf den Bildern war tatsächlich verblüffend akkurat gemalt, dachte Tom. Cleo besaß eine Menge Pinsel aus einem einzigen Haar, und selbst diese variierten von verhältnismäßig grob bis extradünn. Sie tranken fast zwei Flaschen Médoc aus der Hausbar der Eltern, und Tom wurde so schläfrig, daß er am liebsten für den Rest der Nacht liegengeblieben wäre, wo er war – sie hatten oft nebeneinander auf den zwei Bärenfellen vor dem Kamin geschlafen, und es gehörte zu den wunderbaren Eigenschaften Cleos, daß sie nie gewünscht oder erwartet hatte, daß er zudringlich wurde, was er auch nie geworden war –, doch um Viertel vor zwölf richtete Tom sich seufzend auf und nahm Abschied.

»Ich werde dich wohl kaum wiedersehen«, sagte Cleo niedergeschlagen an der Tür.

»Oh, ich denke, daß ich in etwa sechs Wochen wieder da sein werde«, sagte Tom, obwohl er alles andere dachte als das. Unvermutet beugte er sich vor und drückte einen festen, brüderlichen Kuß auf ihre elfenbeinblasse Wange. »Du wirst mir fehlen, Cleo.«

Sie drückte seine Schulter – die einzige körperliche Berührung zwischen ihnen, soweit er sich erinnern konnte. »Du wirst mir auch fehlen«, sagte sie.

Am nächsten Tag erledigte er Mrs. Greenleafs Besorgungen bei Brooks Brothers, zwölf Paar schwarze Wollsocken und einen Bademantel. Mrs. Greenleaf hatte für den Bademantel keine Farbe vorgeschlagen. Sie wolle es ihm überlassen, hatte sie gesagt. Tom wählte einen dunkelbraunen Flanellbademantel mit marineblauen Aufschlägen und ebensolchem Gürtel. Es war in Toms Augen nicht der eleganteste der zur Auswahl stehenden Bademäntel, aber der, den Richard seiner Meinung nach ausgesucht hätte und von dem Richard begeistert sein würde. Socken und Bademantel ließ er auf das Kundenkonto der Greenleafs schreiben. Ein Sporthemd aus schwerem Leinen mit Holzknöpfen gefiel ihm sehr gut, und er hätte es ohne weiteres den Greenleafs anschreiben lassen können, doch er tat es nicht, sondern kaufte das Hemd von seinem eigenen Geld.

5

Der Morgen seiner Abreise, dem er mit so überschwenglicher Erregung entgegengefiebert hatte, begann denkbar abscheulich. Tom folgte dem Steward zu seiner Kabine und gratulierte sich insgeheim zu der Entschiedenheit, mit der er Bob verboten hatte, ihn zum Abschied zu besuchen, doch kaum war er eingetreten, brach ein Höllenspektakel los.

»Wo bleibt der Schampus, Tom? Wir warten!«

»Mann, ist das ein lausiges Loch! Warum verlangst du nicht was Standesgemäßeres?«

»Tommie, nimmst du mich mit?« Das war Ed Martins Freundin, die Tom nicht einmal ansehen wollte.

Da waren sie, hauptsächlich Bobs nichtsnutzige Freunde, die sich auf seinem Bett breitmachten, auf dem Boden, überall. Bob hatte herausgekriegt, daß er fuhr, aber daß er so etwas tun würde, hätte Tom ihm nicht im Traum zugetraut. Er mußte seine ganze Selbstbeherrschung aufbieten, um nicht in schneidendem Ton zu sagen: »Es gibt keinen Champagner.« Er versuchte die Anwesenden zu begrüßen und versuchte zu lächeln, obwohl er am liebsten wie ein Kind in Tränen ausgebrochen wäre. Er bedachte Bob mit einem langen vernichtenden Blick, doch Bob war bereits jenseits von Gut und Böse. Wenige Dinge machten ihm wirklich etwas aus, dachte Tom zu seiner Rechtfertigung, doch das hier zählte dazu: lautstarke Überraschungen, Krawall, der Plebs und Abschaum, den er hinter sich wähnte, als er die Planke überschritt, und der jetzt die Passagierkabine verpestete, in der er die nächsten fünf Tage verbringen sollte!

Tom trat zu Paul Hubbard, dem einzigen anständigen Menschen im Raum, und setzte sich neben ihm auf das kurze Einbausofa. »Hallo, Paul«, sagte er leise. »Das hier tut mir leid.«

»Ach!« schnaubte Paul. »Wie lange bleibst du weg? – Was ist los, Tom? Ist dir nicht gut?«

Es war grauenhaft. Es ging immer weiter, der Lärm und das Gelächter und die Mädchen, die das Bett ausprobierten und das Klo begutachteten. Gott sei Dank waren die Greenleafs nicht gekommen, um sich von ihm zu verabschieden! Mr. Greenleaf hatte geschäftlich nach New Orleans fahren müssen, und Mrs. Greenleaf hatte heute morgen, als Tom sie zum Abschied besuchte, gesagt, sie fühle sich nicht wohl genug, um zum Schiff zu kommen.

Zu guter Letzt förderte Bob oder sonstwer eine Flasche Whisky zutage, und alle tranken aus den zwei Gläsern aus dem Badezimmer, und dann kam der Steward mit einem Tablett Gläser. Tom weigerte sich mitzutrinken. Er schwitzte so heftig, daß er sein Jackett auszog, um es zu schonen. Bob trat zu ihm und drückte ihm ein Glas in die Hand, und Tom erkannte, daß Bob nicht spaßte, und er wußte, warum – weil er Bobs Gastfreundschaft einen Monat lang strapaziert hatte und jetzt wenigstens gute Miene zum bösen Spiel machen mußte, aber eine freundliche Miene war Tom sowenig möglich, als wäre sein Gesicht aus Granit gemeißelt. Und wenn schon, sollten sie ihn doch alle hassen, dachte er, was kümmerte es ihn?

»Ich kann mich hier verstecken, Tommie«, sagte das Mädchen, das entschlossen war, sich irgendwo zu verstecken und mit ihm zu fahren. Sie hatte sich seitlich in einen engen Spalt von Besenkammergröße gezwängt.

»Das würde ich gerne erleben, wenn sie Tommie mit einem Mädchen im Zimmer erwischen!« sagte Ed Martin und lachte.

Tom starrte ihn finster an. »Komm, wir gehen an die frische Luft«, sagte er leise zu Paul.

Die anderen machten so viel Radau, daß ihr Verschwinden nicht weiter auffiel. Sie standen in Bugnähe an der Reling. Es war ein Tag ohne Sonne, und die Stadt zu ihrer Rechten sah bereits aus wie ein graues fernes Land, das er vom Ozean aus betrachtete – bis auf die Horde Idioten in seiner Kabine.

»Wo hast du dich versteckt gehalten?« fragte Paul. »Ed hat mich angerufen und mir erzählt, daß du fährst. Ich habe dich seit Wochen nicht gesehen.«

Paul gehörte zu denen, die glaubten, er arbeite für Associated Press. Tom faselte ihm etwas von einem Auslandsauftrag vor, der ihn, wie er behauptete, möglicherweise sogar in den Nahen Osten führen würde. Es klang nach einem Geheimauftrag. »In letzter Zeit mußte ich viel nachts arbeiten«, sagte Tom, »und deshalb war ich nicht gut erreichbar. Es ist wahnsinnig nett von dir, daß du gekommen bist, um mir adieu zu sagen.«

»Ich hatte heute vormittag keinen Unterricht.« Paul nahm die Pfeife aus dem Mund und lächelte. »Nicht daß ich sonst nicht gekommen wäre! Jeder Vorwand wäre mir recht!«

Tom lächelte auch. Paul lebte vom Musikunterricht an einer New Yorker Mädchenschule, doch am liebsten komponierte er in seiner freien Zeit. Tom wußte nicht mehr, wie er Paul kennengelernt hatte, doch er erinnerte sich, wie er einmal sonntags mit ein paar anderen Leuten zum Brunch in Pauls Wohnung am Riverside Drive gewesen war und Paul ihnen eigene Kompositionen auf dem Klavier vorgespielt hatte, was Tom ungeheuer genossen hatte. »Kann ich dir nichts anbieten? Laß uns sehen, ob wir die Bar finden«, sagte Tom.

Doch in diesem Moment kam ein Steward, der auf einen Gong schlug und rief: »Besucher bitte von Bord! Alle Besucher von Bord!«

Sie schüttelten einander die Hand, klopften einander auf die Schulter, versprachen, Postkarten zu schreiben. Und dann war Paul fort.

Bobs Truppe würde bis zur letzten Sekunde bleiben, dachte Tom, und wahrscheinlich an Land getragen werden müssen. Dann wandte er sich plötzlich ab und sprang eine enge, leiterähnliche Treppe hoch. An ihrem oberen Ende sah er sich vor einem Schild an einer Kette, das besagte RESERVIERT FÜR PASSAGIERE DER 2. KLASSE, doch er stieg über die Kette und trat auf das Deck. Einem Passagier der ersten Klasse würde man das Betreten der zweiten Klasse kaum verbieten, dachte er. Er konnte es nicht ertragen, Bobs Freunde noch einmal zu sehen. Er hatte Bob eine halbe Monatsmiete gegeben und ihm zum Abschied ein anständiges Hemd mit Krawatte geschenkt. Was wollte Bob noch von ihm?

Das Schiff hatte abgelegt, bevor Tom sich wieder zu seiner Kabine hinunterwagte. Vorsichtig betrat er den Raum. Leer. Der saubere blaue Bettüberwurf war wieder glattgezogen. Die Aschenbecher waren leer. Kein Zeichen verriet, daß jemand sich hier aufgehalten hatte. Tom entspannte sich und lächelte. Das nannte man Service! Die gute alte Tradition der Cunard-Linie mit britischem Seemannsstolz und allem Tralala! Auf dem Boden neben seinem Bett erblickte er einen großen Früchtekorb. Begierig ergriff er den kleinen weißen Briefumschlag. Die Karte in dem Umschlag besagte:

Bon voyage und alles Gute, lieber Tom. Unsere herzlichsten Wünsche begleiten Sie.
Emily und Herbert Greenleaf

Der Korb hatte einen großen Henkel und war mit gelbem Zellophan umhüllt – Äpfel und Birnen und Trauben und mehrere Riegel Süßigkeiten und Piccoloflaschen. Tom hatte noch nie so einen Geschenkkorb erhalten. Für ihn war das immer etwas horrend Teures gewesen, das nur im Schaufenster von Feinkostgeschäften feilgeboten wurde. Nun stand er da, Tränen in den Augen, und plötzlich senkte er das Gesicht in seine Hände und begann zu schluchzen.

6

Ihm war friedlich und sanftmütig, doch keineswegs gesellig zumute. Er brauchte Zeit zum Nachdenken und legte keinen Wert darauf, sich mit anderen Reisenden abzugeben, wenngleich er die Leute bei Tisch immer freundlich lächelnd grüßte. Er begann auf dem Schiff eine Rolle zu spielen, die des ernsthaften jungen Mannes, den eine ernsthafte Aufgabe erwartete. Er war höflich, gesetzt, zivilisiert und unnahbar.

Aus einer plötzlichen Laune heraus kaufte er in dem Laden an Bord eine Mütze, eine konservative blaugraue Mütze aus weicher englischer Wolle. Den Schild konnte er sich fast über das ganze Gesicht ziehen, wenn er sich in seinem Liegestuhl ausruhen wollte oder so tun wollte als ob. Er fand, daß eine Mütze die vielseitigste Kopfbedeckung war, und fragte sich, warum er bisher keine getragen hatte. Er konnte wie ein englischer Gutsbesitzer aussehen, wie ein Gangster, ein Engländer, ein Franzose oder nur ein exzentrischer Amerikaner, je nachdem, wie er sie aufsetzte. Tom vergnügte sich in seiner Kabine vor dem Spiegel damit. Er hatte sein Gesicht immer für besonders langweilig gehalten, ein durch und durch unbemerkenswertes Gesicht mit einem gefügigen Ausdruck, den er nicht verstehen konnte, und obendrein einem Ausdruck leiser Furcht, den er nie hatte verwischen können. Das Gesicht eines typischen Konformisten, fand er. Die Mütze änderte das alles. Sie verlieh ihm etwas Ländliches, Greenwich, Connecticut, Vornehmheit. Jetzt war er ein junger Mann mit Privatvermögen, vielleicht frisch aus Princeton. Er kaufte sich eine Pfeife zu der Mütze.

Er begann ein neues Leben. Adieu, all ihr minderwertigen Leute, mit denen er sich in den letzten drei Jahren herumgetrieben und die er um sich herum geduldet hatte. Ihm war zumute, wie seiner Vorstellung nach Emigranten zumute war, wenn sie in einem fernen Land alles hinter sich ließen, Freunde und Verwandte und vergangene Irrtümer, und das Schiff nach Amerika bestiegen. Reiner Tisch gemacht! Was auch mit Dickie geschehen mochte, er würde sich seiner Aufgabe würdig zeigen, und Mr. Greenleaf würde es wissen und ihn dafür achten. Wenn Mr. Greenleafs Geld aufgebraucht war, würde er nicht unbedingt nach Amerika zurückkehren wollen. Vielleicht bekam er eine interessante Arbeit in einem Hotel, eine Arbeit, für

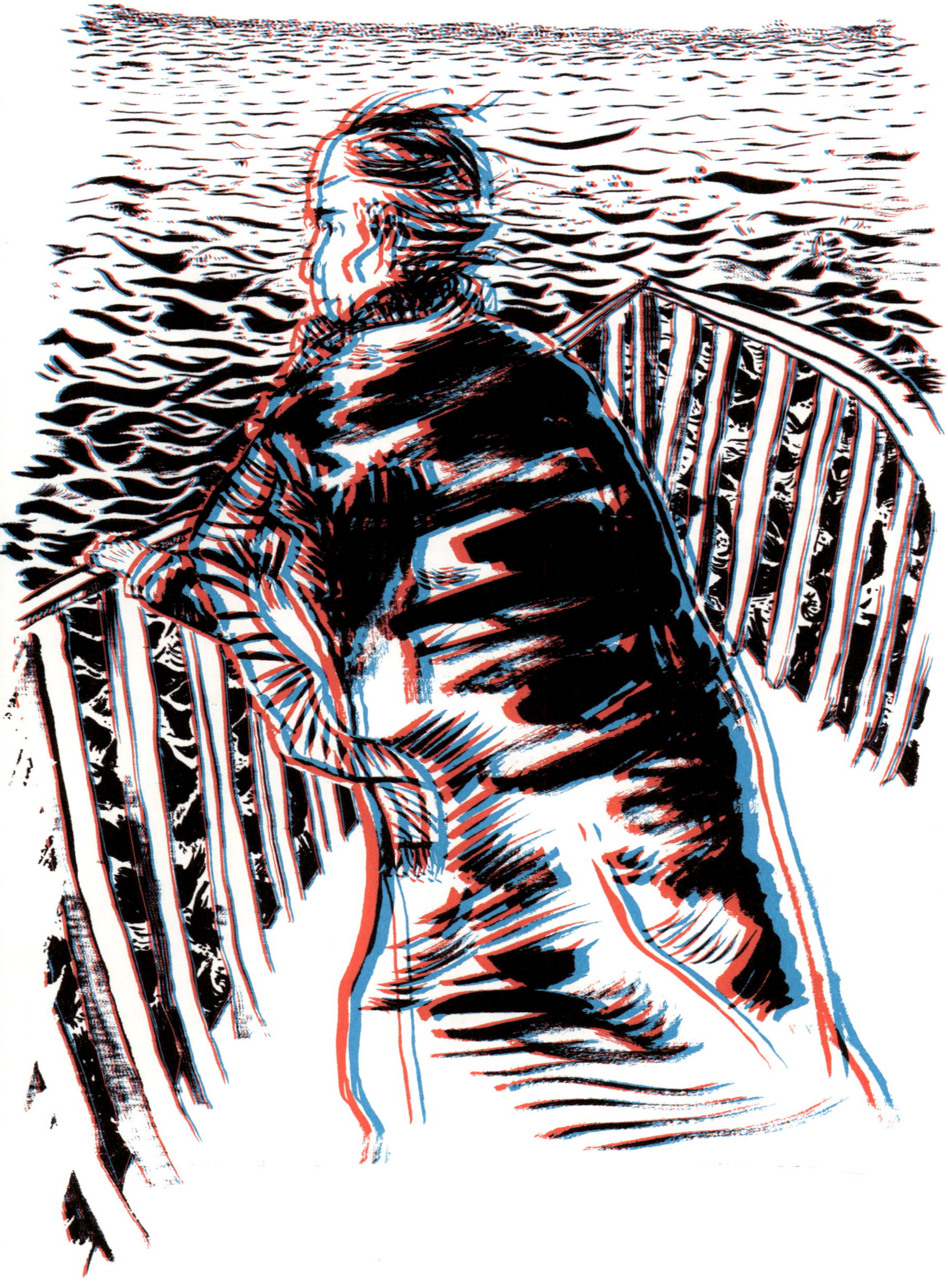

die man jemanden brauchte, der Grips hatte und gut aussah und Englisch sprach. Vielleicht konnte er Vertreter für irgendeine europäische Firma werden und die ganze Welt bereisen. Vielleicht würde sich jemand finden, der einen jungen Mann wie ihn brauchte, einen jungen Mann, der Auto fahren konnte, rechnen, einer alten Oma die Zeit vertreiben oder irgend jemandes Töchterchen zum Tanzen ausführen. Er war vielseitig, und die Welt lag vor ihm! Er gelobte sich, die Arbeit zu behalten, die er finden würde. Geduld und Ausdauer! Auf und voran!

»Haben Sie *Die Gesandten* von Henry James?« fragte Tom den Offizier, der für die Bordbibliothek der ersten Klasse zuständig war. Es stand nicht im Regal.

»Bedaure, Sir, das haben wir nicht«, sagte der Offizier.

Tom war enttäuscht. Mr. Greenleaf hatte ihn gefragt, ob er dieses Buch gelesen habe. Tom hatte das Gefühl, daß er es lesen müsse. Er ging in die Bibliothek der zweiten Klasse. Er fand das Buch, doch als er es mitnehmen wollte und seine Kabinennummer nannte, sagte der Bibliothekar, er bedaure, aber Passagiere der ersten Klasse dürften keine Bücher der Bibliothek der zweiten Klasse ausleihen. Das hatte Tom befürchtet. Er stellte das Buch brav zurück, obwohl es leicht, so leicht gewesen wäre, es heimlich aus dem Regal zu nehmen und unter seinem Jackett zu verbergen.

Morgens schlenderte er mehrmals über Deck, aber sehr langsam, so daß alle, die keuchend ihre Morgenübungen absolvierten, ihn zwei-, dreimal überholten, bevor er seine Runde hinter sich hatte, und dann ließ er sich in seinem Liegestuhl nieder, um Bouillon zu trinken und sich wieder dem Nachsinnen über sein Schicksal hinzugeben. Nach dem Lunch machte er sich in seiner Kabine zu schaffen, genoß den Komfort und die Ungestörtheit und tat nicht das geringste. Manchmal saß er im Schreibzimmer und verfaßte umsichtig Briefe auf dem Schiffsbriefpapier an Marc Priminger, an Cleo, an die Greenleafs. Der Brief an die Greenleafs begann mit höflichen Dankesworten für den Korb mit Reiseproviant und für die luxuriöse Überfahrt, doch er vergnügte sich damit, einen später datierten Phantasiebericht anzuhängen, in dem er schilderte, wie er in Mongibello Dickie ausfindig gemacht hatte und bei ihm in seinem Haus wohnte, wie er langsam, aber stetig vorankam in seinem Bemühen, Dickie zur Heimkehr zu bewegen, wie sie schwimmen und fischen und ins Café gingen, und unversehens waren acht oder zehn Seiten vollgeschrieben, und da er wußte, daß er sie niemals abschicken würde, schrieb er weiter, daß Dickie nicht in Marge verliebt war (er lieferte eine vollständige Charakteranalyse von Marge) und nicht wegen Marge in Italien bleiben wollte, wie es Mrs. Greenleaf angenommen hatte, und so weiter und so weiter, bis die beschriebenen Blätter den Schreibtisch bedeckten und der Essensgong zum erstenmal erklang.

Ein andermal schrieb er einen höflichen Brief an Tante Dottie:

Liebes Tantchen (so nannte er sie in Briefen nur selten und von Angesicht zu Angesicht nie),

wie Du an meinem Briefpapier sehen kannst, befinde ich mich auf hoher See. Ein unerwartetes geschäftliches Angebot, das ich jetzt nicht näher erläutern kann. Ich mußte ziemlich plötzlich abreisen und konnte daher nicht vorher nach Boston kommen, was mir leid tut, weil es Monate oder sogar Jahre dauern kann, bis ich wiederkomme.

Ich wollte nur, daß Du Dir keine Sorgen machst, und Schecks mußt Du mir auch keine mehr schicken. Ich danke Dir sehr für den letzten von vor etwa einem Monat. Ich nehme an, daß Du seither keinen mehr geschickt hast. Es geht mir gut, und ich bin rundum glücklich.

Alles Liebe,
Dein Tom

Sinnlos, irgendwelche frommen Wünsche zu ihrer Gesundheit zu äußern. Sie hatte die Konstitution eines Ochsen. Er fügte hinzu:

PS: Ich weiß nicht, wo ich mich aufhalten werde, und kann Dir deshalb keine Adresse angeben.

Das gefiel ihm, weil es ihn ein für allemal von ihr abschnitt. Nie würde er ihr sagen müssen, wo er sich aufhielt. Schluß mit den verlogenen, hinterhältigen Briefen, den gehässigen Vergleichen mit seinem Vater, den popeligen Schecks über so sonderbare Summen wie sechs Dollar und achtundvierzig Cent oder zwölf Dollar fünfundneunzig, als hätte sie nach Bezahlen einer Rechnung den Betrag übrigbehalten oder etwas in einen Laden zurückgebracht und das Geld dafür bekommen, das sie ihm wie ein Almosen vor die

Füße warf. Bedachte man, was Tante Dottie mit ihrem Einkommen für ihn hätte tun können, waren die Schecks eine Beleidigung. Tante Dottie behauptete immer, seine Erziehung hätte sie mehr gekostet, als die Versicherung seines Vaters gezahlt hatte, und das mochte stimmen, aber mußte sie es ihm deshalb ständig unter die Nase reiben? Würde ein normaler Mensch einem Kind so etwas ständig unter die Nase reiben? Viele Tanten und sogar Fremde zogen Kinder auf, ohne etwas dafür zu bekommen, und taten es gerne.

Nach seinem Brief an Tante Dottie stand er auf und spazierte über Deck, um sich zu beruhigen. Wenn er ihr schrieb, regte er sich jedesmal auf. Er ärgerte sich über sein unterwürfiges Getue. Doch bis jetzt hatte er immer Wert darauf gelegt, sie wissen zu lassen, wo er war, denn er hatte ihre popeligen Schecks immer gebraucht. Er hatte ein Dutzend Briefe mit Adreßänderungen an Tante Dottie schicken müssen. Jetzt brauchte er ihr Geld nicht mehr. Und er wollte und würde für alle Zeiten unabhängig davon bleiben.

Plötzlich fiel ihm ein Sommertag ein, an dem er als etwa Zwölfjähriger mit Tante Dottie und einer Freundin seiner Tante auf einer Fahrt über Land in einen Verkehrsstau geraten war. Es war ein heißer Sommertag; Tante Dottie hatte ihn mit einer Thermoskanne zur nächsten Tankstelle geschickt, wo er Eiswasser besorgen sollte, und plötzlich begann die Kolonne sich zu bewegen. Er erinnerte sich, wie er zwischen den großen Autos, die anfuhren, hin und her gesprungen war, immer kurz davor, die Tür von Tante Dotties Wagen zu erreichen, der ihm immer wieder davonfuhr, weil Tante Dottie nicht auf ihn wartete, sondern ununterbrochen aus dem Wagenfenster rief: »Na los, du Trantüte, beeil dich!« Als er es endlich geschafft hatte, tränenüberströmt vor Frustration und Wut, hatte sie munter zu ihrer Freundin gesagt: »So ein Schlappschwanz! Durch und durch! Wie kann man nur so ein Schlappschwanz sein! Genau wie sein Vater!« Es grenzte an ein Wunder, daß er dieses Martyrium ohne größere Blessuren überlebt hatte. Und warum, fragte er sich, hatte Tante Dottie seinen Vater für einen Schlappschwanz gehalten? Gab es irgendein Beispiel, das sie vorbringen konnte oder je vorgebracht hatte? Nein.

In seinem Liegestuhl, seelisch gestärkt durch die luxuriöse Umgebung und körperlich durch den Überfluß an guten Speisen, versuchte er sein bisheriges Leben objektiv zu betrachten. Die letzten vier Jahre hatte er weitgehend in den Sand gesetzt, das ließ sich nicht leugnen. Eine Reihe Aushilfstätigkeiten, lange gefährliche Strecken ohne jede Beschäftigung mit anschließendem Sichgehenlassen infolge Geldmangels und daran anschließenden Bekanntschaften mit dummen, vulgären Leuten, um nicht einsam zu sein oder weil sie ihm eine Zeitlang weiterhelfen konnten, Leuten wie Marc Priminger. Keine Bilanz, auf die man unbedingt stolz sein konnte, wenn man bedachte, mit welch hochgespannten Erwartungen er nach New York gekommen war. Er hatte Schauspieler werden wollen, ohne mit seinen zwanzig Jahren die blasseste Ahnung von den damit verbundenen Schwierigkeiten, der erforderlichen Ausbildung oder auch nur dem erforderlichen Talent zu haben. Er hatte gedacht, er besitze das erforderliche Talent und müsse nicht mehr tun als einem Produzenten einen seiner selbstverfaßten Sketche vorführen – beispielsweise den, wo Mrs. Roosevelt nach einem Besuch in einer Klinik für ledige Mütter *My Day* schreibt –, doch die ersten drei Absagen hatten ihm alle Hoffnung und allen Mut geraubt. Er hatte keine Ersparnisse gehabt und deshalb auf dem Bananenfrachter angeheuert, was ihn zumindest aus New York wegbrachte. Er hatte befürchtet, Tante Dottie könnte ihn polizeilich in New York suchen lassen, obwohl er in Boston nichts verbrochen hatte, sondern nur weggelaufen war, um seinen eigenen Weg zu machen in der Welt wie Millionen junger Männer vor ihm.

Sein Hauptfehler war gewesen, daß er nie lange genug bei einer Sache geblieben war, dachte er, etwa bei dem Buchhalterjob in dem Kaufhaus, aus dem sich sicher etwas hätte machen lassen, wenn die quälende Langsamkeit, mit der man im Kaufhaus befördert wurde, ihn nicht so tödlich abgeschreckt hätte. Nun ja, bis zu einem gewissen Punkt war Tante Dottie schuld an seiner mangelnden Ausdauer, da sie ihn als Kind nie gelobt hatte, wenn er fleißig gewesen war und mit dreizehn Zeitungen ausgetragen hatte. Die Zeitung hatte ihn mit einer Silbermedaille für »Höflichkeit, guten Service und Zuverlässigkeit« ausgezeichnet. In der Erinnerung sah er sich wie eine andere Person, eine magere, schniefende, ewig erkältete Jammergestalt, die es dennoch fertiggebracht hatte, eine Medaille für Höflichkeit, guten Service und Zuverlässigkeit zu gewinnen. Tante Dottie hatte es nicht ausstehen können, wenn er erkältet war; sie hatte ihm ständig mit ihrem Taschentuch die Nase geputzt, so grob, als wolle sie sie ihm abreißen.

Bei der Erinnerung daran wand sich Tom in seinem Liegestuhl, doch wand er sich mit Eleganz, indem er die Bügelfalte seines Hosenbeins zurechtzupfte.

Er entsann sich, wie er schon als Achtjähriger den Entschluß gefaßt hatte, Tante Dottie davonzulaufen, und was für Szenen er sich ausgemalt hatte – wie Tante Dottie ihn einzusperren versuchte und er sie mit Fäusten schlug, zu Boden warf und würgte und ihr zuletzt die große Brosche vom Kleid riß und sie damit unzählige Male in die Kehle stach. Er war mit siebzehn weggelaufen und zurückgebracht worden, und mit zwanzig wieder, diesmal erfolgreich. Und es war verblüffend und ergreifend, wie naiv er damals gewesen war, wie wenig er wußte über den Lauf der Welt, als hätte er fast all seine Zeit damit zugebracht, Tante Dottie zu hassen und Pläne und Ränke zu schmieden, so daß fast keine übrigblieb, die er aufs Lernen und Erwachsenwerden verwenden konnte. Er erinnerte sich, wie ihm zumute gewesen war, als er in seinem ersten Monat in New York bei dem Lagerhaus gefeuert worden war. Er hatte die Stelle keine zwei Wochen lang gehabt, weil er zu schwach war, um acht Stunden am Tag Orangenkisten zu schleppen, doch er hatte sich völlig verausgabt, um die Stelle zu behalten, und als man ihn feuerte, hatte er das schrecklich ungerecht gefunden, das wußte er noch heute. Er erinnerte sich, daß er daraufhin zu der Ansicht gelangt war, die Welt sei voller Sklaventreiber und man müsse ein Tier sein, so rücksichtslos wie die Gorillas, die im Lagerhaus mit ihm gearbeitet hatten, wenn man nicht verhungern wollte. Er erinnerte sich, daß er im Anschluß daran einen Brotlaib von der Theke eines Lebensmittelladens gestohlen und zu Hause gierig aufgegessen hatte, in der Überzeugung, daß die Welt ihm mindestens einen Brotlaib schuldig war, wenn nicht mehr.

»Mr. Ripley?« Eine der Engländerinnen, die neulich beim Tee im Salon neben ihm auf dem Sofa gesessen hatten, beugte sich über ihn. »Wir wollten Sie fragen, ob Sie nicht Lust hätten, mit uns im Spielzimmer eine Partie Bridge zu spielen. Wir wollen in ungefähr einer Viertelstunde anfangen.«

Tom richtete sich höflich im Liegestuhl auf. »Oh, vielen Dank, aber ich glaube, ich möchte noch ein bißchen draußen bleiben. Und ich bin kein besonders guter Bridgespieler.«

»Ach, das sind wir auch nicht! Nun ja, vielleicht ein andermal.«

Tom ließ sich im Liegestuhl zurücksinken, zog sich die Mütze über die Augen und faltete die Hände über dem Bauch. Er wußte, daß seine Reserviertheit den Mitreisenden Gesprächsstoff bot. Er hatte mit keinem der dümmlichen Mädchen getanzt, die bei den allabendlichen Tanzveranstaltungen immer wieder kichernd hoffnungsvolle Blicke auf ihn richteten. Er malte sich die Spekulationen der Passagiere aus: Amerikaner? Ich glaube schon, aber er benimmt sich gar nicht so, finden Sie nicht auch? Amerikaner sind doch immer so laut. Er wirkt so schrecklich ernst, finden Sie nicht auch, und dabei kann er doch höchstens Anfang Zwanzig sein. Er scheint eine große Verantwortung zu tragen.

Ja, die trug er. Die für Gegenwart und Zukunft Tom Ripleys.

7

Paris war nur ein kurzer Blick aus einem Bahnhofsfenster auf eine erleuchtete Caféfassade samt regennasser Markise, Tischen auf dem Trottoir und Hecken in Pflanzkübeln, ganz wie aus einem Touristenprospekt, und ansonsten eine Abfolge langer Bahnsteige, die entlang er rundlichen kleinen blaugekleideten Gepäckträgern mit seinem Gepäck folgte, sowie zuletzt der Schlafwagen, der ihn nach Rom befördern würde. Nach Paris konnte er ein andermal zurückkommen, dachte er. Es eilte ihm damit, nach Mongibello zu gelangen.

Als er am nächsten Morgen erwachte, war er in Italien. An diesem Morgen geschah etwas sehr Erfreuliches. Tom schaute aus dem Fenster auf die Landschaft, als er im Korridor vor seinem Abteil Italiener etwas sagen hörte, worin das Wort Pisa vorkam. Auf der anderen Seite des Zugs glitt eine Stadt vorbei. Tom trat in den Korridor, um sie besser zu sehen, und hielt automatisch nach dem Schiefen Turm Ausschau, obwohl er sich gar nicht sicher war, ob es sich wirklich um Pisa handelte oder der Turm vom Zug aus zu sehen sein würde – aber da war er! Eine gedrungene weiße Säule, die aus den niedrigen kalkweißen Häusern herausragte, aus denen die übrige Stadt bestand, und die tatsächlich schief stand, so schief, daß man es kaum glauben mochte! Er war immer überzeugt gewesen, daß das mit der Schiefheit des Schiefen Turms von Pisa eine Übertreibung sei. Er hielt es für ein gutes Omen, für ein Zeichen, daß Italien all seinen Erwartungen gerecht werden und daß mit ihm und Dickie alles gutgehen würde.

Am späten Nachmittag kam er in Neapel an; der nächste Bus nach Mon-

gibello fuhr erst um elf Uhr vormittags am nächsten Tag. Ein vielleicht sechzehnjähriger Knabe in schmutzigem Hemd und Hosen und mit G.I.-Stiefeln an den Füßen heftete sich am Bahnhof an seine Fersen, als er etwas Geld wechselte, und versuchte ihm Gott weiß was aufzuschwatzen, Mädchen oder Rauschgift, und quetschte sich trotz Toms Protest mit ihm ins Taxi und wies dem Fahrer den Weg, unablässig schwadronierend und einen Finger hochhaltend, wie um zu bedeuten, es werde alles zu Toms bester Zufriedenheit ausfallen.

Tom fügte sich in sein Schicksal und drückte sich mit verschränkten Armen mürrisch in seine Ecke, bis das Taxi vor einem großen Hotel mit Meerblick anhielt. Vor dem imposanten Hotel hätte Tom sich gefürchtet, wäre die Rechnung nicht auf Mr. Greenleaf gegangen.

»Santa Lucia!« sagte der Knabe stolz und deutete auf das Meer.

Tom nickte. Offenbar führte der Knabe nichts Böses im Schild. Tom bezahlte den Fahrer und gab dem Knaben einen Hundertlireschein, was er auf sechzehn Cent und ein paar Stellen hinter dem Komma schätzte und für ein angemessenes Trinkgeld in Italien hielt – wie er sich erinnerte, an Bord in einem Artikel über Italien gelesen zu haben –, und als der Knabe ihn empört ansah, gab er ihm noch einmal hundert, und als er ihn immer noch empört ansah, winkte er ihm abschließend zu und folgte den Pagen, die bereits sein Gepäck an sich genommen hatten.

Abends aß Tom in einem Restaurant am Meer, das Zi' Teresa hieß und das ihm der englisch sprechende Geschäftsführer des Hotels empfohlen hatte. Das Bestellen war das reine Glücksspiel, und als ersten Gang sah er vor sich einen Teller mit Miniaturkraken von so heftigem Purpur, als hätte man sie in der Tinte gekocht, mit der die Speisekarte geschrieben war. Er probierte die Spitze eines Tentakels, der von unangenehm knorpeliger Beschaffenheit war. Auch der zweite Gang war ein Fehlschlag, ein großer Teller verschiedener fritierter Fische. Der dritte Gang, unter dem er sich ein Dessert vorgestellt hatte, bestand aus zwei kleinen rötlichen Fischen. Ach, Neapel! Was zählte schon das Essen! Der Wein stimmte ihn versöhnlich. Weit zu seiner Linken bewegte sich ein Dreiviertelmond über den gezackten Umriß des Vesuvs. Tom schaute so gelassen hin, als hätte er den Anblick schon tausendmal gesehen. Dort um die Landzunge herum, hinter dem Vesuv, lag Richards Dorf.

Am nächsten Morgen stieg er um elf in den Bus. Die Straße wand sich die

Küste entlang und verlief durch Städtchen, in denen sie anhielten – Torre del Greco, Torre Annunciata, Castellammare, Sorrento. Tom lauschte neugierig den Ortsnamen, die der Fahrer ausrief. Hinter Sorrent verengte sich die Fahrbahn zu einer schmalen Schneise, in die Felsklippen gehauen, die Tom bei den Greenleafs auf Fotos gesehen hatte. Hin und wieder erhaschte er einen Blick auf eines der Dörfer unten am Meeressaum, auf Häuser, weiß wie Brotkrumen, und die Köpfe der Schwimmenden in Küstennähe wie Tupfen im Wasser. Mitten auf der Straße sah Tom einen Felsbrocken liegen, der offenbar von einer Klippe heruntergebrochen war. Der Fahrer wich ihm mit nonchalantem Schwung aus.

»*Mongibello!*«

Tom sprang auf und hievte seinen Koffer aus dem Gepäcknetz. Auf dem Dach war ein weiterer Koffer verstaut, den der Junge, der dem Fahrer half, für ihn hinunterbeförderte. Dann fuhr der Bus weiter, und Tom stand allein am Straßenrand, die Koffer zu seinen Füßen. Oberhalb von ihm zogen sich Häuser am Berghang empor, unterhalb hoben sich Dächer vom blauen Meer ab. Ohne seine Koffer aus den Augen zu lassen, ging Tom in ein kleines Haus auf der anderen Straßenseite, das die Bezeichnung POSTA trug, und erkundigte sich bei dem Mann am Schalter, wo Richard Greenleafs Haus zu finden sei. Er hatte versehentlich englisch gesprochen, doch der Mann schien ihn zu verstehen, denn er kam hinter seinem Schalter hervor und deutete von der Tür aus die Straße entlang in jene Richtung, aus der Tom mit dem Bus gekommen war, und gab dazu auf italienisch offenbar nähere Angaben zum Weg.

»*Sempre sinistra, sinistra!*«

Tom dankte ihm und fragte, ob er seine Koffer eine Weile in der Post lassen dürfe, was der Mann ebenfalls zu verstehen schien, denn er half Tom, sie in das Postamt zu tragen.

Tom mußte zwei weitere Leute nach dem Weg zu Richard Greenleafs Haus fragen, doch jedermann schien es zu kennen, und der dritte Befragte konnte es Tom zeigen – ein großes zweistöckiges Gebäude mit einem Eisentor zur Straße hin und einer Terrasse, die über die Felsklippen hinausragte. Tom läutete die Eisenglocke neben dem Tor. Eine Italienerin kam aus dem Haus und wischte sich die Hände an ihrer Schürze ab.

»Mr. Greenleaf?« fragte Tom hoffnungsvoll.

Die Frau lächelte und gab ihm eine umständliche italienische Antwort,

wobei sie zum Meer hinunterdeutete. Sie wiederholte mehrmals ein Wort, das in Toms Ohren wie ein schrilles Quieken klang.

Tom nickte. »*Grazie.*«

Sollte er in seiner Straßenkleidung zum Strand hinuntergehen, oder wäre eine Badehose angemessener? Oder sollte er lieber bis zur Tee- oder Cocktailstunde warten? Oder besser vorher anrufen? Eine Badehose hatte er nicht mitgebracht, obwohl sie hier unentbehrlich zu sein schien. Tom ging in einen der kleinen Läden in der Nähe der Post, der in seinem winzigen Schaufenster Hemden und Badehosen ausstellte, und nachdem er mehrere Modelle anprobiert hatte, die ihm nicht paßten oder nicht genug, um als Badehose zu dienen, kaufte er ein schwarz-gelb gemustertes Etwas, das kaum taschentuchgroß war. Seine Kleidung packte er zu einem ordentlichen Bündel und wickelte sie in seinen Trenchcoat, und dann trat er barfuß aus der Tür. Er sprang sofort zurück. Das Kopfsteinpflaster war glühend heiß.

»Schuhe? Sandalen?« fragte er den Ladeninhaber. Der Mann führte keine Schuhe.

Tom zog seine Schuhe wieder an und ging über die Straße zum Postamt, wo er seine Kleidung mit den Koffern zur Aufbewahrung geben wollte, doch die Tür war verschlossen. Er hatte davon gehört, daß es in Europa Geschäfte gab, die von zwölf Uhr mittags bis vier Uhr nachmittags geschlossen hatten. Er wandte sich ab und ging eine kopfsteingepflasterte Gasse entlang, die vermutlich zum Strand hinunterführte. Er wanderte ein Dutzend Kopfsteinstufen hinunter, dann an Läden und Häusern vorbei eine weitere Gasse entlang, wieder Stufen hinunter und erreichte zuletzt eine breite, ebenerdige Promenade oberhalb des Strands, an der sich Cafés und ein Restaurant mit Tischen im Freien befanden. Sonnengebräunte italienische Halbwüchsige, die am Rand der Promenade auf Holzbänken saßen, beäugten ihn ausgiebig von Kopf bis Fuß, als er vorbeiging. Er schämte sich zu Tode über die großen braunen Schuhe an seinen Füßen und über seine totenblasse Haut. Er war den ganzen Sommer nicht am Strand gewesen. Badestrände waren ihm zuwider. Ein hölzerner Steg führte den halben Strand entlang, und Tom wußte, daß es sich darauf so bequem gehen würde wie auf glühenden Kohlen, denn die Leute lagen auf Badetüchern oder anderen Polstern, doch todesmutig zog er seine Schuhe aus, blieb einen Moment auf dem heißen Holz stehen und betrachtete gelassen die Leute in seiner Nähe. Niemand sah aus wie

Richard, und die wabernden Hitzewellen hinderten ihn daran, in größerer Entfernung irgend jemanden zu erkennen. Tom streckte einen Fuß auf den Sand vor und zog ihn schnell zurück. Dann holte er tief Luft, rannte den Rest des Stegs entlang, hüpfte über den Sand und ließ die Füße in das wohltuend kühle seichte Wasser sinken. Er ging langsamer.

In der Entfernung etwa eines Häuserblocks erblickte Tom ihn – es mußte Dickie sein, auch wenn er dunkelbraun gebrannt war und sein blondes Haar heller wirkte, als Tom in Erinnerung hatte. Er war mit Marge zusammen.

»Dickie Greenleaf?« fragte Tom lächelnd.

Dickie blickte auf. »Ja?«

»Ich bin Tom Ripley. Wir haben uns in den Staaten vor ein paar Jahren kennengelernt. Wissen Sie noch?«

Dickie sah ihn verständnislos an.

»Ich dachte, Ihr Vater hätte Ihnen geschrieben, daß ich komme.«

»Ach, ja!« sagte Dickie und tippte sich mit einer Hand an die Stirn, als wäre es dumm von ihm, es vergessen zu haben. Er richtete sich auf. »Tom wie bitte?«

»Ripley.«

»Das hier ist Marge Sherwood«, sagte er. »Marge, Tom Ripley.«

»Guten Tag«, sagte Tom.

»Guten Tag.«

»Wie lange werden Sie hier sein?« fragte Dickie.

»Das weiß ich noch nicht«, sagte Tom. »Ich bin eben erst angekommen. Ich muß mich erst mal kundig machen.«

Dickie schaute ihn an, als mache er sich über Tom kundig, und das nicht unbedingt beifällig, wie es Tom schien. Dickie hatte die Arme verschränkt und die mageren braunen Füße im heißen Sand vergraben, als mache ihm das überhaupt nichts aus. Tom war wieder in seine Schuhe geschlüpft.

»Suchen Sie ein Haus?« fragte Dickie.

»Ich weiß noch nicht«, sagte Tom unschlüssig, als hätte er mit diesem Gedanken gespielt.

»Wenn Sie ein Haus für den Winter suchen, ist das jetzt die richtige Zeit«, sagte das Mädchen. »Die Sommerurlauber sind inzwischen fast alle abgereist. Für den Winter könnten wir ein paar mehr Amerikaner gut gebrauchen.«

Dickie schwieg. Er hatte sich wieder auf dem großen Badetuch neben das Mädchen niedergelassen, und Tom spürte, daß er darauf wartete, daß er sich verabschiedete und verschwand. Tom blieb stehen und kam sich so bleich und nackt vor wie am Tag seiner Geburt. Er verabscheute Badehosen. Seine war besonders offenherzig. Es gelang ihm, seine Zigaretten aus dem Päckchen in seinem Trenchcoat zutage zu fördern, und er bot sie Dickie und dem Mädchen an. Dickie nahm eine, und Tom zündete sie mit seinem Feuerzeug an.

»Sie erinnern sich wohl nicht an mich aus New York«, sagte Tom.

»Nicht so richtig«, sagte Dickie. »Wo sind wir uns begegnet?«

»Ich glaube ... War es nicht bei Buddy Lankenau?« Das stimmte nicht, aber Tom wußte, daß Dickie Buddy Lankenau kannte, und an Buddy gab es nichts auszusetzen.

»Ah, ja«, sagte Dickie unbestimmt. »Sie müssen entschuldigen. Amerika ist für mich *ganz* weit weg.«

»Das kann man wohl sagen«, sagte Marge, die Tom zu Hilfe kam. »Man sollte meinen, jeden Tag weiter. – Wann sind Sie angekommen, Tom?«

»Ungefähr vor einer Stunde. Meine Koffer habe ich im Postamt abgestellt.« Er lachte.

»Wollen Sie sich nicht setzen? Hier ist noch ein Handtuch.« Sie breitete ein kleineres weißes Handtuch neben sich auf dem Sand aus.

Tom nahm es dankbar an.

»Ich geh mich abkühlen«, sagte Dickie, der aufstand.

»Ich auch!« sagte Marge. »Und Sie, Tom?«

Tom folgte ihnen. Dickie und das Mädchen wagten sich weit hinaus – beide waren offenbar ausgezeichnete Schwimmer –, während Tom sich nahe am Ufer hielt und vor ihnen das Wasser verließ. Als Dickie und das Mädchen zurückkamen, sagte Dickie, als hätte das Mädchen es ihm eingetrichtert: »Wir gehen jetzt. Hätten Sie Lust, mitzukommen und mit uns zu essen?«

»Oh, warum nicht. Vielen Dank.« Tom half ihnen, Badetücher, Sonnenbrillen und italienische Zeitungen einzusammeln.

Es wollte Tom scheinen, als würden sie das Haus nie erreichen. Dickie und Marge gingen voraus und nahmen die endlosen steinernen Stufen langsam und unbeschwert, zwei auf einmal. Die Sonne hatte Tom zugesetzt. Seine Beinmuskeln zitterten auf den flachen Stufen. Seine Schultern hatten sich bereits rötlich verfärbt, und er hatte sein Hemd zum Schutz gegen die Sonnenstrahlen angezogen, doch er spürte, wie sie durch sein Haar brannten und ihm Übelkeit und Schwindel verursachten.

»Gar nicht so einfach, was?« sagte Marge, die kein bißchen aus der Puste war. »Wenn Sie bleiben, gewöhnen Sie sich daran. Sie hätten während der Hitzewelle im Juli hier sein sollen.«

Tom hatte nicht genug Atem übrig, um zu antworten.

Eine Viertelstunde später ging es ihm besser. Er hatte kühl geduscht und saß in einem bequemen Korbsessel auf Dickies Terrasse, einen Martini in der Hand. Auf Marges Vorschlag hin hatte er seine Badehose wieder angezogen und darüber sein Hemd. Auf der Terrasse war unterdessen für drei Personen der Tisch gedeckt worden, und jetzt war Marge in der Küche, wo sie auf italienisch auf das Hausmädchen einredete. Tom fragte sich, ob Marge hier wohnte. Groß genug war das Haus. Es war spärlich möbliert, wie Tom sehen konnte, in einer geschmackvollen Mischung aus italienischen Antiquitäten und amerikanischem Bohemestil. Im Eingangsflur waren ihm zwei echte Picassos aufgefallen.

Marge kam mit ihrem Martini auf die Terrasse. »Das da drüben ist mein Haus.« Sie deutete hin. »Sehen Sie? Das eckige weiße mit dem Dach in dunklerem Rot als die Häuser daneben.«

Es war ein hoffnungsloses Unterfangen, es ausmachen zu wollen, aber Tom tat so, als sähe er es. »Wohnen Sie da schon lange?«

»Seit einem Jahr. Den ganzen letzten Winter, und das war vielleicht ein Winter! Jeden Tag Regen mit einer einzigen Ausnahme, und das drei Monate lang!«

»Tatsächlich?«

»M-hm.« Marge trank ihren Martini in kleinen Schlucken und blickte versonnen auf ihr kleines Dorf. Sie hatte ebenfalls wieder ihren Badeanzug an, einen tomatenroten Badeanzug, und darüber ein gestreiftes Hemd. Sie sah nicht schlecht aus, nahm Tom an, hatte sogar eine gute Figur, wenn man den kräftigeren Typ schätzte. Was Tom persönlich nicht tat.

»Ich habe gehört, Dickie hat ein Schiff«, sagte Tom.

»Ja, die *Pipi*, Abkürzung für *Pipistrello*. Wollen Sie sie sehen?«

Sie zeigte auf eine weitere unkenntliche Stelle am Ende des kleinen Piers, den man von der Terrassenecke aus sehen konnte. Die Schiffe ähnelten einander sehr, doch Marge sagte, Dickies Schiff sei größer als die meisten und habe zwei Masten.

Dickie kam aus dem Haus und schenkte sich aus der Kanne auf dem Tisch einen Cocktail ein. Er trug schlechtgebügelte weiße Segeltuchhosen und ein Leinenhemd von der gleichen Farbe wie seine gebräunte Haut. »Bedaure, Eis haben wir nicht. Ich besitze keinen Kühlschrank.«

Tom lächelte. »Ich habe Ihnen einen Bademantel mitgebracht. Ihre Mutter sagte, Sie hätten darum gebeten. Und Socken.«

»Sie kennen meine Mutter?«

»Bevor ich New York verließ, begegnete ich Ihrem Vater, und er hat mich zum Abendessen nach Hause eingeladen.«

»Oh. Und wie ging es meiner Mutter?«

»An dem Abend war sie ganz munter. Doch sie wird schnell müde.«

Dickie nickte. »Sie haben mir kürzlich geschrieben, daß es ihr ein bißchen bessergeht. Aber sie befindet sich momentan nicht in einer Krise, oder?«

»Ich glaube nicht. Ich glaube, einige Wochen früher hat Ihr Vater sich viel mehr Sorgen gemacht.« Tom zögerte. »Und er macht sich Sorgen, weil Sie nicht zurückkommen wollen.«

»Herbert macht sich immer über irgendwas Sorgen«, sagte Dickie.

Marge und das Hausmädchen brachten aus der Küche eine Platte voll dampfender Spaghetti, eine große Schüssel Salat und Brot. Dickie und Marge begannen, sich über den Ausbau irgendeines Restaurants am Strand zu unterhalten. Der Inhaber wollte die Terrasse vergrößern, damit getanzt werden konnte. Sie besprachen es gemächlich in allen Einzelheiten wie Leute, die in einer Kleinstadt an den geringfügigsten Veränderungen in der Nachbarschaft Anteil nehmen. Tom hatte dazu nichts beizutragen.

Er verbrachte die Zeit damit, Dickies Ringe zu begutachten. Beide gefielen ihm: der große rechteckige grüne Stein mit Goldfassung am Mittelfinger seiner rechten Hand und der Siegelring am kleinen Finger der Linken, größer und prunkvoller als der Mr. Greenleafs. Dickie hatte lange knochige Hände, seinen eigenen Händen nicht unähnlich, fand Tom.

»Ach, übrigens, Ihr Vater hat mir vor meiner Abreise die Burke-Greenleaf-Werft gezeigt«, sagte Tom. »Er hat mir erzählt, daß er eine Menge Veränderungen vorgenommen hat, seit Sie das letztemal dort waren. Ich fand es ziemlich beeindruckend.«

»Wahrscheinlich hat er Ihnen auch eine Stelle angeboten. Er ist immer auf der Suche nach vielversprechenden jungen Männern.« Dickie drehte seine Gabel geschickt und steckte sich eine große Gabel voll Spaghetti in den Mund.

»Nein, das hat er nicht.« Tom merkte, daß das Essen keinen fürchterlicheren Verlauf hätte nehmen können. Hatte Mr. Greenleaf Dickie etwa angekündigt, er komme, um ihn darüber zu belehren, warum er heimzukehren habe? Oder war Dickie einfach nur schlecht gelaunt? Seit ihrer letzten Begegnung hatte Dickie sich jedenfalls gewaltig verändert.

Dickie holte eine blinkende Espressomaschine aus dem Haus und steckte die Schnur in einen Stecker an der Terrassenwand. Wenige Minuten später hatten sie vier Täßchen Kaffee; eines davon brachte Marge dem Hausmädchen in die Küche.

»In welchem Hotel wohnen Sie?« fragte Marge.

Tom lächelte. »Ich habe mich noch nicht darum gekümmert. Welches würden Sie mir empfehlen?«

»Das Miramare ist das beste, gleich neben dem Giorgio. Das einzige andere Hotel ist das Giorgio, aber –«

»Vom Giorgio heißt es, daß es *pulci* in den Betten geben soll«, sagte Dickie.

»Das heißt Flöhe. Das Giorgio ist billig«, sagte Marge ernsthaft, »aber der Service ist –«

»Nicht vorhanden«, soufflierte Dickie.

»Wie charmant wir heute sind!« sagte Marge zu Dickie und schnippste ihm einen Krümel Gorgonzola entgegen.

»Tja, dann versuche ich es lieber mit dem Miramare«, sagte Tom, der sich erhob. »Ich muß jetzt los.« Niemand forderte ihn auf zu bleiben. Dickie begleitete ihn zum Tor. Marge blieb auf der Terrasse. Tom fragte sich, ob Dickie und Marge eine Affäre hatten, eine jener berühmten Affären, die sich in Ermangelung von etwas Besserem ergaben und für Außenstehende nicht weiter erkennbar waren, weil die Betroffenen sie mit Gleichmut behandelten. Marge war in Dickie verliebt, dachte Tom, aber Dickie war sie so gleichgültig, als wäre sie seine fünfzigjährige italienische Haushälterin.

»Irgendwann würde ich gerne einige Ihrer Bilder sehen«, sagte Tom zu Dickie.

»Schön. Tja, ich denke, wir werden Sie wiedersehen, wenn Sie hier bleiben«, und Tom hatte den Eindruck, daß Dickie das nur sagte, weil er den Bademantel und die Socken mitgebracht hatte.

»Das Essen war herrlich. Auf Wiedersehen, Dickie.«

»Auf Wiedersehen.«

Das Eisentor schloß sich klirrend.

8

Tom nahm ein Zimmer im Miramare. Bis er seine Koffer aus dem Postamt geholt hatte, war es vier Uhr, und mit Mühe und Not gelang es ihm, seinen besten Anzug auf den Kleiderbügel zu hängen, bevor er auf das Bett fiel. Die Stimmen italienischer Knaben, die sich draußen unterhielten, drangen zum Fenster herein, so deutlich, als befänden sie sich in seinem Zimmer, und das freche, keckernde Lachen eines der Jungen, das immer wieder zwischen den sonoren Silben ertönte, ließ Tom zusammenzucken und sich winden. Er stellte sich vor, wie sie seinen Besuch bei Mr. Greenleaf besprachen und unschmeichelhafte Spekulationen darüber anstellten, was nun wohl weiter geschehen würde.

Was wollte er hier? Er hatte keine Freunde und sprach die Sprache nicht. Und wenn er krank wurde? Wer würde sich dann um ihn kümmern?

Tom stand auf; er spürte, daß er sich übergeben mußte, doch er bewegte sich ohne Hast, weil er wußte, wann es soweit sein und daß er rechtzeitig im Bad sein würde. Im Bad wurde er seinen Lunch los und, wie er vermutete, den Fisch aus Neapel. Er legte sich in sein Bett zurück und schlief sofort ein.

Als er erwachte, beduselt und schwach, schien die Sonne noch; auf seiner neuen Armbanduhr war es halb sechs. Er trat an ein Fenster und sah hinaus, wobei er automatisch zwischen den rosa und weißen Häusern, die den steilen Hügel vor ihm tüpfelten, nach Dickies großem Haus mit der vorspringenden Terrasse suchte. Er entdeckte die gedrungene rötliche Terrassenbrüstung. War Marge noch dort? Sprachen sie über ihn? Gelächter übertönte die spärlichen Straßengeräusche, tief und hallend und so amerikanisch, als hätte jemand amerikanisch gesprochen. Für eine Sekunde erblickte er Dickie und Marge zwischen zwei Häusern an der Hauptstraße. Sie gingen um eine

Ecke, und Tom trat an das andere Fenster, um sie besser zu sehen. Direkt unter seinem Fenster verlief ein Gäßchen, das Dickie und Marge entlangkamen – Dickie in seinen weißen Hosen und seinem terrakottafarbenen Hemd, Marge in Rock und Bluse. Sie war offenbar zu Hause gewesen, dachte Tom. Oder sie hatte Kleider in Dickies Haus. Dickie unterhielt sich auf dem kleinen hölzernen Pier mit einem Italiener, gab ihm etwas Geld, und der Italiener berührte seine Mütze und band dann das Boot vom Pier los. Tom sah zu, wie Dickie Marge in das Boot half. Das weiße Segel entfaltete sich. Links hinter ihnen versank die orangerote Sonne im Wasser. Tom hörte Marges Lachen und italienische Worte, die Dickie rief. Er begriff, daß er die beiden an einem typischen Tag erlebte – vermutlich eine Siesta nach spätem Lunch und danach bei Sonnenuntergang eine Segelfahrt in Dickies Boot. Später dann Aperitifs vor einem der Strandcafés. Sie genossen einen völlig normalen Tag, als gäbe es ihn, Tom, überhaupt nicht. Weshalb sollte Dickie sich zurücksehnen nach Subways und Taxis und förmlicher Kleidung und einer Bürotätigkeit? Oder auch nur nach einem Wagen mit Chauffeur und Ferien in Florida oder Maine? Das war bei weitem nicht so vergnüglich, wie in alten Klamotten segeln zu gehen und niemandem Rechenschaft schuldig zu sein für das, womit man seine Zeit verbrachte, und ein eigenes Haus zu besitzen samt gutherzigem Hausmädchen, das Dickie wahrscheinlich jeden Wunsch von den Augen ablas. Und genug Geld, um zu reisen, wenn es einen danach gelüstete. Tom beneidete ihn mit einer herzzerbrechenden Mischung aus Habgier und Selbstmitleid.

Dickies Vater hatte in seinem Brief wahrscheinlich genau die Dinge über ihn gesagt, die Dickie gegen ihn einnehmen mußten, dachte Tom. Wieviel besser wäre es gewesen, sich einfach in eines der Cafés am Strand zu setzen und eine Zufallsbekanntschaft mit Dickie anzuknüpfen! Wahrscheinlich hätte er Dickie dazu bewegen können, irgendwann nach Hause zu fahren, wenn er es so angefangen hätte, aber auf dem jetzt eingeschlagenen Weg war es sinnlos. Tom verfluchte sich dafür, daß er heute so takt- und humorlos gewesen war. Alles, was er mit tödlichem Ernst betrieb, ging unweigerlich daneben. Das hatte er vor Jahren erkannt.

Er beschloß, ein paar Tage verstreichen zu lassen. Der erste Schritt mußte ohnehin der sein, sich bei Dickie beliebt zu machen. Das wünschte er sich mehr als alles auf der Welt.

9

Tom ließ drei Tage verstreichen. Am vierten ging er gegen Mittag zum Strand, wo er Dickie allein vorfand, an der gleichen Stelle, an der er ihn zum erstenmal gesehen hatte, vor den grauen Felsen, die sich strandeinwärts erstreckten.

»Morgen!« rief Tom. »Wo ist Marge?«

»Guten Morgen. Sie arbeitet wahrscheinlich noch. Sie kommt später.«

»Sie arbeitet?«

»Sie ist Schriftstellerin.«

»Oh.«

Dickie paffte an der italienischen Zigarette, die ihm im Mundwinkel hing. »Wo haben Sie denn gesteckt? Ich dachte schon, Sie wären wieder abgereist.«

»War krank«, sagte Tom und warf sein zusammengerolltes Badetuch auf den Sand, aber weit genug von Dickies Tuch entfernt.

»Ach, der übliche verrenkte Magen?«

»Schwebte zwischen Leben und Klo«, sagte Tom lächelnd. »Aber jetzt ist alles wieder in Ordnung.« Tatsächlich war ihm so elend gewesen, daß er nicht einmal das Hotel verlassen konnte, sondern in seinem Zimmer auf dem Boden kroch, um dem Sonnenlicht zu folgen, damit er bei seinem nächsten Strandbesuch weniger weiß aussah. Und den Rest seiner wenigen Kraft hatte er darauf verwendet, ein italienisches Konversationsbuch zu studieren, das er im Hotel gekauft hatte.

Tom trat ans Wasser, ging mutig hinein, bis es ihm zum Bauch reichte, und bespritzte sich den Oberkörper. Er ging in die Knie, bis das Wasser ihm bis ans Kinn reichte, und ließ sich eine Zeitlang gleiten, bevor er an den Strand zurückging.

»Kann ich Sie im Hotel auf einen Drink einladen, bevor Sie nach Hause gehen?« fragte Tom Dickie. »Marge auch, falls sie kommt. Sie wissen schon, Bademantel und Socken, die ich Ihnen überreichen soll.«

»Ach, ja. Vielen Dank. Ein Drink wäre nicht schlecht.« Dickie vertiefte sich wieder in seine italienische Zeitung.

Tom streckte sich auf seinem Badetuch aus. Er hörte die Glocke der Dorfkirche eins schlagen.

»Sieht nicht so aus, als würde Marge noch kommen«, sagte Dickie. »Ich denke, wir sollten uns auf den Weg machen.«

Tom stand auf. Weitgehend schweigend gingen sie zum Miramare; Tom lud Dickie zum Lunch ein, doch Dickie lehnte ab mit der Begründung, daß sein Hausmädchen bereits für ihn gekocht habe. Sie gingen auf Toms Zimmer, und Dickie probierte den Bademantel an und hielt die Socken an seine nackten Füße. Sowohl Bademantel als auch Socken paßten, und wie Tom erwartet hatte, war Dickie mit dem Bademantel sehr zufrieden.

»Und das hier«, sagte Tom, der ein rechteckiges Päckchen in Drugstore-Verpackung aus einer Schublade nahm. »Ihre Mutter läßt Ihnen auch Nasentropfen schicken.«

Dickie lächelte. »Die brauche ich hier nicht. Ade, Stirnhöhlenentzündung. Aber geben Sie nur her!«

Jetzt hatte Dickie alles, dachte Tom, alles, was er ihm zu bieten hatte. Tom wußte, daß er sich auch nicht auf einen Drink einladen lassen würde. Er folgte ihm zur Tür. »Sie wissen, daß Ihrem Vater sehr daran gelegen ist, daß Sie zurückkehren. Er möchte, daß ich Sie richtig ins Gebet nehme, was ich natürlich nicht beabsichtige, aber irgend etwas muß ich ihm erzählen können. Ich habe versprochen, ihm zu schreiben.«

Dickie drehte sich um, die Hand auf der Klinke. »Ich weiß nicht, was mein Vater sich unter meinem Leben hier vorstellt – daß ich mich zu Tode saufe oder was auch immer. Eventuell fliege ich im Winter für ein paar Tage nach Hause, aber ich denke nicht dran, dort zu bleiben. Hier gefällt es mir nun mal besser. Wenn ich zurückginge, würde mein Vater mir keine Ruhe lassen, bis ich in seine Firma einträte. Mit dem Malen wäre es vorbei. Aber ich will nun einmal Maler sein, und ich finde, es geht außer mir niemanden was an, wie ich lebe.«

»Das verstehe ich. Aber er hat gesagt, er würde nicht verlangen, daß Sie in der Firma arbeiten, falls Sie zurückkommen, sofern Sie nicht Lust hätten, Schiffe zu entwerfen, was Ihnen – wie er jedenfalls sagte – Spaß gemacht hat.«

»Schon gut – das haben wir oft genug durchgekaut. Trotzdem vielen Dank, Tom, daß Sie Botschaft und Kleidung überbracht haben. Das war sehr nett von Ihnen.« Dickie streckte seine Hand aus.

Tom konnte sich nicht dazu überwinden, die Hand zu ergreifen. Er war so gut wie gescheitert, sowohl in Hinsicht auf Mr. Greenleaf als auch in Hinsicht auf Dickie. »Ich glaube, ich sollte Ihnen noch etwas sagen«, sagte Tom und lächelte. »Ihr Vater hat mich eigens hergeschickt, damit ich Sie bitte zurückzugehen.«

»Was soll das heißen?« Dickie runzelte die Stirn. »Wollen Sie sagen, er hat Ihnen die Reise bezahlt?«

»Ja.« Es war seine letzte Chance, Dickie zu amüsieren oder abzustoßen, Dickie zum Lachen zu bringen oder dazu, daß er ging und entrüstet die Tür hinter sich zuschlug. Doch das Lächeln spielte bereits um seine Mundwinkel, genau so, wie Tom es von früher erinnerte.

»Er hat Ihnen die Reise bezahlt! Der hat Nerven! Scheut wohl vor gar nichts mehr zurück!« Dickie schloß die Tür wieder.

»Er hat mich in einer Bar in New York angesprochen«, sagte Tom. »Ich habe ihm gesagt, daß ich kein enger Freund von Ihnen bin, aber er fand, es könnte trotzdem was nützen, wenn ich herkäme. Und da habe ich zugesagt.«

»Woher kennt er Sie überhaupt?«

»Durch die Schrievers. Die Schrievers kenne ich nur flüchtig, aber da hatten wir die Bescherung! Für ihn war ich Ihr Freund, der Sie auf den rechten Weg zurückbringen würde.«

Beide lachten.

»Sie müssen nicht denken, daß ich Ihren Vater ausnutzen wollte«, sagte Tom. »Ich bin sicher, daß ich bald genug in Europa eine Arbeit finde, und dann kann ich ihm die Reisekosten irgendwann zurückzahlen. Er hat mir ein Rundreiseticket gekauft.«

»Ach, machen Sie sich nur keine Gedanken! Das wird sowieso vom Spesenkonto der Burke Greenleaf Watercraft bezahlt. Ich kann mir richtig vorstellen, wie Dad sich in einer Bar an Sie heranmacht! Welche Bar war es?«

»Raoul's. Das heißt, er folgte mir seit dem Green Cage.« Tom forschte in Dickies Miene, doch der Name Green Cage schien ihm nichts zu sagen, obwohl es eine beliebte Bar war.

Sie gingen in die Bar des Hotels und tranken auf Herbert Richard Greenleaf.

»Mir ist gerade erst eingefallen, daß heute Sonntag ist«, sagte Dickie. »Marge wird in die Kirche gegangen sein. Kommen Sie lieber zu uns zum Lunch. Sonntags gibt es immer Hühnchen. Alter amerikanischer Brauch, das Sonntagshühnchen.«

Dickie wollte bei Marge vorbeischauen, um zu sehen, ob sie noch zu Hause war. Sie stiegen von der Hauptstraße ein paar Stufen neben einer Steinmauer hinauf, durchquerten ein Stück Garten und stiegen weitere Stufen empor. Marges Haus war ein ziemlich schäbiges einstöckiges Bauwerk mit einem ungepflegten Garten; auf dem Weg zur Tür waren Eimer und ein Gartenschlauch verstreut, und das weibliche Element wurde durch Marges tomatenroten Badeanzug und einen Büstenhalter verkörpert, die von einer Fensterbrüstung hingen. Durch ein offenes Fenster sah Tom einen unaufgeräumten Tisch, auf dem eine Schreibmaschine stand.

»Hi!« sagte sie, als sie die Tür öffnete. »Hallo, Tom! Wo haben Sie die ganze Zeit gesteckt?«

Sie bot ihnen einen Drink an, stellte jedoch fest, daß in ihrer Flasche Gilbey's nur noch ein Fingerbreit Gin war.

»Macht nichts, wir gehen sowieso zu mir«, sagte Dickie. Er bewegte sich in Marges Wohn- und Schlafzimmer so vertraut, als wohnte er selbst die Hälfte der Zeit hier. Er beugte sich über einen Blumentopf, in dem eine winzige Pflanze stand, und berührte eines der Blätter behutsam mit dem Zeigefinger. »Tom hat dir etwas Lustiges zu erzählen«, sagte er. »Erzählen Sie es ihr, Tom.«

Tom holte Luft und begann. Er erzählte die Geschichte sehr komisch, und Marge lachte, als hätte sie seit Jahren nichts Komisches zu hören bekommen. »Als ich sah, wie er mich zu Raoul's hinein verfolgte, wäre ich am liebsten aus dem Hinterfenster verduftet!« Seine Zunge brabbelte beinahe unabhängig von seinem Gehirn. Sein Gehirn schätzte ab, wie hoch seine Aktien bei Dickie und Marge stiegen. Er konnte es an ihren Mienen ablesen.

Der Aufstieg zu Dickies Haus schien nicht halb so lang zu sein wie beim erstenmal. Köstlicher Brathuhnduft wehte auf die Terrasse. Dickie machte Martinis. Tom duschte, und dann duschte Dickie und kam auf die Terrasse und schenkte sich einen Drink ein, doch die Atmosphäre war diesmal eine völlig andere.

Dickie setzte sich in einen Korbsessel und ließ die Beine über eine der Seitenlehnen baumeln. »Erzählen Sie noch mehr«, sagte er lächelnd. »Was arbeiten Sie? Sie sagten, Sie würden sich vielleicht eine Arbeit suchen.«

»Warum? Haben Sie eine für mich?«

»Das nun nicht gerade.«

»Och, ich kann alles mögliche: kellnern, Kinder hüten, buchhalten – ich habe nämlich ein unseliges Rechentalent. Ich kann noch so blau sein, ich weiß immer, ob ein Kellner mich bei der Rechnung reinzulegen versucht. Ich kann Unterschriften fälschen, Hubschrauber fliegen, mit Würfeln hantieren, in fast jede Rolle schlüpfen, kochen – und als Alleinunterhalter im Nachtclub auftreten, wenn der Entertainer ausfällt. Noch mehr gefällig?« Tom saß vorgebeugt und zählte die Jobs an den Fingern ab. Er hätte stundenlang weiterreden können.

»Was für eine Art Alleinunterhalter?« fragte Dickie.

»Nun –« Tom sprang auf. »So was beispielsweise.« Er warf sich in Positur, eine Hand auf die Hüfte gestemmt, einen Fuß vorgestellt. »Lady Assburden bei ihrer Erkundung der amerikanischen Subway. In die Londoner Underground hat sie noch nie einen Fuß gesetzt, aber sie will amerikanische Eindrücke sammeln.« Pantomimisch suchte Tom eine Münze hervor, merkte, daß sie nicht in den Schlitz paßte, kaufte eine Scheidemünze, war ratlos, welche Treppe er nehmen sollte, zeigte Panik angesichts des Lärms und der langen Fahrt, war ratlos, wie man hinausfand – an dieser Stelle kam Marge dazu, und Dickie erklärte ihr, daß es um eine Engländerin in der Subway gehe, was Marge jedoch nicht zu verstehen schien, denn sie fragte: »Wie?« –, ging durch eine Tür, die nur die zum Männer-WC sein konnte, wie man der entsetzten Miene und der darauf folgenden Ohnmacht der Lady entnehmen konnte. Tom ließ sich anmutig auf die Terrassenmatte sinken.

»Großartig!« Dickie applaudierte frenetisch.

Marge lachte nicht. Sie stand da und schaute etwas ratlos. Keiner der beiden machte sich die Mühe, ihr den Sketch zu erklären. Sie sah ohnedies nicht aus, als verfügte sie über diese Art von Humor, dachte Tom.

Er nahm einen großen Schluck von seinem Martini; er war ungeheuer zufrieden mit sich. »Ich spiele Ihnen ein andermal einen anderen Sketch vor«, sagte er zu Marge, doch in erster Linie, um Dickie diskret anzudeuten, daß er noch einen auf Lager hatte.

»Ist das Essen fertig?« fragte Dickie sie. »Ich habe einen Mordshunger.«

»Die verdammten Artischocken wollen und wollen nicht weich werden. Du weißt doch, daß auf der vorderen Feuerstelle die Töpfe nie richtig kochen.« Sie lächelte Tom an. »In manchen Dingen ist Dickie sehr altmodisch, Tom, hauptsächlich dann, wenn er sich selbst nicht damit abplagen muß.

Es gibt hier nur einen Herd mit Kochstellen über offenem Feuer, und einen Kühlschrank oder auch nur eine Kühlbox will er sich auch nicht anschaffen.«

»Einer der Gründe, warum ich aus Amerika geflohen bin«, sagte Dickie. »Reine Geldverschwendung in einem Land mit so vielen Dienstboten. Was sollte Ermelinda mit ihrer Zeit anfangen, wenn sie in einer halben Stunde das Essen gekocht hätte?« Er stand auf. »Kommen Sie, Tom, ich zeige Ihnen ein paar meiner Bilder.«

Dickie führte ihn in den großen Raum, in den Tom auf dem Weg zur Dusche und zurück einige Male gespäht hatte, den Raum mit dem breiten Sofa unter den zwei Fenstern und der großen Staffelei mitten im Zimmer. »An diesem hier von Marge arbeite ich gerade.« Dickie deutete auf das Bild auf der Staffelei.

»Oh«, sagte Tom interessiert. Das Bild war nicht gut – und mit dieser Ansicht war er vermutlich nicht allein. Ihr enthusiastisches Lächeln wirkte aufgesetzt. Ihre Haut war so rot wie die eines Indianers. Wäre Marge nicht die einzige blonde Frau in der näheren Umgebung gewesen, hätte er keinerlei Ähnlichkeit bemerkt.

»Und das hier sind ein paar Landschaften«, sagte Dickie mit abschätzigem Lachen, obwohl deutlich zu spüren war, daß er von Tom lobende Worte erwartete, denn offenkundig war er auf seine Bilder stolz. Sie waren allesamt hastig zusammengeschmiert und auf eintönige Weise ähnlich. Die Kombination von Terrakottarot mit grellem Blau kehrte auf fast jedem Bild wieder – terrakottarote Dächer und Berge und grellblaue Meere. Das Blau hatte er auch bei Marges Augen verwendet.

»Meine surrealistische Phase«, sagte Dickie und lehnte ein anderes Bild gegen sein Knie.

Tom zuckte zusammen, als müßte er sich stellvertretend schämen. Wieder Marge, unzweifelhaft, doch diesmal mit langem medusengleichen Haar und, schlimmer noch, zwei Horizonten in den Augen, einer Miniaturlandschaft der Häuser und Berge von Mongibello im einen, dem Strand voll kleiner roter Leute im anderen. »Ja, das gefällt mir«, sagte Tom. Mr. Greenleaf hatte recht gehabt. Andererseits gab es Dickie etwas zu tun und verhinderte, daß er Unsinn anstellte, vermutete Tom, so wie es Tausenden von lausigen Möchtegernmalern in ganz Amerika etwas zu tun gab. Er bedauerte nur, daß

Dickie unter diese Kategorie von Malern fiel, weil er wollte, daß Dickie mehr war, weit mehr.

»Ein zweiter Raffael wird vielleicht nicht aus mir«, sagte Dickie, »aber es macht mir großen Spaß.«

»Ja.« Tom wollte so schnell wie möglich die Bilder vergessen und vergessen, daß Dickie sie gemalt hatte. »Zeigen Sie mir das übrige Haus?«

»Aber gerne! Den Salon kennen Sie noch gar nicht, oder?«

Dickie öffnete eine Tür zu dem Flur, durch den man in einen sehr großen Raum gelangte, in dem es einen Kamin, Sofas, Bücherregale und drei Fenster gab – eines auf die Terrasse, eines auf das Gelände neben dem Haus und eines auf den Vorgarten. Dickie sagte, daß er diesen Raum im Sommer nicht benutzte, weil er ihn als Szenenwechsel für den Winter aufhob. Es war eher die Höhle eines Bücherwurms als ein Wohnzimmer, fand Tom. Das überraschte ihn. Er hatte Dickie als einen jungen Mann eingeschätzt, der nicht allzuviel im Kopf hatte und seine Zeit am liebsten damit zubrachte, sich zu amüsieren. Vielleicht hatte er sich getäuscht. Doch sicherlich täuschte er sich nicht mit seinem Eindruck, daß Dickie sich zur Zeit langweilte und jemanden brauchte, der ihm zeigte, wie man sich amüsierte.

»Was ist oben?« fragte Tom.

Oben war enttäuschend: Dickies Schlafzimmer in der Ecke über der Terrasse war düster und leer – ein Bett, eine Kommode und ein Schaukelstuhl, die in dem ansonsten unmöblierten Zimmer verloren und deplaziert aussahen, und das Bett war fast so schmal wie ein Einzelbett. Die anderen drei Zimmer des ersten Stocks waren nicht einmal möbliert, zumindest nicht komplett ausgestattet. In einem Zimmer wurden nur Feuerholz und ein Haufen Leinwände aufbewahrt. Auf alle Fälle deutete nichts auf Marge hin, am allerwenigsten Dickies Schlafzimmer.

»Hätten Sie Lust, irgendwann mit mir nach Neapel zu fahren?« fragte Tom. »Bei der Herfahrt hatte ich keine Gelegenheit, mir die Stadt anzusehen.«

»Warum nicht?« sagte Dickie. »Marge und ich fahren am Samstag nachmittag hin. Wie gehen samstags meistens dort essen und leisten uns für die Rückfahrt ein Taxi oder eine *carrozza*. Kommen Sie doch mit.«

»Ich meinte tagsüber oder an einem Wochentag, wo es mehr zu sehen gibt«, sagte Tom in der Hoffnung, Marge von der Unternehmung auszuschließen. »Oder malen Sie den ganzen Tag?«

»Nein. – Montags, mittwochs und freitags gibt es einen Bus um zwölf. Wenn Sie Lust haben, können wir den morgen nehmen.«

»Prima«, sagte Tom, obwohl sich noch nicht mit Gewißheit ausschließen ließ, daß Marge nicht doch noch zum Mitkommen aufgefordert würde. »Ist Marge katholisch?« fragte er, als sie die Treppe hinuntergingen.

»Und wie! Vor einem halben Jahr wurde sie es einem Italiener zuliebe, in den sie wahnsinnig verliebt war. Mein Gott, der konnte vielleicht reden! Er hat sich hier nach einem Skiunfall für ein paar Monate erholt. Und über den Verlust Eduardos tröstet Marge sich mit seiner Religion hinweg.«

»Ich hätte gedacht, daß sie in Sie verliebt ist.«

»In mich? Blödsinn!«

Das Essen stand auf dem Tisch, als sie auf die Terrasse kamen. Marge hatte sogar warmen Butterkuchen gemacht.

»Kennen Sie Vic Simmons in New York?« fragte Tom Dickie.

Vic unterhielt in New York einen Salon, in dem Maler, Schriftsteller und Tänzer verkehrten, doch Dickie kannte ihn nicht. Auch auf die Namen einiger anderer Leute, die Tom erwähnte, erfolgte keine Resonanz.

Tom hoffte, daß Marge nach dem Kaffee gehen würde, doch sie blieb. Als sie für einen Augenblick die Terrasse verließ, sagte Tom: »Darf ich Sie heute abend zum Essen in mein Hotel einladen?«

»Danke. Um wieviel Uhr?«

»Halb acht? Dann könnten wir vorher einen Cocktail trinken. – Schließlich ist es das Geld Ihres Vaters«, fügte Tom lächelnd hinzu.

Dickie lachte. »Großartig! Cocktails und eine gute Flasche Wein, Marge!« Marge kam zurück. »Wir speisen heute abend im Miramare, mit den besten Empfehlungen von Greenleaf senior!«

Marge würde also mitkommen, und daran konnte Tom nichts ändern. Schließlich war es das Geld von Dickies Vater.

Das Abendessen verlief angenehm, doch Marges Gegenwart hinderte Tom daran, von den Dingen zu sprechen, von denen er gerne gesprochen hätte; in ihrer Anwesenheit hatte er nicht einmal Lust, sich geistreich zu geben. Marge kannte einige der Leute im Speisesaal, und nach dem Essen entschuldigte sie sich und ging mit ihrem Kaffee an einen anderen Tisch.

»Wie lange werden Sie hier sein?« fragte Dickie.

»Ach, mindestens eine Woche«, erwiderte Tom.

»Weil nämlich ...« Oberhalb der Backenknochen hatte sich Dickies Gesicht leicht gerötet. Der Chianti hatte ihm gute Laune eingeflößt. »Wenn Sie noch eine Zeitlang hier sind, könnten Sie genausogut bei mir wohnen. Warum in einem Hotel wohnen, solange man nicht wirklich Wert darauflegt?«

»Vielen Dank für Ihr Angebot«, sagte Tom.

»In Ermelindas Zimmer gibt es ein Bett, und Ermelinda schläft nicht darin. Genug Möbel würden sich im Haus schon finden lassen, wenn Sie Lust hätten, so zu wohnen.«

»Klar hätte ich Lust. Übrigens hat Ihr Vater mir sechshundert Dollar für Spesen mitgegeben, von denen fast fünfhundert noch übrig sind. Sollten wir beide uns damit nicht ein bißchen amüsieren?«

»Fünfhundert!« sagte Dickie, als hätte er einen solchen Haufen Geld noch nie zu sehen bekommen. »Für das Geld könnten wir einen Kleinwagen kriegen!«

Tom äußerte sich nicht zu diesem Vorschlag. Unter Amüsieren stellte er sich etwas anderes vor. Er wollte nach Paris fliegen. Er sah Marge zu ihnen zurückkommen.

Am nächsten Vormittag zog er um.

Dickie und Ermelinda hatten einen Kleiderschrank und zwei Stühle in einem der Räume im Obergeschoß aufgestellt, und an die Wände hatte Dickie mit Reißzwecken ein paar Reproduktionen von Mosaiken aus der Markuskirche geheftet. Tom half Dickie, das schmale Eisenbett aus der Mädchenkammer nach oben zu tragen. Sie waren vor zwölf damit fertig, leicht benebelt von dem Frascati, den sie dabei getrunken hatten.

»Wollen wir noch nach Neapel fahren?« fragte Tom.

»Aber sicher.« Dickie sah auf seine Uhr. »Es ist erst Viertel vor zwölf. Den Bus erwischen wir noch.«

Sie nahmen nur ihre Jacketts und Toms Heft mit Travellerschecks mit. Als sie das Postamt erreichten, fuhr der Bus gerade vor. Tom und Dickie warteten neben der Tür darauf, daß die Fahrgäste ausstiegen; dann trat Dickie vor und stand vor einem rothaarigen jungen Mann in grellbuntem Sporthemd – zweifellos Amerikaner. »Dickie!«

»Freddie!« rief Dickie. »Was macht du denn hier?«

»Ich wollte dich besuchen! Und die Cecchis. Ich wohne ein paar Tage bei ihnen.«

»*Ch'elegante!* Ich fahre mit einem Freund nach Neapel. – Tom?« Dickie winkte Tom her und stellte ihn vor.

Der Amerikaner hieß Freddie Miles. Tom fand ihn grauenhaft. Tom verabscheute Rothaarige und ganz besonders den Typ des karottenfarbenen Rothaarigen mit weißer Haut und Sommersprossen. Freddie hatte große rötlichbraune Augen, die in seinem Kopf herumkullerten, als schielte er, aber vielleicht gehörte er nur zu den Leuten, die einen nie ansahen, wenn sie mit einem sprachen. Außerdem war er übergewichtig. Tom wandte sich ab und wartete darauf, daß Dickie das Gespräch beendete. Ihretwegen konnte der Bus nicht abfahren. Dickie und Freddie unterhielten sich über das Skifahren und verabredeten sich für Dezember in einem Ort, von dem Tom noch nie gehört hatte.

»Spätestens am zweiten sind an die fünfzehn Leute in Cortina«, sagte Freddie. »Eine richtige Fete wie letztes Jahr! Drei Wochen, wenn unseren Finanzen nicht vorher die Puste ausgeht!«

»Wenn *uns* nicht vorher die Puste ausgeht«, sagte Dickie. »Bis heute abend, Fred!«

Tom stieg nach Dickie ein. Es gab keine freien Sitzplätze, und sie standen eingekeilt zwischen einem mageren Mann, der nach Schweiß roch, und ein paar alten Bäuerinnen, die noch schlimmer rochen. Als der Bus das Dorf verließ, fiel Dickie ein, daß Marge wie üblich zum Lunch kam, weil sie gestern gedacht hatten, Toms Umzug würde die Fahrt nach Neapel vereiteln. Dickie rief dem Fahrer zu, er solle anhalten. Mit quietschenden Bremsen und einem Ruck, der alle aus dem Gleichgewicht brachte, hielt der Bus an, und Dickie steckte den Kopf aus dem Fenster und rief: *»Gino! Gino!«*

Ein kleiner Junge kam herbeigelaufen, um den Hundertlireschein entgegenzunehmen, den Dickie ihm hinhielt. Dickie sagte etwas auf italienisch, der Junge sagte: *»Subito, signore!«*, und flitzte die Straße entlang, Dickie dankte dem Fahrer, und der Bus fuhr wieder los. »Ich habe ihm gesagt, er soll Marge ausrichten, daß wir heute abend wieder da sind, aber ziemlich spät«, sagte Dickie.

»Gut.«

Der Bus setzte sie auf einem großen, lärmenden Platz in Neapel ab; unvermittelt waren sie von Handkarren mit Trauben, Feigen, Teigwaren und Wassermelonen umgeben und wurden von Halbwüchsigen angeplärrt, die

Füllfederhalter und Aufziehspielzeug feilboten. Die Leute machten für Dickie Platz.

»Ich weiß ein gutes Lokal«, sagte Dickie. »Eine echte neapolitanische Pizzeria. Mögen Sie Pizza?«

»Ja.«

Die Pizzeria lag am oberen Ende einer Gasse, die für Autos zu eng und zu steil war. Perlenschnüre hingen im Eingang, auf jedem Tisch stand eine Karaffe mit Wein, und es gab nicht mehr als sechs Tische in dem ganzen Lokal, der Art von Lokal, wo man stundenlang ungestört sitzen und Wein trinken konnte. Sie saßen dort bis um fünf; dann sagte Dickie, es sei Zeit, sich zur Galleria zu begeben. Dickie bedauerte, daß er ihm nicht das Museum gezeigt hatte, in dem es echte Leonardo da Vincis und El Grecos gab, wie er sagte, aber das konnten sie ein andermal nachholen. Den Großteil des Nachmittags hatte Dickie von Freddie Miles erzählt, und Tom fand es so uninteressant wie Freddies Gesicht. Freddie war der Sohn eines amerikanischen Hotelkettenbesitzers und Dramatiker – Autodidakt, wie Tom vermutete, denn er hatte offenbar nur zwei Stücke verfaßt, von denen keines den Weg zum Broadway gefunden hatte. Freddie besaß ein Haus in Cagnes-sur-Mer; Dickie hatte dort mehrere Wochen lang gewohnt, bevor er nach Italien gekommen war.

»Das nenne ich leben«, sagte Dickie großspurig in der Galleria, »an einem Tisch auf dem Trottoir sitzen und den Passanten zuschauen. Das gibt einem eine ganz andere Lebenseinstellung. Die Angelsachsen sind auf dem Holzweg, wenn sie denken, es wäre ungehörig, die Leute so anzustarren.«

Tom nickte. Die Bemerkung kannte er bereits. Er wartete darauf, daß Dickie endlich etwas Tiefschürfendes und Originelles sagte. Dickie sah gut, auf außergewöhnliche Weise gut aus mit seinem schmalen, zartgeschnittenen Gesicht, den wachen, intelligenten Augen, dem stolzen Auftreten, egal, wie er gekleidet war. Er trug rissige Sandalen und ziemlich schmutzige weiße Hosen, doch er saß in einer Haltung da, als gehörte ihm die Galleria, während er mit dem Kellner, der ihnen den Espresso brachte, auf italienisch plauderte.

»*Ciao!*« rief er einem italienischen Jungen zu.

»*Ciao*, Dickie!«

»Er wechselt Marge samstags ihre Travellerschecks«, sagte Dickie erklärend.

Ein gutgekleideter Italiener begrüßte Dickie mit freundschaftlichem Handschlag und setzte sich zu ihnen. Tom lauschte ihrem auf italienisch geführten Gespräch, von dem er hie und da ein Wort aufschnappte. Er begann Müdigkeit zu verspüren.

»Wollen Sie nach Rom fahren?« fragte Dickie ihn unvermittelt.

»Klar«, sagte Tom. »Jetzt gleich?« Er stand auf und holte Geld aus der Tasche, um die kleinen Rechnungen zu bezahlen, die der Kellner unter ihre Kaffeetassen gesteckt hatte.

Der Italiener fuhr einen langen grauen Cadillac mit Rolljalousien, viertöniger Hupe und einem Radio, über dessen Quäken hinweg er und Dickie sich schreiend unterhielten. Nach etwa zwei Stunden erreichten sie den Stadtrand von Rom. Tom saß aufmerksam da, während sie die Via Appia entlangfuhren, eigens um seinetwillen, wie der Italiener Tom erklärte, weil Tom die Straße noch nicht kannte. Stellenweise ging es über Schlaglöcher. Das waren die Stellen, sagte der Italiener, wo man die alte römische Pflasterung belassen hatte, damit die Leute eine Vorstellung davon bekamen, wie römische Straßen sich anfühlten. Das flache Gelände zur Linken und zur Rechten sah im Zwielicht trostlos aus, fand Tom, unterbrochen nur von vereinzelten Grabmälern und Gräberruinen. Der Italiener setzte sie mitten auf einer Straße in Rom ab und verabschiedete sich schnell.

»Er hat es eilig«, sagte Dickie. »Will seine Freundin besuchen und muß weg sein, bevor der Ehemann um elf erscheint. Da drüben ist das Varieté, das ich gesucht habe. Kommen Sie.«

Sie kauften Eintrittskarten für die Abendveranstaltung des Varietés. Bis dahin war noch eine Stunde Zeit, und sie gingen zur Via Veneto, wo sie sich vor eines der Cafés setzten und *americanos* bestellten. Tom merkte, daß Dickie in Rom offenbar niemanden kannte, jedenfalls niemanden unter den Passanten, und an ihrem Tisch kamen Hunderte von Italienern und Amerikanern vorbei. Die Varietédarbietung war nicht gerade nach Toms Geschmack, doch er versuchte, sich das nicht anmerken zu lassen. Dickie schlug ihm vor zu gehen, ohne das Ende abzuwarten. Dann erwischten sie eine *carrozza* und fuhren kreuz und quer durch Rom, an unzähligen Brunnen vorbei, über das Forum und um das Kolosseum herum. Der Mond war aufgegangen. Tom war noch immer ein wenig müde, doch die Müdigkeit, vermischt mit der Aufregung, daß er zum erstenmal in Rom war, versetzte ihn in eine empfängliche,

VIA
MARCITIA
FORU
VIA

milde Stimmung. Zurückgelehnt saßen sie in der *carrozza*, jeder einen Fuß in der Sandale auf das Knie gelegt, und Tom war, als schaue er in einen Spiegel, wenn er Dickies Bein mit dem Fuß darauf neben dem seinen sah. Sie waren gleich groß und von ähnlichem Gewicht, Dickie vielleicht eine Spur schwerer, und hatten die gleiche Bademantel-, Socken- und wahrscheinlich auch Hemdengröße.

Dickie sagte sogar: »Danke sehr, Mr. Greenleaf«, als Tom den Fahrer bezahlte. Tom war ein wenig gespenstisch zumute.

Gegen ein Uhr morgens und nach anderthalb Flaschen Wein zum Abendessen war ihre Stimmung noch besser. Arm in Arm wanderten sie singend durch die Straßen, und an einer finsteren Ecke stießen sie mit einem Mädchen zusammen, das stürzte. Sie halfen ihm auf die Beine, baten um Verzeihung und boten an, es nach Hause zu begleiten. Das Mädchen wehrte ab, sie insistierten, einer links, einer rechts. Das Mädchen sagte, es dürfe die Straßenbahn nicht verpassen. Davon wollte Dickie nichts hören. Er rief ein Taxi. Dickie und Tom saßen sehr gesittet auf den Klappsitzen, die Arme verschränkt wie Lakaien, und Dickie scherzte und brachte das Mädchen zum Lachen. Tom verstand fast alles, was Dickie sagte. In einer engen Gasse, die aussah wie in Neapel, halfen sie dem Mädchen aus dem Wagen, und es sagte: *»Tante grazie!«*, und gab beiden die Hand, bevor es in einen stockfinsteren Hauseingang entschwand.

»Hast du das gehört?« sagte Dickie. »Sie meint, wir wären die nettesten Amis, denen sie je begegnet ist!«

»Du weißt doch, was die meisten lausigen Amis in so einer Situation tun würden – sie vergewaltigen«, sagte Tom.

»Wo sind wir hier eigentlich?« fragte Dickie und drehte sich um sich selbst.

Keiner der beiden hatte die leiseste Vorstellung. Sie gingen ein paar Blocks weiter, ohne auf einen Anhaltspunkt oder einen vertrauten Straßennamen zu treffen. Sie urinierten an eine dunkle Wand und wanderten ziellos weiter.

»Wenn es hell wird, sehen wir, wo wir sind«, sagte Dickie fröhlich. Er blickte auf seine Uhr. »Nur noch 'n paar Stunden.«

»Prima.«

»War es doch wert, ein nettes Mädchen nach Hause zu bringen, oder?« fragte Dickie, der leicht schwankte.

»Klar, sicher. Ich mag Mädchen«, beteuerte Tom. »Ist trotzdem gut so, daß Marge heute abend nicht dabei ist. Mit ihr hätten wir das Mädchen nie nach Hause bringen können.«

»Och, das weiß ich nicht«, sagte Dickie nachdenklich und betrachtete die schlingernden Bewegungen seiner Füße. »Marge is nich –«

»Ich meine, wenn Marge hier wäre, müßten wir uns ein Hotel suchen. Und wir wären längst in dem verdammten Hotel drin. Würden nix von dem ganzen Rom zu sehen bekommen!«

»Das stimmt!« Dickie legte ihm schwungvoll einen Arm um die Schulter.

Dickie rüttelte ihn heftig an der Schulter. Tom versuchte sich aus dem Griff zu befreien und Dickies Hand zu ergreifen. »Dik-kie!« Er öffnete die Augen und sah einem Polizisten ins Gesicht.

Tom setzte sich auf. Er befand sich in einem Park. Es dämmerte. Dickie saß neben ihm im Gras und sprach ganz gelassen zu dem Polizisten auf italienisch. Tom tastete nach dem rechteckigen Packen seiner Travellerschecks. Sie waren in seiner Tasche.

»*Passaporti!*« brüllte der Polizist wieder, und wieder setzte Dickie geduldig zu seiner Erklärung an.

Tom wußte genau, was Dickie sagte. Er sagte, daß sie Amerikaner seien und ihre Pässe nicht mit sich führten, weil sie nur einen kleinen Spaziergang gemacht hatten, um die Sterne zu betrachten. Tom hätte am liebsten gelacht. Er stand auf, taumelte und klopfte den Schmutz von seiner Kleidung. Dickie hatte sich ebenfalls erhoben, und sie entfernten sich, obwohl der Polizist weiterschrie. Dickie gab eine letzte höfliche, erklärende Antwort. Zumindest verfolgte der Polizist sie nicht.

»Wir sehen ganz schön abgerissen aus«, sagte Dickie.

Tom nickte. Am Knie wies seine Hose einen langen Riß auf; vermutlich war er gestürzt. Ihre Kleider waren zerknittert und von Gras, Schmutz und Schweiß fleckig; mittlerweile zitterten sie vor Kälte. Sie gingen in das erstbeste Café, das sie erblickten, und ließen sich *caffellatte* und süße Brötchen bringen und danach mehrere italienische Schnäpse, die scheußlich schmeckten, aber Wärme in ihre Glieder brachten. Sie begannen zu lachen. Sie waren noch immer betrunken.

Gegen elf waren sie in Neapel, gerade rechtzeitig für den Bus nach Mongibello. Es war ein herrliches Gefühl, zu denken, daß sie anständig gekleidet wieder nach Rom fahren und all die Museen besuchen würden, die sie nicht gesehen hatten, und es war ein herrliches Gefühl, zu denken, daß sie heute nachmittag am Strand von Mongibello liegen und in der Sonne braten würden. Aber soweit kam es nicht. Sie duschten in Dickies Haus, fielen dann in ihre jeweiligen Betten und schliefen, bis Marge sie gegen vier Uhr weckte. Marge war verärgert, weil Dickie ihr nicht telegrafisch mitgeteilt hatte, daß er die Nacht in Rom verbrachte.

»Ich will dir ja keine Vorschriften machen, aber ich dachte, du wärst in Neapel, und in Neapel kann einem schließlich weiß Gott was passieren.«

»Oho«, brummte Dickie mit einem verstohlenen Blick zu Tom. Er machte Bloody Marys für sie alle.

Tom hüllte sich in Schweigen. Von ihm würde Marge kein Wort über das erfahren, was sie angestellt hatten. Sollte sie denken, was sie wollte. Dickie hatte durchblicken lassen, daß sie sich prächtig amüsiert hatten. Tom fiel auf, daß sie Dickie mißbilligend beäugte, wegen seines Katers, seines unrasierten Gesichts und des Drinks, den er sich gerade genehmigte. Wenn sie sehr ernst war, hatten Marges Augen einen Ausdruck, der sie klug und erwachsen wirken ließ ungeachtet ihrer Jungmädchenkleider und Strubbelhaare und ihrer Pfadfinderausstrahlung. Dann sah sie aus wie eine Mutter oder ältere Schwester – die alte Mißbilligung, die das weibliche Geschlecht den zerstörerischen Spielen kleiner Jungen und Männer entgegenbrachte. Ach ja, ach ja! Oder war es etwa Eifersucht? Sie schien gemerkt zu haben, daß Dickie in vierundzwanzig Stunden eine engere Beziehung zu ihm, Tom, entwickelt hatte, weil er ein Mann war, als je zwischen Dickie und ihr bestehen würde, ob er sie liebte oder nicht, und er tat es nicht. Nach ein paar Augenblicken entspannte sie sich jedoch, und der Ausdruck verschwand aus ihren Augen. Dickie ließ Tom mit Marge auf der Terrasse allein. Tom fragte sie, an was für einem Buch sie schreibe. An einem Buch über Mongibello, illustriert mit ihren eigenen Fotos, sagte sie. Sie erzählte ihm, daß sie aus Ohio stamme, und zeigte ihm eine Fotografie von ihrem Elternhaus, die sie in ihrer Brieftasche hatte. Nur ein einfaches Schindelhaus, eine »Bruchbude«, wie Marge es nannte, aber, wie sie lächelnd sagte, ihr Zuhause. Das Wort Bruchbude amüsierte Tom, weil sie es auch benutzte, um Betrunkene zu bezeichnen; vorhin erst hatte sie zu Dickie gesagt: »Du siehst aus wie die reinste Bruchbude!« Ihre Sprache war schauderhaft, fand Tom, sowohl die

Wortwahl wie die Aussprache. Er versuchte besonders nett zu ihr zu sein. Er hatte den Eindruck, daß er sich das leisten konnte. Am Tor verabschiedeten sie sich freundlich voneinander, doch keiner von ihnen deutete an, daß sie sich später am Tag oder morgen wiedersehen würden. Es stand außer Zweifel, daß Marge mit Dickie nicht besonders zufrieden war.

10

Drei, vier Tage lang bekamen sie Marge fast nur am Strand zu sehen, und dort behandelte sie sie beide merklich kühler. Sie lächelte und redete nicht weniger als sonst oder sogar mehr, aber mit einer forcierten Höflichkeit, die alles abkühlte. Tom merkte, daß Dickie sich Gedanken machte, aber offenbar nicht genug, um allein mit Marge zu sprechen, denn seit Toms Einzug hatte er sie nicht mehr allein gesehen. Seit Tom in Dickies Haus eingezogen war, hatte er Dickie keinen Moment allein gelassen.

Zu guter Letzt machte Tom Dickie gegenüber eine Bemerkung, daß er finde, Marge benehme sich merkwürdig, denn er wollte nicht für fühllos gehalten werden.

»Ach, manchmal ist sie launisch«, sagte Dickie. »Vielleicht kommt sie gerade mit ihrer Arbeit gut voran. Wenn sie mitten in der Arbeit steckt, geht sie nicht gern unter Leute.«

Die Beziehung zwischen Dickie und Marge war offenbar genau so beschaffen, wie er es zu Anfang vermutet hatte, dachte Tom. Marge hatte Dickie viel lieber als er sie.

Tom jedenfalls sorgte dafür, daß Dickie sich amüsierte. Er konnte ihm zahllose komische Geschichten über Leute in New York erzählen, manche wahr, andere erfunden. Jeden Tag fuhren sie mit Dickies Segelboot hinaus. Von Toms Abreise war nicht mehr die Rede. Offenkundig genoß Dickie seine Gesellschaft. Tom ging Dickie aus dem Weg, wenn Dickie malen wollte, und er war immer bereit, alles liegen- und stehenzulassen, um mit Dickie spazierenzugehen oder zu segeln oder nur zu plaudern. Und es schien Dickie Freude zu machen, daß Tom sich ernsthaft bemühte, Italienisch zu lernen.

Jeden Tag verbrachte er mindestens zwei Stunden über seiner Grammatik und den Konversationsbüchern.

Tom schrieb Mr. Greenleaf, daß er für ein paar Tage bei Dickie wohne, und sagte, Dickie habe erwähnt, daß er im Winter für einige Zeit nach Hause fliegen wolle, und er hoffe, ihn bis dahin dazu bewegen zu können, länger in Amerika zu bleiben. Jetzt, da er bei Dickie wohnte, klang dieser Brief viel besser als sein erster Brief, in dem er schrieb, daß er in einem Hotel in Mongibello wohnte. Tom schrieb auch, daß er sich eine Arbeit suchen wolle, sobald ihm das Geld ausging, vielleicht in einem der Hotels am Ort – eine Bemerkung zu dem Zweck, Mr. Greenleaf ganz beiläufig daran zu erinnern, daß sechshundert Dollar zur Neige gehen konnten und daß Tom ein strebsamer und arbeitswilliger junger Mann war. Diesen guten Eindruck wollte er auch Dickie nicht vorenthalten und gab ihm deshalb den Brief zu lesen, bevor er ihn versiegelte.

Eine weitere Woche verging, eine Woche herrlich schönen Wetters und herrlich fauler Tage, an denen Toms größte körperliche Anstrengung darin bestand, jeden Nachmittag die Steintreppe vom Strand hinaufzusteigen, und seine größte geistige Anstrengung darin, sich auf italienisch mit Fausto zu unterhalten, dem dreiundzwanzigjährigen Italiener, den Dickie im Dorf ausfindig gemacht und angestellt hatte, damit er Tom dreimal wöchentlich Unterricht erteilte.

Einmal fuhren sie in Dickies Segelboot nach Capri. Die Insel war gerade weit genug entfernt, um von Mongibello aus nicht sichtbar zu sein. Tom war voller Vorfreude, doch Dickie hatte einen seiner mürrischen Tage, an denen er sich von früh bis spät übellaunig zeigte. Er fing mit dem Inhaber des Docks, wo sie mit der *Pipistrello* anlegten, Streit an und hatte nicht einmal Lust, durch die verlockenden Sträßchen zu schlendern, die von der Piazza in alle Richtungen verliefen. Sie saßen in einem Café an der Piazza und tranken Fernet Branca, und dann wollte Dickie zurückfahren, bevor es dunkel wurde, obwohl Tom jederzeit das Hotel für sie bezahlt hätte, wenn Dickie bereit gewesen wäre, über Nacht zu bleiben. Tom nahm an, daß sie ein andermal wiederkommen würden, und deshalb schrieb er den Tag ab und versuchte ihn zu vergessen.

Ein Brief von Mr. Greenleaf traf ein, der sich mit seinem Brief gekreuzt hatte und in dem Mr. Greenleaf seine Argumente für Dickies Rückkehr wiederholte, Tom Erfolg wünschte und eine baldige diesbezügliche Antwort verlangte. Abermals griff Tom pflichtbewußt zur Feder und antwortete. Mr. Greenleafs Brief war in so schockierend geschäftlichem Ton gehalten – wahrhaftig, als erkundige er sich nach einer Lieferung Bootsteile, dachte Tom –, daß es ihm nicht weiter schwerfiel, im gleichen Stil zu antworten. Tom war ein bißchen benebelt, als er seinen Brief schrieb, denn es war kurz nach dem Lunch, und kurz nach dem Lunch waren sie immer ein bißchen vom Wein beduselt, ein köstliches Gefühl, das man sofort mit ein paar Tassen Espresso und ein paar Schritten verscheuchen oder mit einem weiteren Glas verlängern konnte, das man trank, während man seinen gemächlichen Nachmittagsverrichtungen nachging. Tom amüsierte sich damit, schwache Hoffnungen zu schüren. In Mr. Greenleafs Stil schrieb er ihm:

... Falls ich mich nicht täusche, ist Richard nicht mehr so fest entschlossen, den nächsten Winter hier zu verbringen. Wie ich Ihnen versprach, werde ich alles in meiner Macht tun, um ihn davon abzuhalten, den Winter hier zu verbringen, und mit der Zeit – wenngleich es bis Weihnachten dauern könnte – werde ich ihn möglicherweise dazu bringen können, in den Staaten zu bleiben, wenn er erst dort ist.

Tom mußte beim Schreiben lächeln, denn er und Dickie schmiedeten Pläne, im Winter vor den griechischen Inseln zu kreuzen, und Dickie hatte nicht einmal mehr vor, auch nur für ein paar Tage nach Hause zu fliegen, es sei denn, seine Mutter wäre bis dahin ernstlich krank. Es war auch davon die Rede gewesen, Januar und Februar, die schlimmsten Monate in Mongibello, auf Mallorca zu verbringen. Und Marge würde nicht mitkommen, davon war Tom überzeugt. Sowohl er als auch Dickie schlossen sie jedesmal von ihren Reiseplänen aus, auch wenn Dickie so unklug gewesen war, ihr gegenüber anzudeuten, daß sie im Winter vielleicht eine Kreuzfahrt unternehmen würden. Dickie war immer so verdammt offenherzig! Und obwohl Tom wußte, daß Dickie nach wie vor fest vorhatte, mit ihm allein zu fahren, war Dickie Marge gegenüber aufmerksamer als sonst, weil ihm klargeworden war, daß sie hier ganz allein einsam sein würde und daß es nicht nett von ihnen war, sie nicht mitzunehmen. Beide versuchten es zu überspielen, indem sie ihr vor Augen führten, daß sie denkbar billig und unkomfortabel in Griechenland herumreisen würden, in Viehtransportern, mit den Bauern auf Deck schlafen und so weiter, nichts, was man einem Mädchen zumuten konnte. Doch Marge sah weiterhin traurig aus, und Dickie versuchte es weiterhin wettzumachen, indem er sie so oft wie möglich zum Lunch und zum Abendessen einlud. Wenn sie vom Strand hinaufgingen, nahm Dickie manchmal Marges Hand, obwohl sie ihn sie nicht immer halten ließ. Manchmal entwand sie ihm ihre Hand nach ein paar Sekunden auf eine Weise, die in Toms Augen bedeutete, daß sie sie ihm liebend gerne gelassen hätte.

Und als sie ihr vorschlugen, mit ihnen nach Herkulaneum zu fahren, lehnte sie ab.

»Ich bleibe lieber zu Hause. Macht ihr beide euch einen schönen Tag«, sagte sie und versuchte, tapfer zu lächeln.

»Wenn sie nicht will, kann man sie nicht zwingen«, sagte Tom zu Dickie und verschwand taktvoll ins Haus, so daß sie und Dickie sich auf der Terrasse aussprechen konnten.

Tom saß auf der breiten Fensterbank in Dickies Atelier und schaute auf das Meer hinaus, die braunen Arme vor der Brust verschränkt. Er schaute gerne auf das blaue Mittelmeer und stellte sich vor, wie er und Dickie segelten, wohin sie Lust hatten. Nach Tanger, Sofia, Kairo, Sewastopol ... Bis sein Geld versiegte, dachte Tom, würde Dickie ihn vermutlich so gern haben und sich so sehr an ihn gewöhnt haben, daß es für ihn eine Selbstverständlichkeit wäre, weiter mit ihm zusammenzuleben. Er und Dickie konnten ohne weiteres von Dickies monatlichen fünfhundert Dollar leben. Von der Terrasse hörte er Dickies beschwörende Stimme und Marges einsilbige Antworten. Dann wurde das Tor zugeschlagen. Marge war gegangen. Sie hatte zum Lunch bleiben wollen. Tom hievte sich von der Fensterbank und ging zu Dickie auf die Terrasse.

»War sie wegen irgendwas wütend?« fragte Tom.

»Nein. Sie kommt sich ausgeschlossen vor, nehme ich an.«

»Wir haben uns doch immer bemüht, sie einzubeziehen.«

»Darum geht es nicht.« Dickie ging langsam auf und ab. »Jetzt sagt sie, daß sie nicht einmal mit mir nach Cortina fahren will.«

»Ach, bis Dezember wird sie ihre Meinung schon ändern.«

»Das glaube ich nicht«, sagte Dickie.

Tom vermutete, daß es daran lag, daß auch er nach Cortina fahren würde. Dickie hatte ihn letzte Woche eingeladen. Freddie Miles war schon fort gewesen, als sie von ihrer Fahrt nach Rom zurückgekommen waren; Marge hatte ihnen erzählt, daß er unerwartet geschäftlich nach London zurückgerufen worden war. Aber Dickie hatte gesagt, er wolle Freddie schreiben, daß er einen Freund mitbringen werde. »Soll ich gehen, Dickie?« fragte Tom in der Überzeugung, daß Dickie das nicht wollte. »Ich habe das Gefühl, daß ich mich zwischen euch dränge.«

»So ein Blödsinn! Wieso denn das?«

»Na ja, ich meine, von ihrem Standpunkt aus.«

»Quatsch. Ich bin ihr nun einmal verpflichtet. Und in letzter Zeit war ich nicht besonders nett zu ihr. Waren wir nicht besonders nett zu ihr.«

Tom wußte, was er meinte: daß er und Marge einander den langen, öden, letzten Winter über Gesellschaft geleistet hatten, als sie die einzigen Amerikaner im Ort waren, und daß er sie jetzt nicht vernachlässigen sollte, nur weil jemand anders aufgetaucht war. »Soll ich vielleicht mit ihr über Cortina sprechen?« schlug Tom vor.

»Dann fährt sie erst recht nicht mit«, sagte Dickie gereizt und ging ins Haus.

Tom hörte, wie er zu Ermelinda sagte, sie solle mit dem Lunch warten, weil er jetzt keine Zeit habe. Sogar auf italienisch verstand Tom, daß Dickie im typischen Ton des Hausherrn sagte, er, Dickie, habe jetzt keine Zeit. Dickie kam auf die Terrasse und versuchte sich hinter vorgehaltener Hand eine Zigarette anzuzünden. Sein wunderschönes silbernes Feuerzeug versagte beim leisesten Luftzug. Schließlich holte Tom sein Feuerzeug aus der Tasche, das so häßlich und zuverlässig war wie ein militärischer Ausrüstungsgegenstand, und gab Dickie Feuer. Im letzten Moment schrak er davor zurück, Dickie einen Drink anzubieten: Es war nicht sein Haus, auch wenn die drei Flaschen Gin, die in der Küche standen, zufällig von ihm gekauft worden waren.

»Es ist nach zwei«, sagte Tom. »Wie wär's mit einem Spaziergang und einem Abstecher zum Postamt?« Manchmal öffnete Luigi das Postamt um halb drei, manchmal erst um vier.

Schweigend gingen sie den Hügel hinunter. Was konnte Marge nur über ihn gesagt haben, fragte sich Tom. Ein plötzliches Schuldgefühl trieb ihm den Schweiß auf die Stirn – ein formloses, aber heftiges Schuldgefühl, so als hätte Marge Dickie erzählt, Tom habe gestohlen oder etwas ähnlich Schändliches verbrochen. Dickie würde sich nicht so eigenartig benehmen, wenn Marge ihm lediglich die kalte Schulter gezeigt hätte, dachte Tom. Dickie schlurfte mit eingeknickten Beinen den Hügel hinunter, so daß seine knochigen Knie vorstanden, ein Gang, den Tom mittlerweile unbewußt nachahmte. Doch heute hielt Dickie auch den Kopf gesenkt und die Hände in den Taschen seiner Shorts vergraben. Den Mund machte er nur auf, um Luigi zu begrüßen und ihm für seine Post zu danken. Für Tom war nichts gekommen. Dickies Brief kam von einer Bank in Neapel und enthielt ein Formular, auf dem Tom mit Schreibmaschine die Zahl $ 500,- eingetragen sah. Dickie steckte es nachlässig in die Tasche und warf den Umschlag in den Papierkorb. Die monatliche Mitteilung, daß Dickies Geld in Neapel angekommen war, vermutete Tom. Dickie hatte erzählt, daß seine Vermögensverwaltung ihm den Betrag an eine Bank in Neapel überwies. Sie gingen weiter hügelabwärts, und Tom nahm an, daß sie wie schon oft der Hauptstraße bis zu dem Punkt folgen würden, wo sie hinter dem Dorf um einen Felsen verlief, doch Dickie blieb vor den Stufen stehen, die zu Marges Haus führten.

»Ich schau mal bei Marge vorbei«, sagte er. »Nicht lange, aber du brauchst nicht zu warten.«

»In Ordnung«, sagte Tom, dem plötzlich ganz elend zumute war. Er sah eine Weile zu, wie Dickie die Stufen hinaufstieg, dann wandte er sich abrupt um und machte sich auf den Rückweg.

Auf halber Strecke hielt er inne, von dem plötzlichen Wunsch beseelt, im Giorgio auf einen Drink einzukehren (obwohl die Martinis dort grauenhaft waren), und dem zweiten Impuls, zu Marges Haus zu gehen und unter dem Vorwand, sich bei ihr zu entschuldigen, seine Wut an ihnen auszulassen, sie zu überraschen und zu ärgern. Plötzlich hatte er das Gefühl, daß Dickie sie in ebendiesem Augenblick umarmte oder jedenfalls berührte; einerseits wollte er es sehen, andererseits ekelte er sich davor. Er machte kehrt und ging zum Tor von Marges Garten. Er schloß es behutsam hinter sich, obwohl ihr Haus so weit entfernt war, daß sie es unmöglich hören konnte, und sprang die Stufen hinauf, zwei auf einmal. Erst auf den letzten Stufen ging er langsamer. Er wollte sagen: »Schau, Marge, es tut mir wirklich leid, wenn *ich* an der schlechten Stimmung hier schuld sein sollte. Als wir dich gefragt haben, ob du mitfahren willst, haben wir es ernst gemeint. *Ich* habe es ernst gemeint.«

Als Marges Fenster in sein Blickfeld kam, blieb er stehen: Dickie hatte ihr den Arm um die Taille gelegt. Dickie küßte sie, kleine Küsse auf die Wange, und lächelte sie an. Sie waren keine fünf Meter von ihm entfernt, doch im

Zimmer war es schattig, verglichen mit dem hellen Sonnenlicht, in dem er stand, und er mußte sich anstrengen, um etwas zu erkennen. Jetzt kehrte Marge wie in Trance ihr Gesicht Dickie zu, und am abstoßendsten daran fand Tom, daß er wußte, wie wenig ernst es Dickie damit war, daß Dickie sich dieses billigen, naheliegenden und schlichten Mittels nur bediente, um sich ihre Freundschaft zu erhalten. Abstoßend fand er auch Marges prallen Hintern in dem Bauernrock unter Dickies Arm, der um ihre Taille geschlungen war. Und Dickie! Von Dickie hätte Tom so etwas nie und nimmer erwartet!

Tom wandte sich ab und rannte die Stufen hinunter; am liebsten hätte er geschrien. Er knallte das Tor zu und rannte den ganzen Weg nach Hause. Keuchend schleppte er sich durch das Tor und stützte sich auf das Verandageländer. In Dickies Atelier saß er eine Weile wie betäubt auf dem Sofa. Dieser Kuß – es hatte nicht ausgesehen wie ein erstes Mal. Er trat an Dickies Staffelei, wobei sein Blick unbewußt dem schlechten Bild darauf auswich, nahm den verformten Radiergummi, der auf der Palette lag, warf ihn aus dem Fenster und sah, wie er in hohem Bogen zum Meer hin verschwand. Er nahm noch mehr Radiergummis von Dickies Arbeitstisch, Stifte, Kreiden, Kohle- und Pastellstücke, und warf sie nacheinander in die Zimmerecken oder aus dem Fenster. Er hatte den merkwürdigen Eindruck, daß sein Kopf ruhig und klar blieb, während sein Körper tobte. Er lief auf die Terrasse in dem Wunsch, auf die Brüstung zu springen und einen Tanz oder einen Kopfstand zu vollführen, doch der Abgrund dahinter brachte ihn zur Besinnung.

Er ging in Dickies Schlafzimmer und wanderte eine Weile auf und ab, die Hände in den Taschen. Er fragte sich, wann Dickie zurückkommen würde. Oder würde er den ganzen Nachmittag fortbleiben und am Ende gar mit ihr ins Bett gehen? Er riß die Tür zu Dickies Wandschrank auf und spähte hinein. Ein frischgebügelter und neu aussehender grauer Flanellanzug hing dort, in dem er Dickie noch nie gesehen hatte. Er nahm ihn heraus. Er zog seine Bermudashorts aus und die Anzugshose an. Dann schlüpfte er in ein Paar von Dickies Schuhen. Danach holte er aus der untersten Kommodenschublade ein frisches blau-weiß gestreiftes Hemd.

Er entschied sich für eine dunkelblaue Seidenkrawatte, die er sorgfältig knotete. Der Anzug paßte. Er kämmte sich das Haar und setzte den Scheitel etwas mehr seitlich an, so wie bei Dickie.

»Marge, du mußt verstehen, daß ich dich nun einmal nicht liebe«, sagte Tom mit Dickies Stimme zum Spiegel, indem er wie Dickie die betonten Wörter höher aussprach und am Ende des Satzes ein gutturales Geräusch machte, das je nach Dickies Laune attraktiv oder unfreundlich, vertraulich oder arrogant klingen konnte. »Marge, Schluß damit!« Tom drehte sich schnell um und griff in die Luft, als packe er Marge an der Kehle. Er schüttelte sie erbarmungslos, und sie sank zu Boden, wo er sie leblos liegen ließ. Er wischte sich mit Dickies Geste die Stirn, tastete nach einem Taschentuch, und als er keines fand, nahm er eines aus der obersten Kommodenschublade und trat wieder vor den Spiegel. Sogar seine geöffneten Lippen sahen aus wie Dickies Mund, der die Zähne leicht entblößte, wenn er vom Schwimmen außer Atem war. »Du weißt, warum das sein mußte«, sagte er, noch immer atemlos, zu Marge, obwohl er sich selbst im Spiegel beobachtete, »du hast dich zwischen Tom und mich gedrängt – o nein, nicht, wie du denkst! Aber zwischen uns besteht ein Band!«

Er drehte sich um, trat über die eingebildete Leiche und ging gemessenen Schritts zum Fenster. Hinter der Straßenbiegung konnte er undeutlich die Steigung der Stufen zu Marges Haus sehen. Dickie befand sich weder dort noch auf der Straße. Vielleicht schliefen sie miteinander, dachte Tom, und vor Abscheu mußte er schlucken. Er stellte es sich vor, linkisch, unbeholfen, unbefriedigend für Dickie, während Marge völlig verzückt war. Das wäre sie sogar, wenn Dickie sie folterte! Tom lief zum Wandschrank zurück und nahm vom obersten Brett einen Hut. Es war ein kleiner grauer Tirolerhut mit einer grün-weißen Feder im Hutband. Er setzte ihn in kessem Winkel auf. Es überraschte ihn, wie ähnlich er mit bedecktem Kopf Dickie sah. Eigentlich war sein dunkleres Haar der einzige größere Unterschied zwischen ihnen. Ansonsten – seine Nase, wenigstens im großen und ganzen, sein schmaler Kiefer, seine Augenbrauen, wenn er den richtigen Gesichtsausdruck hatte –

»Was machst du da eigentlich?«

Tom fuhr herum. In der Zimmertür stand Dickie. Tom begriff, daß Dickie bereits am Tor gewesen sein mußte, als er zum Fenster hinausgeschaut hatte. »Oh, ich – habe nur Spaß gemacht«, sagte Tom mit der tiefen Stimme, die er immer annahm, wenn ihm etwas peinlich war. »Entschuldige, Dickie.«

Dickie öffnete leicht den Mund und schloß ihn wieder, als sei er zu wütend, um sich verständlich auszudrücken. Für Tom war es genauso schrecklich, als hätte er etwas gesagt. Dickie trat näher.

»Dickie, ich wollte nicht –«

Die Tür wurde so laut zugeschlagen, daß er verstummte. Mit gerunzelter Stirn knöpfte Dickie sein Hemd auf, als wäre Tom nicht vorhanden, denn er befand sich schließlich in seinem Zimmer, wo Tom nichts zu suchen hatte. Tom war starr vor Angst.

»Würdest du bitte meine Sachen ausziehen?« sagte Dickie.

Tom begann sich auszuziehen, mit ungelenken Fingern, weil er vor Demütigung und Schock zitterte und weil Dickie bis jetzt immer gesagt hatte, er solle dies und jenes ruhig anziehen, was Dickie gehörte. Das würde er nie wieder sagen.

Dickie blickte auf Toms Füße. »Meine Schuhe auch? Spinnst du eigentlich?«

»Nein.« Tom versuchte sich zusammenzureißen, als er den Anzug aufhängte. Dann fragte er: »Hast du dich mit Marge wieder vertragen?«

»Mit Marge und mir ist alles in Ordnung«, fuhr Dickie ihn an, und er begriff, daß es ihn nichts anging. »Im übrigen möchte ich eines klarstellen«, sagte Dickie und sah Tom an. »Ich bin kein Homo. Egal, was für ein Bild du dir gemacht haben könntest.«

»Kein Homo?« Tom lächelte hilflos. »Dafür habe ich dich nie gehalten.«

Dickie wollte abermals etwas sagen und hielt den Mund. Er streckte sich, so daß die Rippen auf seiner gebräunten Brust hervortraten. »Na gut, aber Marge hält *dich* für einen.«

»Und warum?« Tom spürte, wie das Blut aus seinem Gesicht wich. Kraftlos schüttelte er Dickies zweiten Schuh vom Fuß und stellte die Schuhe in den Wandschrank. »Wie kommt sie auf *die* Idee? Was soll ich denn getan haben, daß sie so was denkt?« Ihm war schwindelig. Das hatte ihm noch nie jemand offen ins Gesicht gesagt, nicht auf diese Weise.

»Sie denkt es, weil du dich so komisch benimmst«, sagte Dickie brummend und ging aus dem Zimmer.

Hastig fuhr Tom wieder in seine Shorts. Er hatte sich hinter der Tür des Wandschranks versteckt, obwohl er Unterwäsche trug. Nur weil Dickie ihn gut leiden konnte, dachte er, hatte Marge ihm diese widerlichen Verleumdungen eingeblasen. Und Dickie war zu feige gewesen, für ihn einzustehen und ihn zu verteidigen!

Er ging die Treppe hinunter; Dickie machte sich an der Bar auf der Terrasse einen Drink. »Dickie, diese Sache möchte ich ein für allemal klären«, sagte Tom feierlich. »Ich bin auch kein Homo, und ich will nicht, daß irgend jemand so etwas von mir denkt.«

»Schon gut«, brummte Dickie.

Sein Ton erinnerte Tom an die Art, wie Dickie geantwortet hatte, als er ihn gefragt hatte, ob er diesen oder jenen in New York kenne. Manche der Leute, die er erwähnt hatte, waren Homosexuelle, zweifellos, und oft genug hatte er Dickie verdächtigt, ihre Bekanntschaft zu leugnen, obwohl er sie kannte. Na und? Wen interessierte das schon? Nun, Dickie. Tom zauderte, während ihm tausend Dinge durch den Kopf schossen, die er hätte sagen können, bittere, versöhnliche, dankbare und feindselige Worte. Er erinnerte sich an gewisse Kreise in New York, in denen er verkehrt und aus denen er sich zurückgezogen hatte, doch jetzt bereute er, sich je mit ihnen eingelassen zu haben. Sie hatten sich mit ihm abgegeben, weil sie ihn amüsant fanden, aber er hatte nie irgend etwas mit ihnen zu tun gehabt! Wenn der eine oder andere von ihnen sich ihm zu nähern versuchte, hatte er sie abgewiesen – wenngleich er wußte, daß er sich größte Mühe gegeben hatte, es nicht so wirken zu lassen, indem er ihnen Gefälligkeiten erwies, sie mit dem Taxi mitnahm, obwohl es einen Umweg für ihn bedeutete, weil er befürchtete, sie könnten ihn sonst nicht mehr mögen. Was für ein Esel er gewesen war! Und sehr gut erinnerte er sich an die Demütigung, die es gewesen war, als Vic Simmons gesagt hatte: »Ach, Tommie, halt endlich die Klappe!«, nachdem er in Vics Anwesenheit zu irgendwelchen Gästen zum dritten- oder viertenmal gesagt hatte: »Ich kann mich einfach nicht entscheiden, ob ich Männer oder Frauen mag, und deshalb überlege ich mir ernsthaft, ob ich nicht mit beiden Schluß machen soll.« Tom hatte sich angewöhnt zu erzählen, er gehe zu einem Analytiker, weil das jeder tat, und er erzählte schrecklich komische Geschichten über seine Analysestunden, um die Leute auf Partys zu amüsieren; sein Witz über Männer und Frauen war immer einen Lacher wert gewesen, bis Vic zu ihm gesagt hatte, er solle endlich die Klappe halten, und danach hatte Tom ihn nie wieder erzählt und auch nie wieder seinen Analytiker erwähnt. Tatsächlich, dachte er, war es gar nicht so fern von der Wahrheit. Sicherlich war er einer der unschuldigsten und unberührtesten Menschen, die er kannte. Und das war das Ironische an der jetzigen Situation und an Dickies Vorwürfen.

»Ich komme mir vor, als ob ...«, setzte Tom an, doch Dickie hörte gar nicht zu. Dickie wandte sich mit grimmiger Miene ab und ging mit seinem Drink ans andere Ende der Terrasse. Tom näherte sich ihm etwas furchtsam, ungewiß, ob Dickie ihn von der Terrasse stürzen oder sich nur umdrehen und ihn auffordern würde, auf der Stelle das Haus zu verlassen. Tom fragte ruhig: »Bist du in Marge verliebt, Dickie?«

»Nein, aber sie tut mir leid. Ich mag sie. Sie war sehr nett zu mir. Wir haben uns immer gut verstanden. Das kannst du offenbar nicht verstehen.«

»Doch, das kann ich. Das war mein erster Eindruck von euch beiden – daß es von deiner Seite aus eine platonische Geschichte ist und daß sie richtig in dich verliebt ist.«

»Ja, das stimmt. Und Leute, die in einen verliebt sind, will man nicht verletzen, verstehst du?«

»Ja, natürlich.« Er zauderte erneut, suchte nach den richtigen Worten. Er war noch immer verängstigt, obgleich Dickie ihm nicht mehr böse war. Dickie würde ihn nicht rauswerfen. In beherrschterem Ton sagte Tom: »Ich kann mir vorstellen, daß ihr euch nicht so gut kennen würdet – oder gar nicht –, wenn ihr in New York leben würdet, aber in diesem abgelegenen Dorf hier –«

»Richtig. Ich war nicht mit ihr im Bett und habe es auch nicht vor, aber ich will sie als Freundin behalten.«

»Und was habe ich getan, um das zu verhindern? Dickie, ich habe dir doch gesagt, daß ich lieber gehen würde als mich in deine Freundschaft mit Marge einmischen.«

Dickie blickte ihn kurz an. »Es geht nicht darum, daß du irgendwas getan hättest, sondern daß du sie offenbar nicht leiden kannst. Jedesmal, wenn du nett zu ihr zu sein versuchst, sieht jeder Blinde, wie sehr du dich bemühen mußt.«

»Das tut mir leid«, sagte Tom zerknirscht. Es tat ihm leid, daß er sich nicht mehr angestrengt hatte, daß er schlechte Arbeit geleistet hatte, wenn er gute hätte leisten können.

»Lassen wir das jetzt. Mit Marge und mir ist alles in Ordnung«, sagte Dickie herausfordernd. Er wandte sich ab und starrte auf das Meer hinaus.

Tom ging in die Küche, um sich Kaffee aufzubrühen. Die Espressomaschine wollte er nicht benutzen, weil Dickie großen Wert darauf legte, daß niemand anders sie berührte. Seinen Kaffee würde er auf sein Zimmer mitnehmen, um etwas Italienisch zu lernen, bis Fausto kam, dachte Tom. Es war nicht der richtige Moment, sich mit Dickie zu versöhnen. Dickie hatte auch seinen Stolz. Er würde den Großteil des Nachmittags schweigsam sein und gegen fünf Uhr, nachdem er ein bißchen gemalt hatte, bessere Laune bekommen, und dann wäre der Zwischenfall mit den Kleidern so gut wie vergessen. Einer Sache war Tom sich sicher: daß Dickie froh war, ihn zur Gesellschaft zu haben. Dickie war es leid, allein zu leben, und Marge war er auch leid. Tom hatte noch immer dreihundert Dollar von Mr. Greenleafs Spesenvorschuß, und die würden er und Dickie für einen Ausflug nach Paris verjubeln. Ohne Marge. Dickie hatte nicht schlecht gestaunt, als Tom ihm erzählt hatte, daß er Paris nur als kurzen Blick aus einem Bahnhofsfenster kannte.

Während er wartete, daß sein Kaffeewasser kochte, räumte Tom das Essen auf, das ihr Lunch hätte sein sollen. Töpfe mit Essen setzte er in größere mit Wasser gefüllte Töpfe, um die Ameisen fernzuhalten. Es gab auch ein kleines Stück frische Butter, in Papier eingeschlagen, zwei Eier und eine Papiertüte mit vier Brötchen, die Ermelinda für das morgige Frühstück mitgebracht hatte. Sie mußten jeden Tag alles in kleinen Mengen kaufen, weil sie keinen Kühlschrank hatten. Mit einem Teil des Geldes seines Vaters wollte Dickie einen Kühlschrank kaufen. Das hatte er wiederholt erwähnt. Tom hoffte, daß er es sich anders überlegen würde, denn ein Kühlschrank mußte ihre Reisefinanzen erheblich schmälern, und seine fünfhundert Dollar monatlich hatte Dickie ziemlich fest verplant. Dickie war kein Verschwender, doch andererseits gab er am Hafen und in den Dorfkneipen jedermann fürstliche Trinkgelder, von den Bettlern ganz zu schweigen.

Gegen fünf Uhr war Dickie wieder ganz der alte. Er hatte den Nachmittag mit Malen verbracht – zu seiner Zufriedenheit, wie Tom vermutete, als er ihn die letzte Stunde in seinem Atelier hatte pfeifen hören. Dickie kam auf die Terrasse, wo Tom mit seinem Grammatikbuch saß, und korrigierte seine Aussprache.

»Man sagt nicht immer *›voglio‹*, wenn man etwas will«, sagte Dickie. »Man sagt: *›Io vo' presentare mia amica Marge‹, per esempio.*« Er bewegte seine langgliedrigen Hände in der Luft. Wenn er italienisch sprach, begleitete er es immer mit Gesten, anmutigen Gesten, als dirigiere er ein Orchester im Legato. »Du solltest lieber Fausto zuhören und nicht bloß in deinem Grammatikbuch büffeln. Ich habe Italienisch auf der Straße gelernt.« Dickie lächelte und ging den Gartenweg entlang. Fausto kam gerade zum Tor herein.

Tom hörte aufmerksam ihrem fröhlichen Wortwechsel zu, bemüht, jedes einzelne Wort zu verstehen.

Fausto trat lächelnd auf die Terrasse, ließ sich in einen Korbsessel sinken und legte die nackten Füße auf die Brüstung. Wenn er nicht lächelte, runzelte er die Stirn, und das konnte sich von Sekunde zu Sekunde ändern. Er war einer der wenigen im Dorf, die laut Dickie keinen süditalienischen Dialekt sprachen. Fausto stammte aus Mailand und war bei einer Tante in Mongibello auf ein paar Monate zu Besuch. Pünktlich und zuverlässig erschien er dreimal wöchentlich zwischen fünf und halb sechs, um auf der Terrasse mit Tom Wein oder Kaffee zu trinken und eine Stunde lang zu plaudern. Tom gab sich größte Mühe, alles zu behalten, was Fausto über die Felsen sagte, über das Wasser, über Politik (Fausto war Kommunist mit Parteibuch, und seinen Mitgliedsausweis zeigte er Amerikanern unaufgefordert, wie Dickie behauptete, weil er es lustig fand, daß sie sich darüber wunderten) und über das hastige, verstohlene Sexualleben einiger der Dorfbewohner. Manchmal fiel Fausto nichts ein, was er erzählen konnte, und dann sah er Tom an und brach in Gelächter aus. Aber Tom machte gewaltige Fortschritte; Italienisch war das einzige, was er je mit Vergnügen gelernt hatte und weiterlernen wollte. Tom wollte so gut Italienisch sprechen wie Dickie, und er hatte den Eindruck, daß es in einem Monat soweit sein könnte, wenn er sich genug Mühe gab.

11

Tom eilte mit großen Schritten über die Terrasse und in Dickies Atelier. »Hast du Lust, im Sarg nach Paris zu fahren?« fragte er.

»Was?« Dickie blickte von seinem Aquarell auf.

»Ich habe mich im Giorgio mit einem Italiener unterhalten. Wir würden von Triest aus in Särgen im Frachtwaggon befördert, bewacht von irgendeinem Franzosen, und pro Nase hunderttausend Lire kassieren. Ich glaube, es hat irgendwas mit Rauschgift zu tun.«

»Rauschgift in Särgen? Ist das nicht ein uralter Hut?«

»Wir haben italienisch gesprochen, deshalb habe ich nicht alles verstanden, aber er hat gesagt, es wären drei Särge, und vielleicht liegt im dritten eine echte Leiche, in der das Rauschgift versteckt ist. Jedenfalls hätten wir unsere Reise umsonst und das Abenteuer dazu.« Er leerte seine Taschen und legte alle geschmuggelten Päckchen Lucky Strike, die er einem Hausierer abgekauft hatte, vor Dickie hin. »Was meinst du?«

»Ich finde es fabelhaft. In einem Sarg nach Paris!« Auf Dickies Gesicht malte sich ein eigentümliches Lächeln, als mache er sich über Tom lustig, indem er Begeisterung vortäuschte, die er nicht empfand.

»Ich meine es ernst«, sagte Tom. »Er ist wirklich auf der Suche nach zwei geeigneten jungen Männern. In den Särgen sollen tote Soldaten aus dem Indochinakrieg liegen. Und der Franzose, der mitfährt, gibt sich als Verwandter aus.« Das war nicht genau, was der Mann ihm erzählt hatte, aber ungefähr. Außerdem waren zweihunderttausend Lire mehr als dreihundert Dollar, mehr als genug für einen Ausflug nach Paris. Dickie hatte sich bisher zu Paris nicht geäußert.

Dickie sah ihn scharf an, drückte den krummen Stummel der Nazionale, die er geraucht hatte, aus und riß ein Päckchen Lucky Strike auf. »Bist du sicher, daß der Kerl, mit dem du gesprochen hast, nicht selber mit Rauschgift vollgepumpt war?«

»Warum bist du in letzter Zeit so verdammt mißtrauisch?« sagte Tom lachend. »Hast du keine Courage mehr? Du schaust mich an, als würdest du mir kein Wort glauben! Komm mit, dann zeige ich dir den Mann. Er wartet im Giorgio auf mich. Er heißt Carlo.«

Dickie rührte sich nicht. »Jemand, der dir so etwas vorschlägt, wird dir wohl kaum alle Einzelheiten auf die Nase binden. Mag sein, daß er wirklich zwei Typen braucht, die im Sarg von Triest nach Paris fahren wollen, aber einleuchtend klingt die Geschichte nicht.«

»Kommst du bitte mit und sprichst selber mit ihm? Wenn du mir schon nicht glaubst, schau ihn dir wenigstens an.«

»Von mir aus.« Dickie erhob sich überraschend. »Für hunderttausend Lire würde ich vielleicht sogar mitmachen.« Bevor er Tom folgte, klappte Dickie einen Gedichtband zu, der auf dem Sofa lag. Marge hatte eine Menge Gedichtbände. In letzter Zeit hatte Dickie angefangen, sie bei ihr auszuleihen.

Als sie in das Giorgio kamen, saß der Mann noch immer an seinem Tisch in der Ecke. Tom lächelte ihm zu und nickte.

»Hallo, Carlo«, sagte er. »*Posso sedermi?*«

»*Sì, sì*«, sagte der Mann und deutete auf die freien Stühle an seinem Tisch.

»Das hier ist mein Freund«, sagte Tom langsam und deutlich auf italienisch. »Er möchte wissen, ob die Arbeit mit der Zugreise in Ordnung ist.« Tom sah, wie Carlo Dickie beäugte, ihn einschätzte, und er staunte, wie ausdruckslos die dunklen, harten, fühllosen Augen des Mannes nichts als höfliches Interesse verrieten, während sie im Bruchteil einer Sekunde Dickies verhalten lächelnde, aber mißtrauische Miene, seine Sonnenbräune, die sich nur vielen Monaten an der italienischen Sonne verdanken konnte, seine abgetragene italienische Kleidung und seine amerikanischen Ringe begutachteten und beurteilten.

Ein Lächeln malte sich langsam um die blassen, dünnen Lippen des Mannes, und er blickte Tom an.

»*Allora?*«, drängte Tom ungeduldig.

Der Mann hob das Glas mit seinem süßen Martini und trank. »Die Arbeit ist in Ordnung, aber ich glaube, daß Ihr Freund nicht der richtige Mann dafür ist.«

Tom sah Dickie an. Dickie beobachtete gespannt den Mann, mit dem gleichen nichtssagenden Lächeln, das Tom mit einemmal als verächtlich begriff. »Aber wenigstens hast du gesehen, daß es stimmt!« sagte Tom zu Dickie.

»M-hm«, sagte Dickie, der noch immer den Mann betrachtete, als hätte er ein interessantes Tier vor sich, das man bei Bedarf totschlagen konnte.

Dickie hätte mit dem Mann italienisch sprechen können. Dickie sagte kein Wort. Vor drei Wochen, dachte Tom, hätte Dickie den Mann auf sein Angebot angesprochen. Warum mußte er dasitzen wie ein Spitzel oder ein Ermittler, der auf aussagekräftige Informationen wartete, um den Mann festnehmen zu können? »Na gut«, sagte Tom zuletzt, »du glaubst mir jetzt, oder?«

Dickie warf ihm einen Blick zu. »Das mit dem Job? Wieso soll ich dir glauben?«

Tom blickte wieder erwartungsvoll den Italiener an.

Der Italiener zuckte die Schultern. »Da gibt es nichts weiter zu besprechen, nicht wahr?« sagte er auf italienisch.

»Nein«, sagte Tom. Wahnwitzige, unbestimmte Wut kochte in ihm und ließ ihn zittern. Er war wütend auf Dickie. Dickie beäugte die schmutzigen Fingernägel des Mannes, seinen schmutzigen Hemdkragen, sein häßliches dunkles Gesicht, das er vor kurzem rasiert, aber nicht gewaschen hatte, so daß die Haut dort, wo der Bart gewesen war, viel heller aussah. Doch die dunklen Augen des Italieners blickten kühl und freundlich und gelassener als Dickies Augen. Tom schnürte es die Kehle zu. Er merkte, daß er sich nicht auf italienisch verständlich machen konnte. Er wollte sowohl zu Dickie als auch zu dem Mann sprechen.

»*Niente, grazie, Bruno*«, sagte Dickie ruhig zu dem Kellner, der gekommen war, um die Bestellung aufzunehmen. Dickie sah Tom an. »Gehen wir?«

Tom sprang so abrupt auf, daß sein Stuhl umfiel. Er stellte ihn wieder hin und neigte den Kopf zum Abschied. Er hatte das Gefühl, dem Italiener eine Erklärung schuldig zu sein, doch er brachte es nicht fertig, den Mund zu öffnen, nicht einmal, um sich zu verabschieden. Der Italiener nickte zum Abschied und lächelte. Tom folgte Dickies langen weißbehosten Beinen aus dem Lokal.

Draußen sagte Tom: »Ich wollte nur, daß du dich selber vergewisserst, daß es stimmt. Das hast du ja jetzt wohl gesehen.«

»Schon gut, es stimmt«, sagte Dickie lächelnd. »Was ist mit dir los?«

»Was ist mit *dir* los?« fragte Tom heftig.

»Der da drinnen ist ein Hochstapler. Wolltest du das von mir wissen? Bitte sehr.«

»Mußt du deshalb so fürchterlich überlegen tun? Hat der Mann dir irgendwas getan?«

»Soll ich vor ihm auf den Knien herumrutschen? Er ist nicht der einzige von dieser Sorte. Die gibt es in diesem Dorf haufenweise.« Dickies blonde Augenbrauen verzogen sich. »Was ist eigentlich mit dir los? Bist du auf diese Märchenstunde tatsächlich reingefallen? Das kann doch nicht dein Ernst sein!«

»Selbst wenn es das wäre, könnte ich jetzt nicht mehr mitmachen. Nicht nach der Vorstellung, die du eben gegeben hast.«

Dickie blieb mitten auf der Straße stehen und sah ihn an. Sie stritten so laut, daß ein paar Leute neugierig stehenblieben.

»Es hätte eine tolle Sache sein können«, sagte Tom, »und du tust so, als wäre das nicht wahr. Letzten Monat, als wir in Rom waren, hättest du so etwas toll gefunden.«

»O nein«, sagte Dickie kopfschüttelnd. »Das glaube ich nicht.«

Tom litt Folterqualen vor Enttäuschung und Sprachlosigkeit. Und weil man ihnen zuschaute. Er zwang sich weiterzugehen, anfangs in kleinen angespannten Schritten, bis er sicher sein konnte, daß Dickie nachkam. Dickies Miene zeigte noch immer Verblüffung und Mißtrauen, und Tom wußte, daß Dickie sich über seine Reaktion wunderte. Tom wünschte, er hätte sie ihm erklären, wünschte, er hätte zu Dickie durchdringen können, damit Dickie ihn verstand und sie das gleiche empfanden. Vor einem Monat hatte Dickie genauso empfunden wie er. »Es liegt an deinem Auftreten«, sagte Tom. »So hättest du dich nicht aufzuführen brauchen. Der Mann hat dir nichts Böses getan.«

»Er sah aus wie der typische windige Hochstapler!« gab Dickie zurück. »Mein Gott, wenn du ihn so ins Herz geschlossen hast, dann geh zu ihm zurück. Du bist nicht verpflichtet, das zu tun, was ich tue!«

Tom blieb stehen. Er verspürte den Drang, umzukehren, nicht unbedingt ins Giorgio zurück, aber weg von Dickie. Und dann ließ seine Anspannung plötzlich nach. Seine Schultern entspannten sich schmerzhaft, er atmete in kleinen Stößen durch den Mund. »In Ordnung, Dickie«, wollte er wenigstens sagen, um sich mit ihm auszusöhnen und damit Dickie den Zwischenfall vergaß. Aber seine Zunge gehorchte ihm nicht. Er starrte unverwandt Dickies blaue Augen an unter der noch immer gerunzelten Stirn, die von der Sonne weißgebleichten Brauen und die glänzenden leeren Augäpfel, die nichts enthielten als kleine blaue Gallertstücke mit schwarzen Tupfen in der Mitte und die bedeutungslos waren, nichts mit ihm zu tun hatten. Es hieß, durch die Augen könne man in der Seele lesen, könne man die Liebe sehen, sie seien der einzige Ort, der es ermögliche, zu sehen, was wirklich in einem anderen vorging, doch in Dickies Augen war für Tom nicht mehr zu erkennen, als würde er auf die harte, blutleere Oberfläche eines Spiegels blikken. Tom verspürte ein schmerzliches Ziehen in der Brust und bedeckte sein Gesicht mit den Händen. Ihm war, als hätte man ihm Dickie unversehens entrissen. Sie waren keine Freunde. Sie kannten einander nicht. Tom war, als offenbarte sich ihm eine schreckliche Wahrheit, die für alle Zeiten galt, für alle Menschen, die er einst gekannt hatte und einst kennen würde: Jeder einzelne hatte ihm gegenübergestanden und würde ihm gegenüberstehen, und er würde immer wieder wissen, daß er keinen von ihnen jemals kennen würde, und das schlimmste daran war, daß er immer wieder für kurze Zeit der Illusion erliegen würde, er kenne sie und er und sie seien einander völlig ähnlich und in völliger Harmonie miteinander. Für einen Augenblick schien der wortlose Schock dieser Erkenntnis mehr zu sein, als er ertragen konnte. Ihm war, als schüttelten ihn Krämpfe und er müsse zu Boden stürzen. Es war zuviel: die Fremdheit, die fremde Sprache, sein Scheitern und dazu noch Dickies Haß. Er fühlte sich von Fremdheit und Feindseligkeit umzingelt. Er spürte, wie Dickie ihm die Hände von den Augen riß.

»Was ist mit dir los?« fragte Dickie. »Hat dieser Bursche dir irgendwas verpaßt?«

»Nein.«

»Bist du sicher? Irgendwas in deinem Drink?«

»Nein.« Die ersten Tropfen des Abendregens klatschten ihm auf den Kopf. Donnergrollen war zu hören. Feindseligkeit auch vom Himmel. »Ich möchte sterben«, sagte Tom kläglich.

Dickie riß ihn am Arm. Tom stolperte über eine Schwelle. Sie befanden sich in der kleinen Bar gegenüber dem Postamt. Tom hörte, wie Dickie einen Brandy bestellte und zwar italienischen, weil französischer Cognac zu gut für ihn war, wie Tom vermutete. Tom leerte das Glas mit dem leicht süßlichen und nach Medizin schmeckenden Getränk und leerte zwei weitere – Zaubermedizin, die ihn dorthin zurückbrachte, wo herrschte, was als Realität bezeichnet wurde, wie sein Verstand wußte: der Geruch der Nazionale in Dickies Hand, die geschnörkelte Maserung der Theke unter seinen Fingern, der harte Druck in seinem Magen, als drücke jemand eine Faust gegen seinen Bauch, die lebhafte Vorstellung des langen steilen Rückwegs zum Haus und des leisen Ziehens in seinen Oberschenkeln danach.

»Alles in Ordnung«, sagte Tom ruhig und mit tiefer Stimme. »Ich weiß nicht, was mit mir los war. Vielleicht die Hitze, die mir zu schaffen gemacht hat.« Er lachte kurz. Das war die Realität – Dinge mit einem Lachen abtun, Dinge belächeln, die wichtiger waren als alles, was ihm in den fünf Wochen widerfahren war, seit er Dickie kannte, wichtiger vielleicht als alles, was ihm je widerfahren war.

Dickie schwieg; er steckte die Zigarette in den Mund, nahm ein paar Hundertlirescheine aus seiner schwarzen Krokodillederbrieftasche und legte sie auf die Theke. Tom war verletzt, weil er nichts sagte, verletzt wie ein Kind, das krank war und anderen wahrscheinlich auf die Nerven gegangen ist, aber dennoch ein freundliches Wort erwartet, nachdem es wieder gesund ist. Doch Dickie interessierte sich nicht für ihn. Dickie hatte die Brandys so beiläufig für ihn bestellt wie für einen Fremden, dem zufällig schlecht war und der kein Geld bei sich hatte. Tom dachte plötzlich: Dickie will nicht, daß ich nach Cortina mitfahre. Das dachte er nicht zum erstenmal. Marge sollte jetzt mitfahren. Sie und Dickie hatten von ihrer letzten Fahrt nach Neapel eine riesengroße Thermoskanne mitgebracht, die sie nach Cortina mitnehmen wollten. Sie hatten ihn nicht gefragt, ob die Thermoskanne ihm gefiel, und sie hatten ihn auch sonst nichts gefragt. Sie behandelten ihn bei ihren Vorbereitungen lediglich unauffällig, aber zunehmend wie Luft. Tom begriff, daß Dickie von ihm erwartete, daß er bis zur Fahrt nach Cortina von der Bildfläche verschwunden sein würde. Vor zwei Wochen hatte Dickie noch gesagt, er wolle ihm ein paar gute Abfahrten um Cortina herum zeigen, die auf einer Karte verzeichnet waren. Eines Abends hatte Dickie die Karte konsultiert, aber nichts zu Tom gesagt.

»Können wir gehen?« fragte Dickie.

Tom folgte ihm aus der Bar wie ein Hund.

»Wenn du den Weg nach Hause allein gehen kannst, schaue ich schnell noch bei Marge vorbei«, sagte Dickie auf der Straße.

»Mir geht es gut«, sagte Tom.

»Gut.« Und im Weggehen sagte Dickie über die Schulter: »Holst du die Post ab? Ich vergesse es sonst vielleicht.«

Tom nickte. Er ging in das Postamt. Zwei Briefe warteten, einer für ihn von Dickies Vater und einer für Dickie von jemandem in New York, den Tom nicht kannte. Er blieb in der Tür stehen und öffnete Mr. Greenleafs Brief, entfaltete behutsam das maschinenbeschriebene Blatt. Es trug den eindrucksvollen blaßgrünen Briefkopf von Burke Greenleaf Watercraft Inc. mit dem Schiffsruder, ihrem Firmenzeichen, in der Mitte.

10. November 19–

Mein lieber Tom,

in Anbetracht der Tatsache, daß Sie seit über einem Monat mit Dickie zusammen sind und er nicht mehr Neigung als vorher zeigt, nach Hause zu kommen, bleibt mir nur die Schlußfolgerung, daß Sie nichts bewirken konnten. Ich zweifle nicht, daß Sie glaubten, Grund für Ihre Annahme zu haben, er ziehe eine Rückkehr in Betracht, doch ich muß offen sagen, daß sich seinem Brief vom 26. Oktober nichts dergleichen entnehmen läßt. Statt dessen scheint er entschlossener denn je, zu bleiben, wo er ist.

Es ist mir ein Anliegen, Ihnen zu sagen, daß meine Frau und ich Ihnen für alle Bemühungen, die Sie um unseretwillen unternommen haben, dankbar sind. Von jetzt an brauchen Sie sich mir in keinerlei Weise mehr verpflichtet zu fühlen. Ich hoffe, daß Sie sich mit Ihren Bemühungen in den letzten Wochen nicht übernommen haben und daß die Reise Ihnen etwas Spaß gemacht hat, auch wenn das eigentliche Anliegen nicht erreicht wurde.

Meine Frau und ich senden Ihnen unsere Grüße und unseren Dank.

Ihr H. R. Greenleaf

Das gab ihm den Rest. Mit diesem kühlen Schreiben – noch kühler im Ton als seine übliche geschäftliche Kühle, weil es ein Entlassungsschreiben war, mit höflichen Dankesworten verbrämt – hatte Mr. Greenleaf ihn schlicht vor die Tür gesetzt. Tom hatte versagt. »Ich hoffe, daß Sie sich mit Ihren Bemühungen nicht übernommen haben ...« War das etwa nicht sarkastisch? Mr. Greenleaf sagte nicht einmal, er freue sich darauf, ihn in Amerika wiederzusehen.

Tom ging wie mechanisch den Hügel hinauf. Er stellte sich vor, wie Dickie jetzt gerade Marge die Geschichte von Carlo in der Bar und von seinem eigenartigen Benehmen hinterher erzählte. Er wußte, was Marge sagen würde: »Dickie, warum wirfst du ihn nicht endlich raus?« Sollte er zurückgehen und ihnen alles erklären, sie zwingen, ihm zuzuhören? Tom drehte sich um und schaute zur undurchdringlichen gedrungenen Front von Marges Haus oben am Hügel, zu dem leeren dunklen Fenster. Regen durchnäßte seine Segeltuchjacke. Er klappte den Kragen hoch. Dann ging er schnell den Hügel hinauf zu Dickies Haus. Zumindest, dachte er, hatte er nicht versucht, noch mehr Geld aus Mr. Greenleaf herauszupressen, obwohl es möglich gewesen wäre. Es wäre möglich gewesen, sogar mit Dickies Zustimmung, wenn er es Dickie in einem Moment vorgeschlagen hätte, in dem Dickie gut auf ihn zu sprechen war. Jeder andere hätte es getan, dachte Tom, jeder, nur er nicht, und das war immerhin etwas.

Er stand am Terrassengeländer, den Blick auf den leeren verschwommenen Horizont geheftet, und dachte an nichts, empfand nichts bis auf ein schwaches, traumgleiches Gefühl der Verlorenheit und Einsamkeit. Selbst

Dickie und Marge schienen in weite Ferne entrückt, und worüber sie sprachen, war unwichtig. Er war allein. Das war das einzig Wesentliche. Er begann ein Kitzeln der Furcht am unteren Ende seines Rückgrats zu spüren, an seinen Hinterbacken.

Er drehte sich um, als er hörte, wie das Tor geöffnet wurde. Dickie kam lächelnd den Weg entlang, doch das Lächeln sah für Tom gezwungen und bemüht höflich aus.

»Warum stehst du hier draußen im Regen?« fragte Dickie, der unter dem Türbogen Schutz suchte.

»Es ist sehr erfrischend«, sagte Tom gleichmütig. »Hier ist ein Brief für dich.« Er reichte Dickie dessen Brief und steckte den Brief Mr. Greenleafs achtlos in die Tasche.

Tom hängte seine Jacke in den Wandschrank im Flur. Als Dickie seinen Brief gelesen und beim Lesen laut gelacht hatte, fragte Tom: »Meinst du, Marge würde gern mit uns nach Paris fahren?«

Dickie sah ihn überrascht an. »Wahrscheinlich ja.«

»Dann frag sie doch«, sagte Tom munter.

»Ich weiß nicht, ob ich Lust habe, nach Paris zu fahren«, sagte Dickie. »Ich hätte nichts dagegen, für ein paar Tage irgendwohin zu fahren, aber ausgerechnet Paris ...« Er zündete sich eine Zigarette an. »Ich würde fast lieber nach San Remo oder nach Genua fahren. Genua ist nicht übel.«

»Aber mit Paris kann Genua doch nicht mithalten, oder?«

»Nein, natürlich nicht, aber dafür ist es nicht so weit weg.«

»Und wann fahren wir dann nach Paris?«

»Keine Ahnung. Irgendwann mal. Paris läuft uns nicht davon.«

Tom lauschte auf das Echo der Worte in seinen Ohren und erwog ihren Ton. Vorgestern hatte Dickie einen Brief von seinem Vater erhalten. Ein paar Sätze hatte er laut vorgelesen, und sie hatten über irgend etwas gelacht, doch er hatte nicht den ganzen Brief vorgelesen, wie er es früher ab und zu getan hatte. Tom zweifelte nicht daran, daß Mr. Greenleaf Dickie geschrieben hatte, daß er nichts mehr mit Tom Ripley zu tun haben wolle, und wahrscheinlich auch, daß er ihn verdächtige, sein Geld zu verjubeln. Vor einem Monat hätte Dickie noch darüber gelacht, doch heute tat er das nicht mehr, dachte Tom. »Ich dachte nur, wir sollten unsere Paris-Reise machen, solange ich noch ein bißchen Geld übrig habe«, insistierte er.

»Fahr du. Ich bin nicht in Stimmung. Muß meine Kräfte für Cortina aufsparen.«

»Na ja – dann fahren wir eben nach San Remo«, sagte Tom in dem Bemühen, gut gelaunt zu klingen, obwohl er am liebsten geheult hätte.

»In Ordnung.«

Tom lief in die Küche. In der Ecke war der Kühlschrank nicht zu übersehen, ein großer weißer Klotz. Tom hatte sich einen Drink gewünscht, einen Drink mit Eis. Jetzt wollte er den Klotz nicht anrühren. Einen ganzen Tag hatte er mit Dickie und Marge in Neapel damit zugebracht, Kühlschränke zu besichtigen, Eiswürfelbehälter zu inspizieren und Sonderfunktionen aufzulisten, bis er keinen Kühlschrank mehr vom anderen unterscheiden konnte, während Dickie und Marge mit dem Feuereifer Frischvermählter weitermachten. Dann hatten sie in einem Café stundenlang die respektiven Vorzüge aller Kühlschränke debattiert, die sie besichtigt hatten, bevor sie sich für einen entschieden. Und jetzt tauchte Marge häufiger denn je auf, weil sie Lebensmittel im Kühlschrank lagerte und dauernd Eiswürfel holte. Plötzlich begriff Tom, warum er den Kühlschrank so erbittert haßte. Er bedeutete, daß Dickie hierblieb. Er machte nicht nur ihren Reiseplänen für Griechenland im Winter den Garaus, sondern bedeutete auch, daß Dickie höchstwahrscheinlich nie nach Paris oder Rom ziehen würde, wie er und Tom es in Toms ersten Wochen bei ihm erwogen hatten. O nein, nicht mit einem Kühlschrank im Haus, der sich dadurch auszeichnete, daß er einer von nur vier Kühlschränken im ganzen Dorf war und sechs Eiswürfelbehälter und so viele Fächer in der Tür besaß, daß man beim Türöffnen jedesmal das Gefühl hatte, ein Supermarkt komme einem entgegen.

Tom machte sich einen Drink ohne Eis. Seine Hände zitterten. Erst gestern hatte Dickie gesagt: »Fährst du über Weihnachten nach Hause?«, ganz beiläufig mitten in irgendeinem Gespräch, obwohl er genau wußte, daß Tom nicht über Weihnachten nach Hause fuhr. Er hatte kein Zuhause, und Dickie wußte es. Tom hatte Dickie alles über Tante Dottie in Boston erzählt. Dickie hatte ihm nur einen unmißverständlichen Wink gegeben, weiter nichts. Marge schmiedete Weihnachtspläne. Sie hatte eine Dose englischen Plumpudding für das Fest aufgespart und wollte sich bei irgendeinem *contadino* einen Truthahn besorgen. Tom konnte sich lebhaft vorstellen, wie sie mit ihrer sacharinsüßen Sentimentalität alles verkitschte. Natürlich gäbe es einen Weihnachtsbaum, wahrscheinlich aus Pappkarton. *Stille Nacht.* Eierpunsch. Gräßliche Geschenke für Dickie. Marge strickte. Dauernd nahm sie Dickies Socken zum Stopfen mit nach Hause. Und beide würden ihn unmerklich und höflich ausschließen. Jedes freundliche Wort an seine Adresse würde sie merkliche Anstrengung kosten. Tom konnte die Vorstellung nicht ertragen. In Ordnung, er würde gehen. Alles lieber, als Weihnachten in ihrer Gesellschaft zu ertragen.

12

Marge sagte, sie habe keine besondere Lust, mit ihnen nach San Remo zu fahren. Sie war gerade mitten in einer »Arbeitsphase« an ihrem Buch. Marge arbeitete mit Unterbrechungen und war immer guter Laune, obwohl es Tom vorkam, als wäre sie drei Viertel der Zeit »festgefahren«, welche Befindlichkeit sie regelmäßig mit fröhlichem Lachen verkündete. Das Buch mußte zum Himmel stinken, dachte Tom. Er hatte Schriftsteller erlebt. Bücher schrieb man nicht mit dem kleinen Finger, indem man den halben Tag am Strand faulenzte und sich überlegte, was man abends essen wollte. Aber er war froh, daß sie eine »Arbeitsphase« hatte, als er und Dickie nach San Remo fahren wollten.

»Es wäre sehr nett, wenn du mir das Eau de Cologne besorgen könntest, Dickie«, sagte sie. »Weißt du noch, das Stradivari, das ich in Neapel nicht finden kann. In San Remo haben sie es bestimmt; dort gibt es so viele französische Marken.«

Vor seinem inneren Auge sah Tom sie den ganzen Tag in San Remo nach dem Parfum suchen, wie sie es an einem Samstagnachmittag in Neapel stundenlang getan hatten.

Sie nahmen nur einen Koffer von Dickie mit; sie wollten nur für drei Nächte und vier Tage verreisen. Dickie war ein wenig aufgeräumterer Stimmung, doch das furchtbare Gefühl der Unausweichlichkeit war geblieben, das Gefühl, daß dies ihre letzte gemeinsame Reise sein würde. In Toms Augen war Dickies höfliche Heiterkeit im Zug die eines Gastgebers, der seinen Gast zum Teufel wünscht und fürchtet, der Gast könnte es merken, und sich deshalb bemüht, in letzter Minute für gute Laune zu sorgen. Nie zuvor war Tom sich so sehr wie ein unwillkommener Langweiler vorgekommen. Im Zug erzählte Dickie von San Remo und von der Woche, die er dort bei seiner Ankunft in Italien mit Freddie Miles verbracht hatte. San Remo war ein winziges Städtchen, aber berühmt als internationales Einkaufsparadies, erklärte Dickie; die Leute kamen sogar aus Frankreich, um dort einzukaufen. Tom hatte den Eindruck, daß Dickie ihm San Remo in den höchsten Tönen anpries, weil er ihn dazu überreden wollte, dort zu bleiben, statt nach Mongibello zurückzukommen. Tom begann eine Abneigung gegen den Ort zu fassen, bevor sie ihn überhaupt erreichten.

Und kurz vor der Einfahrt in den Bahnhof von San Remo sagte Dickie: »Ach, übrigens, Tom – ich sage es wirklich nicht gern, und ich hoffe, es macht dir nicht wirklich was aus, aber ich würde lieber mit Marge allein nach Cortina d'Ampezzo fahren. Ich glaube, ihr wäre es so lieber, und ich bin ihr schließlich verpflichtet, wenigstens für diesen kleinen Urlaub. Und das Skifahren ist ja nicht gerade deine Lieblingsbeschäftigung, oder?«

Tom erstarrte; ihn fröstelte, doch er versuchte, sich nichts anmerken zu lassen. Es Marge in die Schuhe zu schieben! »In Ordnung«, sagte er. »Klar, selbstverständlich.« Nervös blickte er auf die Landkarte, die er in der Hand hielt, und suchte verzweifelt um San Remo herum einen anderen Ort, wohin sie fahren konnten, obwohl Dickie bereits den Koffer aus dem Gepäcknetz hob. »Wir sind in der Nähe von Nizza, nicht wahr?« fragte Tom.

»Ja.«

»Und von Cannes. Wenn ich schon hier bin, würde ich gerne Cannes sehen. Cannes ist wenigstens in Frankreich«, fügte er mit vorwurfsvollem Unterton hinzu.

»Ja, das können wir machen. Du hast doch deinen Paß dabei?«

Tom hatte seinen Paß dabei. Sie bestiegen einen Zug nach Cannes und kamen gegen elf Uhr abends an.

Tom fand Cannes wunderschön – den geschwungenen Küstenstreifen, den kleine Lichter zu langen dünnen Halbmondsicheln dehnten, die elegante und zugleich tropisch anmutende Strandpromenade mit ihren Reihen von Palmen und teuren Hotels. Frankreich! Es war gesetzter als Italien und vornehmer, das konnte er sogar im Dunkeln spüren. Sie suchten sich ein Hotel in der ersten Straße hinter dem Boulevard, das Gray d'Albion, das vornehm genug war, aber sie nicht Kopf und Kragen kosten würde, wie Dickie es ausdrückte, obwohl Tom, ohne mit der Wimper zu zucken, jeden Preis für das beste Hotel mit Meerblick bezahlt hätte. Sie ließen den Koffer im Hotel und gingen in die Bar des Carlton, die laut Dickie die mondänste Bar von ganz Cannes war. Wie er vorausgesagt hatte, waren nicht viele Leute in der Bar, weil um diese Jahreszeit nicht viele Leute in Cannes waren. Tom schlug eine zweite Runde Drinks vor, doch Dickie lehnte ab.

Am nächsten Morgen frühstückten sie in einem Café, und danach schlenderten sie den Strand entlang. Unter ihren Hosen hatten sie Badehosen an. Es war kühl, doch nicht zu kühl zum Schwimmen. In Mongibello waren sie an kälteren Tagen ins Wasser gegangen. Der Strand war beinahe leer – vereinzelte Paare, ein paar Männer, die auf dem Kai ein Spiel spielten. Mit winterlicher Heftigkeit rollten die Wellen herein und brachen sich auf dem Sand. Jetzt erkannte Tom, daß die Männer Akrobaten waren.

»Das sind echte Akrobaten«, sagte er. »Schau, sie tragen alle die gleichen gelben Trikots.«

Neugierig sah er zu, wie sie eine Pyramide bildeten, Füße sich an pralle Oberschenkel klammerten, Hände Unterarme faßten. Er konnte hören, wie sie *»Allez!«* und *»Undeux!«* riefen.

»Schau!« sagte Tom. »Der ist die Spitze!« Gebannt beobachtete er den Kleinsten aus der Gruppe, einen vielleicht Siebzehnjährigen, der auf die Schultern des mittleren der drei Männer in der obersten Reihe gehievt wurde und dort mit ausgebreiteten Armen balancierte, als nähme er Beifall entgegen. »Bravo!« rief Tom.

Der Junge lächelte Tom zu, bevor er geschmeidig wie ein Tiger heruntersprang.

Tom sah zu Dickie. Dickie schaute zwei Männern zu, die in der Nähe am Strand saßen.

»Zehntausend sah ich auf einen Blick, die Köpfe wiegend in des Tanzes Glück«, sagte Dickie säuerlich zu Tom.

Tom war überrascht, doch dann verspürte er den schamvollen Stich, wie er ihn in Mongibello verspürt hatte, als Dickie gesagt hatte: »Marge hält dich dafür.« Na und, dachte Tom, dann waren die Akrobaten eben Schwuchteln. Vielleicht wimmelte es in Cannes von Schwuchteln. Und wenn schon! In den Hosentaschen ballte er die Hände zu Fäusten. Er erinnerte sich an Tante

Dotties Schmähungen: »Schlappschwanz! Durch und durch! Genau wie sein Vater!« Dickie stand mit gekreuzten Armen da und schaute auf das Meer hinaus. Tom hielt den Blick bewußt von den Akrobaten abgewendet, obwohl sie sicherlich amüsanter anzusehen waren als das Meer. »Gehst du ins Wasser?« fragte Tom und knöpfte kühn sein Hemd auf, obwohl das Wasser mit einemmal höllisch kalt aussah.

»Ich glaube nicht«, sagte Dickie. »Bleib doch hier und sieh den Akrobaten zu. Ich gehe zurück.« Er wandte sich ab und ging, bevor Tom antworten konnte.

Tom knöpfte hastig sein Hemd zu; er beobachtete, wie Dickie sich schräg über den Strand entfernte, weg von den Akrobaten, obwohl die nächste Treppe zur Promenade doppelt so weit entfernt war wie die neben den Akrobaten. Zum Henker mit ihm, dachte Tom. Mußte er sich die ganze Zeit so wahnsinnig herablassend und überlegen aufführen? Man sollte meinen, er hätte noch nie einen vom anderen Ufer zu sehen bekommen! Was mit Dickie los war, war ja wohl kaum zu übersehen! Warum tat er immer so selbstbeherrscht? Hatte er vielleicht Angst davor, sich gehenzulassen? Stichelei um Stichelei fiel Tom ein, während er hinter Dickie herlief. Und dann warf Dickie ihm über die Schulter einen so abweisenden, angewiderten Blick zu, daß ihm die Sticheleien auf der Zunge erstarben.

Am Nachmittag fuhren sie nach San Remo zurück, kurz vor drei Uhr, damit sie keine zweite Übernachtung bezahlen mußten. Das war Dickies Vorschlag gewesen, obwohl Tom die Hotelrechnung über 3430,– Francs, zehn Dollar und acht Cent, für eine Nacht beglichen hatte. Tom bezahlte auch die Fahrkarten nach San Remo, obwohl Dickie die Taschen voller Francs hatte. Er hatte seine monatliche Geldanweisung aus Italien mitgebracht und den Scheck in Francs eingelöst, weil er sich einen Vorteil davon versprach, die Francs später in Lire umzutauschen, weil der Franc in letzter Zeit plötzlich angezogen hatte.

Im Zug sagte Dickie kein Wort. Unter dem Vorwand, müde zu sein, verschränkte er die Arme und schloß die Augen. Tom saß ihm gegenüber und starrte in sein knochiges, arrogantes, schönes Gesicht und auf seine Hände mit dem grünen Ring und dem Siegelring. Tom kam der Gedanke, den grünen Ring zu stehlen, wenn er Dickie verließ. Es wäre nicht schwierig: Dickie nahm ihn ab, wenn er badete. Manchmal zog er ihn sogar zu Hause vor dem Duschen ab. Er würde es als allerletztes tun, dachte Tom. Er starrte auf Dickies geschlossene Augenlider. Eine wahnwitzige Mischung aus Haß, Zuneigung, Auflehnung und Frustration wallte in ihm auf, so daß er schwer atmete. Er hätte Dickie am liebsten umgebracht. Das dachte er nicht zum erstenmal. Schon ein paarmal hatten Wut oder Enttäuschung diesen Wunsch ausgelöst, der sofort erloschen war und ihn mit Scham erfüllt hatte. Jetzt dachte er eine ganze Minute lang daran, zwei Minuten, weil er Dickie sowieso verließ und es keinen Grund mehr gab, sich zu schämen. Er hatte bei Dickie in jeder Hinsicht versagt. Er haßte Dickie, denn sein Versagen war, wie er es auch betrachtete, nicht sein eigenes Verschulden, nicht Folge seines Handelns, sondern das Ergebnis von Dickies unmenschlicher Halsstarrigkeit. Und seiner eklatanten Roheit! Er hatte Dickie Freundschaft, Kameradschaft und Achtung dargebracht, alles, was er geben konnte, und Dickie hatte es ihm mit Undank und nun sogar mit Feindseligkeit gelohnt. Dickie warf ihn ungerührt in die Kälte hinaus. Wenn er ihn auf dieser Reise ermordete, dachte Tom, konnte er einfach einen Unfall vortäuschen. Er konnte … Plötzlich hatte er eine brillante Idee: Er konnte Dickie Greenleaf werden. Er konnte alles tun, was Dickie tat. Er konnte nach Mongibello fahren und Dickies Sachen abholen, Marge irgendeinen Unsinn erzählen, in Rom oder Paris eine Wohnung mieten, Dickies monatlichen Scheck entgegennehmen und Dickies Unterschrift darauf fälschen. Er konnte ohne weiteres Dickies Rolle spielen. Mr. Greenleaf senior würde ihm aus der Hand fressen. Das Gefährliche an der Sache und sogar die unvermeidliche zeitliche Beschränkung, die er undeutlich ahnte, machten es nur um so spannender. Er begann, sich das Wie zu überlegen.

Im Wasser. Aber Dickie war ein ausgezeichneter Schwimmer. Die Felsklippen. Es wäre ein leichtes, Dickie bei einem Spaziergang von einer Klippe zu stoßen, doch er malte sich aus, wie Dickie sich an ihm festhielt und ihn mit sich hinunterriß, und dabei verkrampfte er sich auf dem Sitz, bis seine Oberschenkel schmerzten und seine Nägel rote Male in die Daumenballen gekerbt hatten. Er würde ihm auch den zweiten Ring abnehmen müssen. Er würde sein Haar eine Spur heller tönen müssen. Doch er würde natürlich nicht irgendwo leben, wo man Dickie kannte. Er mußte Dickie nur ähnlich genug sehen, um seinen Paß benutzen zu können. Das tat er. Wenn er –

Dickie öffnete die Augen und sah ihn an, und Tom ließ sich in die Ecke

sacken, den Kopf zurückgelegt und die Augen geschlossen, als wäre er ohnmächtig geworden. »Tom, ist alles in Ordnung mit dir?« fragte Dickie und schüttelte Toms Knie.

»Alles in Ordnung«, sagte Tom mit leisem Lächeln. Er sah, daß Dickie sich verärgert zurücklehnte, und er wußte, warum: weil Dickie sich ärgerte, auch nur die geringste Anteilnahme bezeigt zu haben. Tom lächelte in sich hinein; er freute sich über den guten Einfall, eine Ohnmacht vorzuspielen, denn das war die einzige Möglichkeit gewesen, Dickie daran zu hindern, Toms zweifellos höchst sonderbaren Gesichtsausdruck wahrzunehmen.

San Remo. Blumen. Wieder eine Uferpromenade, Läden und Lädchen und französische, englische und italienische Touristen. Wieder ein Hotel, diesmal mit Blumenkästen auf den Balkonen. Wo? Heute nacht auf einem der Sträßchen? Gegen ein Uhr würde die Stadt dunkel und menschenleer sein, falls es ihm gelänge, Dickie bis dahin wach zu halten. Im Wasser? Es war kühl, aber nicht kalt. Tom zermarterte sich das Gehirn. Im Hotelzimmer wäre es einfach, aber was sollte er mit der Leiche anfangen? Die Leiche mußte verschwinden, unbedingt. Das bedeutete Wasser, und das Wasser war Dickies Element. Am Strand konnte man Segelboote, Ruderboote und kleine Motorboote mieten. In jedem Motorboot, das war Tom aufgefallen, lag als Anker ein rundes Zementgewicht, das mit einem Tau befestigt war.

»Dickie, was hältst du davon, ein Boot zu mieten?« fragte Tom mit mühsam unterdrückter Erregung; Dickie sah ihn an, weil Tom seit ihrer Ankunft keine Erregung gezeigt hatte.

Es gab etwa zehn kleine Motorboote, blau-weiß und grün-weiß, am Anlegesteg aufgereiht, und der Vermieter bemühte sich um jeden Kunden, denn es war ein kühler Morgen, der keine Wetterbesserung verhieß. Dickie schaute auf das Mittelmeer hinaus; die Luft war dunstig, sah aber nicht nach Regen aus. Es war ein Grau, das den ganzen Tag nicht weichen und keine Sonne durchlassen würde. Es war ungefähr halb elf, die Mußestunde nach dem Frühstück, und der ganze lange italienische Vormittag lag vor ihnen.

»Na gut. Eine Stunde lang um den Hafen herum«, sagte Dickie und sprang in eines der Boote; Tom konnte sehen, daß er es nicht zum erstenmal tat, und las seinem verhaltenen Lächeln Vorfreude darauf ab, sich ein wenig sentimental an andere Bootfahrten zu erinnern, vielleicht mit Freddie oder mit Marge. Marges Eau de Cologne beulte die Tasche von Dickies Cordjackett aus. Sie hatten es in einem Laden an der Hauptstraße gekauft, der wie ein amerikanischer Drugstore aussah.

Der italienische Bootsverleiher warf mit einem Ruck den Motor an; er fragte Dickie, ob er sich auskenne, was Dickie bejahte. Im Boot lag ein Ruder, wie Tom sah, ein einzelnes Ruder. Dickie ergriff die Ruderpinne. Sie fuhren geradewegs auf das offene Meer hinaus.

»Klasse!« rief Dickie und lächelte. Der Wind zauste sein Haar.

Tom blickte nach rechts und nach links. Zur einen Seite eine steile Klippe, ähnlich wie in Mongibello, zur anderen ein flacher Strand, unscharf im Nebel zu erkennen, der auf dem Wasser lag. Schwer zu sagen, welche Richtung besser einzuschlagen war.

»Kennst du dich hier in der Gegend aus?« rief Tom so laut wie möglich, um den Motor zu übertönen.

»Nee!« sagte Dickie fröhlich. Er genoß die Fahrt.

»Ist das Boot schwer zu steuern?«

»Nicht die Bohne! Willst du mal?«

Tom zögerte. Dickie steuerte noch immer auf das offene Meer hinaus. »Nein, lieber nicht.« Er sah wieder nach links und nach rechts. Weit weg war zur Linken ein Segelboot zu sehen. »Wohin fahren wir?« rief Tom.

»Ist doch egal!« Dickie lächelte.

Nein, das war es nicht.

Dickie steuerte abrupt nach rechts, so schroff, daß beide sich duckten und zur Seite lehnten, damit das Boot nicht kenterte. Eine Wand aus weißer Gischt türmte sich zur Linken Toms auf und stürzte ein, so daß der leere Horizont zu sehen war. Wieder rasten sie über das Wasser ins Nichts. Dickie testete die Schnelligkeit des Boots; er lächelte, seine blauen Augen lächelten in die Leere.

»In so einem kleinen Boot kommt einem alles viel schneller vor!« rief Dickie.

Tom nickte und beschränkte sich auf ein verständnisvolles Lächeln. In Wahrheit fürchtete er sich entsetzlich. Der Himmel mochte wissen, wie tief das Wasser war. Wenn das Boot verunglückte, bestand nicht die geringste Aussicht, bis zum Ufer zu gelangen, jedenfalls nicht für ihn. Aber genausowenig konnten andere sehen, was sie hier draußen taten. Dickie beschrieb abermals eine leichte Rechtskurve, der langen Zunge des unscharfen grauen

Strandes entgegen, doch Tom konnte Dickie schlagen, ihn anspringen, küssen oder über Bord werfen, ohne daß irgend jemand es auf diese Entfernung sah. Tom schwitzte; ihm war unter der Kleidung heiß und kalt auf der Stirn. Er fürchtete sich, aber nicht vor dem Wasser, sondern vor Dickie. Er wußte, daß er es tun würde, daß er diesmal nicht zurückscheuen würde, diesmal vielleicht gar nicht anders konnte und daß es ihm möglicherweise nicht gelingen würde.

»Wetten, daß ich mich reintraue?« rief Tom und begann seine Jacke aufzuknöpfen.

Dickie lachte nur über diesen Vorschlag, riß den Mund weit auf und hielt den Blick geradeaus gerichtet. Tom zog sich weiter aus. Er hatte Schuhe und Socken abgelegt. Unter der Hose trug er seine Badehose, genau wie Dickie. »Wenn du reingehst, geh ich auch rein!« rief Tom. »Okay?« Er wollte Dickie dazu bringen, die Geschwindigkeit zu drosseln.

»Okay! Warum nicht?« Dickie drosselte den Motor abrupt. Er ließ die Ruderpinne los und zog seine Jacke aus. Das Boot tanzte jetzt auf den Wellen, ohne eigenen Antrieb. »Mach schon«, sagte Dickie mit einer Kopfbewegung zu Tom, der seine Hose noch anhatte.

Tom blickte zum Land. San Remo war ein kreideweißer und rosaroter Farbklecks. Er nahm das Ruder in die Hand, so beiläufig, als hielte er es spielerisch zwischen den Knien, und als Dickie seine Hose auszog, hob Tom das Ruder und schlug es Dickie auf den Kopf.

»He!« schrie Dickie grollend und rutschte halb von der Sitzbank. Seine hellen Augenbrauen runzelten sich in benommener Überraschung.

Tom stand auf und ließ das Ruder mit völlig unvermuteter Kraft erneut niederkrachen.

»Was tust du da?« murmelte Dickie drohend und erbost, doch der Blick seiner blauen Augen verschwamm, und er verlor das Bewußtsein.

Mit der Linken führte Tom einen Schlag gegen Dickies Schläfe. Die Kante des Ruders hinterließ einen tiefen Schnitt, der sich sofort mit Blut füllte. Dickie lag auf dem Bootsdeck, wo er sich wand und krümmte. Er stieß ein lautes protestierendes Stöhnen aus, dessen Lautstärke und Kraft Tom erschreckte. Dreimal schlug Tom ihm gegen den Hals, scharfkantige Schläge, als wäre das Ruder eine Axt und Dickies Hals ein Baumstamm. Das Boot schaukelte wild, Wasser spritzte über Toms Fuß, mit dem er sich am Schan-

deck abstützte. Er schlug Dickie vor die Stirn, und die Wunde wurde langsam zu einem breiten Blutfleck. Einen Moment lang spürte Tom Erschöpfung, während er das Ruder hob und damit zuschlug, doch noch immer bewegten Dickies Hände sich auf dem Bootsdeck auf ihn zu. Dickies lange Beine streckten sich, um den Körper vorwärts zu schieben. Tom ergriff das Ruder mit beiden Händen und rammte Dickie den Griff in die Seite. Jetzt blieb der Körper ruhig liegen, schlaff und reglos. Tom richtete sich auf und versuchte mühsam zu atmen. Er blickte um sich. Keine Boote, nichts bis auf einen kleinen weißen Punkt, der sich in weiter, weiter Ferne von rechts nach links bewegte: ein Motorboot, das mit großer Geschwindigkeit zum Ufer fuhr.

Er bückte sich und zerrte an Dickies Ring. Er steckte ihn ein. Der zweite Ring saß fester, ließ sich jedoch auch abziehen, über den blutenden, aufgeschürften Knöchel. Er durchsuchte die Hosentaschen. Französische und italienische Münzen. Er rührte sie nicht an. Einen Schlüsselbund mit drei Schlüsseln steckte er ein. Dann hob er Dickies Jacke auf und nahm Marges Eau de Cologne aus der Tasche. Zigaretten und Dickies silbernes Feuerzeug, ein Bleistiftstummel, die Krokodillederbrieftasche und mehrere Kärtchen in der Brustinnentasche. Tom stopfte alles in die Taschen seiner eigenen Cordjacke. Dann ergriff er das Seil, das als wirres Knäuel auf dem weißen Zementgewicht lag. Das Ende des Taus war um einen Eisenring am Bug geschlungen. Tom versuchte den Knoten zu lösen. Es war ein höllischer, wassergesättigter, unnachgiebiger Knoten, den seit Jahren niemand berührt hatte. Er schlug mit der Faust dagegen. Er benötigte ein Messer.

Er sah zu Dickie hin. War er tot? Tom kauerte im Bug des Boots und lauerte darauf, ob Dickie ein Lebenszeichen von sich gab. Er fürchtete sich davor, Dickie zu berühren, seine Brust oder sein Handgelenk, um nach seinem Puls zu fühlen. Er drehte sich um und zerrte wie wahnsinnig an dem Tau, bis er begriff, daß er den Knoten nur noch fester zurrte.

Sein Feuerzeug. In den Taschen seiner Hose auf dem Bootsboden suchte er ungeschickt danach. Er entzündete es und hielt es an eine trockene Stelle des Taus. Das Tau war so dick wie ein Kinderarm und wollte nicht brennen. Tom sah sich unterdessen gründlich um. Konnte der Bootsverleiher ihn auf diese Entfernung erkennen? Das harte graue Tau fing noch immer nicht Feuer, sondern glimmte und rauchte nur leise, während einzelne Stränge rissen. Tom bewegte es unvermittelt, und das Feuerzeug ging aus. Er zündete es wieder an und versuchte das Tau zu zerreißen. Als es ihm endlich gelang, wand er das Tau schnell viermal um Dickies nackte Knöchel, bevor er sich fürchten konnte, und schlang es zu einem riesengroßen ungeschlachten Knoten, den er sorgsam so oft knüpfte, daß er sich auf keinen Fall öffnen konnte, denn von Knoten verstand er nicht viel. Er schätzte die Länge des Taus auf mehrere Dutzend Meter. Er hatte jetzt den Eindruck, gelassener zu sein, geschickt und überlegt zu handeln. Das Zementgewicht würde gerade genügen, um eine Leiche unten zu halten, vermutete er. Die Leiche würde ein bißchen abdriften, aber nicht an die Wasseroberfläche gelangen.

Tom warf das Gewicht über Bord. Es traf mit dumpfem Platschen auf und versank im klaren Wasser unter einem Strudel von Bläschen, verschwand und sank weiter, bis es sich straff um Dickies Knöchel spannte, und bis dahin hatte Tom die Knöchel über die Bordwand geschoben und hob einen Arm an, um den schwersten Teil, die Schultern, über das Schandeck zu hieven. Dickies schlaffe Hand fühlte sich warm und formlos an. Die Schultern auf dem Bootsdeck bewegten sich nicht, und der Arm, an dem Tom zog, schien sich zu dehnen, als wäre er aus Gummi, während der Rumpf sich nicht von der Stelle rührte. Tom beugte ein Knie und versuchte den Körper über Bord zu schieben. Das Boot schaukelte heftig. Er hatte das Wasser vergessen. Es war das einzige, wovor er sich fürchtete. Er würde ihn am Heck hochstemmen müssen, dachte er, weil das Heck niedriger war als der Bug. Er schleppte den schlaffen Körper zum Heck, wobei das Tau am Schandeck entlangglitt. An der Beweglichkeit des Taus konnte er ablesen, daß das Gewicht noch nicht den Meeresgrund erreicht hatte. Jetzt schob er Dickie mit Kopf und Schultern voran auf dem Bauch in kleinen Schüben aus dem Boot. Dickies Kopf war im Wasser, er hing mit dem Bauch über das Heck, doch dann ließen die Beine sich nicht weiterschieben, sondern verblüfften Tom mit ihrem unnatürlichen Gewicht, ähnlich wie zuvor die Schultern, als hielte das Bootsdeck sie magnetisch fest. Tom holte tief Luft und schob. Dickie ging über Bord, doch Tom verlor das Gleichgewicht und fiel gegen die Ruderpinne. Der Motor heulte auf.

Tom wollte nach dem Schalthebel greifen, doch im selben Moment beschrieb das Boot eine scharfe Kurve. Er sah Wasser unter sich und sah, daß er seine Hand nach dem Wasser ausstreckte, denn er hatte sich am Schandeck festhalten wollen, das plötzlich nicht mehr da war.

Er war im Wasser.

Er keuchte, konzentrierte alle Kraft auf einen Sprung und griff nach dem Boot. Vergebens. Das Boot raste jetzt im Kreis. Tom sprang wieder und sank danach tiefer, so tief, daß das Wasser über seinem Kopf zusammenschlug – er sank mit tödlicher, unaufhaltsamer Langsamkeit und doch zu schnell, als daß er hätte Luft holen können, so daß er Wasser einatmete, als seine Augen unter die Wasseroberfläche gerieten. Das Boot hatte sich entfernt. Dieses Phänomen hatte er schon öfter erlebt: Um es zu beenden, mußte man in das Boot steigen und den Motor abstellen; hier, in der tödlichen Leere des Wassers durchlitt er im voraus die Empfindung des Sterbens, versank wieder um sich schlagend, und der jaulende Motor wurde vom dumpfen Dröhnen des Wassers in seinen Ohren übertönt, einem Dröhnen, das alles ausblendete bis auf die Geräusche, die er in seiner Todesangst selbst erzeugte, indem er atmete, mit den Armen ruderte und sein Blut verzweifelt pochte. Wieder war er über der Wasseroberfläche und kämpfte sich automatisch zum Boot vor, weil es das einzige war, was es auf dem Wasser gab, auch wenn es im Kreis fuhr und man es nicht berühren konnte und sein scharfkantiger Bug zweimal an Tom vorbeisauste, dreimal, viermal, während er nach Luft schnappte.

Er rief um Hilfe. Das brachte ihm einen Mundvoll Wasser ein. Seine Hand berührte im Wasser das Boot und wurde vom Bug weggeschleudert, der wie ein Tier stampfte. Er griff blindlings nach dem Ende des Boots, ohne auf die Schiffsschraube zu achten. Seine Finger berührten das Ruder. Er duckte sich, aber nicht rechtzeitig. Der Kiel schlug ihm gegen den Kopf und glitt über ihn hinweg. Jetzt war der Bug wieder in Greifnähe, und er streckte den Arm aus, doch seine Finger glitten vom Ruder ab. Mit der freien Hand erfaßte er das Schandeck in Bugnähe. Er hielt sich daran fest, darauf bedacht, nicht in Kontakt mit der Schraube zu kommen. Mit ungeahnter Kraftanstrengung krallte er sich eng an den Bug und langte mit einem Arm in das Boot hinein, zum Schalthebel hinauf und bekam ihn zu fassen.

Das Boot drosselte die Geschwindigkeit.

Tom hielt sich mit beiden Händen am Schandeck fest; sein Geist wurde ganz leer vor Erleichterung, vor ungläubigem Staunen, bis ihm bewußt wurde, daß jeder Atemzug in seiner Kehle brannte und schmerzte und in seiner Brust stach. Er ruhte sich kurz aus – zwei Minuten oder zehn Minuten lang – und dachte dabei an nichts anderes als daran, alle Kräfte zu sammeln, um

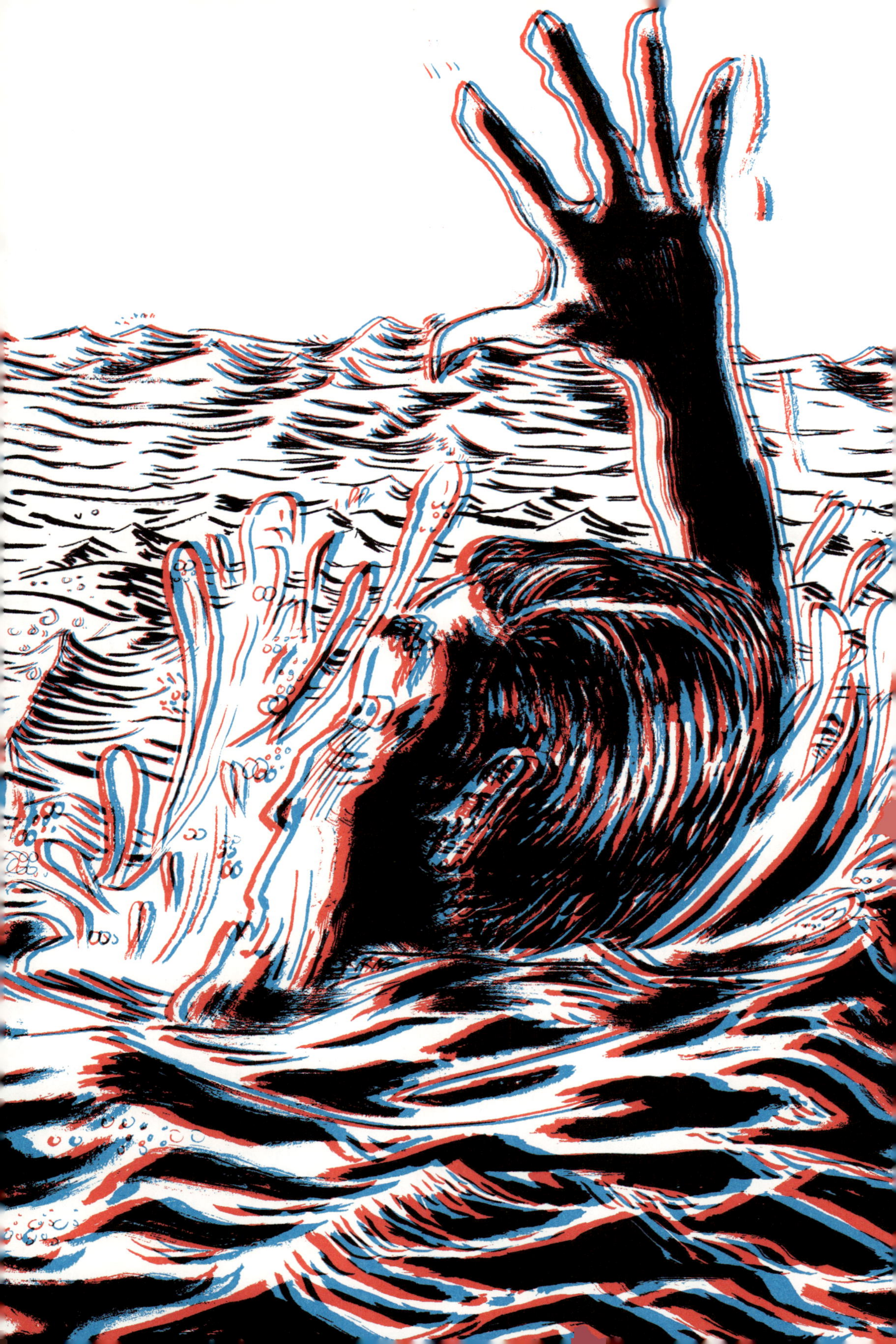

sich in das Boot zu hieven, und schließlich bewegte er sich im Wasser auf und ab und warf sich zuletzt mit seinem ganzen Gewicht in das Boot, wo er mit dem Gesicht nach unten liegenblieb, die Füße auf dem Schandeck. Er lag da und spürte undeutlich Dickies schlüpfriges Blut unter den Fingern, eine Nässe, die sich mit dem Wasser vermischte, das ihm aus Mund und Nase rann. Er begann zu denken, bevor er sich bewegen konnte; er dachte an das Boot, das voller Blut war und nicht zurückgebracht werden konnte, an den Motor, den er im nächsten Augenblick würde anwerfen müssen. An die Richtung, in die er fahren mußte.

An Dickies Ringe. Er tastete in seiner Jackentasche danach. Sie waren noch da; was hätte mit ihnen auch passieren sollen? Er mußte husten, und Tränen blendeten ihn, als er sich in alle Richtungen umzusehen versuchte, um sich zu vergewissern, daß kein Boot in der Nähe war oder auf ihn zukam. Er rieb sich die Augen. Es war kein Boot zu sehen außer dem fröhlichen kleinen Motorboot in der Ferne, das noch immer seine weiten Bögen beschrieb, ohne sich um ihn zu scheren. Tom betrachtete das Bootsdeck. Konnte er das alles abwaschen? Aber er hatte immer gehört, daß Blut sich fast nicht entfernen ließ. Er hatte vorgehabt, das Boot zurückzubringen und dem Verleiher, falls er Fragen stellte, zu sagen, er habe seinen Freund unterwegs abgesetzt. Das war jetzt nicht mehr möglich.

Tom bewegte den Schalthebel vorsichtig. Der Motor tuckerte; Tom fürchtete sich sogar jetzt, doch der Motor wirkte menschlicher und fügsamer als das Meer und somit weniger furchteinflößend. Er fuhr in schrägem Winkel nördlich von San Remo zum Ufer. Vielleicht ließ sich eine Stelle finden, eine kleine verlassene Bucht, wo er anlegen und aussteigen konnte. Aber wenn das Boot gefunden wurde? Das Problem schien unlösbar zu sein. Er versuchte sich zur Ordnung zu rufen. Sein Verstand war wie blockiert, was die Frage betraf, wie er das Boot loswerden sollte.

Jetzt sah er Pinien und eine leere Fläche bräunlichen Sandstrands und das samtene Grün eines Olivenhains. Tom fuhr langsam die Umgebung dieser Stelle ab und hielt Ausschau nach Leuten. Niemand war zu sehen. Er fuhr auf den seichten kurzen Strand zu und drosselte vorsichtig die Geschwindigkeit, damit er sie nicht unversehens erhöhte. Dann spürte er das Knirschen des Sandstrands unter dem Bug. Er schaltete einen Hebel auf FERMA und mit einem anderen den Motor aus. Behutsam stieg er in das etwa zwei Handbreit tiefe Wasser, zog das Boot soweit wie möglich auf den Strand und holte dann die zwei Jacken, seine Sandalen und Marges Eau de Cologne an Land. Die kleine Bucht, in der er sich befand und die höchstens fünf Meter breit war, flößte ihm ein Gefühl von Sicherheit und Geborgenheit ein. Nichts deutete darauf hin, daß je ein Mensch sich hierher verirrt hatte. Tom beschloß, das Boot zu versenken.

Er sammelte Steine von Menschenkopfgröße, denn größere konnte er nicht tragen, und trug sie einen nach dem anderen in das Boot; zuletzt mußte er kleinere nehmen, weil keine anderen mehr in der Nähe lagen. Er arbeitete ohne Unterbrechung, weil er fürchtete, sich von seiner Erschöpfung nicht mehr zu erholen, wenn er sich auch nur eine Sekunde Ruhe gönnte, und liegen bleiben würde, bis ihn jemand fand. Als die Steine fast bis zum Schandeck reichten, schob er das Boot ins Wasser und schaukelte es hin und her, bis Wasser hineinschwappte. Als das Boot zu sinken begann, schubste er es in tieferes Wasser und schob es so lange vor sich her, bis das Wasser ihm zur Taille reichte und das Boot weiter zu sinken begann. Dann planschte er zum Ufer zurück und ruhte sich eine Weile mit dem Gesicht im Sand aus. Er überlegte seine Rückkehr zum Hotel und legte sich seine Geschichte und seine nächsten Schritte zurecht: vor Einbruch der Dunkelheit San Remo verlassen, nach Mongibello zurückfahren. Und das, was er dort erzählen wollte.

13

Bei Sonnenuntergang, zu jener Stunde, als Einheimische und Fremde sich frisch geduscht und umgezogen an den Tischen vor den Cafés eingefunden hatten, voller Neugier auf alle und alles, was das Städtchen ihnen zur Unterhaltung bieten mochte, wanderte Tom in den Ort, nur mit Badehose, Sandalen und Dickies Cordjackett bekleidet, seine blutbespritzte Hose und Jacke zusammengerollt unter dem Arm. Er ging betont lässig, weil er erschöpft war, obwohl er für die Hunderte, die ihn anstarrten, als er an den Cafés vorbei den einzigen Weg zu seinem Hotel am Strand nahm, den Kopf stolz erhoben hielt. In einer Bar unmittelbar außerhalb San Remos hatte er sich mit fünf Tassen Espresso mit viel Zucker und mit drei Schnäpsen gestärkt. Jetzt spielte er den Gaffern einen athletischen jungen Mann vor, der den Nachmittag im Wasser und am Strand verbracht hatte, weil dieser hervorragende Schwimmer, dem die Kälte nichts ausmachte, die Marotte hatte, an kühlen Tagen bis spätnachmittags zu baden. Er schaffte es bis in sein Hotel, ließ sich an der Rezeption den Zimmerschlüssel geben, ging auf sein Zimmer und fiel wie ein Stein auf das Bett. Er wollte sich eine Stunde Ruhe gönnen, dachte er, doch er durfte nicht einschlafen, damit er nicht verschlief. Er ruhte sich aus, und als er spürte, daß er einschlief, stand er auf, wusch sich das Gesicht mit kaltem Wasser und nahm ein nasses Handtuch, das er mit der Hand bewegte, um sich wach zu halten. Schließlich stand er auf und machte sich über die Blutspuren auf seiner Cordhose her. Immer wieder schrubbte er mit Seife und Nagelbürste daran, bis er ermüdete und sich dem Packen widmete. Dickies Sachen packte er so, wie Dickie sie immer gepackt hatte, Zahnbürste und Zahnpasta im linken hinteren Fach. Dann beschäftigte er sich wieder mit dem Hosenbein. Seine Jacke war so blutbeschmiert, daß er sie nicht mehr tragen konnte; er mußte sie beseitigen, doch er konnte Dickies Jacke nehmen, die von der gleichen beigebraunen Farbe und von fast gleicher Größe war. Den Anzug hatte Tom von Dickies Schneider in Mongibello nach dem Muster von Dickies Anzug schneidern lassen. Er legte sein Jackett in den Koffer. Dann ging er nach unten und verlangte die Rechnung.

Der Portier fragte ihn nach seinem Freund; Tom sagte, er sei mit ihm am Bahnhof verabredet. Freundlich wünschte ihm der Portier *»Buon viaggio«*.

Tom zwang sich, in einem zwei Straßen entfernten Restaurant einen Teller Minestrone zu essen, um zu Kräften zu kommen. Er war auf der Hut, falls der Bootsverleiher ihm über den Weg lief. Das wichtigste, dachte er, war, San Remo noch heute abend zu verlassen, notfalls mit dem Taxi in den nächsten Ort zu fahren, falls es keine Zug- oder Busverbindung mehr gab.

Ein Zug nach Süden fuhr kurz vor halb elf, erfuhr Tom am Bahnhof. Schlafwagen. Morgen in Rom erwachen und nach Neapel umsteigen. Plötzlich kam ihm das unfaßbar einfach und unkompliziert vor, und in unversehens erwachtem Selbstvertrauen spielte er mit dem Gedanken, für ein paar Tage nach Paris zu fahren.

»Aspetta un momento«, sagte er zu dem Schalterbeamten, der ihm seine Fahrkarte reichen wollte. Tom umrundete seinen Koffer und dachte an Paris. Nur um es kennenzulernen, für zwei Tage beispielsweise. Ob er Marge da-

von erzählte, wäre belanglos. Und unvermittelt entschied er sich gegen die Paris-Reise. Er würde sich nicht entspannen können. Es eilte ihm zu sehr damit, nach Mongibello zu gelangen und sich um Dickies Besitz zu kümmern.

Die weißen glattgezogenen Laken seines Abteils im Schlafwagen erschienen ihm als der herrlichste Luxus, den er je erlebt hatte. Er streichelte sie, bevor er das Licht löschte. Die sauberen graublauen Wolldecken, das unübertrefflich praktische schwarze Netz über seinem Kopf – verzückt dachte Tom an all die Genüsse, die sich ihm nun dank Dickies Geld eröffneten, die Betten, Tafeln, Meere, Schiffe, Koffer, Hemden, Jahre der Freiheit, Jahre des Vergnügens. Dann löschte er das Licht und schlief beinahe auf der Stelle ein, glücklich, zufrieden und so zuversichtlich, wie er es noch nie in seinem Leben gewesen war.

In Neapel ging er in die Herrentoilette des Bahnhofs; er nahm Dickies Zahnbürste und Haarbürste aus dem Koffer und rollte sie mitsamt seiner eigenen Jacke und Dickies blutbespritzter Hose in Dickies Regenmantel. Mit seinem Bündel überquerte er die Straße und steckte es in einen großen Abfallsack, der an einer Mauer lehnte. Dann frühstückte er in einem Café neben der Bushaltestelle *Caffellatte* und ein süßes Brötchen und bestieg den Elfuhrbus nach Mongibello.

Als er aus dem Bus stieg, stand er vor Marge, die ihren Badeanzug und ihre weite weiße Strandjacke trug.

»Wo ist Dickie?« fragte sie.

»Er ist in Rom.« Tom lächelte unbeschwert und bestens vorbereitet. »Er bleibt noch ein paar Tage. Ich bin gekommen, um ein paar Sachen für ihn zu holen.«

»Wohnt er bei jemandem?«

»Nein, im Hotel.« Mit einem neuen Lächeln, das als Abschied gemeint war, machte Tom sich mit seinem Koffer auf den Weg den Hügel hinauf. Gleich darauf hörte er hinter sich die Korksohlen von Marges Sandalen. Tom blieb stehen. »Und was hat sich in unserem reizenden Dörfchen inzwischen ereignet?«

»Ach, nichts. Wie immer.« Marge lächelte. Sie fühlte sich in seiner Gegenwart nicht wohl. Doch sie folgte ihm – das Tor war nicht verschlossen, Tom holte den Haustürschlüssel für die Terrassentür aus seinem gewohnten Versteck hinten in einem halbvermoderten hölzernen Pflanzkübel, in dessen

Erde ein halbvertrockneter Strauch steckte –, und beide betraten die Terrasse. Der Tisch stand nicht ganz an seinem Platz. Auf der Hollywoodschaukel lag ein Buch. Marge war während ihrer Abwesenheit hier gewesen, dachte Tom. Er war nur drei Tage und Nächte weg gewesen. Sie kamen ihm vor wie ein Monat.

»Wie geht es Skippy?« fragte Tom munter, während er den Kühlschrank öffnete und einen Eiswürfelbehälter herausholte. Skippy war ein streunender Hund, der Marge vor ein paar Tagen zugelaufen war, eine häßliche schwarzweiß gefleckte Promenadenmischung, die Marge wie eine alte Jungfer liebevoll fütterte und hätschelte.

»Er ist weggelaufen. Ich hatte es nicht anders erwartet.«

»Oh.«

»Du siehst aus, als hättet ihr euch gut amüsiert«, sagte Marge ein wenig wehmütig.

»Ja, das haben wir.« Tom lächelte. »Kann ich dir einen Drink anbieten?«

»Nein, danke. Wann kommt Dickie wieder?«

»Tja ...« Tom runzelte nachdenklich die Stirn. »Ich weiß es nicht genau. Er sagt, daß er sich dort oben eine Menge Ausstellungen anschauen will. Ich glaube, der Szenenwechsel tut ihm richtig gut.« Tom schenkte sich eine großzügige Portion Gin ein und fügte Soda und eine Zitronenscheibe hinzu. »Vermutlich ist er in einer Woche wieder da. Ach, apropos!« Er griff nach dem Koffer und holte die Flasche Eau de Cologne heraus. Das Einwickelpapier des Ladens hatte er entfernt, weil es blutverschmiert gewesen war. »Dein Stradivari. Wir haben es in San Remo bekommen.«

»Oh, danke, vielen Dank.« Marge nahm es lächelnd entgegen und begann die Verpackung vorsichtig und verträumt aufzureißen.

Tom wanderte nervös mit seinem Drink in der Hand über die Terrasse; er sagte kein Wort zu Marge und wartete darauf, daß sie ging.

»Na gut«, sagte Marge zuletzt und trat auf die Terrasse. »Wie lange bleibst du?«

»Wo?«

»Hier.«

»Nur diese Nacht. Morgen fahre ich nach Rom. Wahrscheinlich nachmittags«, fügte er hinzu, weil er die Post frühestens gegen zwei Uhr abholen konnte.

»Ich sehe dich wahrscheinlich nicht, es sei denn, du kommst vormittags an den Strand«, sagte Marge im Bemühen, freundlich zu sein. »Laß es dir gutgehen, falls wir uns nicht mehr sehen. Und sag Dickie, er soll mir eine Postkarte schicken. In welchem Hotel wohnt er?«

»Ach, wie heißt es doch gleich – In der Nähe der Piazza di Spagna.«

»Das Inghilterra?«

»Genau. Aber ich glaube, er wollte, daß seine Post an das American-Express-Büro geschickt wird.« Dickie anzurufen, würde sie nicht versuchen, dachte er. Und morgen konnte er im Hotel sein und den Brief entgegennehmen, falls sie schrieb. »Ich komme morgen vormittag wahrscheinlich an den Strand«, sagte Tom.

»Gut. Und vielen Dank für das Eau de Cologne!«

»Ach, ist schon in Ordnung.«

Sie ging durch das Eisentor hinaus auf die Straße.

Tom ergriff den Koffer und lief in Dickies Schlafzimmer hinauf. Er öffnete die oberste Schublade: Briefe, zwei Adreßbücher, ein paar kleine Notizbücher, eine Uhrkette, einzelne Schlüssel und irgendeine Versicherungspolice. Er riß alle Schubladen eine nach der anderen heraus und ließ sie offenstehen. Hemden, Unterhosen, gefaltete Pullover und nicht zusammengelegte Socken. In einer Zimmerecke ein unordentlicher Berg aus Mappen und alten Zeichenblöcken. Es gab eine Menge zu tun. Tom zog sich nackt aus, lief hinunter und nahm schnell eine kalte Dusche; dann zog er Dickies weiße Segeltuchhose an, die im Wandschrank an einem Nagel hing.

Er begann mit der obersten Schublade, aus zwei Gründen: Die letzten Briefe waren wichtig, falls Situationen eintreten sollten, in denen es sofort zu handeln galt, und außerdem wollte er – sollte Marge auf die Idee kommen, nachmittags wieder aufzutauchen – nicht den Eindruck erwecken, als nehme er bereits das ganze Haus auseinander. Wenigstens konnte er schon damit beginnen, Dickies beste Kleidung in seinen größten Koffer zu packen, dachte Tom.

Um Mitternacht machte er sich noch immer im Haus zu schaffen. Dickies Koffer waren gepackt; jetzt überschlug er, wieviel die Wohnungseinrichtung wert sein mochte, was er Marge schenken und wie er mit dem Rest verfahren wollte. Marge konnte den verdammten Kühlschrank haben. Das sollte sie eigentlich glücklich machen. Die schwere geschnitzte Truhe im Eingangsraum, in der Dickie seine Bett- und Tischwäsche aufbewahrte, dürfte mehrere hundert Dollar wert sein. Auf Toms Frage hatte Dickie gesagt, sie sei vierhundert Jahre alt. *Cinquecento*. Er wollte Signor Pucci, den stellvertretenden Geschäftsführer des Miramare, bitten, den Verkauf von Haus und Mobiliar abzuwickeln. Und den des Segelboots. Dickie hatte ihm erzählt, daß Signor Pucci solche Aufgaben für die Dorfbewohner ausführte.

Ursprünglich hatte er Dickies ganzen persönlichen Besitz nach Rom mitnehmen wollen, doch in Erwägung dessen, was Marge denken würde, wenn er so viel für so kurze Zeit mitnahm, hielt er es für klüger, so zu tun, als habe Dickie beschlossen, nach Rom umzuziehen.

Am Nachmittag des nächsten Tages ging Tom gegen drei Uhr zum Postamt, holte einen interessanten Brief für Dickie von einem Freund in Amerika und nichts für sich selbst ab, doch als er langsam zum Haus zurückwanderte, stellte er sich vor, er lese einen Brief von Dickie. Er sah jedes einzelne Wort vor sich, so daß er Marge gegenüber notfalls Stellen aus dem Brief zitieren konnte, und er verspürte sogar die leise Überraschung, die er angesichts einer unvermuteten Entscheidung Dickies verspürt hätte.

Sobald er zu Hause war, packte er Dickies beste Zeichnungen und seine beste Wäsche in den großen Pappkarton, den er sich unterwegs bei Aldo im Lebensmittelladen besorgt hatte. Er arbeitete ruhig und systematisch und rechnete damit, daß Marge jede Sekunde hereinplatzte, doch sie erschien erst nach vier Uhr.

»Noch da?« fragte sie, als sie in Dickies Zimmer kam. »Ja. Dickie hat mir geschrieben. Er hat sich entschlossen, nach Rom zu ziehen.« Tom richtete sich auf und lächelte ein wenig, als wäre es auch für ihn eine Überraschung. »Er will, daß ich alles mitbringe, alles, was ich tragen kann.«

»Er will nach Rom ziehen? Für wie lange?«

»Keine Ahnung. Offenbar mindestens für den restlichen Winter.« Tom rollte weiter Leinwände zusammen.

»Er will den ganzen Winter nicht zurückkommen?« Marges Stimme klang schon jetzt verzweifelt.

»Ja. Er schreibt, daß er vielleicht sogar das Haus verkaufen will. Er sagt, er sei sich noch nicht sicher.«

»Heiliger Strohsack! Was ist mit ihm los?«

Tom zuckte die Schultern. »Offenbar will er den Winter in Rom verbringen. Er schreibt, daß er dir auch schreiben will. Ich dachte, du hättest möglicherweise einen Brief von ihm bekommen.«

»Nein.«

Schweigen. Tom arbeitete weiter. Ihm fiel ein, daß er seine eigenen Sachen noch gar nicht gepackt hatte. Er war noch nicht einmal in seinem Zimmer gewesen.

»Aber er will doch noch immer nach Cortina fahren, oder?« fragte Marge.

»Nein, jetzt nicht mehr. Er schreibt, daß er Freddie schreiben und ihm absagen will. Aber du kannst doch trotzdem fahren.« Tom beobachtete sie. »Ach, übrigens möchte Dickie, daß du den Kühlschrank nimmst. Jemand aus dem Dorf hilft dir sicher beim Transport.«

Das Geschenk des Kühlschranks veränderte nichts an Marges ratloser Miene. Tom wußte, daß sie sich fragte, ob er mit Dickie zusammenleben würde oder nicht, und daß sie aus seiner Aufgeräumtheit schloß, daß ersteres zutraf. Tom wußte, daß die Frage ihr auf den Lippen schwebte – sie war so leicht zu durchschauen wie ein Kind –, und prompt fragte sie: »Wohnst du in Rom mit ihm zusammen?«

»Vielleicht die erste Zeit. Ich helfe ihm, alles zu organisieren. Ich will diesen Monat nach Paris fahren, und Mitte Dezember fahre ich voraussichtlich in die Staaten zurück.«

Marge sah niedergeschlagen aus. Tom wußte, daß sie an die einsamen Wochen dachte, die vor ihr lagen – selbst wenn Dickie sie hin und wieder in Mongibello besuchen sollte –, die ereignislosen Sonntagvormittage, die einsamen Abendessen. »Was hat er Weihnachten vor? Meinst du, er will es hier feiern oder in Rom?«

Tom sagte mit einer Spur Gereiztheit: »Hier wohl kaum. Ich habe den Eindruck, daß er allein sein will.«

Jetzt war sie so schockiert, daß sie den Mund hielt, schockiert und verletzt. Warte nur, bis du den Brief bekommst, den ich dir aus Rom schreiben werde, dachte Tom. Er würde nett zu ihr sein, so nett wie Dickie, aber er würde keinen Zweifel daran lassen, daß Dickie sie nicht wiedersehen wollte.

Wenige Minuten später stand Marge auf und verabschiedete sich zerstreut. Plötzlich hatte Tom das Gefühl, daß sie noch heute versuchen würde, Dickie anzurufen. Oder vielleicht sogar nach Rom fahren würde. Und wenn schon! Dickie konnte sich ein neues Hotel gesucht haben. In Rom gab es genug Hotels, die sie tagelang nach ihm absuchen konnte, falls sie hinfuhr. Und wenn sie ihn telefonisch oder in eigener Person nicht in Rom ausfindig machen konnte, würde sie annehmen, daß er mit Tom Ripley nach Paris oder in eine andere Stadt gefahren war.

Tom sah die Zeitung, die er aus Neapel mitgebracht hatte, nach einer Meldung über ein versenktes Boot in der Nähe von San Remo durch. *»Barca affondata vicino a San Remo«* würde die Überschrift wahrscheinlich lauten. Und man würde großes Aufheben von den Blutspuren im Boot machen, falls sie sich noch nachweisen ließen. Es war genau das, was italienische Zeitungen über alles liebten und melodramatisch ausschmückten: »Giorgio di Stefani, ein junger Fischer aus San Remo, machte gestern nachmittag gegen drei im Meer einen entsetzlichen Fund. Ein kleines Motorboot, innen über und über mit Blut beschmiert ...« Doch in der Zeitung war nichts zu entdecken. Ebensowenig wie gestern. Es konnte Monate dauern, bis das Boot gefunden wurde, dachte er. Wenn überhaupt. Und selbst wenn es gefunden wurde, wie sollte man dann daraus schließen, daß Dickie Greenleaf und Tom Ripley zusammen in dem Boot gefahren waren? Sie hatten dem Bootsverleiher in San Remo keinen Namen genannt. Der Bootsverleiher hatte ihnen nur einen kleinen orangegelben Zettel ausgehändigt, den Tom später in seiner Hosentasche gefunden und vernichtet hatte.

Tom verließ Mongibello mit dem Taxi gegen sechs Uhr nach einem Espresso im Giorgio, wo er Giorgio, Fausto und anderen Bekannten aus dem Dorf adieu gesagt hatte. Allen hatte er die gleiche Geschichte erzählt, derzufolge Signor Greenleaf den Winter in Rom verbringen wollte und sie grüßen ließ, bis er wiederkam. Tom sagte, Dickie werde zweifellos über kurz oder lang zu Besuch kommen.

Dickies Wäsche und Bilder ließ er von American Express nach Rom befördern; die Kartons und zwei schwere Koffer gab er zusammen mit Dickies Schrankkoffer als Frachtgut auf den Namen Dickie Greenleaf auf. Im Taxi nahm er seine zwei eigenen Koffer und einen Koffer Dickies mit. Er hatte mit Signor Pucci im Miramare gesprochen und angedeutet, daß Signor Greenleaf unter Umständen Haus und Mobiliar verkaufen wolle; ob Signor Pucci das wohl in die Hand nehmen könnte? Signor Pucci hatte gesagt, es wäre ihm ein Vergnügen. Auch mit Pietro am Dock hatte Tom gesprochen und ihn gebeten, sich nach einem Kunden für die *Pipistrello* umzuhören, weil es ganz so aussehe, als wolle Signor Greenleaf das Boot noch diesen Winter abstoßen. Tom sagte, Signor Greenleaf sei bereit, sich für fünfhunderttausend Lire von dem Boot zu trennen, nicht einmal achthundert Dollar, was ein solcher Schleuderpreis für diesen Zweimannsegler war, daß Pietro überzeugt war, innerhalb von wenigen Wochen einen Kunden zu finden.

Im Zug nach Rom setzte Tom den Brief an Marge so sorgfältig auf, daß er ihn dabei auswendig lernte, und als er im Hotel Hassler eingetroffen war, setzte er sich an Dickies Hermes Baby, die er in Dickies Koffer mitgebracht hatte, und schrieb den Brief in einem Zug.

Rom, den 28. November 19–

Liebe Marge,
ich habe mich entschlossen, für den Winter eine Wohnung in Rom zu mieten, weil ich einen Szenenwechsel und eine Abwechslung von unserem guten alten Mongy brauche. Ich habe einfach das Bedürfnis, mit mir allein zu sein. Es tut mir leid, daß alles so plötzlich war und ich Dir nicht einmal auf Wiedersehen sagen konnte, aber ich bin ja nicht aus der Welt, ganz im Gegenteil, und ich hoffe, daß wir uns ab und zu sehen. Ich konnte den Gedanken nicht ertragen, meine Sachen abzuholen, und deshalb habe ich Tom als Packesel benutzt.
Was uns betrifft, scheint es mir im Augenblick und vielleicht auch auf lange Sicht das beste, wenn wir uns in nächster Zeit erst einmal nicht sehen. Ich hatte das schreckliche Gefühl, Dir auf die Nerven zu gehen – jetzt denke bitte nicht, daß Du mir auf die Nerven gegangen wärst, und denke vor allem nicht, daß ich weglaufen würde. Im Gegenteil, ich will versuchen, in Rom der Wirklichkeit näher zu kommen. In Mongy ist mir das nicht gelungen. Zum Teil hat das mit Dir zu tun. Mein Weggehen ist natürlich keine Lösung, aber es wird mir helfen, mir über meine wahren Gefühle und über Dich klarzuwerden. Und deshalb will ich Dich in nächster Zeit lieber nicht sehen und ich hoffe, Du verstehst mich, Liebling. Wenn nicht – dann eben nicht, und das muß ich riskieren. Unter Umständen fahre ich mit Tom für zwei Wochen nach Paris, weil er sonst keine Ruhe gibt. Es sei denn, ich fange gleich zu malen an. Habe einen Maler namens Di Massimo kennengelernt, dessen Sachen mir sehr gut gefallen, einen älteren Burschen, der nicht viel Geld hat und mich gerne als Schüler nehmen würde. Ich kann mit ihm in seinem Atelier arbeiten.
Die Stadt sieht wunderschön aus mit den vielen Brunnen, die auch nachts in Betrieb sind, und den vielen Leuten, die nachts auf den Beinen sind, ganz anders als in

unserem guten alten Mongy. In Tom hast Du Dich getäuscht. Er fährt demnächst in die Staaten zurück, wann, ist mir egal, aber er ist kein übler Bursche, und ich habe nichts gegen ihn. Doch mit uns hat er nichts zu tun und das ist Dir sicher klar. Schreib mir an die Adresse von American Express in Rom. Sobald ich eine Wohnung gefunden habe, sage ich Dir Bescheid. Bis dahin halte die Ohren steif, und sorge dafür, daß Kühlschrank und Schreibmaschine nicht einrosten. Das mit Weihnachten tut mir wahnsinnig leid, Liebling, aber ich glaube, es wäre einfach zu früh für ein Wiedersehen. Sei mir böse oder nicht.

Alles Liebe, Dickie

Seit Betreten des Hotels hatte Tom seine Mütze nicht abgenommen, und an der Rezeption hatte er Dickies Paß statt seines eigenen überreicht, obwohl das Hotelpersonal, wie ihm aufgefallen war, nie auf das Paßfoto sah, sondern nur die Nummer des Passes abschrieb. Eingetragen hatte er sich mit Dickies flüchtiger und ziemlich großspuriger Unterschrift mit den großen verschnörkelten Anfangsbuchstaben. Als er den Brief zum Briefkasten brachte, kaufte er in einer mehrere Straßen entfernten Drogerie ein paar Kosmetikartikel, die er vielleicht benötigen würde. Er scherzte mit der Verkäuferin, der er erzählte, seine Frau habe ihren Kosmetikkoffer verloren und liege mit dem üblichen verdorbenen Magen im Hotel, so daß er die Besorgungen für sie erledigen müsse.

Den Abend verbrachte er damit, Dickies Unterschrift für die Bankschecks zu üben. Dickies monatliche Anweisung würde in weniger als zehn Tagen aus Amerika eintreffen.

14

Am nächsten Tag zog er in das Hotel Europa um, ein Hotel mit bescheidenen Preisen in der Nähe der Via Veneto, weil das Hassler ihm als eine Spur zu protzig erschien; es war genau die Art Hotel, in der Filmleute gern abstiegen und Freddie Miles oder seinesgleichen aus Dickies Bekanntschaft möglicherweise anzutreffen waren, wenn sie sich in Rom aufhielten.

In seinem Hotelzimmer führte Tom imaginäre Gespräche mit Marge und Fausto und Freddie. Mit einem Besuch Marges war am ehesten zu rechnen, dachte er. Er sprach als Dickie zu ihr, wenn er sich ein Telefongespräch vorstellte, und als Tom, wenn er sich ein Gespräch unter vier Augen vorstellte. Beispielsweise konnte sie unvermutet in Rom auftauchen und sein Hotel entdecken und darauf bestehen, auf sein Zimmer zu kommen, was bedeutete, daß er Dickies Ringe abziehen und die Kleidung wechseln müßte.

»Ich weiß nicht«, würde er mit Toms Stimme zu ihr sagen. »Du weißt doch, wie er ist – ein bißchen eigenbrötlerisch. Er hat gesagt, ich könnte sein Zimmer für ein paar Tage haben, weil meines mehr oder weniger ungeheizt ist ... Oh, in ein paar Tagen ist er sicher wieder da, und wenn nicht, schickt er sicher eine Karte. Er ist mit diesem Di Massimo in irgendeine Kleinstadt gefahren, wo sie Bilder in irgendeiner Kirche anschauen wollen.«

(»Aber du weißt nicht, ob sie nach Norden oder nach Süden gefahren sind?«)

»Das weiß ich tatsächlich nicht. Ich denke, Süden. Aber was hilft uns das schon?«

(»So ein Pech, daß ich ausgerechnet komme, wenn er nicht da ist! Warum hat er dir nicht gesagt, wohin er fährt?«) »Ja, das habe ich ihn auch gefragt. Ich habe nachgeschaut, ob er eine Landkarte oder eine Notiz dagelassen hat, aber ich habe nichts gefunden. Er hat mich vor drei Tagen angerufen und hat gesagt, ich könnte sein Zimmer für die nächste Zeit haben, wenn ich wollte.«

Es war eine gute Idee, die Verwandlung zurück in die eigene Person zu üben, denn die Zeit konnte kommen, da dies innerhalb von Sekunden geschehen mußte, und es war verblüffend leicht, das genaue Timbre der Stimme Tom Ripleys zu verlernen. Er plauderte mit Marge, bis die eigene Stimme in seinen Ohren wieder so klang, wie er es im Gedächtnis hatte.

Doch meistens war er Dickie, der sich leise mit Freddie und Marge unterhielt und Ferngespräche mit Dickies Mutter führte und mit Fausto und mit einem Fremden bei einer Abendeinladung auf englisch und auf italienisch sprach, wobei Dickies Transistorradio lief, damit Hotelangestellte, die auf dem Flur vorbeigingen und zufällig wußten, daß Signor Greenleaf allein auf seinem Zimmer war, ihn nicht für einen Spinner hielten. Bisweilen, wenn das Lied im Radio Tom gefiel, tanzte er dazu, aber so, wie Dickie mit einem Mädchen getanzt hätte – er hatte Dickie einmal auf der Terrasse des Giorgio mit Marge tanzen sehen und auch im Giardino degli Aranci in Rom –, in langen Schritten und doch etwas steif, nicht gerade, was man elegant nennen würde. Tom genoß jeden Augenblick, ob allein in seinem Zimmer oder auf den Straßen Roms, wo er Wohnungssuche mit Stadtbesichtigung verband. Es war unmöglich, dachte er, jemals Einsamkeit oder Überdruß zu empfinden, solange er Dickie Greenleaf war.

Im Büro von American Express grüßte man ihn als Signor Greenleaf, wenn er seine Post abholte. Marges erster Brief lautete:

Dickie,
das war vielleicht eine Überraschung! Ich wüßte wirklich gern, was in Rom oder San Remo oder wo auch immer über Dich gekommen ist. Tom tat sehr geheimnisvoll und verriet nur, daß er bei Dir wohnen wird. Daß er nach Amerika fährt, glaube ich an dem Tag, an dem ich ihn fahren sehe. Auf die Gefahr hin, meine Nase in anderer Leute Angelegenheiten zu stecken, muß ich Dir sagen, alter Freund, daß ich diese Type nicht ausstehen kann. Soweit ich und jeder andere es beurteilen kann, nutzt er Dich nur aus. Wenn Du etwas für Dich tun willst, dann schick ihn endlich zum Teufel. Auch wenn er von mir aus kein Homo ist. Er ist nicht mal ein Homo. Er ist nämlich nicht mal zu irgendeinem Sexualleben fähig, falls Du verstehst, was ich meine. Aber mir geht es nicht um Tom, sondern um Dich. Ja, Liebling, ich kann die paar Wochen ohne Dich ertragen und sogar Weihnachten ohne Dich, obwohl ich daran lieber nicht denke. Auch an Dich denke ich lieber nicht. Ich will abwarten, daß Deine Gefühle sich klären oder auch nicht, wie Du sagtest. Aber hier kann ich nicht anders als an Dich denken, weil für mich jeder Zentimeter von Mongibello von Dir spricht und jede Stelle meines Hauses ein Zeichen von Dir trägt – die Hekke, die wir gepflanzt haben, der Zaun, den wir reparieren wollten und nie fertig repariert haben, die Bücher, die ich mir bei Dir ausgeliehen und nie zurückgebracht habe. Und Dein Stuhl am Tisch, was der traurigste Anblick ist.
Um mich noch einmal in anderer Leute Angelegenheiten einzumischen: Ich will nicht behaupten, daß Tom Dir absichtlich schaden will, aber ich weiß, daß er indirekt einen schlechten Einfluß auf Dich ausübt. Wenn Du Dich mit ihm abgibst, benimmst Du Dich so, als würdest Du Dich dafür heimlich schämen – ist Dir das schon selber aufgefallen? Hast Du je darüber nachgedacht? Ich hatte gedacht, daß Du es in den letzten Wochen gemerkt hättest, aber jetzt steckst Du wieder mit ihm zusammen, und was ich davon halten soll, lieber Freund, das weiß ich nun wirk-

lich nicht. Wenn Dir wirklich egal ist, wann er abhaut, dann gib ihm endlich einen Tritt in den Allerwertesten! Er ist der allerletzte, der Dir jemals helfen könnte, Dir über irgend etwas klarzuwerden. Im Gegenteil, es liegt in seinem Interesse, Dich zu verwirren und Dich und Deinen Vater nach Strich und Faden auszunehmen.

Tausend Dank für das Eau de Cologne, Liebling. Ich werde es für unser nächstes Wiedersehen aufsparen – wenigstens zum größten Teil. Den Kühlschrank habe ich noch nicht abgeholt. Natürlich kannst Du ihn jederzeit wieder zurückhaben.

Hat Tom Dir erzählt, daß Skippy das Weite gesucht hat? Vielleicht sollte ich lieber eine Eidechse einfangen und an der Leine spazierenführen. Ich muß die Wand in Arbeit nehmen, bevor sie völlig verschimmelt und mir in die Wohnung fällt. Liebling, ich wünschte, Du wärst hier.

Alles, alles Liebe, und schreibe mir,

XX
Marge

c/o American Express
Rom, den 12. Dezember 19–

Liebe Mutter und Dad,

ich bin in Rom und schaue mich nach einer Wohnung um, habe aber noch nicht gefunden, was mir vorschwebt. Die Wohnungen sind entweder zu groß oder zu klein, und wenn sie zu groß sind, muß man sich im Winter auf ein einziges Zimmer beschränken, das man heizen kann. Ich suche eine Wohnung in mittlerer Größe und zu mittlerem Preis, die ich ganz heizen kann, ohne ein Vermögen dafür auszugeben.

Es tut mir leid, daß ich in letzter Zeit so unregelmäßig geschrieben habe. Ich hoffe, daß das ruhigere Leben, das ich hier führe, sich günstig auswirken wird. Ich hatte den Eindruck, einen Szenenwechsel zu benötigen – was Ihr schon lange gesagt habt –, und deshalb bin ich mit Sack und Pack umgezogen. Vielleicht verkaufe ich das Haus und das Boot sogar. Ich habe einen großartigen Maler namens Di Massimo kennengelernt, der mir in seinem Atelier Unterricht geben wird. Die nächsten Monate will ich wie ein Wilder arbeiten und dann weitersehen. Eine Art Probezeit. Ich weiß, Dad, daß Dich das nicht interessiert, aber da Du immer wissen willst, womit ich meine Zeit verbringe, wollte ich es Dir erzählen. Mein Leben hier bis zum Sommer wird sehr ruhig und arbeitsam sein.

Apropos: Könnt Ihr mir die neuesten Prospekte von Burke-Greenleaf schicken? Ich würde mich gerne über Eure Produktion auf dem laufenden halten, und es ist eine ganze Weile her, daß ich den letzten Prospekt gesehen habe.
Mutter, ich hoffe, Du hast Dir mit meinen Weihnachtsgeschenken nicht zuviel Arbeit gemacht. Ich brauche wirklich nichts. Wie geht es Dir? Kannst Du hin und wieder aus dem Haus gehen? Ins Theater und so weiter? Und wie geht es Onkel Edward? Sagt ihm schöne Grüße von mir, und haltet mich auf dem laufenden.

Alles Liebe,
Euer Dickie

Tom las den Brief, fand, daß er wahrscheinlich zu viele Kommas gesetzt hatte, tippte ihn geduldig noch einmal und unterschrieb ihn. Er hatte einmal einen halbfertigen Brief Dickies an seine Eltern in Dickies Schreibmaschine gesehen und kannte Dickies Briefstil. Er wußte, daß Dickie nie länger als zehn Minuten an einem Brief geschrieben hatte. Falls dieser Brief sich anders ausnahm, dachte er, dann nur, weil er ein wenig persönlicher und enthusiastischer war als üblich. Als er ihn zum zweitenmal überflog, war er recht zufrieden. Onkel Edward war ein Bruder Mrs. Greenleafs und lag mit einem Krebsleiden in einer Klinik in Illinois, wie Tom aus dem letzten Brief der Mutter an Dickie erfahren hatte.

Wenige Tage später saß er im Flugzeug nach Paris. Vor der Abreise aus Rom hatte er im Hotel Inghilterra angerufen: Weder Briefe noch Anrufe für Richard Greenleaf waren zu vermelden. Um fünf Uhr nachmittags landete er in Orly. Der Zollbeamte stempelte seinen Paß nach einem flüchtigen Blick auf ihn; dabei hatte Tom sein Haar eigens mit einer Tönung aufgehellt und mit Frisiercreme ein paar Wellen hineingezaubert und präsentierte dem Beamten den angespannten, mürrischen Gesichtsausdruck Dickies auf dem Paßbild. Tom nahm ein Zimmer im Hôtel du Quai Voltaire; Amerikaner, die er in einem römischen Café kennengelernt hatte, hatten es ihm empfohlen, weil es günstig lag und nicht ausschließlich von Amerikanern besucht war. Dann machte er im naßkalten, nebligen Dezemberabendwetter einen Spaziergang. Er ging mit erhobenem Kopf und einem Lächeln auf den Lippen. Die Atmosphäre der Stadt war genau, was er sich erhofft hatte, das, wovon er immer gehört hatte, enge Gäßchen, graue Steinhäuser mit Oberlicht, laute Autohupen und überall Vespasiennes und Litfaßsäulen mit grellbunten Theaterplakaten. Er wollte die Atmosphäre langsam aufnehmen, vielleicht über mehrere Tage verteilt, bevor er den Louvre besuchte oder den Eiffelturm bestieg oder dergleichen mehr. Er kaufte sich den *Figaro*, setzte sich im Flore an einen Tisch und bestellte eine *fine à l'eau*, weil Dickie einmal gesagt hatte, das trinke er immer in Frankreich. Toms Französisch war rudimentär, aber Dickies war das auch gewesen, wie er wußte. Einige Leute sahen interessiert durch die Glasveranda des Cafés zu ihm herein, doch niemand kam und sprach ihn an. Tom rechnete damit, daß jederzeit jemand an einem anderen Tisch aufstehen, zu ihm kommen und sagen konnte: »Dickie Greenleaf! Sind Sie es wirklich?«

Er hatte sein Aussehen nur geringfügig künstlich verändert, doch sein ganzes Auftreten, fand er, war jetzt wie das Dickies. Er zeigte ein Lächeln, das gefährlich einladend für Fremde war, ein Lächeln, das eher aussah, als begrüße er einen alten Freund oder einen geliebten Menschen. Das war Dickies bestes und bezeichnendstes Lächeln, wenn er gute Laune hatte. Tom hatte gute Laune. Das lag an Paris. Wie herrlich, in einem berühmten Café zu sitzen und daran zu denken, daß er morgen und über- und überübermorgen Dickie Greenleaf sein würde! Die Manschettenknöpfe, die weißen Seidenhemden, sogar die abgetragene Kleidung – der abgewetzte braune Gürtel mit der Messingschnalle, die alten braunen genarbten Lederschuhe von der Art, wie sie in *Punch* als unzerstörbar angepriesen wurden, die alte senffarbene dreiviertellange Strickjacke mit den ausgebeulten Taschen – all das gehörte ihm, und er liebte es. Und der schwarze Füllfederhalter mit den kleinen goldenen Initialen. Und die Brieftasche, eine abgenutzte Krokodillederbrieftasche von Gucci. Und das viele Geld, das hineinpaßte.

Am nächsten Nachmittag war er bereits im Besitz einer Einladung zu einer Party an der Avenue Kléber; Gastgeber waren eine junge Französin und ein junger Amerikaner, mit denen er in einem großen Café-Restaurant am Boulevard Saint-Germain ins Gespräch gekommen war. Die Party bestand aus dreißig bis vierzig Gästen, großenteils mittleren Alters, die ziemlich steif in einer sehr großen, kühlen und unpersönlich eingerichteten Wohnung herumstanden. Tom hatte den Eindruck, daß in Europa dürftiges Heizen im Winter als ähnlich schick galt wie Martinis ohne Eis im Sommer. In Rom war er zuletzt in ein teureres Hotel umgezogen, um es wärmer zu haben, und hatte feststellen müssen, daß es in dem teureren Hotel noch kälter war. Das Haus, in dem die Party stattfand, war wahrscheinlich auf düstere und altmodische Weise vornehm. Es gab einen Butler und ein Hausmädchen, einen langen Tisch mit *pâtés en croûte*, aufgeschnittenem Truthahn, *petits fours* und Champagner in Strömen, während die Sofabezüge und die langen Vorhänge fadenscheinig und brüchig vor Alter waren und er im Treppenhaus neben dem Aufzug Mauselöcher gesehen hatte. Mindestens ein halbes Dutzend der Gäste, denen man ihn vorgestellt hatte, waren Grafen und Gräfinnen. Ein Amerikaner verriet Tom, daß das junge Paar, das ihn eingeladen hatte, heiraten wollte und daß die Eltern des Mädchens nicht begeistert waren. In dem großen Raum herrschte eine gezwungene Atmosphäre, und Tom bemühte sich, zu jedermann so nett wie möglich zu sein, sogar zu den streng dreinblickenden Franzosen, zu denen er nicht viel mehr sagen konnte als: *»C'est très agréable, n'est-ce pas?«* Er strengte sich wirklich an und erntete zumindest ein Lächeln von dem Mädchen, das ihn eingeladen hatte. Er schätzte sich glücklich, auf dieser Party zu sein. Wie viele Amerikaner, die allein in Paris waren, wurden schon nach höchstens einer Woche Aufenthalt von Franzosen in ihre Wohnung eingeladen? Tom hatte immer gehört, daß die Franzosen ganz besonders wenig Neigung zeigten, Fremde in ihre Wohnung zu lassen. Keiner der anwesenden Amerikaner schien seinen Namen zu kennen. Tom fühlte sich rundum wohl, wohler, als er sich je auf einer Party gefühlt hatte, soweit er sich erinnern konnte. Das war der Neuanfang, an den er auf der Herfahrt gedacht hatte. Das war die eigentliche Auslöschung seiner Vergangenheit und seine Wiedergeburt als ganz und gar neuer Mensch. Eine Französin und zwei Amerikaner luden ihn zu Partys ein, doch Tom schlug alle Einladungen mit der gleichen Antwort aus: »Vielen Dank, aber ich reise morgen schon ab.«

Es wäre nicht ratsam, sich mit irgend jemandem hier zu sehr anzufreunden, dachte Tom. So jemand konnte jemanden kennen, der mit Dickie bekannt war und auf der nächsten Party erscheinen konnte.

Um Viertel nach elf verabschiedete er sich von seiner Gastgeberin und ihren Eltern; sie schienen zu bedauern, daß er ging. Aber er wollte unbedingt um Mitternacht Notre-Dame sehen. Es war Heiligabend.

Die Mutter der jungen Frau fragte ihn noch einmal nach seinem Namen.

»Monsieur Grinlif«, sagte das Mädchen zu ihr. »Dickie Grinlif. Richtig?«

»Richtig«, sagte Tom lächelnd.

Als er im Erdgeschoß aus dem Aufzug trat, fiel ihm Freddie Miles' Party in Cortina ein. Am zweiten Dezember. Vor fast einem Monat! Er hatte Freddie schreiben wollen, daß er nicht kommen würde. Er fragte sich, ob Marge hingefahren war. Freddie würde es sehr befremdlich finden, daß er ohne Kommentar weggeblieben war, und Tom hoffte, daß Marge Freddie wenigstens die Neuigkeiten erzählt hatte. Er mußte Freddie sofort schreiben. In Dickies Adreßbuch gab es eine Adresse Freddies in Florenz. Es war ein Flüchtigkeitsfehler, aber nichts Gravierendes, dachte Tom. So etwas durfte ihm kein zweitesmal unterlaufen.

Er trat in die Dunkelheit hinaus und ging in die Richtung des angestrahlten und knochenweißen Arc de Triomphe. Es war eigenartig, sich so allein und doch als Teil von allem ringsum zu fühlen, wie er es auf der Party empfunden hatte. Jetzt empfand er es wieder, als er am Rand der Menge stand, die sich auf dem Platz vor Notre-Dame drängte. Es war so voll, daß er sich unmöglich in die Kathedrale durchboxen konnte, doch Lautsprecher trugen die Musik über den ganzen Platz. Französische Weihnachtslieder, die er nicht kannte. *Stille Nacht.* Ein feierliches Weihnachtslied und danach ein fröhliches, munteres. Männerstimmen sangen. Männer neben ihm zogen den Hut. Tom tat es ihnen nach. Da stand er, groß, aufgerichtet, ernst und doch bereit zu lächeln, wenn ihn jemand angesprochen hätte. Ihm war zumute, wie ihm auf dem Schiff zumute gewesen war, nur intensiver – er war voll guten Willens, ein Gentleman, dessen Vergangenheit nicht den geringsten Schatten auf seinen Ruf werfen konnte. Er war Dickie, der gutmütige, naive Dickie, der für jedermann ein Lächeln und für jeden, der ihn anbettelte, tausend Franc hatte. Ein alter Bettler sprach Tom an, als er den Platz vor der Kathedrale verließ, und Tom gab ihm einen knisternden blauen Tausendfrancschein. Ein Lächeln verklärte das Gesicht des alten Mannes, der seinen Hut lüpfte.

Tom verspürte etwas Hunger, aber der Gedanke, heute abend hungrig zu Bett zu gehen, mißfiel ihm nicht. Er konnte sich eine gute Stunde lang seinem italienischen Konversationsbuch widmen, dachte er, und dann ins Bett gehen. Dann fiel ihm ein, daß er sich vorgenommen hatte, ein paar Pfund zuzunehmen, weil Dickies Kleider ihm eine Spur zu weit waren und Dickies Gesicht etwas voller ausgesehen hatte als das seine, und deshalb kehrte er in einer *bar-tabac* ein und bestellte eine knusprige *baguette* mit Schinken und ein Glas warme Milch, weil ein Mann neben ihm an der Theke warme Milch trank. Die Milch war fast ohne Eigengeschmack, rein und reinigend, so wie Tom sich den Geschmack von Oblaten im Gottesdienst vorstellte.

Gemächlich reiste er zurück, übernachtete in Lyon und auch in Arles, wo er die Orte besichtigte, die van Gogh gemalt hatte. Trotz grauenhaften Wetters behielt er seine heitere Gleichmut bei. In Arles durchnäßte der vom Mistral mitgeführte Regen ihn bis auf die Knochen, während er die Stellen zu lokalisieren versuchte, an denen van Gogh beim Malen gestanden hatte. Er hatte ein wunderschönes Buch mit Reproduktionen der Bilder aus Paris mitgebracht, aber er konnte es nicht in den Regen mit hinausnehmen und mußte ein dutzendmal ins Hotel zurücklaufen, um die Szenen nachzuschlagen. Er stattete Marseille einen Kurzbesuch ab und fand es öde bis auf die Cannebière, und danach fuhr er mit dem Zug nach Osten und verbrachte einen Tag in Saint Tropez, Cannes, Nizza und Monte Carlo, all den Orten, von denen er gehört hatte und denen er sich so verbunden fühlte, als er sie zu sehen bekam, obwohl im Dezember graue Winterwolken tief darüber hingen und kein fröhlicher Jet-set zu sehen war, nicht einmal am Silvesterabend in Menton. Tom stellte sich einfach die Leute vor, Männer und Frauen, die in Abendgarderobe die breiten Stufen des Casinos von Monte Carlo hinunterstiegen, Leute in bunten Badeanzügen, hell und strahlend wie ein Aquarell von Dufy, die sich unter den Palmen des Boulevard des Anglais in Nizza ergingen. Leute – Amerikaner, Engländer, Franzosen, Deutsche, Schweden, Italiener. Liebeleien, Enttäuschungen, Streit, Versöhnung, Mord. Die Côte d'Azur erregte ihn, wie ihn kein anderer Ort der Welt, den er je kennengelernt hatte, erregen konnte. Und dabei war diese Biegung der Mittelmeerküste so winzig, an der die herrlichen Namen wie die Perlen einer Kette aufgereiht waren – Toulon, Fréjus, Saint-Raphaël, Cannes, Nizza, Menton und dann San Remo.

Als er am vierten Januar nach Rom zurückkam, erwarteten ihn zwei Briefe von Marge. Sie schrieb, daß sie am ersten März ihr Haus aufgeben werde. Sie war mit dem ersten Entwurf ihres Buchs noch nicht ganz fertig, wollte aber drei Viertel des Textes zusammen mit allen Fotos dem amerikanischen Verleger schicken, der letzten Sommer, als sie ihm die Idee geschildert hatte, interessiert gewesen war. Sie schrieb:

Wann werde ich Dich sehen? Nachdem ich einen zweiten scheußlichen Winter überlebt habe, verzichte ich ungern auf den Sommer in Europa, aber ich glaube, ich werde Anfang März nach Hause zurückfahren. Ja, ich habe HEIMWEH, endlich und wirklich. Liebling, es wäre zu schön, wenn wir mit demselben Schiff nach

Hause fahren könnten! Meinst Du, es ließe sich einrichten? Aber vermutlich nicht. Wahrscheinlich fährst Du diesen Winter nicht in die USA zurück, auch nicht für einen kurzen Besuch.
Ich hatte mir überlegt, alle Sachen (acht Stück Gepäck, zwei Schrankkoffer, drei Kisten Bücher und Krimskrams!) mit dem Frachtschiff von Neapel aus zu schicken und nach Rom zu kommen, um mit Dir noch einmal die Küste entlangzufahren, Forte dei Marmi und Viareggio zu besuchen und alle anderen Orte, die wir so gern haben – für einen Abschiedsblick, aber natürlich nur, wenn Du Lust dazu hättest. Das Wetter ist mir völlig egal. Daß es scheußlich sein wird, weiß ich. Ich würde Dich nie im Leben bitten, mich bis nach Marseille zu begleiten, aber bis Genua??? Was meinst Du?

Der zweite Brief war zurückhaltender. Tom wußte auch, warum: Er hatte ihr seit fast einem Monat nicht einmal eine Postkarte geschickt. Sie schrieb:

Habe mich inzwischen gegen die Riviera entschieden. Vielleicht hat das naßkalte Wetter meine Abenteuerlust gedämpft oder die Arbeit an meinem Buch. Jedenfalls fahre ich jetzt von Neapel aus und früher als ursprünglich geplant, nämlich am 28. Februar mit der Constitution. Stell Dir vor – auf dem Weg nach Amerika, sobald ich an Bord sein werde. Amerikanisches Essen, Amerikaner, Dollars zum Vertrinken und Verspielen – Liebling. Es tut mir leid, daß ich Dich nicht sehen werde, denn Deinem Schweigen entnehme ich, daß Du mich noch nicht wiedersehen willst, aber das soll nicht wie ein Vorwurf klingen. Mach Dir um mich keine Sorgen.
Natürlich hoffe ich, Dich wiederzusehen, in den Staaten oder anderswo. Solltest Du plötzlich Lust haben, vor dem 28. einen Abstecher nach Mongy zu machen, weißt Du, daß Du immer willkommen bist, alter Halunke.

Immer Deine
Marge

PS: Ich weiß nicht einmal, ob Du überhaupt noch in Rom bist.

Tom konnte sie vor sich sehen, wie sie tränenüberströmt den Brief schrieb. Er verspürte den Impuls, ihr einen sehr einfühlsamen Brief zu schreiben, in dem er ihr sagte, daß er gerade aus Griechenland zurückgekommen sei, und sie fragte, ob sie seine zwei Postkarten erhalten habe. Doch es war sicherer, dachte er, sie abfahren zu lassen, ohne daß sie wußte, wo er sich aufhielt. Er schrieb ihr nicht.

Das einzige, was ihm Unruhe bereitete, allerdings nicht übermäßig, war die Möglichkeit, daß Marge nach Rom fuhr, um ihn zu besuchen, bevor er eine Wohnung gefunden hatte. Wenn sie die Hotels absuchte, konnte sie ihn finden, während so etwas ausgeschlossen war, sobald er eine Wohnung hatte. Wohlhabende Amerikaner mußten ihren Aufenthaltsort nicht der *questura* melden, obwohl man laut den Bestimmungen des *permesso di soggiorno* verpflichtet war, jede Adressenänderung bei der Polizei anzugeben. Tom hatte sich mit einem Amerikaner unterhalten, der in Rom eine Wohnung besaß und gesagt hatte, er lasse die *questura* in Ruhe und sie ihn. Sollte Marge plötzlich in Rom auftauchen, hatte Tom genug eigene Kleidung im Schrank hängen. Die einzige körperliche Veränderung an ihm war seine Haarfarbe, doch das konnte er mit der Sonne erklären. Er machte sich nicht wirklich Sorgen. Anfangs hatte er sich mit einem Augenbrauenstift amüsiert – Dickies Augenbrauen waren länger und am Ende leicht aufwärts geschwungen – und mit einer Spur Nasengips, um seine Nase länger und spitzer wirken zu lassen, aber beides hatte er aufgegeben, weil es auffallen konnte. Wenn man in die Rolle eines anderen schlüpfte, war das wichtigste, dachte Tom, Stimmung und Temperament des Dargestellten beizubehalten und die entsprechende Mimik zu übernehmen. Alles übrige ergab sich von selbst.

Am zehnten Januar schrieb er Marge, er sei nach drei Wochen, die er allein in Paris verbracht hatte, wieder in Rom; Tom sei vor einem Monat abgereist und habe gesagt, er fahre über Paris nach Amerika, doch in Paris sei er Tom nicht begegnet, und eine Wohnung habe er noch nicht gefunden, werde ihr jedoch die Adresse mitteilen, sobald es soweit sei. Er dankte ihr überschwenglich für ihr Weihnachtspäckchen: Sie hatte ihm die weiße Strickjacke mit den roten V-Streifen geschickt, an der sie seit Oktober gestrickt hatte und die Dickie immer wieder hatte anprobieren müssen, sowie ein Kunstbuch über das *Quattrocento* und ein Rasieretui aus Leder mit seinen Initialen H.R.G. auf dem Deckel. Das Päckchen war am sechsten Januar angekommen, und es war der Hauptgrund für Toms Brief: Er wollte nicht, daß sie dachte, er habe es vielleicht nicht abgeholt, sich einbildete, er habe sich in Luft aufgelöst, und eine Suche nach ihm einleitete. Er fragte sie, ob sie ein Päckchen von ihm erhalten habe. Er habe es aus Paris abgeschickt und nehme an, daß es sich verspätet hatte. Er bat um Entschuldigung. Er schrieb:

Ich male wieder mit Di Massimo und bin nicht unzufrieden mit den Ergebnissen. Du fehlst mir auch, aber wenn Du meinen Versuch noch eine Weile länger mitmachen kannst, würde ich Dich lieber noch ein paar Wochen lang nicht sehen (außer Du fährst wirklich schon im Februar nach Hause, aber das glaube ich nicht!), selbst auf die Gefahr hin, daß Du mich dann vielleicht nicht mehr sehen willst. Schöne Grüße an Giorgio samt Gemahlin und an Fausto, falls er immer noch da ist, und an Pietro unten im Hafen ...

Es war ein zerstreuter und leicht trauriger Brief im typischen Dickie-Ton, weder herzlich noch unfreundlich, sondern zutiefst nichtssagend.

In Wirklichkeit hatte er eine Wohnung in einem großen Mietshaus an der Via Imperiale in der Nähe der Porta Pinciana gefunden und für ein Jahr gemietet, obwohl er nicht beabsichtigte, sehr viel Zeit in Rom zu verbringen und den Winter schon gar nicht. Er wollte nur ein Zuhause haben, einen Stützpunkt, etwas, was er jahrelang nicht besessen hatte. Und Rom war schick. Rom stand für sein neues Leben. Er wollte auf Mallorca oder in Athen oder Kairo – wo immer er sich gerade aufhielt – sagen können: »Ja, ich lebe in Rom. Ich unterhalte dort eine Wohnung.«

»Unterhalten« sagte man im internationalen Jet-set, wenn es um Wohnungen ging. Man unterhielt in Europa eine Wohnung, wie man in Amerika eine Garage unterhielt. Und er wollte seine Wohnung elegant ausstatten, obwohl er so wenige Leute wie möglich dort sehen wollte; die Vorstellung, ein Telefon zu haben, war ihm verhaßt, sogar ohne Eintrag im Telefonbuch, doch er gelangte zu der Einsicht, daß ein Telefonanschluß eher eine Sicherheitsmaßnahme als eine Bedrohung war, und deshalb entschied er sich dafür. Die Wohnung bestand aus einem großen Wohnzimmer, einem Schlafzimmer, einer Art Salon, Küche und Bad. Sie war etwas zu geschmäcklerisch eingerichtet, paßte jedoch zu der reputierlichen Nachbarschaft und dem reputierlichen Leben, das er zu führen gedachte. Die Miete entsprach hundertfünfundsiebzig Dollar monatlich im Winter, Heizung inklusive, und hundertfünfundzwanzig Dollar im Sommer.

Marge antwortete mit einem begeisterten Brief; sie schrieb, sie habe gerade die wunderschöne Seidenbluse aus Paris erhalten, mit der sie *nie im Leben* gerechnet hätte und die ihr wie angegossen passe. Sie schrieb, sie habe Fausto und die Cecchis Weihnachten zum Essen in ihr Haus eingeladen und der Truthahn habe himmlisch geschmeckt, mit Kastanien und Sauce und Plumpudding und Blablabla und allem, was man sich nur wünschen konnte, bis auf *ihn*. Und was machte er und was dachte er? Und war er jetzt glücklicher? Und Fausto würde ihn auf der Heimreise nach Mailand besuchen, wenn er in den nächsten Tagen seine Adresse schrieb oder für Fausto bei American Express hinterließ, wie er ihn finden könne.

Tom vermutete, daß ihre gute Laune hauptsächlich daher rührte, daß sie glaubte, Tom sei über Paris nach Amerika entschwunden. Zusammen mit Marges Brief kam ein anderer von Signor Pucci, der besagte, daß drei Stücke seines Mobiliars in Neapel für einhundertfünfzigtausend Lire verkauft worden seien und ein gewisser Anastasio Martino aus Mongibello sich für das Segelboot interessiere und die erste Abschlagzahlung innerhalb einer Woche leisten wolle, daß das Haus jedoch erst im Sommer veräußert werden könne, wenn amerikanische Touristen kamen. Abzüglich der fünfzehn Prozent Provision für Signor Pucci hatte der Möbelverkauf Tom zweihundertzehn Dollar eingebracht, und das feierte er abends in einem römischen Nachtclub mit einem ausgesuchten Menü, das er in vornehmer Einsamkeit mit Kerzenlicht an einem Tisch für zwei Personen aß. Es störte ihn überhaupt nicht, allein zu essen und allein ins Theater zu gehen. Es ermöglichte ihm, sich darauf zu konzentrieren, Dickie Greenleaf zu sein. Er brach sein Brot, wie Dickie es tat, steckte die Gabel mit der Linken in den Mund, wie Dickie es tat, und versank beim Anblick der anderen Tische und der Tanzenden in eine so tiefe und wohlwollende Träumerei, daß der Kellner ihn mehrmals ansprechen mußte, bevor er ihn hörte. Von einem Tisch aus winkten ihm zwei Leute zu; Tom erkannte sie als eines der amerikanischen Paare von der Weihnachtsparty in Paris. Er grüßte zurück. Er erinnerte sich sogar an ihren Namen, Souders. Er sah den ganzen Abend nicht wieder zu ihrem Tisch, doch sie gingen vor ihm und kamen an seinem Tisch vorbei, um guten Abend zu sagen.

»Ganz allein?« fragte der Mann. Er sah angeheitert aus.

»Ja. Einmal im Jahr bin ich mit mir selbst verabredet«, sagte Tom. »Ich feiere einen Jahrestag.«

Der Amerikaner nickte etwas verständnislos; es war nicht zu übersehen, daß er darauf nichts Intelligentes zu erwidern wußte und so linkisch dastand wie der typische amerikanische Provinzler in Gegenwart weltmännischer Haltung und Nüchternheit, verbunden mit Geld und guter Kleidung, selbst wenn diese Kleidung von einem Amerikaner getragen wurde.

»Sie sagten, daß Sie in Rom wohnen«, sagte seine Frau. »Wissen Sie, ich glaube, ich habe Ihren Namen vergessen, aber wir erinnern uns gut an Sie von Weihnachten.«

»Greenleaf«, erwiderte Tom. »Richard Greenleaf.«

»Ach ja!« sagte sie erleichtert. »Wohnen Sie hier?«

Sie würde sich seine Adresse auswendig merken.

»Zur Zeit wohne ich noch im Hotel, aber sobald die Inneneinrichtung fertig ist, will ich in meine Wohnung ziehen. Ich wohne im Eliseo. Rufen Sie mich doch an.«

»Aber gerne. In drei Tagen geht es nach Mallorca weiter, aber bis dahin ist genug Zeit.«

»Ich würde mich freuen«, sagte Tom. *»Buona sera!«*

Als er wieder allein war, versenkte Tom sich wieder in seine Träumereien. Er sollte ein Bankkonto auf den Namen Tom Ripley eröffnen und hin und wieder hundert Dollar einzahlen. Dickie Greenleaf hatte zwei Banken, eine in Neapel und eine in New York, und auf beiden Konten um die fünftausend Dollar. Das Ripley-Konto konnte er mit zweitausend Dollar eröffnen und die hundertfünfzigtausend Lire aus dem Mongibello-Möbelverkauf dort deponieren. Schließlich mußte er zwei Personen ernähren.

15

Er besuchte das Kapitol und die Villa Borghese, erforschte das Forum gründlich und nahm sechs Stunden Italienischunterricht bei einem alten Mann in der Nachbarschaft, den ein Schild im Fenster als Sprachlehrer auswies und dem Tom einen falschen Namen nannte. Nach der sechsten Stunde fand Tom, daß sein Italienisch dem Dickies entsprach. Er entsann sich wortwörtlich einzelner Wendungen Dickies, die fehlerhaft gewesen waren, wie er nun wußte. Beispielsweise »*Ho paura che non è arrivata, Giorgio*«, wie Dickie eines Abends im Giorgio gesagt hatte, als sie auf Marge warteten, die sich verspätet hatte. Richtig hätte es lauten müssen: »*sia arrivata*«, weil eine Befürchtung den Konjunktiv nach sich zieht. Dickie hatte den Konjunktiv bei weitem nicht so oft verwendet, wie es die italienische Sprache vorschrieb. Tom gab sich größte Mühe, den korrekten Gebrauch des Konjunktivs nicht zu erlernen.

Für die Vorhänge im Wohnzimmer kaufte Tom dunkelroten Samt; die Vorhänge, die er mit der Wohnung übernommen hatte, verletzten sein ästhetisches Empfinden. Auf seine Frage nach einer Näherin bot ihm Signora Buffi, die Ehefrau des Hausverwalters, an, die Vorhänge selbst zu nähen. Sie verlangte zweitausend Lire, kaum mehr als drei Dollar. Tom nötigte ihr fünftausend Lire auf. Er kaufte verschiedene Kleinigkeiten, um die Wohnung zu verschönern, obwohl er nie jemanden einlud mit der einzigen Ausnahme eines attraktiven, aber nicht sehr hellen jungen Mannes – Amerikaner –, den er im Café Greco kennengelernt hatte, als der junge Mann ihn nach dem Weg zum Hotel Excelsior fragte. Das Excelsior lag auf Toms Nachhauseweg, und so war es gekommen, daß Tom ihn auf einen Drink eingeladen hatte. Tom hatte nichts weiter beabsichtigt, als ihn eine Stunde lang zu beeindrucken und ihm dann für immer adieu zu sagen, was er getan hatte, nachdem er ihm seinen besten Cognac angeboten hatte und in der Wohnung umherspaziert war und große Reden über das herrliche Leben in Rom geschwungen hatte. Der junge Mann war am nächsten Tag nach München abgereist.

Mit Bedacht mied Tom die amerikanischen Kreise in Rom, damit man nicht von ihm erwartete, die Partys der anderen zu besuchen und sie im Gegenzug einzuladen, obwohl er sich im Café Greco und in den Studentenlokalen der Via Margutta gerne mit Amerikanern und Italienern unterhielt. Seinen Namen verriet er nur einem italienischen Maler namens Carlino, den er in einer Kneipe an der Via Margutta kennengelernt hatte; ihm erzählte er außerdem, daß er malte und bei einem Maler mit Namen Di Massimo Unterricht nahm. Sollte die Polizei jemals Dickies Aktivitäten in Rom unter die Lupe nehmen – vielleicht lange nachdem Dickie verschwunden war und sich in Tom Ripley zurückverwandelt hatte –, dann konnte dieser italienische Maler aussagen, daß Dickie Greenleaf sich im Januar in Rom aufgehalten und gemalt hatte. Von Di Massimo hatte Carlino noch nie gehört, doch

Tom schilderte ihn ihm so eindringlich, daß Carlino ihn wahrscheinlich sein Leben lang nicht vergessen würde.

Er fühlte sich allein, aber überhaupt nicht einsam. Es war sehr ähnlich wie das, was er am Heiligabend in Paris empfunden hatte, ein Eindruck, als beobachteten ihn alle, als agiere er vor einem Publikum, das aus der ganzen Welt bestand, und dieser Eindruck spornte ihn zu Höchstleistungen an, denn jeder Mißgriff hätte katastrophale Folgen gehabt. Dennoch war er fest davon überzeugt, daß er keinen Mißgriff begehen würde. Sein Dasein war mit einer besonderen, köstlichen Atmosphäre der Reinheit angereichert, dem vergleichbar, dachte Tom, was ein Schauspieler empfinden mußte, wenn er eine wichtige Bühnenrolle in der Überzeugung spielt, daß niemand diese Rolle besser spielen könne als er. Er war er selbst und war es nicht. Er kam sich unschuldig und frei vor, obwohl er jeden Schritt, den er tat, bewußt plante und ausführte. Und nach mehreren Stunden war er jetzt nicht mehr erschöpft wie zu Anfang. Wenn er allein war, mußte er sich nicht mehr ausruhen. Jetzt war er Dickie, sobald er aufstand und sich die Zähne putzen ging, die er sich mit angewinkeltem Ellbogen putzte, er war Dickie, der die Eierschale für einen letzten Bissen auf dem Löffel drehte, Dickie, der unweigerlich die erste Krawatte, die er vom Krawattenhalter zog, zurückhängte und sich eine andere nahm. Sogar ein Bild in Dickies Stil hatte er verfertigt.

Ende Januar dachte Tom, Fausto müsse inzwischen durch Rom gekommen sein, obwohl Marge ihn in ihrem letzten Brief nicht erwähnt hatte. Marge schrieb etwa einmal in der Woche an die Adresse von American Express. Sie wollte wissen, ob er Socken oder einen Schal benötige, weil sie neben der Arbeit an ihrem Buch viel Zeit zum Stricken habe. Sie erzählte immer irgendeine komische Anekdote über einen ihrer gemeinsamen Bekannten aus dem Dorf, damit Dickie nicht glaubte, sie weine ihm nach, obwohl sie es ganz offenkundig tat, und ganz offenkundig hatte sie nicht die Absicht, im Februar nach Amerika aufzubrechen, ohne einen letzten verzweifelten Versuch zu unternehmen, ihn persönlich zu sprechen, wie es Tom schien, denn warum sonst sollte sie soviel Arbeit in die langen Briefe investieren und in die Socken und den Schal, die sie schicken würde, wie er wußte, obwohl er auf ihre Briefe nicht geantwortet hatte. Er scheute sogar davor zurück, sie zu berühren, und nach flüchtiger Lektüre zerriß er sie und warf die Schnipsel in den Abfalleimer.

Schließlich schrieb er:

Bis auf weiteres habe ich die Wohnungssuche in Rom eingestellt. Di Massimo fährt für einige Monate nach Sizilien, und unter Umständen fahre ich mit und reise von dort aus weiter. Meine Pläne sind noch unbestimmt, aber sie haben den Vorteil größerer Freiheit und entsprechen meiner gegenwärtigen Stimmung.
Schick mir keine Socken, Marge. Ich brauche wirklich gar nichts. Wünsche Dir viel Glück mit Mongibello.

Er hatte eine Fahrkarte nach Mallorca – mit dem Zug nach Neapel und von dort in der Nacht vom einunddreißigsten Januar auf den ersten Februar mit dem Schiff nach Palma. Bei Gucci, dem besten Sattler der Stadt, hatte er zwei neue Koffer gekauft, einen großen weichen Koffer aus Antilopenleder und einen hübschen kleinen Segeltuchkoffer mit Lederriemen. Beide waren mit Dickies Initialen versehen. Den schäbigeren seiner eigenen Koffer hatte er weggeworfen; den übriggebliebenen bewahrte er, mit seiner eigenen Kleidung vollgepackt, im Wandschrank seiner Wohnung für den Notfall auf. Doch Tom rechnete mit keinem Notfall. Das versenkte Boot in der Nähe von San Remo war nie gefunden worden. Jeden Tag sah er die Zeitungen nach einer Meldung durch.

Während Tom eines Vormittags seine Koffer packte, klingelte es an der Tür. Er nahm an, daß es sich um irgendeinen Bittsteller handelte oder daß jemand sich in der Tür geirrt hatte. An seiner Wohnungstür war kein Namensschild, und dem Hausverwalter hatte er erklärt, daß er keines wolle, weil er Überraschungsbesuche nicht leiden könne. Es klingelte erneut; Tom reagierte nicht darauf, sondern packte hingebungsvoll weiter. Es war eine Beschäftigung, die er liebte, und er nahm sich viel Zeit dafür, einen ganzen Tag oder zwei Tage, in deren Verlauf er Dickies Kleidung liebevoll in die Koffer legte und hin und wieder ein verlockendes Hemd oder Jackett vor dem Spiegel anprobierte. Jetzt stand er vor dem Spiegel und knöpfte ein blau-weiß gemustertes Sporthemd mit Seepferdchen zu, das er an Dickie nie gesehen hatte, als an die Tür geklopft wurde.

Der Gedanke kam ihm, daß es Fausto sein könne; es wäre typisch für Fausto, ihn in Rom ausfindig zu machen und ihn zu überraschen. Lächerlich, versuchte er sich zu beruhigen. Doch seine Hände bedeckte kalter Schweiß, als er zur Tür ging. Ihm war zumute, als werde er gleich ohnmächtig, und die

Absurdität dieser Ohnmacht, verbunden mit der Gefahr, umzukippen und auf dem Boden gefunden zu werden, bewirkte, daß er die Tür mit beiden Händen festhielt, obwohl er sie nur einen Spaltbreit öffnete.

»Hallo!« sagte eine amerikanische Stimme aus dem Halbdunkel des Flurs. »Dickie? Ich bin's, Freddie.«

Tom trat einen Schritt zurück und hielt die Tür auf. »Er ist – Kommen Sie doch herein. Er ist gerade nicht da. Er kommt später wieder.«

Freddie Miles trat herein und schaute um sich. Sein häßliches, sommersprossiges Gesicht glotzte alles an. Wie zum Teufel hatte er die Wohnung nur gefunden, fragte sich Tom. Schnell streifte er die Ringe von den Fingern und steckte sie ein. Was noch? Er sah sich im Zimmer um.

»Wohnen Sie bei ihm?« fragte Freddie und glotzte glubschäugig, was ihn wie einen Schwachsinnigen und gleichzeitig verängstigt aussehen ließ.

»O nein. Ich bin nur für ein paar Stunden vorbeigekommen«, sagte Tom, während er wie selbstverständlich das Hemd mit den Seepferdchen auszog, unter dem er ein anderes Hemd anhatte. »Dickie ist zum Lunch ausgegangen. In das Otello, wenn ich mich nicht täusche. Spätestens gegen drei Uhr müßte er wieder da sein.« Einer der Buffis mußte Freddie hereingelassen haben, dachte Tom, und ihm gesagt haben, welche Wohnung die richtige war, und außerdem, daß Signor Greenleaf zu Hause war. Freddie hatte sich wahrscheinlich als alten Freund Dickies vorgestellt. Jetzt mußte er Freddie aus dem Haus schaffen, ohne dabei Signora Buffi über den Weg zu laufen, die ihn immer mit einem lauten »*Buon giorno*, Signor Greenleaf!« begrüßte.

»Wir haben uns in Mongibello gesehen, stimmt's?« fragte Freddie. »Sind Sie nicht Tom? Ich dachte, Sie kämen nach Cortina.«

»Ich konnte leider nicht, aber danke für die Einladung. Wie war es in Cortina?«

»Oh, prima. Was war denn mit Dickie los?«

»Hat er Ihnen nicht geschrieben? Er hat beschlossen, den Winter in Rom zu verbringen. Ich dachte, er hätte Ihnen geschrieben.«

»Nicht ein Wort – außer er hat nach Florenz geschrieben. Aber ich war in Salzburg, und er hatte meine Adresse.« Freddie lehnte halb sitzend an Toms langem Tisch und zerknitterte den grünen Seidenläufer. Er lächelte. »Marge hat mir erzählt, daß er nach Rom umgezogen ist, aber sie hatte nur die Adresse von American Express. Durch reinen Zufall habe ich seine Wohnung entdeckt. Gestern abend bin ich im Greco zufällig jemandem begegnet, der seine Adresse wußte. Was soll denn –?«

»Wer?« fragte Tom. »Ein Amerikaner?«

»Nein, einer von hier. Ein junger Bursche.« Freddie sah auf Toms Schuhe. »Sie haben die gleichen Schuhe wie Dickie und ich. Nicht kaputtzukriegen, stimmt's? Ich hab meine vor acht Jahren in London gekauft.«

Es waren Dickies Schuhe aus genarbtem Leder. »Meine sind aus Amerika«, sagte Tom. »Kann ich Ihnen etwas zu trinken anbieten, oder wollen Sie Dickie im Otello erwischen? Wissen Sie, wo es ist? Hier zu warten hat wenig Sinn, weil er meistens lange wegbleibt. Und ich gehe auch bald.«

Freddie war zum Schlafzimmer geschlendert und betrachtete die Koffer auf dem Bett. »Will Dickie verreisen, oder ist er gerade von einer Reise zurückgekommen?« fragte er und drehte sich um.

»Er verreist. Hat Marge Ihnen das nicht gesagt? Er will für eine Zeitlang nach Sizilien fahren.«

»Und wann?«

»Morgen. Oder heute nacht, das weiß ich nicht so genau.«

»Sagen Sie mal, was ist eigentlich in letzter Zeit mit Dickie los?« fragte Freddie mit gerunzelter Stirn. »Was soll diese ganze Geheimniskrämerei?«

»Er sagt, er hätte den ganzen Winter sehr viel gearbeitet«, sagte Tom in sorglosem Ton. »Offenbar braucht er seine Ruhe, aber soweit ich es beurteilen kann, versteht er sich mit uns allen gut, Marge eingeschlossen.«

Freddie lächelte wieder, während er seinen riesigen Kamelhaarmantel aufknöpfte. »Mit mir wird er sich nicht mehr lange gut verstehen, wenn er mich noch öfter versetzt. Sind Sie sicher, daß er sich mit Marge versteht? Ich hatte sie so verstanden, daß die beiden gestritten hatten. Ich dachte, das wäre vielleicht der Grund, warum sie nicht nach Cortina gekommen sind.« Freddie sah Tom erwartungsvoll an.

»Nicht, daß ich wüßte.« Tom ging zum Wandschrank, um sein Jackett zu holen und Freddie damit zu verstehen zu geben, daß er im Aufbruch begriffen war, doch gerade noch rechtzeitig fiel ihm ein, daß das graue Flanelljackett, das zu seiner Hose paßte, von Freddie als Dickies Eigentum wiedererkannt werden konnte. Tom griff nach einem seiner eigenen Jacketts und nach seinem eigenen Mantel am äußersten linken Ende des Wandschranks. Die Schultern des Mantels sahen aus, als hätte er seit Wochen auf dem Kleiderbügel gehangen, was zutraf. Tom drehte sich um und sah, daß Freddie das silberne Armkettchen mit Namensschild an seinem linken Handgelenk anstarrte. Es gehörte Dickie; Tom hatte es nie an Dickie gesehen, sondern in der Kassette mit den Manschettenknöpfen gefunden. Freddie sah es an, als kenne er es. Tom zog nonchalant seinen Mantel an.

Freddie sah ihn jetzt mit einem neuen, überraschten Gesichtsausdruck an. Tom wußte, was Freddie dachte, und erstarrte, die Gefahr witternd. Du bist noch lange nicht aus dem Schneider, ermahnte er sich. Du bist noch lange nicht aus dem Haus.

»Wollen wir gehen?« fragte Tom.

»Sie wohnen hier, stimmt's?«

»Aber nein!« widersprach Tom lächelnd. Das häßliche, sommersprossige Gesicht starrte ihn unter dem grellroten Haarschopf mißtrauisch an. Hoffentlich gelang es ihnen, aus dem Haus zu schlüpfen, ohne Signora Buffi zu begegnen, dachte Tom. »Gehen wir.«

»Wie ich sehe, hat Dickie Sie mit seinem ganzen Schmuck behängt.«

Tom fiel darauf keine Antwort ein, nicht einmal der harmloseste Scherz. »Oh, das hat er mir geliehen«, sagte er mit seiner allertiefsten Stimme. »Dickie war es leid, es zu tragen, und hat es mir geliehen.« Er meinte das Armkettchen, aber ihm fiel ein, daß er die silberne Krawattennadel mit dem G trug. Er hatte sie selbst gekauft. Die Kampflust in Freddie Miles konnte er so deutlich wachsen spüren, als erzeugte der massige Körper eine Hitze, die sich bis an das andere Ende des Zimmers bemerkbar machte. Freddie gehörte zu den Büffeln, die imstande waren, jemanden zusammenzuschlagen, weil sie ihn für einen warmen Bruder hielten, vor allem wenn die Umstände so günstig waren wie in diesem Fall. Freddies Augen machten Tom angst.

»Ja, gehen wir«, sagte Freddie finster und erhob sich. Er trat zur Tür und drehte sich mit einer abrupten Bewegung seiner breiten Schultern um. »Meinen Sie das Otello in der Nähe des Inghilterra?«

»Ja«, sagte Tom. »Dort wollte er um ein Uhr sein.«

Freddie nickte. »War nett, Sie wiederzusehen«, sagte er unfreundlich und schloß die Tür.

Tom fluchte in sich hinein. Er öffnete die Tür leise und lauschte auf das schnelle Trapp-trapp, mit dem Freddies Schuhe die Treppe hinunterkamen. Er wollte sich vergewissern, daß Freddie das Haus verließ, ohne einen der

Buffis zu sprechen. Dann hörte er Freddies »*Buon giorno, signora*«. Tom beugte sich über das Treppengeländer. Drei Stockwerke tiefer konnte er Freddies Mantelärmel erkennen. Freddie sprach italienisch mit Signora Buffi. Die Stimme der Frau war deutlicher zu hören.

»... nur Signor Greenleaf«, sagte sie gerade. »Nein, nur er ... Signor wie? ... *No, signore* ... Ich glaube nicht, daß er heute das Haus schon einmal verlassen hat, aber ich kann mich täuschen!« Sie lachte.

Tom umklammerte mit beiden Händen das Treppengeländer, als wäre es Freddies Hals. Dann hörte er Freddies Schritte die Teppe heraufeilen. Tom trat in die Wohnung zurück und schloß die Tür. Er konnte stur darauf beharren, daß er nicht hier lebte, daß Dickie sich im Restaurant Otello befand oder daß er nicht wußte, wo Dickie sich aufhielt, doch jetzt würde Freddie keine Ruhe geben, bis er Dickie gefunden hatte. Oder er würde ihn, Tom, die Treppe hinunterzerren und Signora Buffi fragen, wer der Herr sei.

Freddie klopfte. Der Türknauf drehte sich. Die Tür war verschlossen. Tom hob einen schweren Aschenbecher aus Glas auf. Er konnte ihn nicht umfassen und mußte ihn an den Seitenkanten halten. Er versuchte zwei Sekunden länger nachzudenken: Gab es keinen anderen Ausweg? Was sollte er mit der Leiche anfangen? Er konnte nicht denken. Dies war der einzige Ausweg. Mit der Linken öffnete er die Tür. Die Rechte mit dem Aschenbecher hing halb hinter seinem Rücken.

Freddie kam herein. »Hören Sie mal, das eine will ich –«

Die Kante des Aschenbechers traf ihn mitten vor die Stirn. Freddie sah benommen aus. Dann gaben seine Knie nach, und er ging zu Boden wie ein Stier nach einem Hammerschlag zwischen die Augen. Tom schloß die Tür mit einem Fußtritt. Mit aller Kraft rammte er Freddie die Kante des Aschenbechers in den Nacken. Wieder und wieder schlug er zu, voll entsetzlicher Furcht, Freddie könnte sich verstellt haben und einer seiner mächtigen Arme könnte plötzlich Toms Beine packen und ihn zu Boden werfen. Tom führte einen wuchtigen Schlag gegen Freddies Kopf, und Blut spritzte. Tom verwünschte sich selbst. Er lief ins Bad und holte ein Handtuch, das er Freddie unter den Kopf schob. Dann tastete er an Freddies Handgelenk nach dem Puls. Ein schwacher Puls war zu spüren, der zu entschwinden schien, als seine Finger ihn fanden, fast als hätte die Berührung ihn ersterben lassen. Und dann nichts mehr. Tom lauschte auf Geräusche hinter der Tür. Er stellte sich Signora Buffi vor, die mit dem unsicheren Lächeln hinter der Tür stand, das sie immer trug, wenn sie zu stören meinte. Aber es war nichts zu hören. Es hatte keine lauten Geräusche gegeben, dachte er, weder die Schläge mit dem Aschenbecher noch Freddies Sturz. Tom sah auf Freddies unförmige Gestalt auf dem Boden und empfand unvermittelt Abscheu und ein Gefühl der Hilflosigkeit.

Es war erst zwanzig vor eins; bis zum Hereinbrechen der Dunkelheit dauerte es noch Stunden. Er überlegte, ob Freddie irgendwo erwartet wurde. Vielleicht in einem Wagen vor der Tür? Er durchsuchte Freddies Taschen. Eine Brieftasche. In der inneren Brusttasche des Mantels ein amerikanischer Paß. Italienische und irgendwelche anderen Münzen. Ein Schlüsselbund. Zwei Autoschlüssel an einem Ring mit der Aufschrift FIAT. Er durchsuchte die Brieftasche nach dem Fahrzeugschein. Da war er, mit allen Angaben: FIAT 1400 *nero*, Kabriolett, 1955. Wenn der Wagen sich in der Nachbarschaft befand, konnte er ihn finden. Er durchsuchte alle Taschen, auch die der ledergelben Weste, nach einem Parkschein, fand aber keinen. Er trat an das Fenster zur Straße und hätte fast gelächelt, weil es so einfach war: Auf der gegenüberliegenden Straßenseite stand das schwarze Kabriolett fast genau auf der Höhe seines Hauses. Er konnte es nicht mit Sicherheit sagen, hatte aber den Eindruck, daß niemand in dem Auto saß.

Auf einmal wußte er, was er tun würde. Er begann das Zimmer herzurichten, holte aus seinem Barschrank Gin- und Wermutflaschen und auf einen nachträglichen Einfall hin Pernod, weil er auffälliger roch. Er stellte die Flaschen auf den langen Tisch und mischte in einem hohen Glas einen Martini mit Eiswürfeln, von dem er einen Schluck trank, damit das Glas Spuren aufwies, schüttete dann etwas von dem Drink in ein zweites Glas, das er zu Freddie trug, dessen schlaffe Finger er um das Glas preßte, bevor er es zum Tisch zurückbrachte. Er begutachtete die Wunde und stellte fest, daß sie nicht mehr oder fast nicht mehr blutete und daß kein Blut durch das Handtuch auf den Boden gesickert war. Er lehnte Freddie mit dem Oberkörper an die Wand und goß ihm Gin aus der Flasche in den Mund. Es klappte nicht sehr gut; das meiste lief am Hemd herunter, doch Tom nahm an, daß die italienische Polizei nicht gerade auf die Idee kommen würde, mittels einer Blutentnahme zu überprüfen, wie betrunken der Tote gewesen war. Geistesabwesend ließ Tom den Blick für einen Moment auf Freddies erschlafftem, blutbeschmiertem Gesicht ruhen, bis sein Magen sich vor Übelkeit zusammenzog und er schnell den Blick abwenden mußte. Das durfte er nicht wieder tun. In seinem Kopf setzte ein Dröhnen ein, als stehe er kurz vor einer Ohnmacht.

Das wäre die Krönung, dachte Tom, während er durch das Zimmer zum Fenster taumelte, wenn er jetzt ohnmächtig würde! Er schaute mit gerunzelter Stirn zu dem schwarzen Wagen auf der Straße hinunter und atmete in tiefen Zügen die frische Luft ein. Er würde nicht ohnmächtig werden, ermahnte er sich. Er wußte genau, was er tun würde. Im allerletzten Augenblick der Pernod für beide. Zwei weitere Gläser mit ihren Fingerabdrücken und mit Pernod. Und der Aschenbecher mußte voll sein. Freddie rauchte Chesterfields. Und dann die Via Appia. Eine dieser finsteren Stellen hinter den Grabstätten. Die Via Appia besaß auf lange Strecken keine Straßenbeleuchtung. Freddie würde keine Brieftasche haben. Motiv: Raub.

Er hatte noch stundenlang Zeit, doch er hielt erst inne, als das Zimmer fertig hergerichtet war, das Dutzend Chesterfield und das Dutzend Lucky Strike heruntergebrannt und im Aschenbecher ausgedrückt waren und eines der Pernod-Gläser im Bad auf den Boden gefallen und die Lache nachlässig aufgewischt war, und das Sonderbare an der ganzen Sache war, daß er sich bei dieser sorgfältigen Inszenierung ausmalte, wie viele Stunden Zeit er haben würde, alles aufzuräumen – beispielsweise zwischen neun Uhr abends, wenn die Leiche möglicherweise gefunden wurde, und Mitternacht, wenn die Polizei zu dem Schluß gelangen mochte, daß es sinnvoll sein könnte, ihm ein paar Fragen zu stellen, weil vielleicht irgend jemand gewußt hatte, daß Freddie Miles an diesem Tag Dickie Greenleaf aufsuchen wollte –, und er wußte, daß er wahrscheinlich alles bis acht Uhr aufgeräumt haben würde, weil er sich als Aussage zurechtlegen wollte, daß Freddie gegen sieben Uhr sein Haus verlassen hatte (was Freddie in der Tat tun würde), und weil Dickie Greenleaf ein verhältnismäßig ordentlicher junger Mann war, auch wenn er einen über den Durst getrunken hatte. Der Sinn der ganzen Unordnung bestand darin, die Geschichte, die er sich zurechtgelegt hatte, zu bestätigen, in seinen eigenen Augen glaubwürdig zu machen.

Und unabhängig von alledem würde er morgen vormittag um halb elf Uhr nach Neapel und von dort nach Palma reisen, es sei denn, die Polizei hielt ihn aus irgendeinem Grund in Rom fest. Falls er morgen in der Zeitung lesen sollte, daß man den Toten gefunden hatte, und die Polizei sich nicht mit ihm

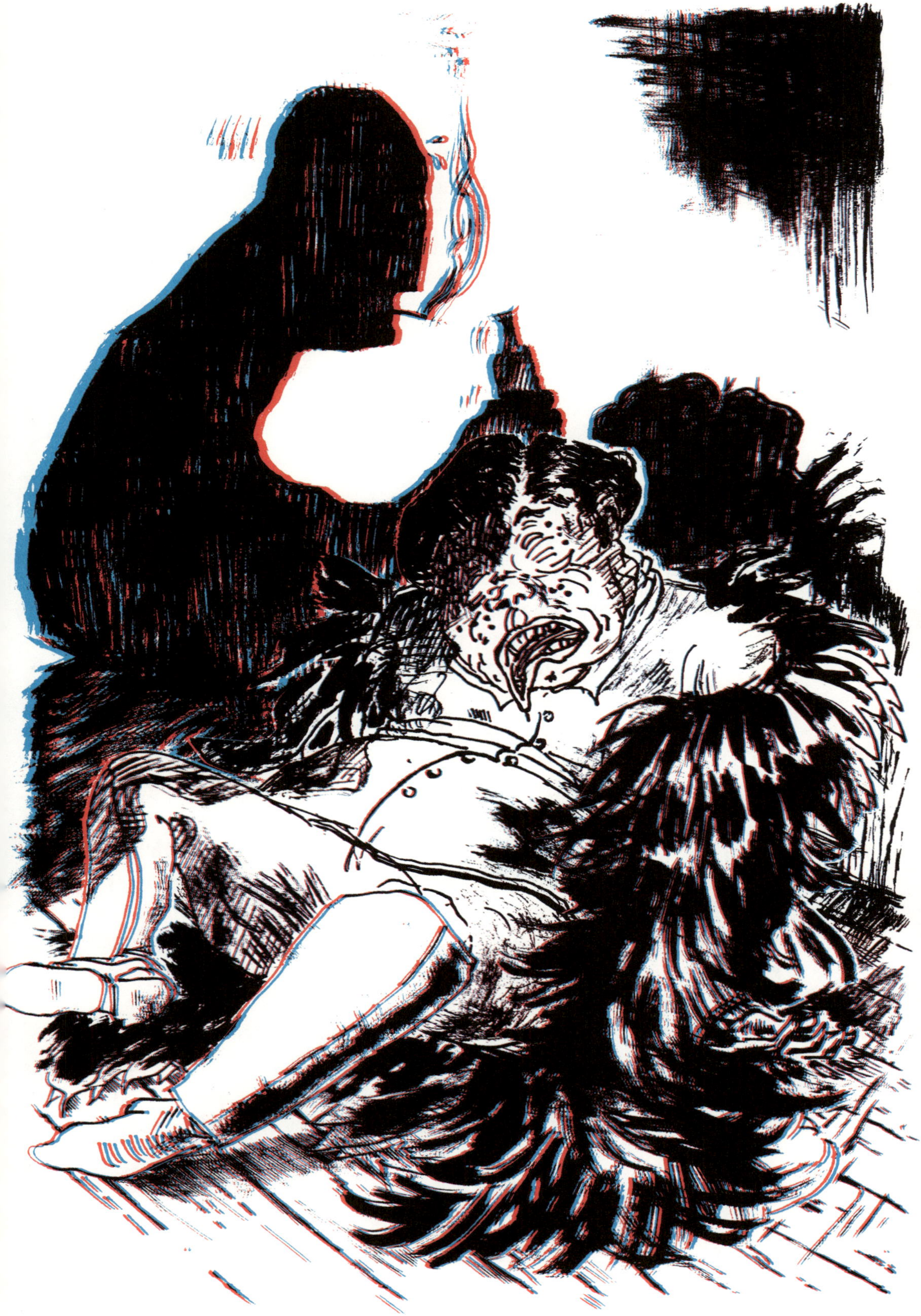

in Verbindung setzte, wäre es nur recht und billig, sich freiwillig zu melden und auszusagen, daß Freddie Miles bis zum späten Nachmittag bei ihm gewesen war, dachte Tom. Doch dann fiel ihm plötzlich ein, daß ein Arzt feststellen konnte, daß Freddie seit mittags tot war. Und er konnte Freddie nicht hinausschaffen, nicht am helllichten Tag. Nein, seine einzige Hoffnung war die, daß die Leiche erst so spät gefunden wurde, daß der genaue Zeitpunkt des Todes nicht mehr feststellbar war. Und er mußte versuchen, aus dem Haus zu gelangen, ohne gesehen zu werden – egal, wie mühsam er Freddie als Sturzbetrunkenen die Treppe hinuntergeschafft bekam –, damit er notfalls aussagen konnte, Freddie habe sein Haus zwischen vier und fünf Uhr nachmittags verlassen.

Ihm graute so sehr vor den fünf oder sechs Stunden, die er bis Einbruch der Dunkelheit warten mußte, daß er schon dachte, er könne es nicht. Diese Fleischmasse auf dem Boden! Und er hatte ihn gar nicht umbringen wollen. Es war so unnötig gewesen – Freddie mit seinen dreckigen, ekelhaften Verdächtigungen. Tom saß zitternd auf einer Stuhlkante und knackte mit den Fingerknöcheln. Er wäre am liebsten an die frische Luft gegangen, doch er wagte nicht, die Leiche unbeaufsichtigt liegenzulassen. Außerdem mußte Lärm herrschen, wenn er behaupten wollte, er und Freddie hätten den ganzen Nachmittag geredet und getrunken. Tom schaltete das Radio ein und suchte einen Sender, der Tanzmusik spielte. Er zumindest konnte sich einen Drink genehmigen. Das gehörte zum Szenenbild. Er machte neue Martinis mit Eis. Er hatte keine Lust darauf, aber er trank sie.

Der Gin brachte ihn nur noch stärker ins Grübeln. Er stand da und blickte auf Freddies langen schweren Körper in dem Kamelhaarmantel, der unter der Leiche zerknittert war und den glattzustreichen Tom nicht über sich brachte, obwohl die Unordnung ihn störte, und er dachte, wie traurig, wie idiotisch, wie ungeschickt, wie gefährlich und wie überflüssig sein Tod gewesen war und auch wie schrecklich ungerecht Freddie gegenüber. Natürlich konnte man Freddie verabscheuen. Ein selbstsüchtiger dummer Idiot, der über einen seiner besten Freunde – denn das war Dickie sicherlich – die Nase gerümpft hatte, weil er ihn »sexueller Abnormität« verdächtigte. Über den Begriff »sexuelle Abnormität« mußte Tom lachen. Wo war das Sexuelle? Wo die Abnormität? Er schaute auf Freddie und sagte laut und bitter: »Freddie Miles, du bist deinen eigenen unanständigen Gedanken zum Opfer gefallen.«

16

Zu guter Letzt wartete er bis nach acht Uhr abends; gegen sieben Uhr war unten im Hausflur das Kommen und Gehen besonders lebhaft. Um zehn vor acht schlenderte er die Treppe hinunter, um sich zu vergewissern, daß Signora Buffi sich nicht im Flur zu schaffen machte und daß ihre Wohnungstür nicht offenstand; außerdem wollte er sichergehen, daß wirklich niemand in Freddies Wagen saß und daß es Freddies Wagen war. Freddies Mantel warf er auf den Rücksitz. Er kam in die Wohnung zurück, kniete neben Freddie nieder, legte sich mit zusammengebissenen Zähnen Freddies Arm um den Hals und hob ihn auf. Er strauchelte unter der schwabbeligen Bürde und schob sich Freddie höher auf die Schulter. Früher am Nachmittag hatte er ihn versuchsweise angehoben und hatte es kaum fertiggebracht, unter Freddies Gewicht, das seine Füße an den Boden nagelte, auch nur zwei Schritte zu tun; Freddie war seitdem nicht leichter geworden; der Unterschied war nur, daß er ihn jetzt aus dem Haus schaffen mußte, egal wie. Er ließ Freddies Füße hinterherschleifen, um das Gewicht zu verringern, schloß die Tür mit dem Ellbogen und machte sich an den Abstieg. Auf halbem Weg zur nächsten Etage hielt er inne, weil er jemanden aus einer Wohnung im zweiten Stock kommen hörte. Er wartete, bis der Betreffende die Treppe hinunter- und zur Tür hinausgegangen war, und machte sich dann wieder an den langsamen holpernden Abstieg. Einen Hut aus Dickies Besitz hatte er Freddie tief ins Gesicht gezogen, um alle Blutspuren zu verdecken. Mit einer Mischung aus Gin und Pernod, die er im Lauf der letzten Stunde getrunken hatte, hatte Tom sich in den genau vorausberechneten Rauschzustand versetzt, der es ihm, wie er hoffte, ermöglichte, mit einer gewissen Nonchalance und Gewandtheit aufzutreten und zugleich mutig und sogar tollkühn genug, um Risiken einzugehen, ohne nervös zu werden. Das erste Risiko und das Schlimmste, was ihm passieren konnte, war die Möglichkeit, daß er unter Freddies Gewicht zusammenbrach, bevor er den Wagen erreichte. Er hatte sich vorgenommen, auf der Treppe nicht innezuhalten, und er tat es nicht. Niemand kam aus einer der Wohnungen, niemand kam zur Haustür herein. Während der Stunden des Wartens hatte Tom Folterqualen gelitten bei der Vorstellung, was alles geschehen könne –

daß Signora Buffi oder ihr Ehemann aus ihrer Wohnung kamen, während er gerade das Erdgeschoß erreichte, oder daß er ohnmächtig wurde und man ihn und Freddie nebeneinander reglos auf der Treppe fand oder daß er Freddie nicht wieder hochzustemmen vermochte, nachdem er ihn abgesetzt hatte, um zu verschnaufen –, und er hatte sich all das so lebhaft ausgemalt und sich dabei vor Entsetzen gewunden, daß er nun, als er die Treppe bewältigt hatte, ohne eine einzige seiner Befürchtungen wahr werden zu sehen, den Eindruck gewann, er stehe unter einem überirdischen Schutz und bewege sich deshalb trotz des enormen Gewichts auf seinen Schultern mit verblüffender Leichtigkeit.

Er spähte durch die Glasscheiben der zwei Türen. Die Straße sah aus wie immer: Ein Mann ging das gegenüberliegende Trottoir entlang, doch das war nichts Ungewöhnliches. Er öffnete die erste Tür mit einer Hand, trat sie auf und zerrte den Toten hinter sich her. Zwischen den Türen hievte er sich Freddie auf die andere Schulter, indem er den Kopf unter ihn schob, und für einen Augenblick flackerte Stolz auf die eigene Körperkraft auf, bis der Schmerz in seinem befreiten Arm ihn jäh durchzuckte. Der Arm war so ermattet, daß er sich nicht einmal um Freddies Körper legen ließ. Er biß die Zähne fester zusammen und taumelte die Vortreppe hinunter, wobei er mit der Hüfte gegen den steinernen Treppenpfosten stieß.

Ein Mann, der auf dem Trottoir näher kam, ging langsamer, als wolle er stehenbleiben, doch dann ging er weiter.

Falls sich jemand nähern sollte, dachte Tom, würde er ihm eine solche Pernod-Fahne ins Gesicht pusten, daß sich jede weitere Frage erübrigte. Verdammt, verdammt, verdammt, flüsterte er lautlos, während er über die Bordkante stolperte. Passanten, harmlose Passanten. Vier waren es inzwischen. Aber nur zwei von ihnen würdigten ihn überhaupt eines Blicks, dachte er. Er blieb stehen und ließ einen Wagen vorbeifahren. Dann machte er ein paar schnelle Schritte und schob mit einem Ruck Freddies Kopf und eine Schulter in das offene Wagenfenster, bis er Freddie mit dem eigenen Körper abstützen konnte, während er nach Luft rang. Er sah sich um, im Lichtschein der Straßenlaterne auf der anderen Straßenseite und in den Schatten vor dem Haus, in dem er wohnte.

In diesem Augenblick kam der jüngste Sohn der Buffis aus der Tür und lief das Trottoir entlang, ohne zu Tom hinüberzublicken. Dann überquerte ein

Mann die Straße und ging in knapp einem Meter Entfernung an dem Wagen vorbei; er warf nur einen kurzen und etwas erstaunten Blick auf Freddies zusammengesackte Gestalt, die, wie Tom fand, jetzt beinahe normal aussah, eigentlich fast so, als beuge Freddie sich in den Wagen, um mit jemandem zu sprechen, nur daß Tom wußte, daß das Ganze eben nicht wirklich normal aussah. Doch das war das Gute an Europa, dachte er. Niemand kam einem unaufgefordert zu Hilfe, niemand mischte sich in anderer Leute Angelegenheiten ein. Wenn er jetzt in Amerika gewesen wäre –

»Kann ich Ihnen helfen?« fragte eine Stimme auf italienisch.

»Ah no, grazie«, erwiderte Tom mit der Überschwenglichkeit des Betrunkenen. Und nuschelnd, auf englisch: »Ich weiß, wo er wohnt.«

Der Mann nickte verständnisvoll lächelnd und ging weiter. Ein großer hagerer Mann in dünnem Mantel, ohne Hut, schnurrbärtig. Tom hoffte, daß er sich an die Situation nicht erinnern würde. Oder an den Wagen.

Tom zog Freddie aus dem Wagenfenster, schob ihn um die Wagentür herum zum Beifahrersitz, stieg auf der Fahrerseite ein und zerrte Freddie von dort auf den Beifahrersitz. Dann nahm er die braunen Lederhandschuhe aus der Manteltasche und streifte sie über. Er steckte Freddies Autoschlüssel in das Zündschloß. Der Wagen sprang gehorsam an. Sie fuhren los. Den Hügel hinunter zur Via Veneto, an der amerikanischen Bibliothek vorbei, über die Piazza Venezia, an dem Balkon vorbei, auf dem Mussolini seine Reden gehalten hatte, vorbei an dem gargantuesken Vittorio-Emanuele-Denkmal und über das Forum, am Kolosseum vorbei – eine große Stadtrundfahrt, von der Freddie leider gar nichts hatte. Es war, als schlafe Freddie neben ihm, so wie manche Leute schlafen, wenn man ihnen Sehenswürdigkeiten vorführen will.

Grau und alt im weichen Licht ihrer spärlichen Straßenlaternen erstreckte sich vor ihm die Via Appia Antica. Grabmalfragmente ragten links und rechts auf und hoben sich schwarz vor dem noch nicht gänzlich dunklen Himmel ab. Mehr Dunkelheit als Licht. Und nur ein einziger Wagen in der Ferne, der ihm entgegenfuhr. Wen verschlug es schon an einem Januarabend nach Einbruch der Dunkelheit auf eine so holprige und düstere Straße? Höchstens Liebespärchen. Der entgegenkommende Wagen fuhr an ihm vorbei. Tom begann sich nach einer geeigneten Stelle umzusehen. Freddie sollte hinter einem stattlichen Grab abgelegt werden, fand er. Etwas weiter vorn standen ein paar Bäume am Straßenrand, hinter denen sich zweifellos ein Grabmal befand oder das, was davon übrig war. Als er die Bäume erreichte, fuhr Tom von der Straße und schaltete die Scheinwerfer ab. Er wartete einen Moment und spähte in beide Richtungen der geraden leeren Straße.

Freddie war noch immer so schlaff wie eine Gummipuppe. Was faselten die Leute nur von der Totenstarre? Den schlaffen Leichnam schleifte er jetzt rücksichtslos mit dem Gesicht durch den Straßenstaub bis hinter den letzten Baum und hinter die Grabmalüberreste, die nichts weiter waren als ein gezackter Mauerbogen von etwa einem Meter Höhe, doch wahrscheinlich handelte es sich um die Reste eines Patriziergrabes, dachte Tom, was für dieses Schwein ehrenvoll genug war. Tom verwünschte das scheußliche Gewicht des Toten und trat ihm plötzlich gegen das Kinn. Er war müde, so müde, daß er kurz vor den Tränen stand, er konnte den Anblick von Freddie Miles nicht länger ertragen, und der Augenblick, in dem er ihm endlich den Rücken kehren konnte, schien in unerreichbarer Ferne zu liegen. Den verdammten Mantel hätte er fast vergessen! Tom ging zu dem Wagen zurück, um ihn zu holen. Der Boden war hart und trocken, wie ihm unterwegs auffiel; seine Schritte würden keine Spuren hinterlassen. Er warf den Mantel neben den Toten, wandte sich schnell ab, ging auf fühllosen, schwankenden Beinen zum Wagen und fuhr in die Stadt zurück.

Unterwegs wischte er mit behandschuhter Hand über die Stelle außen an der Fahrertür, die er, wenn er sich richtig erinnerte, als einzige Stelle ohne Handschuhe berührt hatte. Auf der Straße, die zum American-Express-Büro führte, parkte er den Wagen gegenüber dem Nachtclub Florida, ließ die Schlüssel stecken und stieg aus. Freddies Brieftasche hatte er noch immer in der Tasche; das italienische Geld hatte er herausgenommen, einen Schweizer Zwanzigfrankenschein und einige österreichische Schilling-Scheine hatte er in seiner Wohnung verbrannt. Jetzt holte er die Brieftasche hervor, und als er am nächsten Kanalisationsgitter vorbeikam, bückte er sich und warf sie hinein.

Nur zwei Dinge stimmten nicht, dachte er auf dem Weg zu seinem Wohnhaus: Räuber hätten den Kamelhaarmantel mitgenommen, weil es ein guter Mantel war, und Freddies Paß ebenfalls. Doch kein Räuber handelte völlig logisch, dachte er, italienische Räuber erst recht nicht. Auch nicht jeder Mörder. Er dachte wieder an die Unterhaltung mit Freddie. »... einer von hier. Ein junger Bursche ...« Irgend jemand mußte ihm irgendwann nachgegangen sein, dachte Tom, denn erzählt hatte er niemandem, wo er wohnte. Es beschämte ihn. Ein paar Ladenjungen kannten seine Adresse, aber Ladenjungen verkehrten nicht im Café Greco. Es beschämte ihn, und er verkroch sich förmlich in seinem Mantel. Er stellte sich ein junges, atemloses Gesicht vor, das ihm nach Hause folgte, das am Haus hochstarrte, um zu sehen, welches Fenster hell werden würde, nachdem er das Haus betreten hatte. Tom zog den Kopf ein und ging schneller, als fliehe er vor einem geisteskranken, unbeirrbaren Verfolger.

17

Tom verließ das Haus vor acht Uhr morgens, um Zeitungen zu kaufen. Nichts. Möglicherweise würden sie ihn tagelang nicht finden, dachte er. Wer sollte sich schon hinter einem so unbedeutenden Grab umschauen wie dem, hinter dem er Freddie deponiert hatte? Tom war zuversichtlich, was seine Sicherheit betraf, doch körperlich fühlte er sich schauderhaft. Er hatte einen Kater von der besonders unangenehmen sprunghaften Art, der ihn bei allem, was er unternahm, auf halbem Weg innehalten ließ, sogar beim Zähneputzen, weil er ständig nachschauen mußte, ob sein Zug um halb elf oder um Viertel vor elf abfuhr. Er fuhr um halb elf.

Gegen neun Uhr war er angezogen und hatte Mantel und Regenmantel auf das Bett gelegt. Er hatte sogar Signora Buffi angekündigt, daß er für mindestens drei Wochen verreisen würde, vielleicht sogar länger. Signora Buffi hatte sich nicht anders benommen als sonst, dachte er, und hatte seinen gestrigen amerikanischen Besucher nicht erwähnt. Tom hätte sie gern irgend etwas gefragt, um sie unauffällig über Freddies Gespräch mit ihr auszuhorchen und zu erfahren, was sie darüber dachte, aber ihm fiel nichts ein, was er fragen konnte, und er hielt den Mund. Alles war in Ordnung. Tom versuchte seinem Kater mit der Ratio beizukommen – schließlich hatte er höchstens eine Menge Alkohol getrunken, die ungefähr drei Martinis und drei Pernods entsprach. Er wußte, daß es sich um pure Autosuggestion handelte und sein Kater daher rührte, daß er sich vorgenommen hatte, so zu tun, als habe er mit Freddie ungeheuer viel getrunken. Und jetzt, wo es gar nicht erforderlich war, spielte er die Rolle unbeabsichtigt weiter.

Das Telefon klingelte; Tom nahm den Hörer ab und sagte mürrisch: *»Pronto.«*

»Signor Greenleaf?« fragte eine italienische Stimme.

»Sì.«

»Qui parla la stazione polizia ottantatre. Lei è un amico di un americano che si chiama Fred-derick Mii-lees?«

»Frederick Miles? Sì«, sagte Tom.

Die schnelle, konzentrierte Stimme sagte, der Leichnam von Fred-derick Mii-lees sei am Morgen dieses Tages an der Via Appia Antica aufgefunden worden und Signor Miilees habe ihn doch gestern nachmittag besucht, nicht wahr?

»Ja, so ist es.«

»Um welche Zeit genau?«

»Von etwa mittags bis – ungefähr fünf oder sechs Uhr nachmittags. Ganz genau weiß ich es nicht mehr.«

»Wären Sie so freundlich, ein paar Fragen zu beantworten? ... Nein, Sie müssen nicht extra auf das Polizeirevier kommen. Unser Ermittlungsbeamter wird zu Ihnen kommen. Würde Ihnen elf Uhr heute vormittag passen?«

»Ich helfe Ihnen gerne, soweit ich kann«, sagte Tom mit angemessen aufgeregter Stimme, »aber kann der Ermittler nicht schon früher kommen? Ich muß nämlich um zehn Uhr aus dem Haus.«

Die Stimme seufzte und sagte, sie könne es nicht garantieren, aber man werde sich bemühen. Wenn sie nicht vor zehn Uhr kämen, dürfe er auf keinen Fall das Haus verlassen.

»Va bene«, sagte Tom und legte auf.

Verdammt! Jetzt würde er den Zug und das Schiff verpassen. Er wollte nichts als weg von hier, weg aus Rom und aus seiner Wohnung. Er wiederholte in Gedanken, was er der Polizei erzählen wollte. Es war alles so einfach, daß es ihn anödete. Es war nichts als die Wahrheit. Sie hatten getrunken, Freddie hatte ihm von Cortina erzählt, sie hatten viel geredet, und dann war Freddie gegangen, vielleicht ein bißchen angesäuselt, aber in ausgezeichneter Stimmung. Nein, wohin Freddie gegangen war, wußte er nicht. Er hatte angenommen, Freddie sei verabredet.

Tom ging ins Schlafzimmer und stellte eine Leinwand, mit der er vor ein paar Tagen begonnen hatte, auf die Staffelei. Die Farbe auf der Palette war noch feucht, weil er sie in der Küche in einem Eimer mit Wasser aufbewahrt hatte. Er mischte etwas Blau mit Weiß und fügte es dem graublauen Himmel hinzu. Das Bild war noch in Dickies klarem Rotbraun und hellem Weiß gehalten – römische Mauern und Dächer, von seinem Fenster aus gesehen. Der Himmel war die einzige Ausnahme, doch der römische Winterhimmel war so düster, daß selbst Dickie ihn graublau und nicht grellblau gemalt hätte, dachte Tom. Tom runzelte die Stirn, wie Dickie, wenn er malte.

Das Telefon klingelte abermals. »Zum Henker!« murmelte Tom und ging hin. *»Pronto!«*

»Pronto! Fausto!« sagte eine Stimme. *»Come stai?«* Es folgte das vertraute perlende jugendliche Lachen.

»*Ooh, Fausto! Bene, grazie!* Entschuldige bitte«, sprach Tom auf italienisch mit Dickies fröhlicher, aber zerstreuter Stimme weiter. »Ich habe gerade zu malen versucht – na ja, versucht.« Es sollte klingen wie Dickies Stimme, nachdem er einen Freund wie Freddie verloren hatte, aber auch wie Dickies Stimme an einem gewöhnlichen Vormittag anstrengender Arbeit.

»Hast du Zeit, mit mir essen zu gehen?« fragte Fausto. »Mein Zug nach Mailand fährt um Viertel nach vier.«

Tom stöhnte in Dickies Manier. »Ich muß nach Neapel. Ja, jetzt gleich, in zwanzig Minuten.« Wenn er Fausto jetzt abschütteln konnte, dachte er, mußte er ihm nicht auf die Nase binden, daß die Polizei ihn sprechen wollte. Die Nachricht über den Mord an Freddie würde frühestens in den Mittagsausgaben stehen.

»Aber ich bin hier! In Rom! Wo wohnst du? Ich bin am Bahnhof!« sagte Fausto fröhlich und lachte.

»Wie bist du an meine Telefonnummer gekommen?«

»Ah! *Allora*, ich habe die Auskunft angerufen. Sie haben gesagt, daß sie die Nummer nicht sagen dürfen, aber ich habe dem Mädchen eine lange Geschichte über einen Lotteriegewinn in Mongibello erzählt. Ich weiß nicht, ob sie es geglaubt hat, aber ich habe mir Mühe gegeben. Ein Haus und eine Kuh und ein Brunnen und sogar ein Kühlschrank! Ich mußte noch dreimal anrufen, aber am Ende hat sie mir die Nummer gesagt. *Allora*, Dickie, wo steckst du?«

»Darum geht es nicht. Ich würde gern mit dir essen, wenn ich nicht mit diesem Zug fahren müßte, aber –«

»*Va bene*, ich helfe dir dein Gepäck tragen! Sag mir, wo du wohnst, und ich komme mit dem Taxi!«

»Dafür reicht die Zeit nicht. Warum sehen wir uns nicht lieber in einer halben Stunde am Bahnhof? Mein Zug ist der nach Neapel um halb elf.«

»Okay!«

»Wie geht es Marge?«

»*Ah – innamorata di te*«, sagte Fausto lachend. »Siehst du sie in Neapel?«

»Ich glaube nicht. Bis nachher, Fausto. Ich muß mich beeilen. *Arrividerc'*.«

»*'rividerc', Dickie! Addio!*« Er legte auf.

Wenn Fausto nachmittags die Zeitung sah, würde er verstehen, warum kein Dickie am Bahnhof erschienen war, und wenn nicht, dann würde er eben denken, sie hätten einander verpaßt. Doch wahrscheinlich würde Fausto schon mittags die Schlagzeilen sehen, dachte Tom, denn die italienischen Blätter würden die Geschichte ausschlachten – Mord an einem Amerikaner auf der Via Appia. Sobald die Polizei weg war, würde er den nächsten Zug nach Faustos Abfahrt kurz nach vier Uhr nehmen und in Neapel auf das nächste Schiff nach Mallorca warten.

Er hoffte nur, daß Fausto nicht auch seine Adresse der Auskunft abschwatzte und auf die Idee kam, ihm vor vier Uhr einen Überraschungsbesuch zu machen. Er hoffte, daß Fausto nicht ausgerechnet dann auftauchte, wenn die Polizei da war.

Tom schob zwei Koffer unter das Bett, stellte den dritten in einen Wandschrank und schloß die Schranktür. Die Polizei sollte nicht auf den Verdacht kommen, daß er im Begriff stand, die Stadt zu verlassen. Aber warum war er so nervös? Sie hatten wahrscheinlich nicht das geringste in der Hand. Vielleicht hatte ein Freund Freddies gewußt, daß Freddie ihn gestern besuchen wollte, mehr nicht. Tom nahm einen Pinsel zur Hand und befeuchtete ihn in dem Gefäß mit Terpentin. Sein Auftreten vor den Polizisten wollte er so inszenieren, als sei er über die Nachricht von Freddies Tod nicht allzu bestürzt und als wolle er ein wenig malen, während er wartete. Er trug Straßenkleidung, weil er gesagt hatte, er müsse noch weggehen. Er wollte als Freund Freddies erscheinen, aber nicht als zu enger Freund.

Signora Buffi ließ die Polizisten um halb elf herein. Tom blickte im Treppenhaus nach unten und sah sie. Sie hielten sich nicht damit auf, Signora Buffi Fragen zu stellen. Tom ging in seine Wohnung zurück. Würziger Terpentingeruch hing in der Luft.

Es waren zwei Polizisten: ein älterer Beamter in Offiziersuniform und ein jüngerer in gewöhnlicher Polizeiuniform. Der Ältere grüßte höflich und bat Tom um seinen Paß. Tom zeigte ihn vor, und der Offizier blickte scharf erst Tom und dann Dickies Paßfoto an, schärfer, als es bisher jemand getan hatte, und Tom machte sich auf eine brenzlige Situation gefaßt, doch nichts geschah. Der Offizier reichte ihm mit einer angedeuteten Verbeugung und einem Lächeln den Paß zurück. Er war untersetzt, mittleren Alters, mit buschigen schwarzgrauen Augenbrauen und einem kurzen, buschigen schwarzgrauen Schnurrbart und sah aus wie Tausende Italiener mittleren Alters. Er sah weder besonders aufgeweckt noch besonders begriffsstutzig aus.

»Wie ist er umgekommen?« fragte Tom.

»Man hat ihm mit einem schweren Gegenstand auf den Kopf und gegen den Hals geschlagen«, erwiderte der Offizier, »und ihn ausgeraubt. Wir nehmen an, daß er unter Alkoholeinfluß stand. War er betrunken, als er gestern nachmittag Ihre Wohnung verließ?«

»Na ja, ein bißchen. Wir hatten beide getrunken. Martini und Pernod.«

Der Offizier notierte die Antwort auf seinem Notizblock ebenso wie die Anzahl Stunden, die Freddie laut Tom bei ihm verbracht hatte, von etwa zwölf Uhr bis etwa sechs Uhr.

Der jüngere Polizist, gutaussehend mit undurchdringlicher Miene, schlenderte durch die Wohnung, die Hände hinter dem Rücken, und beugte sich so entspannt über die Staffelei, als wäre er allein bei einem Museumsbesuch.

»Wissen Sie, wohin er gegangen ist?« fragte der Offizier.

»Nein, das weiß ich nicht.«

»Aber Sie waren der Ansicht, er sei fahrtüchtig?«

»O ja. Sehr betrunken war er nicht, sonst hätte ich ihn nicht allein fahren lassen.«

Der Offizier stellte eine Frage, die Tom nicht ganz zu verstehen vorgab. Der Offizier wiederholte die Frage mit anderen Worten und wechselte ein Lächeln mit dem jüngeren Beamten. Tom blickte vom einen zum anderen, als wäre er etwas verärgert. Der Offizier wollte wissen, welcher Art seine Beziehung zu Freddie gewesen war.

»Wir waren Freunde«, sagte Tom. »Keine besonders engen Freunde. Ich hatte seit ungefähr zwei Monaten nichts von ihm gehört oder gesehen. Ich war sehr entsetzt über die schrecklichen Nachrichten von heute morgen.« Sein besorgter Gesichtsausdruck sollte für den unzulänglichen Wortschatz entschädigen. Er nahm an, daß es funktionierte. Er hielt die Fragen für wenig tiefschürfend und vermutete, daß die Polizisten in wenigen Minuten gehen würden. »Wann wurde er denn umgebracht?« fragte er.

Der Offizier war noch mit Schreiben beschäftigt. Er hob die buschigen Augenbrauen. »Offenbar kurz, nachdem der *signore* Ihr Haus verlassen hat. Die Ärzte sind der Ansicht, daß er seit mindestens zwölf Stunden tot war, als er gefunden wurde, vielleicht länger.«

»Und wann wurde er gefunden?«

»Heute morgen bei Sonnenaufgang. Von Arbeitern, die an der Straße entlanggingen.«

»*Dio mio!*« murmelte Tom.

»Er hat nichts davon gesagt, daß er einen Abstecher zur Via Appia machen wollte, als er gestern Ihre Wohnung verließ?«

»Nein«, sagte Tom.

»Was haben Sie gestern getan, nachdem Signor Mii-lees gegangen war?«

»Ich war hier«, sagte Tom und gestikulierte dabei, wie Dickie es getan hätte, »ich habe mich kurz hingelegt, und später bin ich gegen acht oder halb neun ein bißchen spazierengegangen.« Ein Hausbewohner, dessen Namen Tom nicht wußte, hatte ihn gestern abend gegen Viertel nach neun Uhr ins Haus kommen sehen, und sie hatten einander einen guten Abend gewünscht.

»Waren Sie alleine spazieren?«

»Ja.«

»Und Signor Mii-lees ist alleine weggegangen? Er wollte sich nicht mit irgend jemandem treffen, den Sie kennen?«

»Nein. Er hat nichts dergleichen gesagt.« Tom fragte sich, ob Freddie mit Freunden im Hotel gewesen war oder wo immer er gewohnt hatte. Er hoffte, daß die Polizei ihn nicht mit irgendwelchen Freunden Freddies konfrontieren würde, die Dickie möglicherweise kannten. Jetzt würde sein Name – Richard Greenleaf – mitsamt seiner Adresse in den italienischen Zeitungen stehen. Er würde umziehen müssen. Es war zum Haareraufen. Er verwünschte sich lautlos. Der Polizeioffizier sah ihn an, aber es sah aus, als murmele er eine Verwünschung auf das traurige Schicksal Freddies, dachte Tom.

»Nun, gut–«, sagte der Offizier lächelnd und steckte seinen Notizblock ein.

»Glauben Sie, es waren ...«, Tom versuchte sich an das Wort für Rowdy zu erinnern, »... gewalttätige Jungen? Gibt es Anhaltspunkte?«

»Der Wagen wird gerade auf Fingerabdrücke untersucht. Vielleicht hat er den Mörder im Auto mitgenommen. Der Wagen wurde heute morgen in der Nähe der Piazza di Spagna gefunden. Bis zum Abend haben wir sicher Anhaltspunkte. Vielen Dank, Signor Greenleaf.«

»*Di niente!* Wenn ich sonstwie behilflich sein kann ...«

Der Offizier wandte sich in der Tür um. »Können wir Sie in den nächsten Tagen erreichen, falls wir noch Fragen haben sollten?«

Tom zögerte. »Ich wollte morgen nach Mallorca verreisen.«

»Wir müssen Sie unter Umständen fragen, ob Sie diesen oder jenen Verdächtigen kennen«, erklärte der Offizier. »Sie können uns vielleicht sagen, in welcher Beziehung eine solche Person zu dem Verstorbenen stand.« Er gestikulierte.

»Ich verstehe. Aber besonders gut habe ich Signor Miles nicht gekannt. Er hatte sicher engere Freunde als mich in Rom.«

»Wen?« Der Offizier schloß die Tür und zückte seinen Notizblock.

»Das weiß ich nicht«, sagte Tom. »Ich weiß nur, daß er hier verschiedene Freunde hatte, Leute, die ihn besser kannten als ich.«

»Es tut mir leid, aber wir müssen Sie trotzdem bitten, in den nächsten Tagen zur Verfügung zu stehen«, wiederholte der Offizier ruhig und entschieden, als könne nicht einmal ein Amerikaner daran rütteln. »Wir werden Ihnen Bescheid geben, sobald Sie Rom verlassen können. Es tut mir leid, wenn das Ihre Reisepläne durcheinanderbringt. Vielleicht können Sie sie noch ändern. Guten Tag.«

»Guten Tag.« Tom stand da wie angewurzelt, nachdem sie gegangen waren. Er konnte in ein Hotel ziehen, dachte er, wenn er der Polizei die Adresse des Hotels gab. Er wollte nicht von Freddies Freunden oder von irgendwelchen Freunden Dickies angerufen werden, die seine Adresse in der Zeitung gesehen hatten. Er versuchte sein Verhalten aus der Sicht der Polizisten zu beurteilen. Sie hatten ihm nicht auf den Zahn gefühlt. Er hatte sich über die Nachricht, daß Freddie tot war, nicht sonderlich entsetzt gezeigt, aber das entsprach dem Umstand, daß er kein allzu enger Freund des Toten gewesen war. Nein, bis jetzt gab es nichts zu beanstanden, aber er mußte auf der Hut sein.

Das Telefon klingelte; Tom nahm nicht ab, weil er argwöhnte, es sei Fausto, der vom Bahnhof anrief. Es war fünf nach elf; der Zug nach Neapel war längst gefahren. Als das Telefon endlich verstummte, nahm Tom den Hörer ab und rief im Hotel Inghilterra an. Er ließ sich ein Zimmer reservieren und sagte, er komme in etwa einer halben Stunde. Dann rief er die Polizeiwache an – er erinnerte sich, daß sie die Telefonnummer dreiundachtzig hatte –, und nach einem zehnminütigen Hin und Her, weil niemand, den er an den Apparat bekam, mit dem Namen Richard Greenleaf etwas anfangen konnte, gelang es ihm, die Nachricht zu hinterlassen, daß Richard Greenleaf für die Polizei im Albergo Inghilterra erreichbar sei.

Vor Ablauf einer Stunde war er im Inghilterra. Seine drei Koffer, sein eigener und die zwei Koffer Dickies, deprimierten ihn: Er hatte sie zu einem so ganz anderen Zweck gepackt. Und jetzt saß er hier fest!

Gegen Mittag ging er Zeitungen kaufen. Jede Zeitung brachte die Meldung: AMERIKANER AUF DER VIA APPIA ANTICA ERMORDET ... SCHRECKLICHER MORD AN AMERICANO RICCHISSIMO ... FREDERICK MILES GESTERN ABEND AN DER VIA APPIA ... VIA-APPIA-MORD AN AMERIKANER RÄTSELHAFT ... Tom las jedes Wort. Es gab tatsächlich keine Anhaltspunkte, wenigstens bisher, keine Spuren, keine Fingerabdrücke, keine Verdächtigen. Aber jede Zeitung nannte den Namen Richard Greenleaf und seine Adresse als den Ort, wo Freddie zum letztenmal lebend gesehen worden war. Keine der Zeitungen ließ jedoch durchblicken, daß man Richard Greenleaf für den Mörder hielt. In den Berichten hieß es, Freddie Miles habe offenbar kräftig gezecht, und in typisch italienischer Journalistenmanier war jeder einzelne Drink akribisch aufgeführt, von Americanos über Scotch, Cognac und Champagner bis zu Grappa. Nur Gin und Pernod fehlten.

Tom verbrachte die Mittagszeit im Hotel; er ging auf und ab und fühlte sich eingesperrt und trübsinnig. Er rief die Reisegesellschaft an, bei der er die Fahrkarte nach Palma gekauft hatte, und versuchte die Reise zu stornieren. Zwanzig Prozent seines Geldes könne er zurückhaben, teilte man ihm mit. Das nächste Schiff nach Palma fuhr erst in fünf Tagen.

Gegen zwei Uhr läutete sein Telefon aufdringlich.

»Hallo«, sagte Tom in Dickies nervösem, gereiztem Tonfall.

»Hallo, Dick. Hier spricht Van Houston.«

»Ooh«, sagte Tom, als kenne er den Anrufer, doch so, daß die einsilbige Antwort weder zuviel Überraschung noch zuviel Wärme verriet.

»Wie geht's dir? Ist ja ewig her, daß wir uns gesehen haben!«

»Das stimmt. Wo bist du?«

»Im Hassler. Ich habe gerade mit der Polizei Freddies Gepäck durchsucht. Ich muß dich sprechen. Was war gestern eigentlich mit Freddie los? Ich hab dich den ganzen Abend zu erreichen versucht, weil Freddie spätestens um sechs im Hotel sein wollte. Aber ich hatte deine Adresse nicht. Was ist gestern passiert?«

»Ich wünschte, das wüßte ich! Freddie ist gegen sechs gegangen. Wir hatten beide ziemlich stark gebechert, aber er wirkte ganz normal, sonst hätte ich ihn nicht fahren lassen. Er hat gesagt, daß er mit dem Wagen da war. Ich kann mir nicht vorstellen, was dann passiert ist, höchstens daß er einen Anhalter mitgenommen hat, der ihn dann mit der Pistole bedroht hat oder so ähnlich.«

»Aber er ist nicht erschossen worden. Ich denke auch, daß er gezwungen worden sein muß, dorthin zu fahren, oder er war so sternhagelvoll, daß er nicht mehr wußte, was er tat. Das Hassler ist nur ein paar Straßen von deiner Wohnung entfernt, aber er ist durch die ganze Stadt gefahren, um zur Via Appia zu kommen.«

»Ist so etwas früher schon mal passiert? Ich meine, daß er nicht mehr wußte, was er tat?«

»Paß mal auf, Dickie – können wir uns nicht sehen? Ich habe jetzt Zeit, ich soll nur den ganzen Tag nicht mein Hotel verlassen.«

»Ich auch nicht.«

»Ach, komm schon. Wenn du hinterläßt, wohin du gegangen bist, kannst du herkommen.«

»Ich kann nicht weg, Van. In ungefähr einer Stunde kommt die Polizei, dann muß ich hier sein. Ruf mich doch später noch mal an. Vielleicht können wir uns abends sehen.«

»In Ordnung. Wann soll ich anrufen?«

»Gegen sechs.«

»Okay. Halt die Ohren steif, Dickie.«

»Du auch.«

»Bis später«, sagte die Stimme schwach.

Tom legte auf. Vans Stimme hatte plötzlich geklungen, als stehe er kurz davor, in Tränen auszubrechen. Tom wählte die Nummer der Rezeption. *»Pronto?«* Er hinterließ, daß er nicht gestört werden wolle, daß keine Anrufe durchzustellen seien und keine Besucher heraufzulassen bis auf die Polizei, und zwar ausnahmslos.

Danach klingelte das Telefon den ganzen Nachmittag nicht mehr. Gegen acht Uhr, als es dunkel war, ging Tom hinunter, um sich die Abendzeitungen zu besorgen. Er sah sich in dem kleinen Eingangsraum und in der angrenzenden Bar des Hotels nach Van um. Er rechnete mit allem, sogar damit, daß Marge dort saß und ihn erwartete, doch er sah nicht einmal jemanden, der auch nur entfernt wie ein Polizist aussah. Er kaufte die Abendzeitungen und setzte sich in ein kleines Restaurant ein paar Straßen entfernt, um sie zu lesen. Noch immer keine Anhaltspunkte. Van Houston war ein enger Freund Freddies, erfuhr er, achtundzwanzig Jahre alt und mit Freddie von einem Österreichaufenthalt nach Rom gekommen, von wo aus es nach Florenz hätte weitergehen sollen, wo beide ihren Wohnsitz hatten, wie die Zeitungen meldeten. Drei italienische Jugendliche waren vernommen worden, zwei Achtzehnjährige und ein Sechzehnjähriger, die verdächtigt worden waren, die »schreckliche Tat« begangen zu haben, doch sie waren auf freien Fuß gesetzt worden. Mit Erleichterung las Tom, daß keine frischen oder brauchbaren Fingerabdrücke auf Miles' *»bellissima Fiat 1400«* gefunden worden waren.

Tom aß seine *costoletta di vitello* bedächtig, nippte an seinem Wein und durchforstete jede Zeitungskolumne nach den Kurzmeldungen, die bisweilen in letzter Minute vor der Auslieferung in die italienischen Zeitungen eingerückt wurden. Zum Fall Miles fand er nichts weiter. Doch auf der letzten Seite der letzten Zeitung las er:

BARCA AFFONDATA CON MACCHIE DI SANGUE TROVATA
NELL'ACQUA POCO FONDO VICINO SAN REMO

Er las die Meldung schnell, entsetzter, als er es gewesen war, während er Freddies Leichnam die Treppe hinuntergetragen hatte, oder als die Polizei gekommen war, um ihn zu vernehmen. Bis in die einzelnen Wörter der Überschrift war es wie eine Nemesis divina, wie ein wahr gewordener Alptraum. Das Motorboot war in allen Einzelheiten beschrieben, und die Beschreibung führte ihm die Szene wieder vor Augen – Dickie im Heck des Boots am Gashebel, Dickie, der ihn anlächelte, Dickies Leiche, die im Wasser versank, von Luftblasen begleitet. In der Meldung hieß es, man halte die Flecken im Boot für Blutspuren, und nicht, sie seien es. Was die Polizei oder sonstwer zu tun beabsichtigte, wurde nicht erwähnt. Doch die Polizei würde etwas unternehmen, dachte Tom. Der Bootsverleiher konnte sicherlich angeben, an welchem Tag das Boot verschwunden war. Und die Polizei konnte die Melderegister der Hotels für den betreffenden Tag überprüfen. Der Bootsverleiher konnte sich möglicherweise sogar an die zwei Amerikaner erinnern, die das Boot nicht zurückgebracht hatten. Und wenn die Polizei die Melderegister überprüfte, dann würde der Name Richard Greenleaf ihr sofort ins Auge springen. Und in diesem Fall gäbe es einen Vermißten, nämlich Tom Ripley, der an jenem Tag möglicherweise ermordet worden war. Toms Phantasie erprobte verschiedene Szenarien: Angenommen, sie suchten nach Dickies Leiche und fanden sie. Dann würde die Leiche für den toten Tom Ripley gehalten werden. Dickie stünde unter Mordverdacht. Ergo würde man ihn auch im Fall Miles verdächtigen. Dickie würde über Nacht zum idealen Mordverdächtigen werden. Andererseits war es denkbar, daß der Bootsverleiher sich nicht an den genauen Tag erinnern konnte, an dem das Boot verlorengegangen war. Und selbst wenn, bestand die Möglichkeit, daß die Melderegister nicht überprüft wurden. Vielleicht interessierte der Fall die italienische Polizei nicht sonderlich. Vielleicht, vielleicht, vielleicht auch nicht.

Tom faltete die Zeitungen zusammen, zahlte und ging.

An der Hotelrezeption fragte er, ob jemand eine Nachricht für ihn hinterlassen habe.

»*Sì, signore. Questo e questo e questo* …« Der Portier fächerte sie auf der Theke vor ihm auf wie ein Kartenspieler, der eine Gewinnsträhne vorzeigt.

Zwei Anrufe von Van. Einer von Robert Gilbertson. (Gab es so jemanden nicht in Dickies Adreßbuch? Unbedingt nachsehen.) Ein Anruf von Marge. Tom hob die Notiz hoch und las sie aufmerksam: Signorina Sherwood hatte um halb vier Uhr nachmittags angerufen und würde später wieder anrufen. Es war ein Ferngespräch aus Mongibello gewesen.

Tom nickte und nahm die drei Notizen an sich. »Vielen Dank.« Die Mienen der Hotelangestellten hinter der Theke gefielen ihm überhaupt nicht. Italiener waren immer so verdammt neugierig!

In seinem Zimmer kauerte er vornübergebeugt in einem Sessel; er rauchte und überlegte. Er versuchte zu erraten, was die logische Konsequenz wäre, wenn er gar nichts unternahm, und was er durch Handeln bewirken konnte. Marge würde höchstwahrscheinlich nach Rom kommen. Offenbar hatte sie seine Adresse über die Polizei erfahren. Wenn sie kam, mußte er ihr als Tom gegenübertreten und ihr einzureden versuchen, daß Dickie gerade ausgegangen war, so wie bei Freddie. Und wenn ihm das nicht gelang – Tom rieb sich nervös die Hände. Er durfte Marge nicht sehen, punktum. Nicht mit dieser unausgestandenen Motorbootsache am Hals. Wenn er sie sah, würde alles danebengehen. Es wäre das Ende! Doch wenn er jetzt die Nerven behielt, dann würde überhaupt nichts passieren. Es war nur dieser Moment, dachte er, nur diese kleine Krise mit der Motorbootsache und dem unaufgeklärten Mord an Freddie Miles, was die Dinge so kompliziert machte. Doch solange er weiterhin allen Leuten gegenüber das Richtige sagte und tat, konnte ihm überhaupt nichts passieren. Und danach wäre der Horizont wieder ungetrübt. Griechenland oder Indien. Ceylon. Irgendein Ort in so weiter Ferne, daß kein alter Freund unvermutet an seine Tür klopfen konnte. Was für ein Idiot er gewesen war zu glauben, er könne in Rom bleiben! Warum nicht gleich Grand Central Station mieten oder sich im Louvre ausstellen?

Er rief die Stazione Termini an und ließ sich die morgigen Zugverbindungen nach Neapel durchgeben. Die Abfahrtszeiten aller vier oder fünf Züge schrieb er auf. Die fünf Tage bis zum nächsten Schiff nach Mallorca wollte er in Neapel abwarten. Er benötigte nur die Reiseerlaubnis der Polizei, und die würde er bekommen, wenn morgen nichts dazwischenkam. Sie konnten ihn nicht ewig festhalten, wenn sie ihn nicht verdächtigten, nicht aus dem einzigen Grund, daß sie ihm irgendwann noch die eine oder andere Frage stellen wollten. Er war zunehmend davon überzeugt, daß man ihn morgen laufenlassen würde, ja, es war das einzig Logische.

Er nahm abermals den Hörer ab und bat an der Rezeption, Miss Marjorie Sherwood zu ihm durchzustellen, falls sie wieder anrief. Wenn sie wieder anrief, dachte er, konnte er sie auf der Stelle davon überzeugen, daß alles in Ordnung war, daß er mit Freddies Tod nicht das geringste zu tun hatte und daß er nur deshalb in ein Hotel gezogen war, um störenden Anrufen Unbekannter zu entgehen und zugleich für die Polizei jederzeit erreichbar zu sein, die ihn möglicherweise benötigte, um Verdächtige identifizieren zu lassen. Er würde ihr erzählen, er wolle morgen nach Griechenland fliegen, so daß es keinen Sinn haben konnte, daß sie nach Rom kam. Dabei fiel ihm ein, daß er von Rom nach Palma fliegen konnte. Darauf war er noch gar nicht gekommen.

Er legte sich auf das Bett; er war müde, wollte sich aber nicht ausziehen, weil er das Gefühl hatte, daß an diesem Abend noch etwas geschehen würde. Er wollte sich auf Marge konzentrieren. Er stellte sie sich in diesem Augenblick im Giorgio vor oder in der Bar des Miramare bei einem Tom Collins, den sie langsam trank, während sie zu entscheiden versuchte, ob sie ihn noch einmal anrufen sollte. Er sah ihre besorgt hochgezogenen Augenbrauen vor sich und ihr zerzaustes Haar, während sie darüber brütete, was in Rom vor sich gegangen sein mochte. Sie würde allein an ihrem Tisch sitzen, sich mit niemandem unterhalten. Er sah sie vor sich, wie sie aufstand und nach Hause ging, einen Koffer hervorholte und morgen den Bus nahm. Er stand auf der Straße vor dem Postamt und rief ihr zu, sie solle nicht fahren, er versuchte den Bus aufzuhalten, doch der Bus fuhr an ...

Die Szene verschwamm in wirbelndem Gelbgrau, der Farbe des Sandstrands von Mongibello. Tom sah Dickie, der ihn anlächelte, in dem Cordanzug, den er in San Remo getragen hatte. Der Anzug war völlig durchnäßt, die Krawatte eine tropfende Schnur. Dickie beugte sich über ihn und rüttelte ihn wach. »Ich bin geschwommen!« sagte er. »Tom, wach auf! Mir geht es gut! Ich bin hergeschwommen! Ich bin am Leben!« Tom zuckte vor seiner Berührung zurück. Dickie lachte ihn aus, lachte sein glückliches, sonores Lachen. *»Tom!«* Das Timbre der Stimme war tiefer, voller, schöner, als Tom es sogar in seinen Imitationen vermocht hätte. Tom richtete sich mühsam auf. Sein Körper fühlte sich bleiern und schwerfällig an, so als versuche er, aus tiefem Wasser an die Oberfläche zu kommen.

»Ich bin geschwommen!« rief Dickies Stimme und hallte in Toms Ohren wider, als ertöne sie aus einem langen Tunnel.

Tom blickte um sich; er sah sich nach Dickie um im gelben Lichtschein der Stehlampe und in der dunklen Ecke neben dem hohen Kleiderschrank. Tom spürte, daß er die Augen vor Entsetzen weit aufgerissen hielt, und obwohl er wußte, daß seine Angst unbegründet war, suchte sein Blick das Zimmer nach

Dickie ab, unter den halb zugezogenen Vorhängen am Fenster und auf dem Boden hinter dem Bett. Er stemmte sich vom Bett hoch, taumelte durch den Raum und riß das eine Fenster auf. Dann das zweite Fenster. Er war völlig benommen. Jemand mußte ihm etwas in den Wein geschüttet haben, dachte er unversehens. Er kniete sich vor das Fenster, atmete die frische Luft ein, kämpfte gegen die Benommenheit an, als wäre sie etwas, was ihn überwältigen würde, wenn er sich nicht mit aller Kraft dagegen wehrte. Zuletzt ging er in das Badezimmer und hielt den Kopf unter den Wasserhahn. Die Benommenheit schwand. Er wußte, daß man ihn nicht betäubt hatte. Er hatte seiner Phantasie die Zügel schießen lassen. Er hatte sich nicht mehr in der Hand gehabt.

Er richtete sich auf und nahm langsam die Krawatte ab. Er bewegte sich, wie Dickie es getan hätte, zog sich aus, nahm ein Bad, zog den Pyjama an und legte sich ins Bett. Er versuchte an das zu denken, woran Dickie jetzt gedacht hätte. Seine Mutter. Ihr letzter Brief hatte ein paar Schnappschüsse enthalten, auf denen sie und Mr. Greenleaf im Wohnzimmer beim Kaffee saßen, so wie er es von dem Abend in Erinnerung hatte, als er nach dem Essen mit ihnen Kaffee getrunken hatte. Mrs. Greenleaf hatte geschrieben, daß Herbert die Bilder mit Fernauslöser selbst aufgenommen hatte. Tom setzte in Gedanken seinen nächsten Brief an sie auf. Es freute sie, daß er inzwischen häufiger schrieb. Er mußte sie beruhigen, was die Geschichte mit Freddie betraf, denn Freddie kannten sie. Mrs. Greenleaf hatte sich in einem ihrer Briefe nach Freddie Miles erkundigt. Doch während er den Brief aufsetzte, lauschte Tom, ob das Telefon klingelte, und konnte sich nicht recht konzentrieren.

18

Sein erster Gedanke beim Erwachen galt Marge. Er griff nach dem Telefonhörer und fragte, ob sie angerufen habe. Sie hatte nicht angerufen. Ihn quälte die schreckliche Vorahnung, daß sie auf dem Weg nach Rom war. Er sprang aus dem Bett; erst im Verlauf der Alltagsverrichtungen wie Rasieren und Baden beruhigte er sich. Warum sollte er sich wegen Marge Sorgen machen? Er hatte sie bisher immer zu lenken verstanden. Vor fünf, sechs Uhr abends würde sie nicht da sein, denn der erste Bus aus Mongibello fuhr um zwölf Uhr ab, sie würde kaum ein Taxi nach Neapel nehmen.

Vielleicht konnte er Rom noch heute vormittag verlassen. Um zehn Uhr wollte er bei der Polizei anrufen und sich erkundigen.

Er bestellte *caffellatte* und Brötchen und die Morgenzeitungen auf sein Zimmer. Eigenartigerweise gab es in keiner Zeitung auch nur den geringsten Hinweis auf den Mordfall Miles oder das Boot, das bei San Remo gefunden worden war. Das bewirkte eine seltsame Beunruhigung, vergleichbar der Furcht, die er gestern abend empfunden hatte, als er sich einbildete, Dickie stünde im Zimmer. Er warf die Zeitungen auf einen Stuhl.

Das Telefon läutete, und er sprang gehorsam auf. Es konnten nur Marge oder die Polizei sein. *»Pronto?«*

»*Pronto.* Zwei *signori* von der Polizei möchten Sie sprechen, *Signore.*«

»Jawohl. Würden Sie die Herren bitte hochkommen lassen?«

Eine Minute später hörte er ihre Schritte auf dem Teppich im Flur. Es war derselbe ältere Offizier wie gestern in Begleitung eines anderen jüngeren Polizisten.

»*Buon giorno*«, sagte der Offizier höflich und mit seiner angedeuteten Verbeugung.

»*Buon giorno*«, sagte Tom. »Haben Sie neue Erkenntnisse?«

»Nein«, sagte der Beamte in fragendem Ton. Er setzte sich auf den Stuhl, den Tom ihm anbot, und öffnete seine braune Lederaktentasche. »Es hat sich etwas Neues ergeben. Sie sind auch mit dem Amerikaner Thomas Riipley befreundet?«

»Ja«, sagte Tom.

»Wissen Sie, wo er sich zur Zeit aufhält?«

»Ich glaube, er ist vor ungefähr einem Monat nach Amerika zurückgefahren.«

Der Beamte warf einen Blick auf seine Unterlagen. »Aha. Das müßte die Einreisebehörde der Vereinigten Staaten bestätigen. Sie sehen, daß wir auf der Suche nach Thomas Riipley sind. Wir befürchten, er könnte nicht mehr am Leben sein.«

»Nicht mehr am Leben? Und wieso?«

Die Lippen des Beamten preßten sich nach jeder Bemerkung leicht unter dem buschigen eisengrauen Schnurrbart zusammen, so daß es aussah, als lächele er. Schon gestern hatte dieses Lächeln Tom ein wenig aus der Fassung gebracht. »Sie waren im vergangenen November mit ihm in San Remo, nicht wahr?«

Sie hatten die Hotels überprüft. »Ja.«

»Wo haben Sie ihn das letztemal gesehen? In San Remo?«

»Nein. Ich habe ihn in Rom gesehen.« Tom fiel ein, daß Marge wußte, daß er von Mongibello nach Rom gefahren war, weil er ihr erzählt hatte, er wolle Dickie helfen.

»Wann haben Sie ihn zum letztenmal gesehen?«

»Ich weiß nicht, ob ich mich an ein genaues Datum erinnern kann. Vor ungefähr zwei Monaten, würde ich sagen. Ich glaube, er hat mir eine Postkarte aus – aus Genua geschickt, auf der stand, daß er nach Amerika zurückfahren wolle.«

»Sie glauben?«

»Ich weiß es«, sagte Tom. »Warum denken Sie, er wäre tot?«

Der Beamte schaute mißtrauisch von seinen Unterlagen zu Tom. Tom sah den jüngeren Polizisten an, der mit verschränkten Armen am Schreibtisch lehnte und ihn ausdruckslos anstarrte.

»Haben Sie in San Remo mit Tom Riipley eine Bootsfahrt unternommen?«

»Eine Bootsfahrt? Wo?«

»In einem kleinen Boot? Im Hafen?« fragte der Beamte ruhig, ohne den Blick von Tom abzuwenden.

»Ich glaube, ja. Ja, ich erinnere mich. Warum?«

»Weil ein kleines Boot gefunden wurde, das jemand versenkt hatte, und gewisse Spuren in diesem Boot möglicherweise Blutspuren sind. Das Boot ging am fünfundzwanzigsten November verloren, das heißt, es wurde nicht zurückgebracht. Und der fünfundzwanzigste November ist der Tag, an dem Sie mit Signor Riipley in San Remo waren.« Der Beamte beobachtete ihn unverwandt.

Die Sanftmut dieses Blicks erboste Tom. Es war einfach unfair. Doch er gab sich größte Mühe, die angemessenen Reaktionen zu zeigen. Er sah sich selbst zu, als stünde er daneben und beobachtete das Geschehen. Er korrigierte sogar seine Haltung, die er entspannter gestaltete, indem er eine Hand auf den Bettpfosten legte. »Aber auf der Bootsfahrt ist uns nichts passiert. Wir hatten keinen Unfall.«

»Haben Sie das Boot zurückgebracht?«

»Selbstverständlich.«

Der Beamte ließ ihn nicht aus den Augen. »Wir finden Signor Riipley in keinem Hotel nach dem fünfundzwanzigsten November.«

»Tatsächlich? Wie wollen Sie das wissen?«

»Wir haben nicht in jedem Nest in ganz Italien gesucht, aber die Hotels in den größeren Städten haben wir uns vorgenommen. Sie waren vom achtundzwanzigsten bis zum dreißigsten November im Hotel Hassler gemeldet, und –«

»Tom – ich meine Signor Ripley – war nicht mit mir in Rom. Er ist um diese Zeit nach Mongibello gefahren und dort ein paar Tage geblieben.«

»Und wo hat er gewohnt, wenn er in Rom war?«

»In irgendeinem kleinen Hotel. Ich weiß nicht, wie es hieß. Ich habe ihn dort nicht besucht.«

»Und wo waren Sie?«

»Wann?«

»Am sechsundzwanzigsten und siebenundzwanzigsten November. Direkt nach San Remo.«

»In Forte dei Marmi«, erwiderte Tom. »Auf dem Rückweg habe ich dort haltgemacht. Ich habe in einer Pension gewohnt.«

»In welcher?«

Tom schüttelte den Kopf. »Das weiß ich nicht mehr. Es war eine sehr kleine Pension.« Schließlich, dachte er, konnte Marge bezeugen, daß Tom nach San Remo lebend in Mongibello gesehen worden war – warum sollte sich also die Polizei den Kopf darüber zerbrechen, in welcher Pension Dickie Greenleaf am sechsundzwanzigsten und siebenundzwanzigsten abgestiegen war? Tom setzte sich auf die Kante seines Betts. »Ich verstehe nicht, warum Sie denken, Tom Ripley wäre tot.«

»Wir denken, daß irgend jemand tot sein muß«, erwiderte der Beamte, »und zwar in San Remo. In dem fraglichen Boot wurde jemand ermordet. Und deshalb hat man das Boot versenkt, um die Spuren zu verwischen.«

Tom runzelte die Stirn. »Sind Sie sicher, daß es Blutspuren sind?«

Der Beamte zuckte die Schultern.

Tom zuckte ebenfalls die Schultern. »Wahrscheinlich haben Hunderte von Leuten an dem betreffenden Tag ein Boot in San Remo gemietet.«

»Nicht ganz. An die dreißig. Sie haben recht, jeder dieser dreißig könnte es gewesen sein – oder je zwei von fünfzehn«, fügte er lächelnd hinzu. »Wir haben noch nicht einmal alle Namen. Aber wir haben den Eindruck gewonnen, daß Thomas Riipley verschollen ist.« Jetzt schaute er in eine Ecke des Zimmers, als dächte er an etwas anderes, sinnierte Tom, der den Gesichtsausdruck des Beamten zu ergründen versuchte. Oder genoß er nur die Wärme der Heizung neben seinem Stuhl?

Tom kreuzte nervös die Beine andersherum. Was im Kopf des Italieners vor sich ging, konnte er leicht erraten: Dickie Greenleaf hatte sich zweimal am Schauplatz eines Mordes oder zumindest in verdächtiger Nähe befunden. Der vermißte Thomas Ripley war am fünfundzwanzigsten November mit Dickie Greenleaf auf einer Bootsfahrt gewesen. Ergo – Tom straffte mit gerunzelter Stirn die Schultern. »Wollen Sie sagen, daß Sie mir nicht glauben, wenn ich Ihnen sage, daß ich Tom Ripley um den ersten Dezember herum in Rom gesehen habe?«

»O nein, keineswegs!« Der Beamte machte eine besänftigende Geste. »Ich wollte nur wissen, was Sie uns über ... über Ihre Reise mit Signor Riipley nach San Remo erzählen können, weil wir ihn nicht ausfindig machen können.« Wieder lächelte er, ein breites, versöhnliches Lächeln, das gelbe Zähne enthüllte.

Tom entspannte sich mit einem ratlosen Achselzucken. Offenkundig hatte die italienische Polizei Hemmungen, einen amerikanischen Bürger unumwunden als Mordverdächtigen zu bezeichnen. »Es tut mir leid, daß ich Ihnen nicht sagen kann, wo er sich zur Zeit aufhält. Haben Sie sich schon in Paris erkundigt? Oder in Genua? Er wohnt immer in kleinen Hotels.«

»Haben Sie noch die Postkarte, die er Ihnen aus Genua geschickt hat?«

»Nein, leider nicht«, sagte Tom. Er fuhr sich mit den Fingern durchs Haar, wie Dickie es manchmal tat, wenn er verärgert war. Sobald er sich für ein paar Sekunden darauf konzentrierte, Dickie Greenleaf zu sein, und ein paar Schritte hin und her ging, fühlte er sich besser.

»Kennen Sie irgendwelche Freunde von Thomas Riipley?«

Tom schüttelte den Kopf. »Nein. Ich kenne ihn selbst nicht besonders gut oder wenigstens noch nicht lange. Ich weiß nicht, ob er viele Freunde in Europa hat: Ich glaube, er kennt jemanden in Faenza. Und in Florenz. Aber an die Namen kann ich mich nicht erinnern.« Falls der Italiener dachte, er wolle Toms Freunde davor bewahren, von der Polizei mit Fragen gelöchert zu werden, indem er ihre Namen nicht preisgab, wollte er ihn nicht daran hindern, dachte Tom.

»*Va bene*, wir werden das überprüfen«, sagte der Beamte. Er legte seine Unterlagen zurück. Er hatte sich mindestens ein Dutzend Notizen gemacht.

»Bevor Sie gehen«, sagte Tom in seinem nervösen und offenen Tonfall, »würde ich gern wissen, ob ich die Stadt verlassen darf. Ich wollte nach Sizilien fahren. Und ich würde gerne heute fahren, wenn das möglich wäre. Ich will im Hotel Palma in Palermo wohnen. Dort können Sie mich jederzeit erreichen, wenn es nötig sein sollte.«

»Palermo«, wiederholte der Beamte. »*Ebbene*, das müßte möglich sein. Darf ich telefonieren?«

Tom zündete sich eine italienische Zigarette an und hörte, wie der Beamte Capitano Aulicino verlangte und dann in neutralem Ton erklärte, Signor Greenleaf wisse nicht, wo sich Signor Riipley befinde, und dieser sei möglicherweise nach Amerika zurückgefahren oder befinde sich in Florenz oder in Faenza, soweit Signor Greenleaf es beurteilen könne. »Faenza«, wiederholte er bedächtig, »in der Nähe von Bologna.« Als sein Gesprächspartner es notiert hatte, sagte der Beamte, Signor Greenleaf wolle heute nach Palermo fahren. *»Va bene. Benone.«* Er drehte sich zu Tom um und lächelte. »Ja, Sie können heute nach Palermo abreisen.«

»Benone. Grazie.« Er begleitete die Beamten zur Tür. »Und wenn Sie Tom Ripley finden, wäre ich Ihnen für eine Nachricht dankbar«, sagte er unschuldig.

»Aber gewiß! Wir werden Sie auf dem laufenden halten, *signore. Buon giorno!*«

Als er allein war, begann Tom zu pfeifen, während er die wenigen Dinge, die er aus dem Koffer genommen hatte, wieder einpackte. Er war stolz auf sich, weil er Sizilien statt Mallorca angegeben hatte, denn Sizilien gehörte schließlich zu Italien und Mallorca nicht, so daß die italienische Polizei logischerweise mit sich reden ließ, solange er im Land blieb. Darauf war er gekommen, als ihm einfiel, daß in Tom Ripleys Paß kein Vermerk einer Einreise nach Frankreich nach dem Ausflug nach San Remo und nach Cannes existierte. Er erinnerte sich, daß er Marge geschrieben hatte, Tom Ripley wolle über Paris nach Amerika zurückfahren. Sollte Marge jemals befragt werden, ob Tom Ripley nach San Remo in Mongibello gewesen war, würde sie möglicherweise erzählen, daß er später nach Paris gefahren sei. Und sollte er jemals wieder Tom Ripley werden und seinen Paß der Polizei zeigen müssen, dann würde man sehen, daß er kein zweites Mal in Frankreich gewesen war. Dann mußte er eben behaupten, er hätte es sich anders überlegt, nachdem er Dickie von seinen Reiseplänen erzählt hatte. Das war nicht weiter wichtig.

Plötzlich erstarrte Tom mitten in der Bewegung. War es möglich, daß alles nur eine Finte war? Wollten sie ihn nur in Sicherheit wiegen, indem sie ihm die Reise nach Sizilien gestatteten und so taten, als verdächtigten sie ihn nicht? Dieser Beamte hatte es faustdick hinter den Ohren. Er hatte seinen Namen genannt; wie hieß er gleich ... Ravini? Roverini? Aber was hätten sie davon, ihn in Sicherheit zu wiegen? Er hatte ihnen gesagt, wohin er fahren wollte. Er hatte nicht die Absicht wegzulaufen. Er wollte nur aus Rom weg, das war alles. Er wollte so schnell weg wie möglich. Er warf seine letzten Habseligkeiten in den Koffer, schlug den Deckel zu und schloß den Koffer ab.

Schon wieder das Telefon! Tom riß den Hörer hoch. *»Pronto?«*

»Oh, Dickie ...« Es klang atemlos.

Das war Marge, und sie war unten im Hotel, wie er an der Verbindung erkennen konnte. Verwirrt sagte er mit Toms Stimme: »Wer spricht bitte?«

»Tom, bist du das?«

»Marge! Na so was, hallo! Wo steckst du?«

»Ich bin unten. Ist Dickie da? Kann ich hochkommen?«

»In fünf Minuten, ja«, sagte Tom lachend. »Ich bin noch nicht ganz angezogen.« Der Portier an der Rezeption schickte die Leute zum Telefonieren in eine Kabine, wie Tom wußte. Niemand würde ihr Gespräch belauschen.

»Ist Dickie da?«

»Im Augenblick nicht. Er ist vor einer halben Stunde weggegangen, aber er müßte jeden Augenblick wiederkommen. Wenn du ihn abholen willst, kann ich dir sagen, wo er ist.«

»Wo denn?«

»Auf dem dreiundachtzigsten Polizeirevier. Nein, entschuldige, es ist das siebenundachtzigste.«

»Steckt er in Schwierigkeiten?«

»Nein, er beantwortet nur ein paar Fragen. Er war für zehn Uhr hinbestellt. Soll ich dir die Adresse geben?« Er wünschte, er hätte nicht mit Toms Stimme gesprochen; er hätte sich ohne weiteres als Etagenkellner oder irgendein Freund Dickies oder sonstwer ausgeben und ihr erzählen können, daß Dickie für mehrere Stunden ausgegangen war.

Marge stöhnte auf. »Nein, nein! Ich warte hier auf ihn.«

»Ah, da habe ich sie!« sagte Tom, als hätte er die Adresse herausgesucht. »Via Perugia, einundzwanzig. Weißt du, wo das ist?« Er wußte es nicht, war aber bereit, sie auf jeden Fall in die American Express entgegengesetzte Richtung zu schicken, weil er dort vor der Abfahrt seine Post abholen wollte.

»Ich will hier warten«, sagte Marge. »Ich komme hoch und warte mit dir, wenn es dir recht ist.«

»Na ja, es ist ...« Er lachte sein eigenes unverkennbares Lachen für Marge. »Es ist nämlich so, daß ich jemanden erwarte. Ein Vorstellungsgespräch. Es geht um eine Stelle. Ob du es glaubst oder nicht, unser Tom probiert es mal wieder mit ehrlicher Arbeit.«

»Oh«, sagte Marge ohne jede Spur von Interesse. »Und wie geht es Dickie? Warum muß er bei der Polizei Fragen beantworten?«

»Ach, nur weil er an dem bewußten Tag mit Freddie ein paar Drinks hatte. Du hast doch die Sache in der Zeitung gelesen? Die Zeitungen machen weiß Gott was daraus, aber das tun sie nur, weil die Polizei immer noch mit der Stange im Nebel stochert.«

»Seit wann wohnt Dickie in diesem Hotel?«

»In diesem Hotel? Ach so. Seit gestern, glaube ich. Ich war in Norditalien. Als ich das mit Freddie gehört habe, bin ich sofort nach Rom gekommen. Aber ohne die Polizei hätte ich nie rausgekriegt, wo er steckt!«

»Wem sagst du das! Ich bin vor Verzweiflung zur Polizei gegangen, um seine Adresse zu erfahren! Ich habe mir so schreckliche Sorgen gemacht, Tom. Er hätte mich wenigstens anrufen können – bei Giorgio oder bei jemand anderem –«

»Ich bin wahnsinnig froh, daß du gekommen bist, Marge. Dickie wird sich riesig freuen, dich zu sehen. Er hat sich Sorgen gemacht, was du denken wirst, wenn du all diese Artikel in den Zeitungen liest –«

»Hat er das?« sagte Marge ungläubig, aber geschmeichelt.

»Warte doch auf mich bei Angelo! Das ist die Bar am Ende der Straße, die vom Hotel zu der Treppe an der Piazza di Spagna führt. Ich lasse mich entschuldigen und komme in fünf Minuten auf einen Kaffee oder einen Drink nach, okay?«

»Okay. Aber warum gehen wir nicht in die Hotelbar?«

»Ich will nicht, daß mein künftiger Arbeitgeber mich in der Bar sieht.«

»Ach so, verstehe. – Angelo?«

»Du kannst die Bar nicht verfehlen. Vom Hotel aus immer geradeaus. Bis gleich.«

Fieberhaft packte er zu Ende. Bis auf die Mäntel im Schrank war alles eingepackt. Er nahm den Hörer ab und bat um die Rechnung und um einen Gepäckträger. Dann schichtete er sein Gepäck zu einem ordentlichen Haufen und ging die Treppe hinunter. Er wollte nachsehen, ob Marge noch da war und auf ihn wartete oder gar telefonierte. Als die Polizei da gewesen war, konnte sie nicht schon im Hotel gewartet haben. Es waren mindestens fünf Minuten vergangen, nachdem die Polizisten ihn verlassen hatten und bevor Marge sich gemeldet hatte. Er hatte einen Hut aufgesetzt, um sein blondiertes Haar zu verdecken, einen neuen Regenmantel angezogen und trug Tom Ripleys schüchternen, leicht verängstigten Gesichtsausdruck zur Schau.

Marge war nicht zu sehen. Tom zahlte seine Rechnung. Der Portier reichte ihm einen Zettel: Van Houston war hier gewesen. Die Notiz hatte er eigenhändig vor etwa zehn Minuten geschrieben.

Habe eine halbe Stunde auf Dich gewartet. Gehst Du nie aus dem Haus? Sie lassen mich nicht rauf. Ruf mich im Hassler an.

Van

Vielleicht waren Van und Marge einander geradewegs in die Arme gelaufen, falls sie sich kannten, und saßen jetzt zusammen bei Angelo.

»Sollte jemand nach mir fragen, können Sie dann bitte ausrichten, daß ich verreist bin?« sagte Tom zu dem Portier.

»*Va bene, signore.*«

Tom ging zu seinem wartenden Taxi. »Halten Sie unterwegs bitte bei dem Büro von American Express«, sagte er zu dem Fahrer.

Der Fahrer nahm eine andere Straße als die, an der sich das Angelo befand. Tom entspannte sich und gratulierte sich insgeheim. Vor allem gratulierte er sich dazu, daß er es gestern vor Nervosität in seiner Wohnung nicht mehr ausgehalten hatte und in ein Hotel gegangen war. In seiner Wohnung hätte er keine Chance gehabt, Marge abzuschütteln. Sie hatte die Adresse in der

Zeitung gelesen. Hätte er sie dort abzuwimmeln versucht, wäre sie um nichts in der Welt davon abzuhalten gewesen, in die Wohnung zu kommen, um auf Dickie zu warten. Das Glück war auf seiner Seite!

Bei American Express erwarteten ihn drei Briefe, darunter einer von Mr. Greenleaf.

»Wie geht es Ihnen heute?« fragte das junge Mädchen, das ihm seine Briefe überreicht hatte.

Tom nahm an, daß sie die Zeitung gelesen hatte. Er lächelte ihr naives, neugieriges Gesicht freundlich an. Sie hieß Maria. »Sehr gut, vielen Dank, und Ihnen?«

Als er ging, fiel ihm ein, daß er die römische Niederlassung von American Express niemals als Adresse für Tom Ripley würde benutzen können. Mehrere Angestellte kannten ihn. Post für Tom Ripley ließ er sich mittlerweile an den American Express in Neapel schicken, wo er allerdings noch nie vorstellig geworden war, um seine Post abzuholen, weil er nicht annahm, daß irgend etwas von Belang dort für Tom Ripley lagerte, nicht einmal eine weitere Ohrfeige von der Hand Mr. Greenleafs. Sobald die Wogen sich geglättet haben würden, wollte er irgendwann einmal dort vorsprechen und seine Post als Tom Ripley abholen, dachte er.

Er durfte keine Post für Tom Ripley an den American Express in Rom schicken lassen, aber er mußte Tom Ripley am Leben erhalten, samt Paß und Kleidung, um brenzligen Situationen wie Marges Anruf heute vormittag gewachsen zu sein. Um ein Haar wäre Marge in seinem Hotelzimmer aufgetaucht. Solange Dickie Greenleafs Unschuld von der Polizei in Frage gestellt wurde, wäre es glatter Selbstmord, das Land mit Dickies Paß zu verlassen, denn wenn er sich plötzlich in Tom Ripley verwandeln mußte, wäre in dessen Paß keine Ausreise dokumentiert. Wenn er Italien verlassen wollte, um Dickie Greenleaf ein für allemal der Aufmerksamkeit der Polizei zu entziehen, dann mußte er als Tom Ripley ausreisen und als Tom Ripley wieder einreisen und erst wieder Dickie werden, sobald die Polizei ihn in Ruhe ließ. Das war eine Möglichkeit.

Es sah alles einfach und ungefährlich aus. Er mußte nichts weiter tun als die nächsten Tage nicht die Nerven verlieren.

19

Das Schiff fuhr langsam und stockend in den Hafen von Palermo ein und steuerte seinen weißen Bug behutsam durch Treibgut aus Orangenschalen, Stroh und Spänen von Obstkisten. Tom fühlte sich nicht viel anders. Er hatte zwei Tage in Neapel verbracht; in den Zeitungen hatte nichts von Interesse über den Fall Miles gestanden und gar nichts über das Boot von San Remo, und soweit er wußte, hatte die Polizei nicht versucht, ihn zu erreichen. Aber vielleicht, dachte er, hatten sie sich nur nicht die Mühe gemacht, ihn in Neapel zu suchen, und erwarteten ihn in seinem Hotel in Palermo.

Am Kai wenigstens erwarteten sie ihn nicht. Tom sah sich nach ihnen um. Er kaufte Zeitungen und nahm ein Taxi zum Hotel Palma. Auch im Foyer des Hotels warteten keine Polizisten. Es war ein prunkvolles Foyer mit hohen Marmorsäulen und großen Palmenkübeln. Ein Hoteldiener nannte ihm die Nummer des reservierten Zimmers und gab dem Pagen den Schlüssel mit. Tom war so erleichtert, daß er an die Rezeption trat und kühn fragte, ob es Post für Signor Richard Greenleaf gebe. Der Portier verneinte.

Das beruhigte ihn, denn es hieß, daß nicht einmal Marge von sich hatte hören lassen. Zweifellos hatte sie inzwischen über die Polizei herausgefunden, wo Dickie sich aufhielt. Die ganze Schiffsreise über hatte Tom sich die fürchterlichsten Dinge ausgemalt: Marge, die mit dem Flugzeug vor ihm in Palermo ankam, Marge, die ihm im Hotel Palma die Nachricht hinterließ, daß sie mit dem nächsten Schiff eintreffen würde. Als er in Neapel das Schiff bestieg, hatte er sich sogar nach Marge umgesehen.

Jetzt begann er zu hoffen, daß Marge nach dem letzten Zwischenfall möglicherweise den Glauben an Dickie verloren hatte. Vielleicht hatte sie den Köder geschluckt, daß er vor ihr weglief und nur mit Tom zusammensein wollte. Vielleicht war das endlich in ihren harten Schädel eingedrungen. Tom überlegte hin und her, ob er ihr einen diesbezüglichen Brief schreiben sollte, als er an diesem Abend im warmen Badewasser saß und sich genüßlich mit Seifenschaum einrieb. Tom Ripley sollte den Brief schreiben, fand er. Dafür war es langsam Zeit. Er wollte schreiben, daß er bisher aus Taktgefühl geschwiegen habe und am Telefon in Rom nicht damit habe herausplatzen wollen, inzwischen jedoch annehme, daß sie ohnehin Bescheid wisse. Er und Dickie seien sehr glücklich, so sei es nun einmal. Tom begann fröhlich zu kichern und konnte damit gar nicht mehr aufhören, bis er sich zum Schweigen zu bringen versuchte, indem er untertauchte und sich die Nase zuhielt.

Liebe Marge, würde er schreiben, das Folgende schreibe ich Dir, weil ich weiß, daß Dickie es doch nie tun wird, obwohl ich ihn oft genug darum gebeten habe. Aber Du bist ein viel zu feiner Kerl, um immer weiter an der Nase herumgeführt zu werden ...

Er kicherte wieder, doch dann sammelte er sich, indem er seine Gedanken auf das kleine Problem richtete, das er noch nicht zu lösen vermocht hatte: Marge hatte höchstwahrscheinlich der Polizei erzählt, daß sie im Hotel Inghilterra mit Tom Ripley gesprochen hatte. Und die Polizei würde sich nicht wenig über seinen Aufenthaltsort wundern. Vielleicht suchte man inzwischen ganz Rom nach ihm ab. Auf jeden Fall würde die Polizei in Dickie Greenleafs Umgebung nach ihm Ausschau halten. Es bedeutete eine zusätzliche Gefahr – falls man zum Beispiel auf die Idee kam, daß er jetzt Tom Ripley war, indem man Marges Beschreibung wörtlich nahm, ihn durchsuchte und sowohl seinen als auch Dickies Paß in seinem Besitz fand. Aber was hatte er über Risiken gesagt? Risiken machten das Ganze erst amüsant.

Er sang mit lauter Stimme:

Babbo non vuole. Mamma nemmeno,
Come faremo per far' l'amor?

Er schmetterte es, während er sich im Badezimmer abtrocknete. Er sang es mit Dickies lautem Bariton, den er nie gehört hatte, doch er war überzeugt, daß das kräftige Timbre Dickie gut gefallen hätte.

Er kleidete sich an und wählte einen seiner neuen knitterfreien Reiseanzüge aus; dann schlenderte er in die Abenddämmerung Palermos. Auf der anderen Seite der Piazza erhob sich die große Kathedrale im normannisch beeinflußten Stil, errichtet von dem englischen Erzbischof Walter-of-the-Mill, wie er in einem Reiseführer gelesen hatte. Und im Süden lag Syrakus, der Schauplatz einer gewaltigen Seeschlacht zwischen Römern und Griechen. Und das Ohr des Dionysius. Und Taormina. Und der Ätna! Sizilien war eine große Insel, und für ihn war es Neuland. Sizilien! Bollwerk des Giuliano! Kolonie der alten Griechen, von Normannen und Sarazenen eingenommen! Morgen wollte er sein Touristenprogramm in Angriff nehmen, doch dieser Augenblick war überwältigend, dachte er, als er stehenblieb, um die hohen Türme der Kathedrale zu bewundern, die vor ihm aufragten. Wie wundervoll, die staubigen Bögen der Fassade zu betrachten und daran zu denken, daß man morgen das Innere besichtigen würde, sich den modrigen, süßlichen Geruch der zahllosen Kerzen und des Weihrauchs von Jahrhunderten vorzustellen! Vorfreude! Er dachte plötzlich, daß die Vorfreude ihm mehr bedeutete als das Erleben. Würde es immer so bleiben? Wenn er abends allein war und Dickies Besitztümer begutachtete, die Ringe an seinen Fingern betrachtete oder seine Wollkrawatten oder seine schwarze Krokodillederbrieftasche, war das dann Erleben oder Vorfreude?

Hinter Sizilien lag Griechenland. Er wollte unbedingt nach Griechenland. Er wollte Griechenland als Dickie Greenleaf erleben, mit Dickies Geld, Dickies Kleidung, Dickies Auftreten Fremden gegenüber. Aber war es denkbar, daß er Griechenland nicht als Dickie Greenleaf erleben würde? Würde eine Sache nach der anderen geschehen und ihn daran hindern – Mord, Verdächtigungen, Leute? Er hatte nicht mit Vorbedacht gemordet; es war eine Notwendigkeit gewesen. Die Vorstellung, als Tom Ripley, amerikanischer Tourist, nach Griechenland zu reisen und über die Akropolis zu trotten, hatte keinerlei Reiz. Lieber fuhr er gar nicht erst hin. Tränen traten ihm in die Augen, als er am Glockenturm der Kathedrale hochschaute; dann wandte er sich ab und ging eine unbekannte Straße entlang.

Am nächsten Morgen erwartete ihn ein Brief von Marge. Tom drückte den Brief und lächelte. Er war überzeugt, daß der Brief das war, was er erwartete, denn sonst wäre er weniger dick gewesen. Er las ihn beim Frühstück. Jede Zeile genoß er zusammen mit den warmen Brötchen und dem nach Zimt duftenden Kaffee. Der Brief erfüllte all seine Erwartungen und übertraf sie sogar.

... Wenn Du wirklich nicht gewußt haben solltest, daß ich in Deinem Hotel war, dann heißt das nur, daß Tom es Dir nicht gesagt hat, aber das führt zum gleichen Schluß. Inzwischen habe ich begriffen, daß Du mir aus dem Weg gehst, weil Du zu feige bist, mir die Wahrheit zu sagen. Warum bringst Du es nicht fertig, zuzugeben,

daß Du ohne Deinen Busenfreund nicht leben kannst? Ich finde es nur traurig, alter Freund, daß Du nie die Courage aufgebracht hast, mir früher reinen Wein einzuschenken. Wofür hältst Du mich eigentlich? Für ein ausgemachtes Dorftrampel, das von solchen Sachen nun einmal keine Ahnung hat? Der einzige, der sich in dieser Geschichte wie ein Trampel aufgeführt hat, bist Du! Jedenfalls hoffe ich, daß es Dein Gewissen erleichtert und Dir hilft, Dir selber wieder ins Gesicht zu sehen, wenn ich Dir sage, was Du nicht den Mut hattest, Dir selber einzugestehen. Auf den Menschen, den Du liebst, kannst Du leider kein bißchen stolz sein, stimmt's? Hatten wir das nicht schon einmal?

Und Ergebnis Nummer zwei meiner Reise in das verderbte Rom besteht darin, daß ich die Polizei darüber informiert habe, daß Tom Ripley sich bei Dir aufhält. Offenbar wird er gesucht, und zwar dringend. (Ich frage mich, was er diesmal angestellt hat!) Außerdem habe ich der Polizei mitgeteilt, und zwar in meinem besten Italienisch, daß Ihr beide so gut wie unzertrennlich seid und daß es meinen Horizont einigermaßen übersteigt, wie es ihnen gelingen konnte, Dich zu finden und ihn nicht. Habe meine Pläne geändert und werde nun Ende März in die Staaten abdampfen, nach einem Kurzbesuch in München, um Kate adieu zu sagen, und danach werden unsere Pfade sich vermutlich nie wieder kreuzen. Sei mir nicht böse, Dickieschatz, ich bin es Dir auch nicht. Ich hätte Dir nur einiges mehr an Courage zugetraut, das muß ich zugeben.

Trotzdem danke ich Dir für die vielen schönen Erinnerungen. Sie sind fast schon wie etwas in einem Museum oder wie etwas, was von Bernstein umschlossen ist, ein bißchen unwirklich, so ähnlich, wie Du Dich mir gegenüber immer gefühlt haben mußt. Ich wünsche Dir alles Gute für die Zukunft,

Deine Marge

Uff! Dieser Schmalz am Ende! Oh, Miss Bruchbude! Tom faltete den Brief zusammen und steckte ihn in die Jackentasche. Automatisch warf er einen Blick zu den Doppeltüren des Hotelrestaurants, als rechne er mit der Polizei. Falls die Polizei annahm, daß Dickie Greenleaf und Tom Ripley zusammen unterwegs waren, dann hatte sie die Hotels von Palermo vermutlich schon nach Tom Ripley abgesucht, dachte er. Doch ihm war nicht aufgefallen, daß irgendwelche Polizisten ihn beobachtet oder gar verfolgt hätten. Aber vielleicht hatten sie das ganze Trara um das Boot aufgegeben, weil sie davon überzeugt waren, daß Tom Ripley lebte. Warum hätten sie dann weitersu-

chen sollen? Vielleicht war Dickie auch schon von jedem Verdacht in San Remo und im Mordfall Miles reingewaschen. Vielleicht.

Er ging auf sein Zimmer und setzte an Dickies Reiseschreibmaschine einen Brief an Mr. Greenleaf auf. Er erklärte die Affäre Miles sehr nüchtern und logisch, denn mittlerweile mußte Mr. Greenleaf ganz schön aus dem Häuschen sein. Er schrieb, die Polizei habe ihre Ermittlungen weitgehend abgeschlossen und könne von ihm nur noch erwarten, daß er versuche, irgendwelche Tatverdächtige zu identifizieren, denn Verdächtige könnten eventuell aus seinem und Freddies Bekanntenkreis stammen.

Während er tippte, klingelte das Telefon. Eine Männerstimme gab sich als Tenente Soundso von der Palermitaner Polizei zu erkennen.

»Wir suchen nach Thomas Phelps Ripley. Befindet er sich bei Ihnen in Ihrem Hotel?« fragte die Stimme höflich.

»Nein, das tut er nicht«, erwiderte Tom.

»Wissen Sie, wo er sich aufhält?«

»Ich glaube, in Rom. Da habe ich ihn vor drei oder vier Tagen zuletzt gesehen.«

»In Rom konnten wir ihn nicht ausfindig machen. Sie wissen nicht zufällig, wohin er von Rom aus gefahren sein könnte?«

»Es tut mir leid, aber ich habe nicht die geringste Ahnung«, sagte Tom.

»Peccato«, seufzte die Stimme enttäuscht. *»Grazie tanto, signore.«*

»Di niente.« Tom legte auf.

Das fade Geschwafel der Briefe Dickies ging ihm inzwischen flüssiger von der Hand als seine eigene Korrespondenz. Den größten Teil des Briefs richtete er an Dickies Mutter, der er vom Zustand seiner Garderobe erzählte – tadellos – und von seiner Gesundheit – ebenfalls tadellos – und die er fragte, ob sie das emaillierte Triptychon erhalten habe, das er ihr vor ein paar Wochen von einem Antiquitätenhändler in Rom hatte schicken lassen. Beim Schreiben dachte er darüber nach, was mit Thomas Ripley zu geschehen habe. Die Nachforschungen wurden offenbar äußerst höflich und diskret betrieben, aber er durfte keinerlei Risiko eingehen. Es war nicht sehr klug, Toms Paß in einem Seitenfach seines Koffers mitzuführen, auch wenn er in einem Haufen alter Steuerunterlagen Dickies steckte, wo das Auge eines Zollbeamten ihn nicht erblicken konnte. Es wäre besser, ihn beispielsweise im Futter des neuen Antilopenlederkoffers zu verstecken, wo er ihn jederzeit zur Hand hätte und ihn die Polizei selbst dann nicht finden würde, wenn sie den Koffer ausleerte. Die Zeit konnte kommen, wo es gefährlicher wäre, Dickie Greenleaf zu sein als Tom Ripley.

Tom brachte den halben Vormittag damit zu, den Greenleafs zu schreiben. Er hatte den Eindruck, daß Mr. Greenleaf allmählich unruhig wurde und die Geduld mit Dickie verlor, nicht so wie damals, als Tom ihn in New York kennengelernt hatte, sondern auf viel ernstzunehmendere Weise. Tom wußte, daß sein Umzug von Mongibello nach Rom in Mr. Greenleafs Augen nichts weiter als die Laune eines Augenblicks war. Toms Bemühungen, sein Malen und Studieren in Rom überzeugend darzustellen, waren von Grund auf gescheitert. Mr. Greenleaf hatte sie mit einer vernichtenden Bemerkung abgetan: In etwa, er bedaure, daß sein Sohn es noch immer nicht aufgegeben habe, sich mit der Malerei abzuplagen, und offenbar noch immer nicht begriffen habe, daß eine schöne Umgebung oder ein Szenenwechsel allein noch keinen zum Maler gemacht hätten. Auch Toms geheucheltes Interesse an den Prospekten der Burke Greenleaf Watercraft Inc. hatte Mr. Greenleaf nicht sonderlich beeindruckt. Es war alles andere, als was Tom sich ausgemalt hatte: daß Mr. Greenleaf ihm zu diesem Zeitpunkt aus der Hand fräße, daß er, Tom, Dickies Desinteresse und Lieblosigkeit der vergangenen Jahre wettgemacht hätte und daß er Mr. Greenleaf um zusätzliches Geld bitten und es von ihm bekommen könnte. Um Geld konnte er Mr. Greenleaf im Augenblick auf keinen Fall bitten.

> *Achte auf Deine Gesundheit, Moms* (schrieb er). *Nimm Dich vor den Erkältungen in acht.* (Sie hatte ihm geschrieben, daß sie in diesem Winter viermal erkältet gewesen war und Weihnachten im Bett verbracht hatte, in den pinkrosa Wollschal gewickelt, der eines seiner Weihnachtsgeschenke gewesen war.) *Wenn Du ein Paar dieser herrlichen Wollsocken getragen hättest, die Du mir geschickt hast, hättest Du Dich nie im Leben erkältet. Ich bin diesen Winter verschont geblieben, und das will etwas heißen, wenn man bedenkt, wie die Winter in Europa aussehen … Moms, kann ich Dir irgend etwas besorgen und schicken? Du weißt, wie gerne ich für Dich einkaufe …*

20

Fünf Tage vergingen, einsame, doch sehr angenehme Tage, die er damit verbrachte, Palermo zu erkunden, hier und dort zu verweilen und sich für eine Stunde in einem Café oder Restaurant niederzulassen und seine Reiseführer oder die Zeitung zu lesen. An einem wenig einladenden Tag nahm er eine *carrozza* und fuhr den ganzen Weg zum Monte Pellegrino, um das bizarre Grab Santa Rosalias zu besuchen, der Schutzheiligen Palermos, die an ihrem Heiligtum mit einer berühmten Statue geehrt wurde, von der Tom in Rom Abbildungen gesehen hatte und die sie in einem Zustand erstarrter Verzückung zeigte, den Psychiater mit anderen Bezeichnungen zu versehen pflegten. Tom fand das Grabmal höchst kurios. Als er die Statue erblickte, mußte er sich zusammenreißen, um nicht laut zu kichern: der üppige Frauenkörper, der sich lasziv zurückbeugte, die verkrampft in die Luft greifenden Hände, die glasigen Augen, die geöffneten Lippen. Es fehlte nur noch lautes Stöhnen. Tom mußte an Marge denken. Er besuchte einen byzantinischen Palast, die Bibliothek von Palermo mit ihren Gemälden und den Schaukästen mit brüchigen alten Manuskripten, und er brütete über der Hafenanlage, die in seinem Reiseführer akribisch aufgezeichnet war. Er fertigte eine Zeichnung von einem Bild Guido Renis an, einfach so, ohne bestimmten Grund, und lernte eine lange Inschrift von Tasso an einem der öffentlichen Gebäude auswendig. Er schrieb an Bob Delancey und an Cleo in New York; der Brief an Cleo war lang und ausführlich und schilderte seine Reisen, seine Vergnügungen und seine mannigfaltigen Bekanntschaften mit der überzeugenden Inbrunst eines Marco Polo, der China beschreibt.

Aber er fühlte sich einsam. Es war anders als der Eindruck, allein und doch nicht allein zu sein, den er in Paris gehabt hatte. Er hatte sich ausgemalt, daß er einen fröhlichen neuen Freundeskreis erwerben und ein neues Leben beginnen würde, ein Leben voll neuer Ansichten, Haltungen und Gewohnheiten, die denen, die er sein ganzes bisheriges Leben lang gekannt hatte, weit überlegen waren. Doch jetzt sah er ein, daß es unmöglich war. Er würde sich von anderen Leuten fernhalten müssen, und das immer. Die neuen Haltungen und Gewohnheiten konnte er sich aneignen, doch der neue

Freundeskreis mußte ihm verwehrt bleiben, außer er zog nach Istanbul oder nach Ceylon, doch was sollte er mit den Leuten anfangen, denen man dort begegnen konnte? Er war allein und spielte ein einsames Spiel. Die Freunde, die er erwerben konnte, waren die größte Gefahr. Wenn er allein durch das Leben wandeln mußte, hatte dies immerhin den Vorteil, die Gefahr zu mindern, daß man ihm auf die Schliche kam. Das zumindest war positiv an der Sache, und es erleichterte ihn ein wenig.

Er veränderte sein Auftreten unmerklich, um es der Rolle eines distanzierteren Beobachters des Lebens anzupassen. Noch immer trat er jedermann höflich und lächelnd gegenüber, Leuten, die im Restaurant seine Zeitung borgen wollten, nicht anders als Hotelangestellten, doch er trug den Kopf jetzt stolzer und sprach weniger. Etwas Trauriges umgab ihn spürbar. Die Veränderung sagte ihm zu. Er stellte sich vor, daß er aussah wie ein junger Mann, der eine unglückliche Liebe oder eine andere seelische Katastrophe hinter sich hatte und nun bemüht war, sich auf zivilisierte Weise davon zu erholen, indem er einige der besonders paradiesischen Winkel der Erde besuchte.

Das erinnerte ihn an Capri. Es herrschte noch immer abscheuliches Wetter, aber Capri gehörte zu Italien. Der kurze Blick, den ihm der Ausflug mit Dickie erlaubt hatte, hatte ihm den Mund noch wäßriger gemacht. Du lieber Himmel, was für ein Griesgram Dickie an jenem Tag gewesen war! Vielleicht sollte er bis zum Sommer abwarten, dachte er, die Polizei bis dahin in Schach halten. Aber noch mehr als Griechenland und die Akropolis ersehnte er sich glückliche Ferien auf Capri – Kultur hin, Kultur her. Er hatte gelesen, wie es im Winter auf Capri war – Wind, Regen, Einsamkeit. Aber Capri blieb trotzdem Capri! Monte Tiberio und die Blaue Grotte, die Piazza ohne Leute, die dennoch die Piazza war, mit jedem ihrer Pflastersteine. Noch heute konnte er hinfahren. Er beschleunigte den Schritt dem Hotel entgegen. Daß keine Touristen anzutreffen waren, hatte ihn nicht davon abgehalten, die Côte d'Azur zu besuchen. Vielleicht konnte er nach Capri fliegen. Er hatte gehört, daß zwischen Neapel und Capri Tragflügelboote verkehrten. Und wenn diese Verbindung im Februar nicht bedient wurde, konnte er sicher außerfahrplanmäßig etwas mieten. Wozu war er reich?

»*Buon giorno! Come sta?*« begrüßte er den Portier.

»Ein Brief für Sie, *signore. Urgentissimo*«, sagte der Portier und erwiderte das Lächeln.

Es war ein Brief von Dickies Bank in Neapel. In dem Kuvert befand sich ein zweites Kuvert von Dickies Vermögensverwaltung in New York. Tom las zuerst den Brief der Bank in Neapel.

10. Februar 19–

Sehr geehrter Herr,
durch die Wendell Trust Company in New York wurden wir darauf aufmerksam gemacht, daß Zweifel an der Echtheit Ihrer Unterschrift auf der Empfangsbestätigung für die im Januar erfolgte monatliche Auszahlung in Höhe von US-Dollar 500,– an Sie bestehen. Es ist uns daran gelegen, Sie unverzüglich davon in Kenntnis zu setzen, damit wir die erforderlichen Schritte einleiten können.
Wir haben es für ratsam gehalten, die Polizei bereits einzuschalten, erwarten jedoch Ihre Bestätigung der Fachmeinung unseres Unterschriftenexperten und des Experten der Wendell Trust Company in New York. Jede Information Ihrerseits wird von uns begrüßt, und wir bitten Sie, sich sobald wie möglich mit uns in Verbindung zu setzen.
Hochachtungsvoll verbleibe ich als Ihr

Emilio di Braganzi
Generalsekretär della Banca di Napoli

PS: Falls Ihre Unterschrift echt sein sollte, bitten wir Sie, auf jeden Fall so bald wie möglich unser Bankhaus in Neapel aufzusuchen und für unsere Unterlagen nochmals Unterschrift zu leisten. Beiliegend leiten wir Ihnen ein Schreiben der Wendell Trust Company weiter, das an unsere Adresse gesendet wurde.

Tom schlitzte den Brief der New Yorker Gesellschaft auf.

5. Februar 19–

Lieber Mr. Greenleaf,
unsere Unterschriftenprüfungsabteilung hat uns mitgeteilt, daß ihrer Ansicht nach die Unterschrift auf der Empfangsbestätigung Nr. 8747 vom 5. Januar nicht von Ihnen geleistet wurde. Für den Fall, daß dieser Umstand Ihnen bisher nicht bekannt sein sollte, setzen wir Sie in Kenntnis dessen und bitten Sie, uns mitzuteilen, ob die betreffende Bestätigung von Ihnen unterzeichnet wurde oder nicht. Die Banca di Napoli wurde entsprechend von uns informiert.

Bitte senden Sie das beiliegende Formular für unsere Unterschriftenabteilung unterzeichnet an uns zurück.
Mit freundlichen Grüßen,

Edward T. Cavanach
Sekretär

Tom befeuchtete sich die Lippen. Er würde beiden Banken schreiben, daß ihm kein Geld abhanden gekommen war. Aber wie lange würden sie Ruhe geben? Er hatte seit Dezember drei Empfangsbestätigungen unterschrieben. Würden sie jetzt alle seine Unterschriften unter die Lupe nehmen? Wäre ein Experte in der Lage zu erkennen, daß alle drei Unterschriften gefälscht waren?

Tom ging auf sein Zimmer und setzte sich sofort an die Schreibmaschine. Er spannte ein Blatt Hotelbriefpapier ein und saß einen Moment da und starrte auf das Blatt. Sie würden sich damit nicht zufriedengeben, dachte er. Wenn Expertenkommissionen die Unterschriften mit Vergrößerungsglas und allem Drum und Dran untersuchten, würden sie sicherlich schnell genug feststellen, daß es Fälschungen waren. Dabei waren es verdammt gute Fälschungen, wie Tom wußte. Die Januarbestätigung hatte er ein bißchen flüchtig unterzeichnet, aber schlecht war die Unterschrift nicht gewesen, sonst hätte er das Formular nie abgeschickt, sondern der Bank erzählt, er hätte es verloren, und ein neues angefordert. Die meisten Fälschungen wurden erst nach Monaten entdeckt, dachte er. Warum waren sie ihm schon nach vier Wochen auf die Schliche gekommen? War der Grund vielleicht der, daß sie seit dem Mord an Freddie Miles und der Sache mit dem Boot bei San Remo in seinem ganzen Leben herumwühlten? In der Bank in Neapel sollte er vorsprechen. Vielleicht kannten irgendwelche der Angestellten Dickie persönlich. Schreckliche Panik zog sich als Gänsehaut über seine Schultern und wanderte seine Beine hinunter. Einen Augenblick lang fühlte er sich schwach und hilflos, zu schwach, um sich zu rühren. Er sah sich einem Dutzend Polizisten ausgeliefert, italienischen und amerikanischen Polizisten, die wissen wollten, wo Dickie Greenleaf war, und er war außerstande, Dickie Greenleaf herzuzaubern oder ihnen zu sagen, wo er steckte, oder seine Existenz zu beweisen. Er stellte sich vor, wie er unter dem Blick eines Dutzends von Handschriftsachverständigen versuchte, als H. Richard Greenleaf zu unterschreiben, und plötzlich zusammenbrach und keinen Buchstaben zu Papier brachte. Er legte die Hände auf die Tastatur und zwang sich zu schreiben. Der Brief war an die Wendell Trust Company in New York gerichtet.

12. Februar 19–

Sehr geehrte Herren,

in Beantwortung Ihres Schreibens bezüglich der Empfangsbestätigung meiner Januarauszahlung erkläre ich folgendes:

Den betreffenden Scheck habe ich persönlich unterzeichnet, und den Betrag habe ich persönlich entgegengenommen. Hätte ich den Scheck nicht erhalten, wäre ich selbstverständlich unverzüglich mit Ihnen in Verbindung getreten.

Das Formular mit meiner Unterschrift lege ich, wie von Ihnen erbeten, für Ihre Unterlagen bei.

Mit freundlichen Grüßen,

H. Richard Greenleaf

Er unterschrieb mit Dickies Signatur mehrmals die Rückseite des Briefumschlags der Wendell Trust Company, bevor er zuerst den Brief und dann das Formular unterzeichnete. Danach schrieb er einen ähnlich lautenden Brief an die Bank in Neapel, in dem er versicherte, er werde in den nächsten Tagen vorsprechen und eine neue Unterschrift für ihre Unterlagen leisten. Beide Umschläge versah er mit dem Vermerk *urgentissimo*, ging zur Rezeption, wo er Briefmarken kaufte, und gab die Briefe dem Portier.

Danach ging er spazieren. Sein Wunsch, nach Capri zu fahren, war erloschen. Es war Viertel nach vier Uhr nachmittags. Ziellos wanderte er dahin. Zuletzt blieb er vor dem Schaufenster eines Antiquitätenladens stehen, wo er minutenlang ein düsteres Ölgemälde anstarrte, auf dem zwei bärtige Heilige bei Mondlicht einen Hügel hinunterstiegen. Er trat in den Laden und kaufte das Bild, ohne zu feilschen, für den Preis, den man ihm nannte. Es war nicht einmal gerahmt, und er trug es zusammengerollt unter dem Arm in sein Hotel.

21

83 Stazione Polizia
Roma
14. Februar 19–

Sehr verehrter Signor Greenleaf,
wir müssen Sie dringend bitten, unverzüglich nach Rom zu kommen, um einige wichtige Fragen zu Thomas Ripley zu beantworten. Ihre Anwesenheit wäre für unsere Ermittlungen von größter Bedeutung.
Sollten Sie innerhalb der nächsten Woche nicht vorstellig werden, sähen wir uns genötigt, Maßnahmen zu ergreifen, die weder in Ihrem noch in unserem Interesse liegen dürften.
Hochachtungsvoll, *Cap. Enrico Farrara*

Sie suchten also noch immer nach Tom. Aber vielleicht hieß es auch, daß sich in dem Fall Miles etwas getan hatte, dachte Tom. Normalerweise erlaubten es sich Italiener gegenüber Amerikanern nicht, einen solchen Ton anzuschlagen. Der letzte Absatz war eine unverhüllte Drohung. Und natürlich wußten sie inzwischen über den gefälschten Scheck Bescheid.

Er stand da mit dem Brief in der Hand und stierte mit leerem Blick vor sich hin. Unversehens sah er sich im Spiegel, die herabgezogenen Mundwinkel, den furchtsamen, bedrückten Blick. Er sah aus, als versuche er in Haltung und Miene die Gefühle der Angst und des Erschreckens auszudrücken, und weil Haltung und Miene ungekünstelt und echt waren, ängstigte er sich um so mehr.

Er faltete den Brief zusammen und steckte ihn ein, und dann holte er ihn wieder aus der Tasche und zerriß ihn in Schnipsel.

Er begann hastig zu packen, riß Bademantel und Pyjama von der Badezimmertür und warf seine Toilettenartikel in das Lederetui mit Dickies Monogramm, das Marge ihm zu Weihnachten geschenkt hatte. Und hielt plötzlich inne. Er mußte Dickies Besitz loswerden, und zwar alles. Hier? Jetzt? Sollte er die Sachen auf der Rückfahrt nach Neapel über Bord werfen?

Die Frage beantwortete sich nicht wie von selbst, doch mit einemmal wußte er, was er tun mußte und tun würde, sobald er wieder in Italien war.

Er würde sich nicht in die Nähe von Rom begeben. Er konnte geradewegs nach Mailand oder Turin fahren oder in die Gegend von Venedig und sich einen Gebrauchtwagen mit entsprechendem Kilometerstand kaufen. Er würde aussagen, er sei in den vergangenen Monaten durch ganz Italien gereist. Von der Suche nach Thomas Ripley oder Thomas Riipley habe er nichts mitbekommen.

Er packte weiter. Das, soviel war ihm klar, bedeutete das Ende Dickie Greenleafs. Widerwillig wurde er wieder zu Thomas Ripley, einem Niemand, widerwillig schlüpfte er in seine alte Haut, nahm er wieder die Position dessen ein, auf den andere herabsahen, die sich nicht um ihn scherten, solange er sie nicht wie ein Clown unterhielt, und der sich zu nichts nutze und zu nichts befähigt fühlte als dazu, andere für ein paar Minuten zu amüsieren. Er schlüpfte in seine alte Haut so widerwillig zurück, als wäre sie ein abgetragener, ungebügelter, fleckenbespritzter Anzug, der sogar in besserem Zustand nicht viel getaugt hatte. Heiße Tränen fielen auf Dickies blau-weiß gestreiftes Hemd, das zuoberst im Koffer lag und so frisch gestärkt und sauber und neu aussah wie damals, als er es in Mongibello zum erstenmal aus Dickies Schublade genommen hatte. Aber auf der Tasche war Dickies Monogramm mit kleinen roten Buchstaben eingestickt. Beim Packen zählte er sich trotzig die Gegenstände auf, die er behalten konnte, weil sie kein Monogramm trugen oder weil niemand sich daran erinnern würde, daß sie Dickie und nicht ihm gehörten. Höchstens Marge könnte sich in Einzelfällen erinnern, beispielsweise an das neue blaue Adreßbuch aus Leder, in das Dickie nur ein paar Adressen eingetragen hatte und das höchstwahrscheinlich ein Geschenk Marges war. Doch Marge beabsichtigte er ohnehin nicht wiederzusehen.

Tom bezahlte die Hotelrechnung; er mußte bis zum nächsten Tag auf das nächste Schiff zum Festland warten. Er ließ die Fahrkarte auf den Namen Greenleaf reservieren und dachte dabei, daß dies das letztemal war, daß er eine Fahrkarte auf diesen Namen reservieren ließ, obwohl man so etwas nie mit Sicherheit sagen konnte. Er klammerte sich noch immer an die Hoffnung, daß alles nur ein Sturm im Wasserglas sei. Sein könnte. Und folglich wäre es dumm gewesen, Trübsal zu blasen, selbst als Tom Ripley. Auch Tom Ripley hatte nie wirklich Trübsal geblasen, mochte er auch hin und wieder so gewirkt haben. Hatte er aus den letzten Monaten nicht seine Lehren gezogen? Wenn man fröhlich oder melancholisch oder wehmütig oder gedankenverloren oder höflich sein wollte, dann mußte man das Gewünschte lediglich mit allem Einsatz *spielen*.

Als er an seinem letzten Morgen in Palermo erwachte, kam ihm ein überaus tröstlicher Gedanke: Er konnte alle Kleidung Dickies in Venedig bei American Express unter angenommenem Namen einlagern und irgendwann später einmal abholen oder auch nicht, je nach Wunsch oder Notwendigkeit. Es erleichterte ihn ungemein, zu wissen, daß Dickies schöne Hemden und das Etui mit all seinen Manschettenknöpfen und das Armkettchen und die Armbanduhr sicher gelagert sein würden, statt auf dem Grund des Tyrrhenischen Meers oder in einer Mülltonne auf Sizilien zu landen.

Nachdem er das Monogramm von Dickies zwei Koffern abgekratzt und die Koffer abgeschlossen hatte, schickte er sie mitsamt zwei Leinwänden, die er in Palermo zu malen begonnen und als Robert S. Fanshaw signiert hatte, an den American Express in Venedig, wo sie bis zur Abholung lagern sollten. Das einzige, das einzig Verräterische, was er bei sich behielt, waren Dickies Ringe, die er ganz unten in einem häßlichen kleinen Lederkästchen aufbewahrte, das Thomas Ripley gehörte und ihn seit Jahren überallhin begleitet hatte und das seine eigene interessante Sammlung von Manschettenknöpfen, Kragennadeln, Knöpfen, zwei Füllfederhalterfedern und eine Rolle weißen Garns mit eingesteckter Nadel enthielt.

Tom fuhr mit dem Zug von Neapel über Rom, Florenz und Bologna nach Verona, wo er den Bus nach dem etwa sechzig Kilometer entfernten Trient nahm. In einer Stadt von der Größe Veronas wollte er kein Auto kaufen, damit die Polizei nicht auf seinen Namen aufmerksam wurde, wenn er Nummernschilder beantragte. In Trient kaufte er einen cremefarbenen gebrauchten Lancia für umgerechnet etwa achthundert Dollar. Er kaufte ihn auf den Namen Thomas Ripley, wie er in seinem Paß stand, und nahm auf diesen Namen ein Hotelzimmer, um die vierundzwanzig Stunden abzuwarten, die es dauerte, bis die Nummernschilder für ihn fertig waren. Sechs Stunden später war nichts geschehen. Tom hatte befürchtet, daß man sogar in diesem kleinen Hotel seinen Namen erkennen könne, daß die Behörde, die für Nummernschilder zuständig war, ebenfalls seinen Namen erkennen könne, doch am nächsten Tag gegen Mittag befanden die Nummernschilder sich an seinem Wagen, und nichts war passiert. Auch in den Zeitungen stand nichts über die Suche nach Thomas Ripley oder den Mordfall Miles oder die Sache mit dem Boot bei San Remo. Das bewirkte in ihm ein eigenartiges Gefühl, ein Gefühl der Sicherheit, ein Glücksgefühl, ein Gefühl, als wäre all das nicht wirklich geschehen. Sogar in seiner trübseligen Rolle als Thomas Ripley war er jetzt glücklich. Sie machte ihm Vergnügen, indem er die Schüchternheit Thomas Ripleys angesichts von Fremden, seine gehemmte, geduckte Haltung und den verklemmten Blick aus den Augenwinkeln auf die Spitze trieb. Wer bitte – *wer bitte* – würde freiwillig glauben, daß so eine Type es fertiggebracht haben sollte, einen Mord zu begehen? Und der einzige Mord, den man mit ihm in Verbindung bringen konnte, war der an Dickie in San Remo, dessen Aufklärung bislang nicht sehr weit gediehen war. Tom Ripley zu sein hatte zumindest einen Vorteil: Es erleichterte sein Gewissen um die Schuld an dem idiotischen, überflüssigen Mord an Freddie Miles.

Er wäre gern direkt nach Venedig gefahren, doch er entschloß sich dazu, eine Nacht lang das zu tun, was er der Polizei als monatelange Übung zu präsentieren gedachte: am Rand einer Landstraße in seinem Wagen zu schlafen. In der Nähe von Brescia verbrachte er eine Nacht auf dem Rücksitz des Lancia, höchst unbequem zusammengekauert. Im Morgengrauen kletterte er auf den Fahrersitz; sein Hals war so schmerzhaft verspannt, daß er beim Fahren kaum den Kopf drehen konnte, doch das, dachte er, machte es authentisch, das würde seiner Geschichte Glaubwürdigkeit verleihen. Er kaufte sich einen Reiseführer für Norditalien und versah ihn mit Daten, Eselsohren, trampelte auf dem Einband herum und brach den Rücken, so daß das Buch bei dem Eintrag »Pisa« auseinanderfiel.

Die nächste Nacht verbrachte er in Venedig. Aus einer kindischen Angst heraus, Venedig könnte ihn enttäuschen, hatte Tom die Stadt bisher gemieden. Er hatte gedacht, nur sentimentale Kitschliebhaber und amerikanische Touristen schwärmten für diese Stadt, eine Stadt, die sich höchstens für Pärchen in den Flitterwochen anbot, denen es nichts ausmachte, sich ausschließlich in Gondeln im Schneckentempo fortzubewegen. Venedig war viel größer, als er erwartet hatte, und voller Italiener, die aussahen wie alle anderen Italiener auch. Er stellte fest, daß er die ganze Stadt auf engen Straßen und Brücken durchqueren konnte, ohne den Fuß in eine einzige Gondel zu setzen, daß auf den größeren Kanälen Motorbarkassen verkehrten, die es an Schnelligkeit und Funktionalität mit jedem U-Bahn-System aufnehmen

konnten, und daß die Kanäle nicht einmal stanken. Es gab eine überwältigende Auswahl an Hotels – vom Gritti und Danieli, die er vom Hörensagen kannte, bis hinunter zu den entlegensten und winzigsten Flohbuden und Privatpensionen, die dem Kosmos der Polizei und der amerikanischen Touristen so fern waren, daß Tom sich vorstellen konnte, monatelang in einem davon zu wohnen, ohne aufzufallen. Er entschied sich für ein Hotel namens Costanza, das in der Nähe der Rialtobrücke lag und ein Mittelding zwischen den berühmten Luxushotels und den zwielichtigen Etablissements in abgelegenen Gassen darstellte. Genau die richtige Art Hotel für Tom Ripley.

Ein paar Stunden lang machte Tom sich in seinem Zimmer zu schaffen, packte langsam seine altvertrauten Kleider aus und lag verträumt im Fenster, während die Dämmerung sich über den Canal Grande senkte. Er stellte sich das Gespräch vor, das er in absehbarer Zeit mit der Polizei führen würde ... Wieso – ich habe nicht die geringste Ahnung. Ich habe ihn zuletzt in Rom gesehen. Sollten Sie daran zweifeln, können Sie Miss Marjorie Sherwood fragen ... (Und lächelnd) Selbstverständlich bin ich Tom Ripley! Ich verstehe wirklich nicht, was das Ganze eigentlich soll! San Remo? Ja, ich erinnere mich. Wir haben das Boot nach einer Stunde zurückgebracht ... Ja, von Mongibello bin ich nach Rom zurückgefahren, aber nicht länger als zwei Nächte dort geblieben. Ich war in Norditalien unterwegs ... Ich bedaure, aber ich habe überhaupt keine Ahnung, wo er sich aufhalten könnte; ich weiß nur, daß ich ihn vor ungefähr drei Wochen zuletzt gesehen habe ... Lächelnd verließ Tom das Fenster, wechselte Hemd und Krawatte für den Abend und machte sich auf die Suche nach einem netten Restaurant. Er wollte in einem guten Restaurant zu Abend essen, dachte er. Tom Ripley konnte sich ruhig einmal etwas Besonderes gönnen. Seine Brieftasche war mit Zehn- und Zwanzigtausend-Lire-Scheinen so vollgestopft, daß sie sich nicht biegen ließ. Vor der Abreise aus Palermo hatte er Travellerschecks auf Dickies Namen im Wert von tausend Dollar eingewechselt.

Er kaufte zwei Abendzeitungen, klemmte sie sich unter den Arm und wanderte weiter, über eine kleine gewölbte Brücke, durch eine lange Straße, die kaum zwei Meter breit war und in der sich Ledergeschäfte und Hemdenschneider aneinanderreihten, vorbei an Schaufenstern, in denen juwelenbesetzte Schmuckkästchen voller Halsketten und Ringe glitzerten und genau so aussahen, wie Tom sich immer die Schatzkästchen in den Märchen vorgestellt hatte. Es gefiel ihm, daß in Venedig keine Autos fuhren. Es machte die Stadt menschlich. Die Straßen waren wie Adern, fand er, und die Menschen waren das Blut, das überall zirkulierte. Er bog in eine andere Straße ein und überquerte zum zweitenmal das große Rechteck des Markusplatzes. Überall Tauben, in der Luft, im Lichtschein der Schaufenster – sogar nachts liefen die Tauben den Leuten zwischen den Füßen herum, als wären sie Touristen in ihrer eigenen Heimatstadt! Die Tische und Stühle der Cafés breiteten sich über die Arkade hinaus bis auf den Platz, so daß Leute und Tauben sich ihren Weg durch sie hindurch bahnen mußten. Von allen Ecken des Platzes plärrte Lautsprechermusik gegeneinander an. Tom versuchte sich den Platz im Sommer vorzustellen, bei Sonnenlicht, voller Leute, die Futter in die Luft warfen, und voller Tauben, die dem Futter entgegenflatterten. Er betrat eine weitere Straße, die wie ein beleuchteter Tunnel aussah. Restaurant folgte auf Restaurant; er suchte sich ein sehr solide wirkendes Lokal aus, ein Lokal mit weißen Tischtüchern und brauner Holzvertäfelung, die Art von Lokal, wo man, wie die Erfahrung ihn gelehrt hatte, größeren Wert auf gutes Essen legte als auf Touristen. Er setzte sich und schlug eine seiner Zeitungen auf.

Und da war es, eine kleine Meldung auf der zweiten Seite:

POLIZEI SUCHT VERMISSTEN AMERIKANER
Dickie Greenleaf, Freund des ermordeten Freddie Miles,
nach Sizilienurlaub vermißt

Tom beugte sich über die Zeitung und studierte sie mit größter Aufmerksamkeit, doch gleichzeitig war er sich einer gewissen Verärgerung beim Lesen bewußt, weil es ihm seltsam dumm vorkam – dumm von der Polizei, die so schwachsinnig und unklug vorging, und dumm von der Zeitung, die Druckerschwärze und Papier verschwendete, indem sie die Meldung überhaupt veröffentlichte. Der Text lautete, daß H. Richard (»Dickie«) Greenleaf, ein enger Freund des kürzlich in Rom ermordeten Amerikaners Frederick Miles, offenbar bei der Überfahrt von Palermo nach Neapel verschwunden war. Sowohl die sizilianische als auch die römische Polizei waren benachrichtigt worden und suchten ihn – *vigilantissimo*. Im letzten Absatz hieß es, Greenleaf sei erst vor kurzem von der Polizei in Rom aufgefordert worden, Fragen hinsichtlich des Verschwindens eines gewissen Thomas Ripley zu beantworten, seinerseits ebenfalls ein enger Freund Greenleafs. Ripley werde seit etwa drei Monaten vermißt, stand in der Zeitung.

Tom legte die Zeitung auf den Tisch und spielte unbewußt die Überraschung, die jeder empfinden mußte, wenn er in der Zeitung las, daß er »vermißt« wurde, so überzeugend, daß er erst merkte, daß der Kellner ihm die Speisekarte reichen wollte, als diese seine Hand berührte. Jetzt, dachte er, war der Zeitpunkt gekommen, sich schnurstracks bei der Polizei zu melden. Wenn nichts gegen ihn vorlag – und was sollte schon gegen Tom Ripley vorliegen? –, würde man kaum nachprüfen, wann er sein Auto gekauft hatte. Die Zeitungsmeldung war eine wahre Erleichterung für ihn, denn sie besagte, daß die Polizei seinen Namen nicht über die Kraftfahrzeugbehörde von Trient herausgefunden hatte.

Er aß langsam und mit Genuß, bestellte sich nach dem Essen einen Espresso und rauchte ein paar Zigaretten, während er in seinem Norditalienführer blätterte. Inzwischen hatte er verschiedene Überlegungen angestellt. Zum Beispiel die, warum ihm eine so kleine Meldung in einer italienischen Zeitung aufgefallen sein sollte. Und sie hatte nur in dieser einen Zeitung gestanden. Nein, er sollte erst zur Polizei gehen, wenn er zwei oder drei derartige Meldungen gesehen hatte und mindestens eine, die groß genug war, um seine Aufmerksamkeit zu erregen. Wahrscheinlich würde es über kurz oder lang sowieso Schlagzeilen geben: Wenn noch mehr Zeit verging und Dickie Greenleaf sich nicht meldete, würde man zu argwöhnen beginnen, daß er sich versteckt hielt, weil er Freddie Miles und möglicherweise auch Tom Ripley ermordet hatte. Marge konnte zwar der Polizei erzählt haben, daß sie vor zwei Wochen in Rom mit Tom Ripley zu tun gehabt hatte, doch die Polizei hatte ihn bisher nicht zu sehen bekommen. Er blätterte weiter in seinem Führer und ließ den Blick über die farblosen Texte und Statistiken gleiten, während er nachdachte.

Er dachte an Marge, die wahrscheinlich gerade ihren Haushalt in Mongibello auflöste und für Amerika packte. Daß Dickie vermißt wurde, hatte sie wahrscheinlich in der Zeitung gesehen, und sie würde ihm, Tom, die Schuld daran geben, das wußte er. Sie würde Dickies Vater schreiben und ihm sagen, Tom Ripleys Einfluß sei verderblich, um es vorsichtig auszudrücken. Mr. Greenleaf konnte auf den Gedanken kommen, nach dem Rechten zu sehen.

Wie schade, daß er nicht als Tom Ripley auftreten konnte, um auf diesem Gebiet für Ruhe zu sorgen, und danach munter und gesund als Dickie Greenleaf und auch dieses kleine Rätsel zufriedenstellend lösen!

Toms Rolle sollte er vielleicht noch etwas forcieren, dachte er. Er konnte noch geduckter auftreten, noch schüchterner, sogar eine Hornbrille aufsetzen und die Mundwinkel noch kummervoller und bedrückter hängenlassen, um den Gegensatz zu Dickies Vitalität zu betonen. Denn es war denkbar, daß ihn Polizisten vernehmen würden, die ihn als Dickie Greenleaf erlebt hatten. Wie hieß noch dieser Offizier aus Rom? Rovassini? Tom beschloß, eine stärkere Hennaspülung anzuwenden, damit sein Haar noch dunkler aussah als gewöhnlich.

Zum drittenmal durchsuchte er alle Zeitungen nach einer Meldung im Mordfall Miles. Ergebnislos.

22

Am nächsten Morgen fand sich in der größten Zeitung, die dem Verschwinden Thomas Ripleys nur eine kurze Meldung widmete, ein langer Bericht, in dem es unumwunden hieß, Richard Greenleaf setze sich »dem Verdacht der Mittäterschaft an dem Mord an Freddie Miles« aus und man müsse annehmen, er weiche dem »Problem« aus, solange er sich nicht freiwillig stelle, um jeden Verdacht auszuräumen. Auch von den gefälschten Schecks war die Rede. Und die Zeitung berichtete, das letzte Lebenszeichen Richard Greenleafs sei ein Brief an seine Bank in Neapel gewesen, in dem er erklärte, es seien keine seiner Schecks gefälscht worden. Andererseits hatten zwei von drei Handschriftenexperten in Neapel ausgesagt, daß die Unterschriften auf den Empfangsbestätigungen der Januar- und Februaranweisung an Signor Greenleaf zweifellos gefälscht seien, was sich mit der Ansicht der amerikanischen Bank Signor Greenleafs deckte, die Fotokopien seiner Unterschriftsproben nach Neapel geschickt hatte. Der Artikel endete in scherzhaftem Ton: »Kann man seit neuestem die eigene Unterschrift fälschen? Oder will der wohlhabende Amerikaner einen seiner Freunde decken?«

Zum Henker mit ihnen, dachte Tom. Dickies eigene Handschrift war unterschiedlich genug: Das hatte er auf einer Versicherungspolice in Dickies

Unterlagen gesehen und in Mongibello, während Dickie schrieb. Sollten sie ruhig alles, was er in den vergangenen drei Monaten unterschrieben hatte, hervorsuchen und sehen, wohin es sie führte! Offenbar war ihnen nicht aufgefallen, daß seine Unterschrift auf dem Brief aus Palermo ebenfalls eine Fälschung war.

Das einzige, was ihn wirklich interessierte, war die Frage, ob die Polizei irgend etwas herausgefunden hatte, was Dickie in der Mordsache Freddie Miles belastete. Und daß ihn das persönlich interessierte, konnte er wohl kaum laut sagen. An einem Kiosk in einer Ecke des Markusplatzes kaufte er sich *Oggi* und *Epoca*, Boulevardmagazine mit vielen Fotos, die über alles berichteten, was im entferntesten spektakulär war, von Mord bis zu abwegigsten Rekorden. Nichts über den vermißten Dickie Greenleaf. Vielleicht nächste Woche, dachte er. Aber Fotos von ihm würde es ohnehin nicht geben. Marge hatte in Mongibello Dickie fotografiert, aber ihn sicher nie.

Bei seinem vormittäglichen Stadtbummel kaufte er eine Hornbrille in einem Geschäft, das Andenken und Scherzartikel führte. Die Gläser waren Fensterglas. Er besuchte San Marco und sah sich im Inneren der Kathedrale alles an, ohne etwas wahrzunehmen, was nicht an der Brille lag. Er dachte darüber nach, daß er unverzüglich zur Polizei gehen mußte. Je länger er es hinausschob, um so schlechter würde es für ihn aussehen, soviel wenigstens stand fest. Als er aus der Kathedrale trat, fragte er einen Polizisten nach der nächsten Polizeiwache. Er fragte es in traurigem Ton. Ihm war traurig zumute. Er fürchtete sich nicht, aber er hatte den Eindruck; daß es eine der traurigsten Handlungen seines Lebens sein würde, sich als Thomas Phelps Ripley zu erkennen zu geben.

»*Sie* sind Thomas Riipley?« fragte der Polizeihauptmann mit nicht mehr Interesse, als wäre Tom ein entlaufener Hund, den man gefunden hatte. »Darf ich Ihren Paß sehen?«

Tom reichte ihm den Paß. »Ich weiß nicht, worum es geht, aber als ich in der Zeitung sah, daß man mich für vermißt hält ...« Es war alles so öde; so öde, wie er es sich ausgemalt hatte. Polizisten, die mit leeren Mienen dastanden und ihn anglotzten. »Und jetzt?« fragte Tom den Beamten.

»Ich werde in Rom nachfragen«, antwortete der Beamte träge und nahm den Hörer seines Telefons ab.

Es dauerte ein paar Minuten, bis die Verbindung hergestellt war, und dann erklärte der Beamte in unpersönlichem Ton jemandem in Rom, daß der Amerikaner Thomas Riipley sich in Venedig befinde. Nach einigen weiteren Belanglosigkeiten sagte der Beamte zu Tom: »Man würde Sie gerne in Rom sprechen. Können Sie noch heute nach Rom fahren?«

Tom runzelte die Stirn. »Ich hatte nicht vor, nach Rom zu fahren.«

»Ich werde es sagen«, sagte der Beamte friedfertig und sprach wieder in den Hörer.

Jetzt sorgte er dafür, daß die römische Polizei nach Venedig kam, um ihn zu sprechen. Offenbar war es doch noch mit gewissen Privilegien verbunden, amerikanischer Bürger zu sein, dachte Tom.

»In welchem Hotel wohnen Sie?« fragte der Beamte.

»Im Hotel Costanza.«

Diese Information gab der Beamte nach Rom weiter. Dann legte er auf und erklärte Tom liebenswürdig, daß ein Vertreter der römischen Polizei abends gegen acht Uhr in Venedig eintreffen werde, um sich mit ihm zu unterhalten.

»Vielen Dank«, sagte Tom und wandte sich von dem deprimierenden Anblick des Beamten ab, der seine Formulare ausfüllte. Es war eine wenig aufheiternde Unterhaltung gewesen.

Den restlichen Tag verbrachte Tom in seinem Zimmer; er dachte nach, er las und nahm zusätzliche kleine Veränderungen an seinem Aussehen vor. Er hielt es für durchaus möglich, daß man den Mann herschickte, der ihn in Rom vernommen hatte, Tenente Rovassini oder wie auch immer er hieß. Mit einem Bleistift färbte er seine Augenbrauen eine Spur dunkler. Den ganzen Nachmittag lümmelte er in seinem braunen Tweedanzug herum, und er riß sogar einen Jackettknopf ab. Dickie war ziemlich adrett gewesen; folglich würde Tom Ripley entschieden schlampig sein. Er verzichtete auf seinen Lunch, nicht nur weil er ohnehin keinen Appetit hatte, sondern weil er die paar Pfund, die er für die Rolle des Dickie Greenleaf zugelegt hatte, so schnell wie möglich wieder loswerden wollte. Er würde dünner sein, als er es je zuvor in seiner Eigenschaft als Tom Ripley gewesen war. Laut Paß wog er einhundertfünfundfünfzig Pfund, Dickies Eintragung lautete auf einhundertachtundsechzig, obwohl sie gleich groß waren, sechs Fuß und ein beziehungsweise eineinhalb Zoll.

Um halb neun Uhr abends klingelte sein Telefon, und man teilte ihm mit, daß Tenente Roverini unten im Hotel warte.

»Würden Sie ihn bitten heraufzukommen?« sagte Tom.

Er ging zu dem Sessel, auf dem er sitzen wollte, und schob ihn noch weiter aus dem Lichtschein der Stehlampe weg. Das Zimmer sollte den Eindruck erwecken, daß er die letzten Stunden über gelesen hatte, um sich die Zeit zu vertreiben – Stehlampe und Leselämpchen waren eingeschaltet, der Bettüberwurf war zerknittert, ein paar Bücher lagen aufgeschlagen mit dem Rükken nach oben da, und auf dem Schreibtisch hatte er sogar einen Brief angefangen, einen Brief an Tante Dottie.

Der Tenente klopfte.

Tom öffnete die Tür mit matter Hand. *»Buona sera.«*

»Buona sera. Tenente Roverini della polizia romana.« Das gemütliche, lächelnde Gesicht des Tenente wirkte nicht im geringsten überrascht oder mißtrauisch. Hinter ihm stand ein weiterer großer, schweigsamer junger Polizeibeamter – nicht ein weiterer, wie Tom plötzlich merkte, sondern ebenjener, der den Tenente bei ihrem ersten Gespräch in der Wohnung in Rom begleitet hatte. Der Offizier setzte sich auf den Sessel im Lichtschein, den Tom ihm anbot. »Sie sind ein Freund Signor Richard Greenleafs?« fragte er.

»Ja«, Tom setzte sich auf den zweiten Sessel, einen Lehnsessel, in den er sich ganz hineinkauern konnte.

»Wann und wo haben Sie ihn das letztemal gesehen?«

»Ich sah ihn kurz in Rom, bevor er nach Sizilien abfuhr.«

»Und haben Sie von ihm gehört, während er in Sizilien war?« Der Tenente schrieb alles in das Notizbuch, das er aus seiner Aktenmappe aus braunem Leder hervorgeholt hatte.

»Nein, ich habe nicht von ihm gehört.«

»Ah-ha«, sagte der Tenente. Er schaute ausgiebiger auf seine Unterlagen als zu Tom. Schließlich blickte er mit freundlichem, interessiertem Gesichtsausdruck auf. »Als Sie sich in Rom aufhielten, war Ihnen nicht bekannt, daß die Polizei Sie sprechen wollte?«

»Nein, das wußte ich nicht. Ich verstehe nicht, wie es dazu kommen konnte, daß ich als vermißt gelte.« Er rückte seine Brille zurecht und starrte den Polizisten kurzsichtig an.

»Das werde ich Ihnen später erklären. Signor Greenleaf hat Ihnen in Rom nicht gesagt, daß die Polizei Sie sprechen wollte?«

»Nein.«

»Merkwürdig«, bemerkte der Polizist gelassen und machte sich wieder eine Notiz. »Signor Greenleaf wußte, daß wir Sie sprechen wollten. Signor Greenleaf ist nicht sehr kooperativ.« Er lächelte Tom an.

Tom behielt einen ernsthaften und aufmerksamen Gesichtsausdruck bei.

»Signor Riipley, wo haben Sie sich seit Ende November aufgehalten?«

»Ich war unterwegs. Die meiste Zeit im Norden des Landes.« Tom sprach absichtlich unbeholfen, mit eingestreuten Fehlern und einem ganz anderen Rhythmus als dem von Dickies Italienisch.

»Wo?« Der Tenente griff zu seinem Stift. »Mailand, Turin, Faenza, Pisa –«

»In den Hotels von Mailand und Faenza haben wir uns erkundigt. Haben Sie die ganze Zeit bei Freunden übernachtet?«

»Nein. Ich habe meistens in meinem Wagen geschlafen.« Es war nicht zu übersehen, daß er nicht viel Geld hatte, dachte Tom, und ebensowenig, daß er zu denen gehörte, die sich lieber mit ihrem Reiseführer und einem Band Dante oder Silone durchschlugen, als in einem schicken Hotel zu wohnen. »Es tut mir leid, daß ich vergessen habe, meinen *permisso di soggiorno* erneuern zu lassen«, sagte Tom zerknirscht. »Ich wußte nicht, daß es so wichtig war.« Aber er wußte, daß Touristen in Italien sich so gut wie nie die Mühe machten, dieses Papier erneuern zu lassen, sondern monatelang blieben, nachdem sie beim Betreten des Landes angegeben hatten, sie wollten sich nur für ein paar Wochen in Italien aufhalten.

»*Permesso* di soggiorno«, verbesserte der Tenente im Ton einer freundlichen, beinahe väterlichen Zurechtweisung.

»Grazie.«

»Darf ich Ihren Paß sehen?«

Tom holte den Paß aus seiner Brustinnentasche. Der Tenente studierte das Paßfoto aufmerksam, während Tom den leicht ängstlichen Gesichtsausdruck und die leicht geöffneten Lippen des Paßfotos demonstrativ darbot. Die Brille fehlte auf dem Foto, doch sein Haar war auf die gleiche Weise wie auf dem Bild gescheitelt, und seine Krawatte war mit dem gleichen lockeren, dreieckigen Knoten gebunden. Der Tenente warf einen Blick auf die spärlichen Stempel, die nur einen Teil der ersten Doppelseite füllten.

»Sie halten sich seit dem zweiten Oktober in Italien auf und haben in dieser Zeit nur diese eine kurze Reise nach Frankreich mit Signor Greenleaf unternommen?«

»Ja.«

Wieder lächelte der Tenente, diesmal ein freundliches italienisches Lächeln, und beugte sich mit auf die Knie gestützten Händen vor. »*Ebbene*, damit hätten wir ein Rätsel gelöst – das um das Boot bei San Remo.«

Tom runzelte die Stirn. »Worum geht es dabei?«

»Dort wurde ein gesunkenes Boot gefunden, und in diesem Boot waren Spuren, die man für Blutspuren hält. Und da Sie, soweit wir wußten, im Anschluß an Ihre Fahrt nach San Remo vermißt wurden« – er breitete die Hände aus und lachte –, »hielten wir es für naheliegend, Signor Greenleaf zu fragen, was mit Ihnen geschehen sei. Was wir taten. Das Boot verschwand an dem Tag, an dem Sie in San Remo waren!« Er lachte abermals.

Tom tat so, als könne er nicht verstehen, was daran komisch sei. »Aber hat Signor Greenleaf Ihnen nicht gesagt, daß ich nach dem Ausflug nach San Remo in Mongibello war? Dort habe ich ...« – er suchte nach dem richtigen Wort, »... einige kleinere Arbeiten für ihn erledigt.«

»*Benone!*« sagte Tenente Roverini lächelnd. Er lockerte seine Uniformjacke mit ihren Messingknöpfen und fuhr sich mit einem Finger über den stacheligen, buschigen Schnurrbart. »Kannten Sie auch Freederick Miiles?« fragte er.

Tom seufzte unwillkürlich, weil die Sache mit dem Boot offenbar abgeschlossen war. »Nein. Ich bin ihm nur einmal begegnet, als er in Mongibello mit dem Bus ankam. Danach habe ich ihn nicht wiedergesehen.«

»Ah-ha«, sagte der Tenente nachdenklich. Er schwieg eine Minute lang, als wären ihm die Fragen ausgegangen; dann lächelte er wieder. »Ach, Mongibello! Ein schöner Ort, nicht wahr? Meine Frau kommt aus Mongibello.«

»Ach, wirklich?« sagte Tom erfreut.

»Sì. Meine Frau und ich haben dort unsere Flitterwochen verbracht.«

»Ein wunderschöner Ort«, sagte Tom. »*Grazie.*« Er nahm die Nazionale, die der Tenente ihm anbot. Tom hatte den Eindruck, daß es sich hierbei möglicherweise um ein höfliches italienisches Intermezzo handelte, vergleichbar einer kleinen Pause zwischen zwei Boxrunden. Mit Sicherheit würden sie sich Dickies Privatleben vornehmen, die gefälschten Schecks und alles übrige. In seinem unbeholfenen Italienisch sagte Tom mit ernster Stimme: »Ich habe in einer Zeitung gelesen, daß die Polizei denkt, Signor Greenleaf könnte den Mord an Freddie Miles begangen haben, wenn er sich nicht meldet. Stimmt es, daß die Polizei ihn für den Mörder hält?«

»*Ah, no, no, no!*« wehrte der Tenente ab. »Aber es ist äußerst wichtig, daß er sich meldet! Warum versteckt er sich vor uns?«

»Das weiß ich nicht. Wie Sie sagten – er ist nicht sehr kooperativ«, räsonierte Tom feierlich. »Er war nicht kooperativ genug, mir in Rom zu sagen, daß die Polizei mich sprechen wollte. Aber dennoch – ich kann mir nicht vorstellen, daß er Freddie Miles ermordet hat.«

»Aber sehen Sie – in Rom hat jemand ausgesagt, daß er zwei Männer neben dem Wagen von Signor Miiles gegenüber dem Haus von Signor Greenleaf gesehen hat und daß entweder beide betrunken waren oder ...« – er machte eine effektvolle Pause und sah Tom erwartungsvoll an – »... einer der beiden tot war und der andere ihn an den Wagen gelehnt hielt! Natürlich wissen wir nicht definitiv, ob der Mann, den der andere stützte, Signor Miiles oder Signor Greenleaf war«, fügte er hinzu, »aber wenn wir Signor Greenleaf finden könnten, dann könnten wir ihn wenigstens fragen, ob er so betrunken war, daß Signor Miiles ihn stützen mußte.« Er lachte. »Das ist kein Scherz.«

»Ja, das begreife ich.«

»Und Sie haben nicht die geringste Vorstellung, wo Signor Greenleaf sich gegenwärtig aufhalten könnte?«

»Nein, nicht die geringste.«

Der Tenente dachte nach. »Und Signor Greenleaf und Signor Miiles hatten keinen Streit, soweit Sie wissen?«

»Nein, nur ...«

»Nur?«

Tom sprach bedächtig weiter, im genau richtigen Tonfall. »Ich weiß, daß Dickie nicht zu einem Skiausflug gefahren ist, zu dem Freddie Miles ihn eingeladen hatte. Ich weiß noch, daß ich überrascht war, weil er nicht hinfuhr. Er hat mir den Grund nicht gesagt.«

»Von dem Skiausflug weiß ich. Es war in Cortina d'Ampezzo. Sind Sie sicher, daß es nichts mit einer Frau zu tun hatte?«

Tom mußte sich sehr beherrschen, um ernst zu bleiben, doch er tat so, als dächte er ausgiebig nach. »Das glaube ich nicht.«

»Und was ist mit dieser Marjorie Sherwood?«

»Nun ja, *möglich* wäre es«, sagte Tom, »aber ich glaube es eher nicht. Ich bin vielleicht nicht der Geeignetste, um Signor Greenleafs Privatleben zu beurteilen.«

»Und Signor Greenleaf hat Ihnen nie sein Herz ausgeschüttet?« wunderte sich der Tenente mit der Ungläubigkeit des Südländers.

Er konnte sie bis zum Gehtnichtmehr an der Nase herumführen, dachte Tom. Marge würde seine Aussagen bestätigen – denn darauf, daß sie auf Fragen über Dickie unfehlbar emotional reagierte, konnte er sich verlassen –, und die italienische Polizei würde das Geheimnis des Liebeslebens von Signor Greenleaf nie und nimmer lüften. Er selbst ja auch nicht! »Nein«, sagte Tom. »Ich würde nicht behaupten wollen, daß Dickie jemals über das gesprochen hätte, was ihn wirklich berührt. Ich weiß, daß er Marjorie sehr gern hat.« Er fügte hinzu: »Sie hat Freddie Miles auch gekannt.«

»Wie gut?«

»Nun, ja ...« Tom machte ein Gesicht, als könnte er mehr sagen, wenn er wollte.

Der Tenente beugte sich vor. »Da Sie eine Zeitlang bei Signor Greenleaf in Mongibello gewohnt haben, sind Sie vielleicht in der Lage, uns etwas über Signor Greenleafs Beziehungen im allgemeinen zu erzählen. Es ist für uns äußerst wichtig.«

»Warum fragen Sie nicht Signorina Sherwood?« schlug Tom vor.

»Wir haben in Rom mit ihr gesprochen – vor dem Verschwinden von Signor Greenleaf. Ich werde noch einmal mit ihr in Genua sprechen, bevor sie auf das Schiff nach Amerika geht. Sie befindet sich zur Zeit in München.«

Tom wartete schweigend. Der Tenente erwartete, daß er sich gesprächiger zeigte. Tom fühlte sich allmählich ganz in seinem Element. Alles entwickelte sich so, wie er es sich in seinen kühnsten Träumen kaum erhofft hatte: Die Polizei hatte nicht das geringste gegen ihn in der Hand und hegte nicht den geringsten Verdacht. Tom kam sich mit einemmal unschuldig und stark vor, so frei von Schuld wie sein alter Koffer, von dem er sorgfältig den *deponimento*-Aufkleber der Gepäckaufbewahrung von Palermo abgekratzt hatte. In seinem ernsten und besonnenen Ripley-Ton sagte er: »Ich erinnere mich, daß Marjorie eine Zeitlang nicht nach Cortina mitfahren wollte und daß sie später ihre Meinung geändert hat. Aber warum, das weiß ich nicht. Wenn das von irgendeiner Bedeutung wäre –«

»Aber sie ist dann doch nicht nach Cortina gefahren.«

»Nein, aber nur, weil Signor Greenleaf auch nicht gefahren ist – jedenfalls glaube ich das. Signorina Sherwood hat ihn so gerne, daß sie nicht ohne ihn irgendwohin fahren würde, wohin sie ursprünglich mit ihm fahren wollte.«

»Glauben Sie, Signor Miiles und Signor Greenleaf hatten einen Streit miteinander, einen Streit wegen Signorina Sherwood?«

»Schwer zu sagen. Es ist möglich. Ich weiß, daß Signor Miiles sie auch sehr gern gehabt hat.«

»Ah-ha.« Der Tenente runzelte die Stirn bei dem Versuch, sich das alles zusammenzureimen. Er sah zu dem jüngeren Polizisten auf, der gespannt zuhörte, obwohl er, seiner steinernen Miene nach zu urteilen, nichts zu dem Gespräch beizutragen hatte.

Was er erzählt hatte, führte Dickie als schmollenden Liebhaber vor, dachte Tom, der Marge nicht nach Cortina fahren ließ, weil er nicht wollte, daß sie sich dort mit Freddie allzusehr amüsierte. Die Vorstellung, daß irgend jemand diesen glotzäugigen Ochsen Dickie vorziehen sollte – insbesondere Marge –, brachte Tom zum Lächeln. Er wandelte sein Lächeln in einen Ausdruck ungläubigen Staunens um. »Meinen Sie wirklich, daß Dickie sich versteckt hält, oder meinen Sie, es ist Zufall, daß Sie ihn nicht finden können?«

»O nein. Das wären zu viele Zufälle. Zuerst die Sache mit den Schecks. Davon haben Sie vielleicht in der Zeitung gelesen.«

»Ich habe es nicht richtig verstanden.«

Der Polizist erklärte es ihm. Er wußte, wann die Schecks ausgestellt worden waren und wie viele Personen ihre Echtheit anzweifelten. Er sagte, Signor Greenleaf habe abgestritten, daß die Unterschriften gefälscht seien. »Aber als die Bank ihn sprechen will, um zu klären, was es mit den Unterschriften auf sich hat, und die Polizei von Rom ihn sprechen will, um den Mord an seinem Freund aufzuklären, löst er sich plötzlich in Luft auf…« Der Tenente gestikulierte heftig. »Und das kann nur eines heißen, nämlich daß er einen Bogen um uns machen will.«

»Sie wollen doch nicht andeuten, daß irgend jemand ihn ermordet haben könnte?« sagte Tom behutsam.

Der Polizist zuckte die Schultern sehr ausdrucksvoll, indem er sie bis zu den Ohren hochzog und mehrere Sekunden lang in dieser Position hielt. »Das glaube ich nicht. Der Sachverhalt sieht nicht danach aus. Nicht wirklich. *Ebbene* – wir haben jedes Schiff in jeder Größe abgesucht, das Italien mit Passagieren verlassen hat. Entweder müßte er mit einem sehr kleinen

Boot gefahren sein, einem Fischerboot, oder er hält sich weiterhin in Italien auf. Oder natürlich in einem anderen europäischen Land, denn die Namen von Reisenden in europäische Länder werden nicht registriert, und er hatte tagelang Zeit für die Ausreise. Wie auch immer, er hält sich versteckt. Und er verhält sich so, als hätte er etwas zu verbergen. Irgend etwas stimmt nicht an der ganzen Sache.«

Tom starrte ihn mit ernster Miene an.

»Haben Sie je Signor Greenleaf eine dieser Bescheinigungen unterschreiben sehen? Insbesondere die für seine Januar- oder Februaranweisung?«

»Ich habe ihn eine unterschreiben sehen«, sagte Tom, »aber das war im Dezember. Im Januar und im Februar war ich nicht bei ihm. – Verdächtigen Sie ihn wirklich? Als Mörder von Freddie Miles?« fragte Tom ungläubig.

»Er hat kein überzeugendes Alibi«, erwiderte der Offizier. »Er sagt, er wäre spazierengegangen, nachdem Signor Miiles ihn verlassen hatte, aber für diesen Spaziergang gibt es keine Zeugen.« Unvermittelt zeigte er mit dem Finger auf Tom. »*Und* – von Signor Miilees' Freund Signor Van Houston haben wir erfahren, daß Signor Miilees große Schwierigkeiten hatte, Signor Greenleaf in Rom aufzuspüren, ganz so, als hätte Signor Greenleaf sich vor ihm zu verstecken versucht. Vielleicht hatte Signor Greenleaf Streit mit Signor Miilees, auch wenn Signor Van Houston das Gegenteil ausgesagt hat!«

»Aha«, sagte Tom.

»*Ecco*«, sagte der Tenente abschließend. Er starrte auf Toms Hände.

Oder Tom bildete sich ein, daß er auf seine Hände starrte. Tom hatte wieder seinen eigenen Ring am Finger, doch vielleicht fiel dem Tenente eine gewisse Ähnlichkeit auf? Tom streckte die Hand forsch nach dem Aschenbecher aus und drückte seine Zigarette aus.

»*Ebbene*«, sagte der Tenente und stand auf. »Herzlichen Dank für Ihre Hilfe, Signor Riipley. Sie sind einer der wenigen, die uns helfen können, etwas über Signor Greenleafs Privatleben herauszufinden. Die Leute, mit denen er in Mongibello verkehrt hat, sind ausgesprochen schweigsam. Leider eine italienische Eigenart! Sie verstehen, Angst vor der Polizei.« Er kicherte. »Ich hoffe, das nächstemal, wenn wir Fragen haben, können wir Sie leichter ausfindig machen. Halten Sie sich öfter in den Städten und seltener auf dem Land auf. Es sei denn, Sie sind in unsere Landschaft unsterblich verliebt.«

»Das bin ich!« sagte Tom im Brustton der Überzeugung. »Meiner Meinung nach ist Italien das schönste Land in Europa. Aber wenn Sie wollen, bleibe ich mit Ihnen in Verbindung, so daß Sie immer wissen, wo ich mich aufhalte. Ich bin genauso sehr daran interessiert wie Sie, daß mein Freund gefunden wird.« Das sagte er, als hätte er in seiner Herzensunschuld schon vergessen, daß Dickie möglicherweise ein Mörder war.

Der Tenente reichte ihm eine Karte mit seinem Namen und der Anschrift seines Büros in Rom. Er verneigte sich. »*Grazie tanto, Signor Riipley. Buona sera!*«

»*Buona sera*«, sagte Tom.

Der jüngere Polizist salutierte im Gehen; Tom nickte ihm zu und schloß die Tür.

Ihm war, als könnte er schweben – wie ein Vogel, zum Fenster hinaus, mit ausgebreiteten Armen! Was für Idioten! Die Sache direkt vor der Nase zu haben, ohne darauf zu kommen! Nicht einmal entfernt auf den Gedanken zu kommen, daß Dickie sich davor drückte, die Geschichte mit den Fälschungen aufzuklären, weil er nicht Dickie Greenleaf war! Das einzige, was sie begriffen hatten, war, daß Dickie Greenleaf Freddie Miles ermordet haben konnte. Aber Dickie Greenleaf war tot, tot, toter als der sprichwörtliche Sargnagel, und er, Tom Ripley, war in Sicherheit! Er nahm den Telefonhörer ab.

»Verbinden Sie mich bitte mit dem Grand Hotel«, sagte er in seinem Tom-Ripley-Italienisch. »*Il ristorante, per piacere.* Würden Sie mir bitte einen Tisch für eine Person um halb zehn reservieren? Danke. Auf den Namen Ripley. R-i-p-l-e-y.«

Heute abend würde er sich ein vornehmes Essen leisten. Mit Blick auf den Mond über dem Canal Grande. Und auf die Gondeln, die so träge dahinglitten, als beförderten sie Flitterwöchner, auf die *gondolieri* mit ihren Rudern, die sich vom mondbeglänzten Wasser abhoben. Er würde sich ein üppiges und kostspieliges Abendessen leisten – die Spezialität des Grand Hotels, sei es Fasanenbrust oder *petto di pollo*, und als Vorspeise vielleicht *cannelloni*, zarte Teigrollen mit sahniger Sauce, und dazu einen guten Valpolicella, während er von seiner Zukunft träumte und sich überlegte, wohin er als nächstes reisen wollte. Beim Umziehen kam ihm ein schlauer Einfall: Er täte gut daran, einen Umschlag mit sich zu führen, auf dem geschrieben stand, er solle erst in mehreren Monaten geöffnet werden. In diesem Umschlag befände sich ein von Dickie unterschriebenes Testament, das ihm, Tom, sein Geld und sein Vermögen vermachte. Wenn das keine Idee war!

23

Venedig, den 28. Februar 19–

Lieber Mr. Greenleaf,

unter den gegebenen Umständen halte ich es für vernünftig, Ihnen alle persönlichen Informationen mitzuteilen, die ich in Hinsicht auf Richard besitze, da ich zu den Personen zu gehören scheine, die ihn als letzte lebend gesehen haben.

Ich sah ihn in Rom um den 2. Februar herum im Hotel Inghilterra. Wie Sie wissen, war das wenige Tage nach dem Mord an Freddie Miles. Dickie kam mir nervös und unruhig vor. Er sagte, er wolle nach Palermo fahren, sobald die Polizei mit ihren Vernehmungen wegen Freddies Tod fertig sei. Er war ziemlich ungeduldig und wollte weg, was verständlich war, aber ich möchte Ihnen nicht verschweigen, daß er eine Niedergeschlagenheit ausstrahlte, die mich weit mehr beunruhigte als seine unübersehbare Nervosität. Ich hatte das Gefühl, als wäre er in der Lage, irgend etwas Gewalttätiges zu tun – unter Umständen Hand an sich selbst zu legen. Und ich wußte, daß er seine Freundin Marjorie Sherwood nicht sehen wollte – er sagte sogar, daß er sie auf keinen Fall sehen wollte, falls sie wegen dem Mord an Miles aus Mongibello nach Rom kommen sollte. Ich habe versucht, ihn dazu zu überreden, sich mit ihr zu treffen. Ob er es getan hat, weiß ich nicht. Marge hat im allgemeinen einen beruhigenden Einfluß auf andere, wie Sie vielleicht wissen.

Ich will damit sagen, daß ich das Gefühl habe, daß Richard sich möglicherweise das Leben genommen hat. Während ich dies schreibe, hat man ihn noch immer nicht ausfindig gemacht. Natürlich hoffe ich, daß man ihn gefunden haben wird, bis dieser Brief Sie erreicht. Und selbstverständlich bin ich davon überzeugt, daß Richard nichts mit Freddies Tod zu tun hat, weder mittelbar noch unmittelbar, aber ich glaube, daß der Schock über die Nachricht und die ganzen Vernehmungen ihn zusätzlich aus dem Gleichgewicht gebracht haben. Was ich Ihnen schreibe, sind keine erfreulichen Nachrichten, und das tut mir leid. Vielleicht mache ich mir unnötige Sorgen, vielleicht hält Dickie sich (verständlicherweise, wie ich noch einmal betonen möchte) irgendwo versteckt, bis diese unangenehmen Dinge vorbei sind. Doch je mehr Zeit vergeht, um so unruhiger werde ich. Deshalb hielt ich es für meine Pflicht, Ihnen zu schreiben, um Ihnen zu sagen, was ich denke …

München, den 3. März 19–

Lieber Tom,
danke für Deinen Brief und daß Du daran gedacht hast. Ich habe der Polizei schriftlich geantwortet, und einer von ihnen hat mich aufgesucht. Ich werde nicht nach Venedig kommen, aber danke für Deine Einladung. Übermorgen fahre ich nach Rom, wo ich Dickies Vater sehen werde, der mit dem Flugzeug kommt. Ja, ich finde, Du hast richtig gehandelt, als Du ihm geschrieben hast.
Das Ganze hat mir so zugesetzt, daß ich eine Art Wechselfieber bekommen habe oder das, was die Deutschen Föhn nennen, verbunden mit einer Virusinfektion. Ich war sage und schreibe vier Tage und Nächte ans Bett gefesselt, denn sonst wäre ich längst nach Rom abgefahren. Bitte entschuldige also meinen unzusammenhängenden und wahrscheinlich wirren Brief, der nicht gerade eine passende Erwiderung auf Deinen netten und rücksichtsvollen Brief ist. Ich wollte Dir nur sagen, daß ich nicht mit Deiner Ansicht übereinstimme, Dickie hätte sich möglicherweise das Leben genommen. Er ist einfach nicht die Sorte Mensch, die so etwas tut, auch wenn Du mir jetzt entgegnen wirst, daß Leute immer wieder gerade das tun, was man am wenigsten von ihnen erwartet, und so weiter. Aber auf Dickie trifft das nicht zu, nie im Leben. Eher könnte ich mir vorstellen, daß er in einer dunklen Gasse in Neapel ermordet wurde – oder in Rom, denn woher wollen wir wissen, ob er nach der Rückkehr aus Sizilien nicht noch in Rom war? Und ich kann mir auch vorstellen, daß ihm alles zuviel wurde, so sehr, daß er sich immer noch versteckt hält. Ja, das scheint mir am wahrscheinlichsten zu sein.
Ich bin froh, daß Du die Sache mit den Fälschungen für einen Irrtum hältst. Einen Irrtum der Bank, meine ich. Ich denke genauso. Dickie hat sich seit November so grundlegend verändert, daß sich auch seine Handschrift verändert haben könnte. Hoffen wir, daß die Dinge sich aufgeklärt haben werden, bis Du diesen Brief erhältst. Habe ein Telegramm von Mr. Greenleaf wegen Rom erhalten – muß alle Kräfte dafür aufsparen.
Schön, daß ich jetzt endlich Deine Adresse habe. Nochmals herzlichen Dank für Deinen Brief, Deinen Rat und Deine Einladungen.
Alles Gute,

Marge

PS: Meine guten Nachrichten habe ich ganz vergessen! Ein Verleger interessiert sich für Mongibello! Will es ganz sehen, bevor er einen Vertrag schließt, aber ich *bin zuversichtlich! Hoffe nur, daß ich mit dem verdammten Ding endlich fertig werde!*

M.

Sie hatte sich entschieden, sich mit ihm zu vertragen, schloß Tom aus dem Brief. Wahrscheinlich hatte sie auch der Polizei gegenüber eine neue Schallplatte aufgelegt, was ihn betraf.

Dickies Verschwinden erregte viel Aufsehen in der italienischen Presse. Marge oder wer auch immer hatte den Reportern Fotos gegeben. In *Epoca* sah man Dickie mit seinem Segelboot in Mongibello, in *Oggi* Dickie am Strand von Mongibello und auf der Terrasse des Giorgio und auf einem Bild zusammen mit Marge – »die Freundin des *sparito* Dickie und des *assassinato* Freddie« –, Arm in Arm und lächelnd, und es gab sogar ein nüchternes Porträtfoto von Herbert Greenleaf senior. Marges Adresse in München hatte Tom aus der Zeitung. In *Oggi* war zwei Wochen lang eine Serie über Dickies Leben erschienen, in der er als »rebellierender« Schüler geschildert wurde und sein Leben in Amerika und die Flucht nach Europa um der Kunst willen so lebhaft ausgeschmückt waren, daß er wie eine Kreuzung aus Errol Flynn und Paul Gauguin erschien. In den illustrierten Wochenmagazinen fanden sich immer die neuesten Polizeiberichte, die überhaupt nichts besagten und von den Sensationsjournalisten nach Gusto und Laune umgedichtet wurden. Besonders beliebt war die Theorie, er sei mit einer anderen weggelaufen – einem Mädchen, das möglicherweise seine Empfangsbescheinigungen unterschrieben hatte – und amüsiere sich jetzt inkognito auf Tahiti oder in Südamerika oder Mexiko. Die Polizei durchkämmte noch immer Rom und Neapel und Paris; mehr tat sich nicht. Keine weiteren Erkenntnisse im Mordfall Miles, weder über den Mörder noch darüber, ob Dickie Greenleaf gesehen worden war, als er Freddie Miles vor seinem Haus stützte oder umgekehrt. Tom fragte sich, warum diese Information den Zeitungen vorenthalten wurde. Wahrscheinlich weil man sie nicht ausschlachten konnte, ohne Gefahr zu laufen, von Dickie verklagt zu werden. Tom war froh, sich als »loyalen Freund« des Vermißten bezeichnet zu finden, der alles, was er wußte, über Dickies Charakter und Gewohnheiten erzählt hatte und über sein Verschwinden so ratlos war wie alle anderen. »Signor Ripley, ein wohlhabender junger Amerikaner in Italien«, schrieb *Oggi*, »wohnt zur Zeit in einem venezianischen Palazzo mit Blick auf den Markusplatz.« Das gefiel Tom am meisten. Er schnitt den Artikel aus.

Tom hatte das Haus bisher nicht als *palazzo* betrachtet, doch in italienischen Augen war es das natürlich, wie alle Häuser mit mehr als einem Stockwerk; es war ein Gebäude aus dem frühen achtzehnten Jahrhundert von strenger Eleganz, dessen Haupteingang oberhalb einer breiten Steintreppe am Canal Grande lag und nur mit der Gondel erreichbar war; es gab einen ellenlangen Schlüssel für die Eisentür und einen kaum weniger monströsen Schlüssel für die Holztür dahinter. Tom benutzte meistens die weniger pompöse »Hintertür«, die sich an der Viale San Spiridione befand, es sei denn, er wollte Gäste beeindrucken, die er mit der Gondel zu seinem Haus beförderte. Die Hintertür war so hoch wie die fünf Meter hohe Steinmauer, die das Haus von der Straße abschloß, und führte in einen Garten, der ein wenig vernachlässigt, aber grün war und zwei knorrige Olivenbäume vorweisen konnte sowie eine Vogeltränke in Form einer Schale, die von einer antikisierenden Jünglingsstatue in Händen gehalten wurde. Es war genau der richtige Garten für einen venezianischen Palast – etwas heruntergekommen, etwas überholungsbedürftig und ohne jede Aussicht auf Überholung, aber unzerstörbar schön, weil er vor mehr als zweihundert Jahren in all seiner Schönheit das Licht der Welt erblickt hatte. Das Innere des Hauses entsprach Toms Idealvorstellung von der Wohnung eines kultivierten Junggesellen – zumindest in Venedig: im Erdgeschoß ein Marmorboden mit schwarz-weißem Schachbrettmuster, der sich vom eleganten Vestibül in alle Zimmer fortsetzte, im ersten Stock rosa und weiße Marmorböden und Möbel, die überhaupt nicht wie Möbel aussahen, sondern wie Gestalt gewordene Musik des fünfzehnten Jahrhunderts, gespielt von Oboen, Flöten und Gamben. Seine Hausangestellten – Anna und Ugo, ein junges italienisches Pärchen, das bereits für andere Amerikaner in Venedig gearbeitet hatte und deshalb wußte, was der Unterschied zwischen Bloody Mary und Crème de menthe frappé war – wienerten die geschnitzten Schranktüren und Kommodenschubladen und Stühle so lange, bis weiche Glanzlichter auf ihnen schimmerten, so daß sie fast lebendig wirkten. Halbwegs modern war nur das Badezimmer. In Toms Schlafzimmer stand ein Bett von gargantuesken Ausmaßen, breiter als lang. Die Wände des Schlafzimmers schmückte er mit pittoresken Ansichten von Neapel, die er in einem Antiquitätengeschäft entdeckt hatte und die vom

Ende des neunzehnten Jahrhunderts bis zur Mitte des sechzehnten Jahrhunderts zurückreichten. Mehr als eine Woche lang hatte er sich mit ungeteilter Aufmerksamkeit der Einrichtung seines Hauses gewidmet. Inzwischen zeichnete seinen Geschmack eine Sicherheit aus, die er in Rom nicht besessen, von der seine römische Wohnung nichts hatte ahnen lassen. Inzwischen war er in jeder Hinsicht selbstsicher.

Sein Selbstvertrauen hatte ihn sogar dazu angeregt, Tante Dottie in einem gelassenen, liebevollen und verständnisvollen Ton zu schreiben, wie er ihn nie zuvor angeschlagen hatte oder anzuschlagen gewünscht hatte. Er erkundigte sich nach ihrer unerschütterlichen Gesundheit, nach ihrem kleinen und ausgemacht boshaften Freundeskreis in Boston und erklärte ihr, warum es ihm in Europa gefiel und er dort bis auf weiteres zu leben gedachte; letztere Erklärung war so feurig ausgefallen, daß er sie abgeschrieben hatte und in seinem Schreibtisch aufbewahrte. Diesen gehaltvollen Brief hatte er eines Vormittags nach dem Frühstück verfaßt, als er in einem neuen maßgeschneiderten seidenen Morgenmantel in seinem Schlafzimmer saß und hin und wieder aus dem Fenster auf den Canal Grande und zum Glockenturm von San Marco jenseits des Wassers sah. Als der Brief fertig war, hatte er sich neuen Kaffee gemacht und auf Dickies Hermes das Testament getippt, das ihm Dickies Einkünfte und Vermögen seiner diversen Bankkonten vermachte, und hatte es als Herbert Richard Greenleaf junior unterschrieben. Tom hielt es für das klügste, keinen Zeugen unterschreiben zu lassen, damit keine der Banken oder Mr. Greenleaf auf die Idee kam, wissen zu wollen, um wen es sich dabei handelte, obwohl Tom mit dem Gedanken gespielt hatte, einen italienischen Namen zu erfinden, beispielsweise den eines Menschen, den Dickie in seine Wohnung in Rom gebeten haben könnte, damit dieser das Testament als Zeuge bestätigte. Lieber ließ er es darauf ankommen, sein Glück mit einem zeugenlosen letzten Willen zu versuchen; Dickies Schreibmaschine war ohnehin so defekt, daß ihre Eigentümlichkeiten so auffällig waren wie die einer Handschrift, und er erinnerte sich, gehört zu haben, daß eigenhändig verfaßte Testamente nicht von Zeugen unterzeichnet sein mußten. Die Unterschrift zumindest war vollkommen und entsprach exakt der verspielten, verschlungenen Signatur Dickies in seinem Paß. Tom übte eine halbe Stunde lang, bevor er das Testament unterschrieb, machte Lokkerungsübungen mit den Fingern und malte seinen Namen zuerst auf einen

Schmierzettel und erst dann unter das Testament. Wehe dem, der es wagen sollte zu behaupten, die Unterschrift im Testament sei nicht Dickies Unterschrift! Tom spannte einen Briefumschlag in die Schreibmaschine ein und vermerkte darauf, das Kuvert sei nicht vor Juni dieses Jahres zu öffnen. Den Umschlag mit dem Testament steckte er in ein Seitenfach seines Koffers; es sollte aussehen, als befinde er sich dort schon seit einiger Zeit und Tom habe vergessen, ihn herauszunehmen. Dann verstaute er die Hermes Baby in ihrem Koffer, trug sie die Treppe hinunter und warf sie in den engen Kanal, der an seiner Gartenmauer entlang verlief und für Boote zu schmal war. Es erleichterte ihn, die Schreibmaschine los zu sein, obwohl er ihre Beseitigung bis jetzt hinausgeschoben hatte. Unbewußt, so vermutete er, hatte er geahnt, daß er das Testament oder etwas ähnlich Schwerwiegendes noch auf ihr schreiben mußte, bevor er auf sie verzichten konnte.

Die Entwicklung in den Fällen Greenleaf und Miles verfolgte Tom in den italienischen Zeitungen und in der Pariser Ausgabe der *Herald-Tribune* mit dem besorgten Interesse, wie es sich für einen Freund Dickies und Freddies geziemte. Gegen Ende März spekulierten die Zeitungen mit Dickies Tod; vielleicht war er von dem Täter oder den Tätern ermordet worden, die seine Unterschrift gefälscht hatten. In einer römischen Zeitung hieß es, ein Fachmann aus Neapel sei der Ansicht, daß die Unterschrift auf dem Brief, der die Fälschungen abstritt, ebenfalls eine Fälschung sei. Andere waren anderer Ansicht. Ein Polizeibeamter – nicht Roverini – mutmaßte, der oder die Schuldigen hätten Greenleaf *intimo* gekannt und Zugang zu dem Schreiben der Bank gehabt, das sie frech beantwortet hatten. »Rätselhaft bleibt«, wurde er zitiert, »neben der Identität des Fälschers die Frage, wie er sich Zugang zu dem Schreiben verschafft haben kann, denn der Hotelportier kann sich daran erinnern, daß er das Einschreiben Signor Greenleaf persönlich ausgehändigt hat. Außerdem erinnert der Portier sich daran, daß er Signor Greenleaf in Palermo nie in Begleitung gesehen hat ...«

Sie waren der Lösung des Rätsels noch näher gekommen, ohne auf sie zu kommen. Doch nachdem er das gelesen hatte, zitterte Tom minutenlang. Sie mußten nur noch einen Schritt tun; wäre damit nicht morgen oder spätestens übermorgen zu rechnen? Oder wußten sie die Antwort bereits und wollten ihn nur einlullen, damit er sich verriet – indem Tenente Roverini ihm alle paar Tage Auskünfte schickte, um ihn über die Suche nach Dickie auf dem laufenden zu halten –, und würden dann über ihn herfallen und ihm die Beweise unter die Nase halten?

Tom begann sich verfolgt zu fühlen, vor allem wenn er die lange enge Straße zu seiner Haustür entlangging. Die Viale San Spiridione war nichts als ein zweckdienlicher Spalt zwischen lotrechten Häusermauern, ohne ein einziges Geschäft und so lichtarm, daß er kaum seinen Weg sah, nichts als ununterbrochene Häuserfassaden und hohe, fest zugesperrte italienische Hauseingänge, die keine Unterbrechung in den Mauern bildeten. Bei einem Überfall könnte er sich nirgendwohin retten, in keinen Eingang verschwinden. Tom hatte keine genaue Vorstellung, wer ihn überfallen könnte. Nicht unbedingt die Polizei. Er fürchtete sich vor namenlosen, formlosen Dingen, die wie Furien in seinem Kopf spukten. Erst wenn er mit ein paar Cocktails seine Furcht bekämpft hatte, konnte er gelöst durch die San Spiridione gehen. Dann ging er großspurig pfeifend durch die Gasse.

An Cocktailpartys bestand kein Mangel, doch während der ersten zwei Wochen in seinem neuen Haus ging er nur zweimal aus. An Bekanntschaften bestand ebenfalls kein Mangel, und das infolge einer Begebenheit am ersten Tag seiner Wohnungssuche. Ein mit drei gigantischen Schlüsseln bewaffneter Angestellter einer Immobilienfirma hatte ihn zu einem Mietobjekt begleitet, einem Haus im Viertel San Stefano. Es stellte sich heraus, daß das Haus nicht nur bewohnt war, sondern daß die Bewohner eine Cocktailparty veranstalteten, und die Gastgeberin hatte darauf bestanden, daß Tom und sein Begleiter sich als Entschädigung für ihre vergebliche Mühe von ihr einladen ließen. Sie hatte das Haus vor einem Monat vermieten wollen, hatte es sich dann anders überlegt und vergessen, die Immobilienfirma zu informieren. Tom blieb auf einen Drink; er gab den reservierten und höflichen jungen Mann und lernte alle Gäste kennen – er vermutete, daß es sich um den Großteil der Winterbewohner Venedigs handelte, die es nach frischem Blut gelüstete, wie sich aus dem Eifer schließen ließ, mit dem sie ihn willkommen hießen, und ihm ihre Hilfe bei der Wohnungssuche anboten. Sein Name war ihnen nicht unbekannt; seine Beziehung zu Dickie Greenleaf verlieh ihm ein so immenses Sozialprestige, daß es sogar ihn verblüffte. Offenbar wollten sie ihn alle einladen, gnadenlos ausfragen und noch die kleinste Einzelheit aus ihm herausholen, um ihren stumpfsinnigen Alltag aufzulockern. Tom zeigte sich so zurückhaltend und freundlich, wie es sich für einen jungen

Mann in seiner Situation gehörte, einen sensiblen jungen Mann, der keinerlei Aufsehen gewohnt war und dessen Gefühle für Dickie von der Sorge um sein Wohlergehen gekennzeichnet waren.

Diese erste Party verließ er mit den Adressen von drei möglichen Mietobjekten (darunter sein späteres Haus) und Einladungen zu zwei weiteren Partys. Er ging zu der Party, deren Gastgeberin den Adelstitel Contessa Roberta (Titi) della Latta-Cacciaguerra trug. Nach Partys stand ihm der Sinn überhaupt nicht. Ihm war, als sähe er alle Anwesenden durch einen Nebelschleier, und es fiel ihm schwer, sich mit ihnen zu verständigen. Immer wieder mußte er bitten, daß man wiederholte, was man zu ihm gesagt hatte. Er langweilte sich entsetzlich. Doch er konnte die Leute benutzen, um zu üben. Ihre naiven Fragen (»Hat Dickie getrunken?« oder »Er war in Marge verliebt, nicht wahr?« oder »Wo könnte er sich wirklich versteckt halten, was meinen Sie?«) waren eine gute Übung für die schwierigeren Fragen, die ihm Mr. Greenleaf unweigerlich stellen würde, falls er ihn je wieder sah. Etwa zehn Tage nach Marges Brief wurde Tom allmählich nervös, denn Mr. Greenleaf hatte aus Rom weder geschrieben noch angerufen. In Momenten besonders großer Furcht malte Tom sich aus, daß Mr. Greenleaf von der Polizei in das Spiel, das sie mit Tom spielte, eingeweiht und zum Stillschweigen verpflichtet worden war.

Jeden Tag schaute er erwartungsvoll in den Briefkasten nach einem Brief von Marge oder Mr. Greenleaf, doch vergeblich. Das Haus war für sie hergerichtet. Seine Antworten auf ihre Fragen waren abrufbereit gespeichert. Es war, als warte er ununterbrochen darauf, daß eine Vorstellung endlich begann, der Vorhang sich hob. Aber vielleicht war Mr. Greenleaf so enttäuscht von ihm (von seinem eventuellen Mißtrauen ganz zu schweigen), daß er ihn ganz und gar zu ignorieren beabsichtigte. Und vielleicht wurde er darin von Marge unterstützt. Auf alle Fälle konnte er nicht verreisen, solange nichts geschehen war. Tom wollte verreisen, er wollte seine heißersehnte Reise nach Griechenland unternehmen. Er hatte sich einen Reiseführer gekauft und bereits eine Reiseroute für die Inseln festgelegt.

Dann, am Morgen des vierten April, rief ihn Marge an. Sie war in Venedig am Bahnhof.

»Ich komme und hole dich ab!« sagte Tom gut gelaunt. »Ist Mr. Greenleaf auch gekommen?«

»Nein, er ist in Rom geblieben. Ich bin allein. Du brauchst mich nicht abzuholen. Ich bleibe nur eine Nacht.«

»Unsinn!« sagte Tom, begierig, der erzwungenen Untätigkeit zu entkommen. »Ohne Hilfe findest du mein Haus nie im Leben.«

»O doch. Es ist ganz nah bei della Salute, nicht wahr? Ich nehme den *motoscafo* bis zum Markusplatz und von dort eine Gondel.«

Sie kannte sich aus. »Na gut, wenn du meinst.« Eben war ihm eingefallen, daß er gut daran täte, sich noch einmal im Haus umzusehen, bevor er sie hereinließ. »Hast du schon etwas gegessen?«

»Nein.«

»Prima! Dann gehen wir irgendwo essen. Paß auf, wenn du in den *motoscafo* steigst!«

Beide legten auf. Bedächtig und aufmerksam ging er durch das Haus, inspizierte die zwei großen Zimmer im oberen Stockwerk und das Wohnzimmer im Erdgeschoß. Nirgendwo irgend etwas aus Dickies Besitz. Er hoffte, daß das Haus nicht zu kostspielig eingerichtet wirkte. Ein silbernes Zigarettenetui, das er erst vor zwei Tagen gekauft und mit seinem Monogramm hatte versehen lassen, nahm er vom Tisch im Wohnzimmer und ließ es in der untersten Schublade einer Kommode im Eßzimmer verschwinden.

Anna war in der Küche mit dem Lunch beschäftigt.

»Anna, zum Lunch bekomme ich Besuch«, sagte Tom. »Eine junge Dame.«

Bei der Aussicht auf einen Gast trat ein Lächeln auf Annas Gesicht. »Eine junge Dame aus Amerika?«

»Ja. Eine alte Freundin. Wenn das Essen fertig ist, brauche ich Sie und Ugo heute nicht mehr. Wir bedienen uns selbst.«

»Va bene«, sagte Anna.

Anna und Ugo kamen vormittags um zehn Uhr und blieben gewöhnlich bis zwei. Tom wollte sie nicht in der Nähe haben, wenn er sich mit Marge unterhielt. Sie verstanden etwas Englisch, nicht genug, um einem Gespräch wirklich zu folgen, aber er wußte, daß sie die Ohren spitzen würden, wenn er und Marge über Dickie sprachen, und das paßte ihm nicht.

Tom machte Martinis und arrangierte die Gläser und einen Teller mit Kanapees auf einem Tablett im Wohnzimmer. Als er den Türklopfer hörte, ging er zur Tür und riß sie weit auf. »Marge! Wie schön, dich zu sehen! Komm herein!« Er nahm ihr den Koffer ab.

»Wie geht es dir, Tom? Mann – gehört das alles dir?« Sie sah sich um und schaute zu der hohen Kassettendecke empor.

»Das habe ich gemietet. Für einen Spottpreis«, sagte Tom bescheiden. »Darf ich dir etwas zu trinken anbieten? Erzähl mir, was es Neues gibt. Hast du die Polizei in Rom gesprochen?« Er legte ihren Mantel und ihre transparente Regenhaut auf einen Stuhl.

»Ja, und Mr. Greenleaf auch. Er ist sehr besorgt, verständlicherweise.« Sie setzte sich auf das Sofa.

Tom ließ sich ihr gegenüber in einem Sessel nieder. »Gibt es neue Erkenntnisse? Einer der Polizeibeamten hält mich zwar auf dem laufenden, aber er hat mir bisher nichts wirklich Neues mitgeteilt.«

»Na ja, sie haben herausgefunden, daß Dickie kurz vor seiner Abfahrt aus Palermo ungefähr tausend Dollar in Travellerschecks abgehoben hat. Das heißt, daß er mit diesem Geld vielleicht nach Griechenland oder Afrika verschwunden ist. Kein Mensch hebt tausend Dollar ab, wenn er sich das Leben nehmen will.«

»Stimmt«, sagte Tom zustimmend. »Das klingt doch ganz ermutigend! In den Zeitungen habe ich nichts davon gelesen.«

»Wahrscheinlich fanden sie es nicht wichtig genug.«

»Ja, lieber schreiben sie jede Menge Blödsinn über Dickies Frühstücksgewohnheiten in Mongibello«, sagte Tom, während er die Martinis einschenkte.

»Ist das nicht furchtbar! Jetzt beruhigen sie sich langsam, aber als Mr. Greenleaf ankam, war es gerade besonders fürchterlich. – Oh, danke schön!« Dankbar nahm sie das Glas entgegen.

»Wie geht es ihm?«

Marge schüttelte den Kopf. »Er tut mir so leid. Er sagt die ganze Zeit, daß die amerikanische Polizei nicht so unfähig wäre wie die italienische und so weiter, aber er kann kein Wort Italienisch, und das macht es noch schlimmer.«

»Was tut er in Rom?«

»Er wartet. Was kann unsereins schon tun? Ich habe meine Abreise noch einmal verschoben. Ich war mit Mr. Greenleaf in Mongibello und habe dort alle Leute ausgefragt, hauptsächlich natürlich um seinetwillen, aber sie konnten uns nichts sagen. Dickie war seit November nicht wieder dort.«

»Ja.« Tom nippte nachdenklich an seinem Martini. Marge war zuversichtlich, wie er erkennen konnte. Sogar jetzt noch strahlte sie die robuste Energie der typischen Pfadfinderin aus, eines Menschen, der viel Raum einnahm und jederzeit laut krachend irgend etwas umwerfen konnte, eines Menschen von unverwüstlicher Gesundheit, wenn auch nicht unbedingt immer tadellos gepflegt. Mit einemmal ging sie ihm entsetzlich auf die Nerven, doch er machte gute Miene zum bösen Spiel, stand auf, tätschelte ihr liebevoll die Schulter und gab ihr einen zarten Kuß auf die Wange. »Vielleicht hat er sich in Tanger oder sonstwo richtig gemütlich eingerichtet und wartet darauf, daß die ganze Aufregung sich legt.«

»Wenn das stimmt, wäre es ganz schön rücksichtslos von ihm!« sagte Marge lachend.

»Ich wollte niemandem einen Schrecken einjagen, als ich das über seine Niedergeschlagenheit gesagt habe. Ich dachte nur, es wäre meine Pflicht, dir und Mr. Greenleaf alles zu sagen.«

»Das verstehe ich. Und ich finde, du hast richtig gehandelt. Ich glaube nur nicht, daß du recht hast.« Sie lächelte ihr breites Lächeln, und ihre Augen glänzten vor Optimismus, einem Optimismus, der Tom völlig irrwitzig erschien.

Er stellte ihr vernünftige, praktische Fragen über die Ansichten der Polizei in Rom, über die Anhaltspunkte der Polizei (nicht nennenswert) und über das, was sie vom Fall Miles wußte. Im Fall Miles gab es ebenfalls nichts Neues, doch Marge wußte, daß man Freddie und Dickie gegen acht Uhr abends vor Dickies Haus gesehen haben wollte. Sie hielt diese Aussage für aufgebauscht und übertrieben.

»Vielleicht war Freddie betrunken, und vielleicht hatte Dickie einen Arm um ihn gelegt. Wie soll man so etwas im Dunkeln genau erkennen? Erzähl mir bloß nicht, daß Dickie Freddie ermordet hat!«

»Haben sie denn irgendwelche Indizien, die sie so etwas denken lassen?«

»Natürlich nicht!«

»Und warum können diese Burschen sich dann nicht endlich damit befassen, dem Mörder auf die Schliche zu kommen? Und herauszufinden, wo Dickie sich aufhält?«

»*Ecco!*« sagte Marge mit Nachdruck. »Jedenfalls ist die Polizei inzwischen überzeugt, daß Dickie von Palermo nach Neapel zurückgefahren ist. Ein

Steward hat sich daran erinnert, daß er sein Gepäck aus der Kabine getragen hat.«

»Tatsächlich?« sagte Tom. Er erinnerte sich ebenfalls an den Steward, einen ungeschickten kleinen Tolpatsch, der seinen Segeltuchkoffer hatte fallen lassen bei dem Versuch, ihn sich unter den Arm zu klemmen. »Wurde Freddie nicht viele Stunden später ermordet, nachdem er Dickie verlassen hatte?« fragte er unvermittelt.

»Nein. Das läßt sich nicht genau bestimmen. Und es scheint, als hätte Dickie kein Alibi, weil er zweifellos allein war. Das Pech bleibt ihm treu.«

»Sie glauben doch nicht wirklich, daß er Freddie umgebracht hat, oder?«

»Zugeben wollen sie es nicht. Aber es liegt irgendwie in der Luft. Natürlich können sie so was nicht rundheraus von einem amerikanischen Bürger behaupten, aber solange sie keine anderen Verdächtigen haben und Dickie verschwunden bleibt ... Und dann behauptet diese Hausverwalterin in Rom, daß Freddie zu ihr gekommen wäre, um sie zu fragen, wer in Dickies Wohnung lebte oder so ähnlich. Sie soll behauptet haben, Freddie hätte verärgert ausgesehen, als hätte er mit Dickie Streit gehabt. Sie hat gesagt, er hätte wissen wollen, ob Dickie allein lebte.«

Tom runzelte die Stirn. »Warum wollte er das wissen?«

»Ich habe keine Ahnung. Freddies Italienisch war nicht besonders gut, und vielleicht hat die Frau sich verhört. Aber allein, daß Freddie wütend war, läßt Dickie schon in ungünstigem Licht erscheinen.«

Tom hob die Augenbrauen. »Ich würde eher sagen, daß es Freddie in ungünstigem Licht erscheinen läßt. Vielleicht war Dickie gar nicht wütend.« Er war ruhig und gelassen, denn er konnte sehen, daß Marge den Braten nicht gerochen hatte. »Ich würde mir darüber nicht weiter den Kopf zerbrechen. Das führt doch zu nichts. Und ich glaube, daß in Wirklichkeit gar nichts dahintersteckt.« Er füllte ihr Glas nach. »Apropos Afrika – haben sie in Tanger schon Erkundigungen eingezogen? Dickie hat manchmal davon gesprochen, daß er nach Tanger wollte.«

»Ich glaube, sie haben die Polizei überall benachrichtigt. Ich finde, sie sollten die französische Polizei herkommen lassen. Die Franzosen sind in solchen Fällen wahnsinnig gut. Aber das geht natürlich nicht. Wir sind ja in Italien«, sagte sie, und zum erstenmal zitterte ihre Stimme nervös.

»Sollen wir hier essen?« fragte Tom. »Mein Hausmädchen ist bis zum frühen Nachmittag da; das können wir ausnutzen.« Er sagte es im selben Augenblick, in dem Anna kam, um zu sagen, daß der Lunch fertig sei.

»Wie herrlich!« sagte Marge. »Es regnet sowieso ein bißchen.«

»Pronta la colazione, signore«, sagte Anna lächelnd, den Blick auf Marge geheftet.

Anna erkannte sie von den Zeitungsfotos, begriff Tom. »Sie und Ugo können jetzt gehen, Anna. Vielen Dank.«

Anna ging in die Küche zurück – es gab einen Nebeneingang, der auf eine kleine Gasse führte und den die Hausangestellten benutzten –, doch Tom hörte, wie sie sich mit der Kaffeemaschine zu schaffen machte, zweifellos in der Hoffnung, noch einen Blick auf Marge zu erhaschen.

»Und Ugo?« sagte Marge. »Gleich zwei Hausangestellte!«

»Ach, hier gibt es immer alles paarweise. Du wirst es nicht glauben, aber diese Wohnung kostet mich fünfzig Dollar im Monat, allerdings ohne Heizung.«

»Das glaube ich dir nicht! Das sind ja Preise wie in Mongibello!«

»So ist es. Natürlich kostet die Heizung ein Vermögen, aber ich habe nicht vor, andere Räume als mein Schlafzimmer zu heizen.«

»Es kommt mir überhaupt nicht kalt vor.«

»Oh, dir zu Ehren habe ich natürlich eingeheizt, was das Zeug hält«, sagte Tom und lächelte.

»Was ist passiert? Hat eine deiner Tanten das Zeitliche gesegnet und dir ihr ganzes Vermögen hinterlassen?« fragte Marge, die noch immer vor Bewunderung die Augen rollte.

»Nein, es war meine eigene Idee. Ich habe beschlossen, sorgloser zu leben, solange mein Geld reicht. Du weißt ja, daß die Sache mit der Bewerbung in Rom nicht geklappt hat; da saß ich nun mit meinen letzten zweitausend Dollar, und deshalb habe ich einfach beschlossen, das Geld auszugeben und danach mit leeren Taschen nach Hause zurückzufahren und ganz von vorne anzufangen.« Tom hatte ihr geschrieben, daß er sich bei einer amerikanischen Firma beworben hatte, die Hörgeräte in Europa vertreiben wollte, die Stelle aber nicht bekommen hatte, weil sie ihm nicht zusagte und der Firmenvertreter ihn auch nicht für geeignet hielt. Außerdem hatte er ihr geschrieben, daß der Mann eine Minute nach Toms Gespräch mit ihr erschienen war und er deshalb keine Möglichkeit gehabt hatte, sich mit ihr bei Angelo zu treffen.

»Wenn du auf so großem Fuß lebst, werden die zweitausend Dollar nicht lange vorhalten.«

Tom wußte, daß sie herausfinden wollte, ob Dickie ihm Geld gegeben hatte. »Bis zum Sommer wird es reichen«, sagte er gleichmütig. »Und ich will mich jetzt zur Abwechslung einmal ein bißchen verwöhnen. Fast den ganzen Winter bin ich im Land herumzigeunert und habe gewissermaßen von der Luft gelebt.«

»Wo warst du eigentlich den ganzen Winter?«

»Na ja, jedenfalls nicht mit Tom, ich meine, nicht mit Dickie zusammen«, sagte er lachend, von seinem Versprecher verwirrt. »Auch wenn du das gedacht hast. Ich habe ihn nicht viel häufiger zu sehen bekommen als du.«

»Jetzt übertreib mal nicht«, sagte Marge in einem Ton, der verriet, daß sie nicht mehr ganz nüchtern war.

Tom bereitete noch mehr Martinis zu. »Bis auf die Fahrt nach Cannes und die zwei Tage im Februar in Rom habe ich Dickie so gut wie nie gesehen.« Das stimmte nicht ganz, denn er hatte ihr geschrieben, daß Tom nach der Fahrt nach Cannes mehrere Tage bei Dickie in Rom war, doch jetzt, als er Marge gegenüberstand, schämte er sich bei der Vorstellung, daß sie wußte oder argwöhnte, daß er so lange mit Dickie zusammengewesen war und daß er und Dickie sich möglicherweise hatten zuschulden kommen lassen, was sie Dickie in ihrem letzten Brief vorgeworfen hatte. Er verachtete sich selbst für diese Feigheit.

Während des Essens – Tom bedauerte zutiefst, daß das Hauptgericht kaltes Roastbeef war, ein schier unerschwinglicher Luxus für italienische Hausfrauen – fragte Marge ihn über Dickies Gemütsverfassung in Rom scharfsinniger aus als jeder Polizeibeamte. Tom mußte einräumen, daß er nach der Reise nach Cannes zehn Tage mit Dickie in Rom verbracht hatte, und wurde über alles ausgefragt, von Dickies Malerkollegen Di Massimo bis zu Dickies Appetit und der Uhrzeit, zu der er aufzustehen pflegte.

»Was glaubst du, was er für mich empfunden hat? Sag mir die Wahrheit. Ich kann es ertragen.«

»Ich glaube, er hat sich deinetwegen Sorgen gemacht«, sagte Tom mit ernster Miene. »Ich glaube – nun ja, er war in einer dieser Situationen, wie sie sich oft ergeben, wenn man als Mann vor der Ehe Reißaus nimmt –«

»Aber ich habe nie verlangt, daß er mich heiratet!« protestierte Marge.

»Ich weiß, aber ...« Tom zwang sich weiterzusprechen, obwohl ihm das Thema wie Essig den Mund zusammenzog. »Sagen wir, er konnte die Verantwortung dafür, daß du ihn so gern hattest, nicht ertragen. Ich glaube, er wollte eine ungezwungenere Beziehung zu dir haben.« Das sagte ihr alles und nichts.

Marge starrte ihn einen Augenblick lang auf ihre alte verzweifelte Art an, doch dann riß sie sich tapfer zusammen und sagte: »Was soll's, das ist jetzt sowieso Schnee von gestern. Ich will nur wissen, was Dickie mit sich angestellt hat.«

Auch ihr Zorn darüber, daß er offenbar den ganzen Winter mit Dickie verbracht hatte, war verraucht, dachte Tom, weil sie es anfangs nicht hatte glauben wollen und jetzt nicht mehr glauben mußte. Tom fragte sie behutsam: »Hat er dir denn nicht aus Palermo geschrieben?«

Marge schüttelte den Kopf. »Nein. Warum?«

»Ich wollte nur wissen, wie du seine damalige Verfassung beurteilt hättest. Hast du ihm geschrieben?«

Sie zögerte. »Ja – habe ich.«

»Was war das für ein Brief? Ich frage das nur, weil ein unfreundlicher Brief unter Umständen gewisse Auswirkungen auf Dickies Stimmung gehabt haben könnte.«

»Ach, schwer zu sagen, was für eine Art von Brief das war. Ein ziemlich freundlicher Brief. Ich habe ihm geschrieben, daß ich in die Staaten zurückfahre.« Sie schaute ihn mit großen Augen an.

Tom genoß es, ihr Gesicht zu beobachten, einen anderen dabei zu beobachten, wie er sich schämte, weil er log. Das war der dreckige Brief gewesen, in dem sie ihm gesagt hatte, sie habe die Polizei davon informiert, daß er und Dickie unzertrennlich seien. »Dann hat es wahrscheinlich nichts zu bedeuten«, sagte Tom.

Sie schwiegen eine Zeitlang; dann fragte Tom sie über ihr Buch aus, über den Verleger und wieviel Arbeit an dem Buch noch zu tun war. Marge antwortete enthusiastisch. Auf Tom wirkte es, als würde sie, sofern sie nur Dickie wiederhaben und ihr Buch vor dem nächsten Winter veröffentlichen konnte, höchstwahrscheinlich mit einem lauten und lustigen Knall vor lauter Glück platzen – Ende, aus.

»Meinst du, ich sollte Mr. Greenleaf zu sprechen versuchen?« fragte Tom.

»Ich hätte nichts dagegen, nach Rom zu kommen ...« Er hätte sehr wohl etwas dagegen, fiel ihm ein, denn in Rom gab es viel zu viele Leute, die ihn als Dickie Greenleaf erlebt hatten. »Oder meinst du, er würde gerne nach Venedig kommen? Er könnte bei mir wohnen. Wo wohnt er in Rom?«

»Bei amerikanischen Freunden, die eine große Wohnung haben. Eine Familie Northup in der Via Quattro Novembre. Es wäre nett, wenn du ihn anrufen würdest. Ich schreibe dir die Adresse auf.«

»Das ist eine gute Idee. Er mag mich nicht besonders, stimmt's?«

Marge verzog den Mund zu einem Lächeln. »Tja, nun, es stimmt. Ich glaube, er ist ein bißchen ungerecht in seinem Urteil über dich. Wahrscheinlich denkt er, du hättest dich auf Dickies Kosten durchgeschnorrt.«

»Das habe ich nicht. Es tut mir leid, daß ich es nicht geschafft habe, Dickie zu einer Rückkehr zu bewegen, aber ich habe ihm alles erklärt. Ich habe ihm den denkbar nettesten Brief geschrieben, als ich erfahren habe, daß Dickie vermißt wurde. Hat das gar nichts genützt?«

»Ich glaube schon, aber ... Oh, Tom, das tut mir wirklich schrecklich leid! Das schöne Tischtuch!« Marge hatte ihren Martini umgestoßen. Ungeschickt tupfte sie mit ihrer Serviette an der gehäkelten Tischdecke herum.

Tom kam mit einem nassen Geschirrtuch aus der Küche gelaufen. »Alles in Ordnung«, sagte er, während er sah, daß das Holz der Tischplatte sich trotz seiner Bemühungen weißlich verfärbte. Ihm ging es nicht um das Tischtuch, sondern um den schönen Tisch.

»Es tut mir so schrecklich leid«, jammerte Marge weiter.

Tom verabscheute sie. Plötzlich erinnerte er sich an ihren Büstenhalter, der in Mongibello von der Fensterbank gehangen hatte. Heute nacht würde ihre Unterwäsche auf seinen Stühlen ausgebreitet liegen, falls er sie zum Übernachten aufforderte. Die Vorstellung hatte etwas Abstoßendes. Er lächelte sie ganz bewußt über den Tisch hinweg an. »Ich hoffe, du beehrst mein Haus mit deinem Besuch und übernachtest hier. Nicht in meinem Bett«, fügte er lachend hinzu, »aber in meinem Gästezimmer im oberen Stockwerk.«

»Tausend Dank. Das nehme ich gerne an.« Sie strahlte ihn an.

Tom gab ihr sein eigenes Zimmer, denn das Bett in seinem Gästezimmer war nur eine bessere Couch und nicht so bequem wie sein französisches Bett; nach dem Lunch zog Marge sich zurück, um sich hinzulegen. Tom wanderte ruhelos durch die übrigen Räume und überlegte, ob es irgend etwas in seinem Zimmer gab, was er entfernen sollte. Dickies Paß hatte im Futter eines Koffers gesteckt, der sich im Wandschrank befand – das fiel ihm ein, doch den Paß hatte er mit Dickies übriger Habe bei American Express eingelagert. Er konnte sich auf keinen einzigen verräterischen Gegenstand in seinem Zimmer besinnen und beschloß, nicht länger darüber nachzugrübeln. Später führte er Marge im ganzen Haus herum und zeigte ihr das Regal mit ledergebundenen Büchern in dem Zimmer neben seinem Schlafzimmer; er behauptete, die Bücher gehörten zum Inventar des Hauses, obwohl er sie in Rom und Palermo und Venedig gekauft hatte. Ihm fiel ein, daß etwa zehn dieser Bücher in seiner Wohnung in Rom gestanden hatten und daß der junge Polizist in Roverinis Begleitung sich zu den Büchern gebeugt hatte, um die Titel zu studieren. Aber darüber mußte man sich keine Sorgen machen, selbst wenn der Polizist wiederkommen sollte. Er zeigte Marge den Haupteingang mit den breiten Steinstufen. Es herrschte Ebbe, und die zwei untersten Stufen bedeckte dickes, nasses Moos, eine glitschige Sorte Moos mit langen strähnigen Fasern, die wie wirres grünes Haar über die Kanten hingen. Tom fand den Anblick abstoßend, doch Marge fand es höchst romantisch. Sie beugte sich darüber und starrte in das tiefe Wasser des Kanals. Tom verspürte den Drang, sie hineinzustoßen.

»Können wir heute abend mit einer Gondel herfahren und von dieser Seite ins Haus gehen?« fragte sie.

»Aber sicher.« Sie wollten heute abend zum Essen ausgehen. Tom fürchtete sich vor dem langen italienischen Abend, der vor ihnen lag, denn vor zehn Uhr würden sie nicht essen, und danach würde sie zweifellos bis um zwei Uhr morgens am Markusplatz über einem Espresso nach dem anderen sitzen wollen.

Tom blickte zum verhangenen sonnenlosen venezianischen Himmel auf und betrachtete eine Möwe, die herunterglitt und sich auf den Stufen eines Hauses jenseits des Kanals niederließ. Er überlegte, welche seiner neuen venezianischen Freunde er anrufen sollte, um zu fragen, ob er gegen fünf Uhr mit Marge auf einen Cocktail vorbeikommen könne. Fraglos wären sie alle entzückt, sie kennenzulernen. Er entschied sich für den Engländer Peter Smith-Kingsley. Peter hatte einen Afghanen, ein Klavier und eine wohlgefüllte Bar. Tom entschied sich für Peter, weil Peter seine Gäste nie fortlassen wollte. Dort konnten sie bleiben, bis es Zeit wäre, essen zu gehen.

24

Von Peter Smith-Kingsleys Haus aus rief Tom gegen sieben Uhr Mr. Greenleaf an. Mr. Greenleafs Stimme klang versöhnlicher, als Tom erwartet hatte, und erbarmenswert hungrig nach den Informationskrumen über Dickie, die Tom ihm gab. Peter und Marge und die Franchettis – attraktive Brüder aus Triest, die Tom vor kurzem kennengelernt hatte – konnten vom Nebenzimmer aus fast jedes seiner Worte hören, und Tom hatte den Eindruck, daß ihm dieser Umstand half, sich seiner Aufgabe besser zu entledigen, als er es allein gekonnt hätte.

»Ich habe Marge alles erzählt, was ich weiß«, sagte er, »so daß sie Ihnen alles sagen kann, was ich in der Zwischenzeit vergessen habe. Es tut mir nur leid, daß ich der Polizei so gar nicht weiterhelfen konnte.«

»Diese Polizei!« sagte Mr. Greenleaf verächtlich. »Langsam glaube ich, daß Richard nicht mehr lebt. Aus irgendeinem Grund wollen die Italiener bloß nicht mit der Sprache heraus. Sie führen sich auf wie blutige Amateure – oder wie alte Damen, die Detektiv spielen.«

Die Unverblümtheit, mit der Mr. Greenleaf die Möglichkeit angesprochen hatte, daß Dickie nicht mehr lebte, verblüffte Tom. »Glauben Sie denn, Dikkie hätte sich möglicherweise das Leben genommen?« fragte er ihn behutsam.

Mr. Greenleaf seufzte. »Ich weiß es nicht. Aber ich halte es für möglich, ja. Wissen Sie, Tom, ich habe meinen Sohn nie für seelisch robust gehalten.«

»Ich fürchte, da muß ich Ihnen recht geben«, sagte Tom. »Wollen Sie Marge sprechen? Sie ist im Zimmer nebenan.«

»Nein, nein, danke. Wann kommt sie zurück?«

»Ich glaube, sie hat gesagt, sie wolle morgen nach Rom zurückfahren. Sollten Sie in Betracht ziehen, nach Venedig zu kommen, vielleicht für eine kurze Ruhepause, dann wären Sie in meinem Haus jederzeit als Gast willkommen, Mr. Greenleaf.«

Doch Mr. Greenleaf schlug die Einladung aus. Tom fragte sich, warum er immer ein Brikett zuviel nachschob – als wollte er sich um jeden Preis Schwierigkeiten einbrocken! Mr. Greenleaf dankte ihm für seinen Anruf und verabschiedete sich sehr höflich.

Tom ging in das Nebenzimmer zurück. »Keine neuen Nachrichten aus Rom«, sagte er betrübt zu den anderen.

»Oh!« Peter sah enttäuscht aus.

»Hier, Peter, für das Telefongespräch«, sagte Tom und legte zwölfhundert Lire auf Peters Klavier. »Und vielen Dank.«

»Ich habe eine Idee«, begann Pietro Franchetti in seinem britischen Englisch. »Dickie Greenleaf hat den Paß mit einem neapolitanischen Fischer oder von mir aus mit einem römischen Hausierer getauscht, um das friedliche Leben führen zu können, das er sich immer gewünscht hat. Zufällig ist der neue Besitzer des Passes von Dickie Greenleaf aber ein weniger guter Fälscher, als er gedacht hatte, und mußte deshalb ziemlich plötzlich untertauchen. Die Polizei sollte sich nach einem Burschen umsehen, der keine *carta d'identità* vorweisen kann, und dann den Mann suchen, der sich so nennt wie dieser Bursche, und dieser Mann wird sich als Dickie Greenleaf entpuppen!«

Alle lachten, Tom am lautesten.

»Der Nachteil dieser Idee ist nur«, sagte Tom, »daß eine Menge Leute, die Dickie kennen, ihn im Januar und im Februar gesehen haben –«

»Wer denn?« unterbrach ihn Pietro mit der enervierenden italienischen Streitlust, die noch enervierender war, wenn das Gespräch auf englisch geführt wurde.

»Ich beispielsweise. Aber laut den Angaben der Bank stammen die Fälschungen aus dem Dezember.«

»Trotzdem ist es eine Idee«, quietschte Marge, die auf Peters Chaiselongue lümmelte und von ihrem dritten Drink euphorisiert war. »Eine typische Dickie-Idee. Vielleicht hat er es direkt nach Palermo getan, als zu allem anderen noch das Problem mit den gefälschten Empfangsbestätigungen hinzukam. Das mit den Fälschungen habe ich nie geglaubt. Ich glaube, Dickie hat sich so sehr verändert, daß sich auch seine Handschrift verändert hat.«

»Das glaube ich auch«, sagte Tom. »Außerdem ist man sich in der Bank auch nicht einig darüber. Weder in Amerika noch in Neapel. Die Bank in Neapel wäre sowieso nie auf die Idee gekommen, daß sie es mit Fälschungen zu tun hat, wenn die amerikanische Bank nicht davon angefangen hätte.«

»Ich frage mich, was heute abend in den Zeitungen stehen wird«, sagte Peter aufgekratzt und zog den Mokassin wieder an, den er abgestreift hatte, vermutlich weil er zu eng war. »Soll ich welche holen?«

Doch einer der Franchettis bot ebenfalls an zu gehen und eilte hinaus. Lorenzo Franchetti trug eine bestickte pinkrosa Weste *all' inglese*, einen nach englischem Muster geschneiderten Anzug und englische Schuhe mit dicken Sohlen, und sein Bruder war ähnlich gekleidet. Peter hingegen war von Kopf bis Fuß italienisch ausstaffiert. Auf Partys und im Theater war Tom bereits aufgefallen, daß englisch gekleidete Männer fast immer Italiener waren und umgekehrt.

Als Lorenzo mit den Zeitungen zurückkam, trafen weitere Gäste ein, zwei Italiener und zwei Amerikaner. Die Zeitungen wurden herumgereicht. Erneute Diskussionen, erneuter Austausch idiotischer Spekulationen, erneute Aufregung über die Tagesneuigkeit: Dickies Haus in Mongibello war für das Doppelte des ursprünglich von ihm verlangten Preises an einen Amerikaner verkauft worden. Das Geld wurde von einer Bank in Neapel verwaltet, bis er es abholte.

In derselben Zeitung gab es eine Karikatur von einem Mann auf den Knien, der unter seinem Schreibtisch nachschaute. Seine Frau fragte ihn: »Suchst du einen Hemdknopf?«, und er antwortete: »Nein, ich suche nach Dickie Greenleaf.«

Tom hatte gehört, daß in römischen Varietés die Ermittlungen ebenfalls auf die Schippe genommen wurden.

Einer der neueingetroffenen Amerikaner, der Rudy Soundso hieß, lud Tom und Marge auf eine Cocktailparty am nächsten Tag in seinem Hotel ein. Tom wollte ablehnen, doch Marge sagte, sie komme mit Vergnügen. Tom hatte nicht damit gerechnet, daß sie am nächsten Tag noch da war, weil sie beim Lunch von ihrer Rückfahrt gesprochen hatte. Die Party würde tödlich langweilig sein, dachte er. Rudy war ein unkultiviertes Großmaul in angeberischer Kleidung, das sich als Antiquitätenhändler bezeichnete. Tom bugsierte sich und Marge aus dem Haus, bevor sie weitere Einladungen annahm, die in noch weitere Zukunft weisen konnten.

Marge war von einer Albernheit, die Tom das ganze lange fünfgängige Essen hindurch auf die Nerven fiel, doch er rang sich die übermenschliche Anstrengung ab, auf sie einzugehen – wie ein wehrloser Frosch, der unter Stromstößen zuckte, dachte er –, und nahm den Ball auf, den sie ihm zuspielte, und dribbelte eine Weile damit. Er sagte Dinge wie: »Vielleicht hat Dickie sich auf einmal in seiner Malerei verwirklicht und ist wie Gauguin auf eine Südseeinsel entflohen.« Es machte ihn ganz krank. Marge knüpfte daran Phantastereien über Dickie und die Südsee und untermalte sie mit trägen Gesten. Das Schlimmste stand ihm noch bevor, dachte Tom: die Fahrt in der Gondel. Sollte sie die Hände ins Wasser hängen lassen, hoffte er, daß ein Hai sie abbeißen würde. Er bestellte ein Dessert, das er nicht hinunterbekam, aber Marge aß es.

Marge wollte natürlich eine Gondel für sie allein, statt mit einem der regulären *traghetti* überzusetzen, die bis zu zehn Leute vom Markusplatz zu der Treppe vor Santa Maria della Salute beförderten. Es war halb zwei Uhr morgens. Von den zu vielen Tassen Espresso hatte Tom einen dunkelbraunen Geschmack im Mund, sein Herz flatterte wie Vogelschwingen, und er rechnete nicht damit, vor Morgengrauen einzuschlafen. Er war erschöpft und lehnte fast so schlaff wie Marge in der Gondel, sorgsam darauf bedacht, daß sein Oberschenkel den ihren nicht berührte. Marge war noch immer überschwenglicher Laune und unterhielt sich jetzt mit einem Monolog über den Sonnenaufgang in Venedig, den sie offenbar anläßlich eines anderen Aufenthalts erlebt hatte. Das leise Schaukeln des Boots und das rhythmische Eintauchen des Ruders verursachten Tom leise Übelkeit. Die Wasserfläche zwischen der Bootshaltestelle San Marco und den Treppenstufen seines Hauses schien sich unendlich zu dehnen.

Die Stufen lagen jetzt bis auf die zwei obersten unter Wasser, das die dritte knapp bedeckte, so daß die Moossträhnen unappetitlich darin wehten. Tom bezahlte den *gondoliere* geistesabwesend und stand vor den riesigen Türen, bevor er merkte, daß er den Schlüssel vergessen hatte. Er sah sich nach einer Gelegenheit um, in das Haus zu gelangen, doch von den Stufen aus konnte er nicht einmal eine Fensterbrüstung erreichen. Bevor er ein Wort sagen konnte, prustete Marge los.

»Du hast den Schlüssel nicht mit! Nein, wie komisch, mitten im stürmischen Meer auf der Treppe gestrandet und ohne Schlüssel!«

Tom quälte sich ein Lächeln ab. Warum zum Henker sollte er zwei ellenlange Schlüssel mit sich herumschleppen, die so schwer waren wie zwei Revolver? Er drehte sich um und rief dem *gondoliere* nach, er solle kehrtmachen.

»Ah!« kicherte der *gondoliere* über das Wasser. »*Mi dispiace, signore! Devo ritornare a San Marco! Ho un appuntamento!*« Er ruderte weiter.

»Wir haben keinen Schlüssel!« rief Tom auf italienisch.

»*Mi dispiace, signore!*« erwiderte der Gondoliere. »*Mandarò un altro gondoliere!*«

Marge lachte wieder. »Oh, irgendein anderer *gondoliere* wird uns retten! Ist das nicht herrlich?« Sie reckte sich auf die Zehenspitzen.

Die Nacht war alles andere als herrlich. Es war empfindlich kühl und hatte leise, aber merklich zu regnen begonnen. Vielleicht konnte er den regulären Fährdienst dazu bewegen, sie zu holen, aber kein *traghetto* war zu sehen. Das einzige Boot in Sichtweite war ein *motoscafo*, der sich der Anlegestelle am Markusplatz näherte. Es war nicht anzunehmen, daß der *motoscafo* sich die Mühe machen würde, sie abzuholen, doch Tom versuchte trotzdem, auf sie aufmerksam zu machen. Er fuhr an ihnen vorbei, voller Licht und voller Leute, und legte an dem hölzernen Pier jenseits des Kanals an. Marge saß untätig auf der obersten Stufe, die Arme um die Knie geschlungen. Zu guter Letzt verlangsamte ein niedriges Motorboot, das wie ein Fischerboot aussah, seine Geschwindigkeit, und eine Stimme rief auf italienisch: »Ausgesperrt?«

»Wir haben den Schlüssel vergessen!« erklärte Marge munter.

Doch sie wollte nicht einsteigen. Sie sagte, sie wolle auf der Treppe warten, bis Tom ihr von innen öffnete. Tom sagte, es könne eine Viertelstunde und länger dauern und sie würde sich zweifellos erkälten, und schließlich gab sie nach. Der Italiener brachte sie zum nächsten Anlegeplatz vor Santa Maria della Salute. Er weigerte sich, Geld zu nehmen, aber Toms angebrochenes Päckchen amerikanische Zigaretten nahm er an. Ohne zu wissen, warum, fürchtete Tom sich auf dem Weg mit Marge durch San Spiridione in dieser Nacht mehr, als wenn er allein gewesen wäre. Marge war von der Gasse selbstverständlich völlig unbeeindruckt und redete ununterbrochen weiter.

25

Am nächsten Morgen wurde Tom sehr früh durch das Geräusch seines Türklopfers geweckt. Er griff nach seinem Morgenmantel und ging hinunter. Es war ein Telegramm, und er mußte schnell nach oben zurücklaufen, um ein Trinkgeld für den Austräger zu holen. Er stand im Wohnzimmer und las es.

HABE ES MIR UEBERLEGT. WUERDE DICH GERNE SEHEN. ANKOMME 11.45 VORMITTAGS.
H. GREENLEAF

Tom fröstelte. Tja, gerechnet hatte er damit, dachte er. Aber nicht wirklich. Er fürchtete sich davor. Oder nur wegen der frühen Stunde? Es war noch fast dunkel. Das Wohnzimmer sah grau und grauenerregend aus. Die vertrauliche Anrede verlieh dem Telegramm diese unheimliche, archaische Note. Für gewöhnlich wiesen italienische Telegramme noch viel bizarrere Schreibfehler auf. Und was wäre, wenn sie statt H. Greenleaf R. oder D. Greenleaf geschrieben hätten? Wie hätte er sich dann gefühlt?

Er hastete nach oben, sprang in sein warmes Bett und versuchte einzuschlafen. Eine Zeitlang konnte er sich nicht von der Vorstellung befreien, daß Marge in sein Zimmer kommen oder an die Tür klopfen würde, weil sie durch den Lärm an der Haustür geweckt worden war, doch schließlich nahm er an, daß sie nichts gehört hatte. Er stellte sich vor, wie er Mr. Greenleaf an der Tür begrüßte, ihm fest die Hand schüttelte, und versuchte sich seine Fragen auszudenken, doch vor Schläfrigkeit verschwamm alles in seiner Vorstellung und hinterließ ein Gefühl von Angst und Unbehagen. Er war zu schlaftrunken, um sich konkrete Fragen und Antworten auszudenken, und zu angespannt, um einzuschlafen. Er wollte Kaffee machen und Marge wecken, damit er jemanden hatte, mit dem er reden konnte, doch er brachte es nicht über sich, das Zimmer zu betreten und die Unterwäsche und Strumpfgürtel überall herumliegen zu sehen, nein, auf keinen Fall.

Marge weckte ihn zuletzt; sie sagte, sie habe Kaffee gemacht.

»Stell dir mal vor«, sagte Tom mit breitem Lächeln, »ich habe heute morgen ein Telegramm von Mr. Greenleaf erhalten – er kommt mittags an.«

»Wirklich? Wann hast du das Telegramm bekommen?«

»Heute morgen, ganz früh. Falls es nicht ein Traum war.« Tom suchte es hervor. »Hier.«

Marge las es. »Würde dich gerne sehen«, sagte sie mit leisem Lachen. »Wie nett von ihm. Es wird ihm guttun, hoffe ich wenigstens. – Kommst du runter, oder soll ich dir den Kaffee hochbringen?«

»Ich komme runter«, sagte Tom und zog seinen Morgenmantel an.

Marge war bereits angekleidet; sie trug Hosen und einen Pullover, schwarze Cordhosen, gut geschnitten, wahrscheinlich Maßarbeit, wie Tom vermutete, weil sie selbst diesem Kartoffelsack paßten. Sie saßen über ihrem Kaffee, bis Anna und Ugo mit Milch und Brötchen und den Morgenzeitungen kamen.

Sie machten sich neuen Kaffee und heiße Milch und setzten sich in das Wohnzimmer. Es war einer der Tage, an denen morgens nichts in der Zeitung über Dickie oder den Miles-Mordfall stand. An manchen Morgen war es so, doch die Abendzeitungen würden wieder neue Meldungen bringen, selbst wenn es gar nichts Neues zu berichten gab, als wollten sie das Publikum nur daran erinnern, daß Dickie noch immer verschwunden und der Miles-Mord noch immer nicht aufgeklärt war.

Marge und Tom gingen zum Bahnhof, um Mr. Greenleaf um Viertel vor zwölf abzuholen. Es regnete wieder; Wind und Kälte bliesen ihnen die Tropfen wie Hagelkörner ins Gesicht. Sie standen unter dem Bahnhofsdach und beobachteten die Reisenden, die durch die Sperre kamen, bis Mr. Greenleaf mit ernster und aschfahler Miene erschien. Marge sprang auf ihn zu und küßte ihn auf die Wange, und er lächelte sie an.

»Hallo, Tom!« sagte er herzlich und streckte die Hand aus. »Wie geht es Ihnen?«

»Sehr gut, Sir. Und Ihnen?«

Mr. Greenleaf hatte nur einen kleinen Koffer mitgebracht, doch ihn einem Gepäckträger anvertraut, der mit ihnen im *motoscafo* mitkam, obwohl Tom angeboten hatte, den Koffer zu tragen. Tom schlug vor, daß man zu seinem Haus fuhr, doch Mr. Greenleaf wollte zuerst ein Hotelzimmer reservieren. Er ließ sich nicht beirren.

»Ich komme zu Ihnen, sobald das erledigt ist. Ich dachte, ich versuche es mit dem Gritti. Liegt das in der Nähe Ihres Hauses?« fragte Mr. Greenleaf.

»Nicht allzu nah, aber bis zum Markusplatz sind es nur ein paar Schritte, und von dort können Sie mit einer Gondel übersetzen«, sagte Tom. »Wenn Sie nur Ihren Koffer abstellen wollen, begleiten wir Sie gerne. Ich dachte, wir könnten miteinander zum Lunch gehen – das heißt, wenn Sie nicht zuerst mit Marge sprechen wollen.« Wieder ganz der alte selbstlose Tom Ripley.

»Bin vor allem hier, um mit Ihnen zu sprechen!« sagte Mr. Greenleaf.

»Gibt es Neuigkeiten?« fragte Marge.

Mr. Greenleaf schüttelte den Kopf. Er warf immer wieder nervöse, zerstreute Blicke aus dem Fenster des *motoscafo*, als nötige ihn die Fremdheit der Stadt, hinzusehen, obwohl er nichts davon wahrnahm. Toms Frage bezüglich des Mittagessens hatte er nicht beantwortet. Tom verschränkte die Arme, setzte eine freundliche Miene auf und hielt den Mund. Der Bootsmotor verursachte ohnedies genug Lärm. Mr. Greenleaf und Marge unterhielten sich nebenbei über gemeinsame Bekannte in Rom. Tom entnahm ihren Worten, daß Marge und Mr. Greenleaf sich gut verstanden, obwohl Marge gesagt hatte, sie habe ihn erst in Rom kennengelernt.

Sie gingen zu einem bescheidenen Restaurant, das zwischen dem Gritti und der Rialtobrücke lag und auf Meeresfrüchte spezialisiert war, die man auf einer langen Theke im Inneren des Lokals ausgestellt fand. Auf einer der Platten lagen die kleinen dunkelvioletten Kraken, die Dickie so gern gegessen hatte, und Tom sagte im Vorbeigehen mit einer Kopfbewegung zu Marge: »Wie schade, daß Dickie nicht da ist – das wäre etwas für ihn!«

Marge lächelte unbeschwert. Wenn es um das Essen ging, war sie immer guter Dinge.

Beim Essen wurde Mr. Greenleaf etwas gesprächiger, doch seine Miene blieb unbewegt, und er sah sich beim Sprechen immer wieder um, als hoffe er, Dickie jeden Moment hereinkommen zu sehen. Nein, sagte er, die Polizei hatte nichts, rein gar nichts entdeckt, was einem Anhaltspunkt ähnelte, und er hatte jetzt einen amerikanischen Privatdetektiv beauftragt, herzukommen und das Rätsel aufzuklären.

Tom schluckte nachdenklich – auch er hegte zweifellos insgeheim den Verdacht oder die Illusion, daß amerikanische Detektive tüchtiger waren als die italienische Polizei –, doch dann kam ihm die offenkundige Sinnlosigkeit all dessen so deutlich zu Bewußtsein wie Marge, deren Gesicht plötzlich lang und traurig wurde.

»Das ist möglicherweise eine sehr gute Idee«, sagte Tom.

»Haben Sie eine gute Meinung von der italienischen Polizei?« fragte ihn Mr. Greenleaf.

»Nun ja, das habe ich tatsächlich«, erwiderte Tom. »Außerdem spricht sie Italienisch und kennt sich überall aus und kann alle möglichen Verdächtigen ausfragen. Ich nehme an, daß der Detektiv, den man Ihnen schicken wird, Italienisch spricht?«

»Das weiß ich nicht. Ich weiß es nicht«, sagte Mr. Greenleaf etwas verwirrt, als begreife er, daß er das hätte verlangen sollen und es nicht getan hatte. »Der Mann heißt McCarron. Er hat einen sehr guten Ruf.«

Wahrscheinlich sprach er nicht Italienisch, dachte Tom. »Wann kommt er?«

»Morgen oder übermorgen. Ich fahre morgen nach Rom, um mich mit ihm zu treffen.« Mr. Greenleaf war mit seinem *vitello alla parmigiana* fertig. Viel hatte er nicht gegessen.

»Tom hat das schönste Haus der Welt!« sagte Marge, die sich über die sieben Schichten ihrer Rumtorte hermachte.

Tom wandelte sein zorniges Funkeln in ein sanftes Lächeln um.

Das Verhör würde im Haus stattfinden, dachte er, wahrscheinlich wenn er mit Mr. Greenleaf allein war. Er wußte, daß Mr. Greenleaf allein mit ihm sprechen wollte, und deshalb schlug er vor, daß sie in dem Restaurant vom Vorabend Kaffee tranken und nicht bei ihm zu Hause, wie Marge es vorgeschlagen hatte. Marge liebte den Kaffee seiner Filtermaschine. Dennoch brachte sie es fertig, nach ihrer Heimkehr eine halbe Stunde lang bei ihnen sitzen zu bleiben. Ohne das geringste Taktgefühl, dachte Tom. Schließlich schaute er sie mit gespielt finsterer Miene an und verdrehte die Augen zur Treppe hin, und sie begriff den Wink, schlug sich mit der Hand auf den Mund und verkündete, daß sie sich ein Stündchen aufs Ohr legen wolle. Sie war von ihrem gewohnt unbeirrbaren Frohsinn und hatte das ganze Essen über auf Mr. Greenleaf eingeredet, als wäre Dickie selbstverständlich noch am Leben; Mr. Greenleaf dürfe sich wirklich nicht so viele Sorgen machen, weil das für seine Verdauung gar nicht gut sei. Als hätte sie die Hoffnung, eines Tages seine Schwiegertochter zu werden, noch immer nicht aufgegeben, dachte Tom.

Mr. Greenleaf erhob sich und ging mit den Händen in den Taschen auf und ab, als stünde er im Begriff, seiner Sekretärin ein Schreiben zu diktieren. Die kostspielige Einrichtung hatte er weder kommentiert noch groß zur Kenntnis genommen, wie Tom aufgefallen war.

»Tja, Tom«, sagte er seufzend, »das hat schon ein seltsames Ende genommen, nicht wahr?«

»Ende?«

»Na ja, daß Sie jetzt in Europa leben und Richard –«

»Daß er nach Amerika zurückgegangen sein könnte, hat bisher noch niemand vermutet«, sagte Tom friedfertig. »Nein. Das halte ich für ausgeschlossen. Den Einwanderungsbehörden wäre er nie und nimmer durch die Finger geschlüpft.« Mr. Greenleaf wanderte weiter, ohne den Blick zu heben. »Was ist Ihre ehrliche Meinung, wo er sein könnte?«

»Nun ja, Sir, er könnte sich in Italien versteckt halten – sogar sehr leicht, solange er nicht in einem Hotel wohnt, in dem er sich ausweisen muß.«

»Gibt es in Italien Hotels, in denen man sich nicht ausweisen muß?«

»Offiziell nicht. Aber jeder, der so gut Italienisch spricht wie Dickie, hätte sicher keine größeren Schwierigkeiten, sich durchzumogeln. Einem kleinen Gastwirt im Süden müßte er nur ein bißchen Geld zustecken und könnte dann sogar bei ihm unterschlüpfen, wenn der Mann wüßte, daß es sich um Richard Greenleaf handelt, darauf gebe ich Ihnen mein Wort.«

»Und meinen Sie wirklich, daß er das getan hat?« Mr. Greenleaf sah ihn plötzlich an, und Tom erkannte den kläglichen Blick wieder, der ihm bei ihrer ersten Begegnung aufgefallen war.

»Nein, ich ... Möglich wäre es. Mehr kann ich dazu nicht sagen.« Tom schwieg. »Ich sage es nicht gern, Mr. Greenleaf, aber ich glaube, daß wir mit der Möglichkeit rechnen müssen, daß Dickie nicht mehr am Leben ist.«

Mr. Greenleafs Gesichtsausdruck veränderte sich nicht. »Wegen der Niedergeschlagenheit damals in Rom, die Sie erwähnt haben? Was genau hat er eigentlich zu Ihnen gesagt?«

»Es war seine allgemeine Stimmung.« Tom runzelte die Stirn. »Die Geschichte mit Miles hatte ihn offenbar mitgenommen. Er ist ein Mensch, der ... Er verabscheut jede Art von Aufsehen und jede Art von Gewalt.« Tom fuhr sich mit der Zunge über die Lippen. Die krampfhafte Suche nach dem richtigen Wort war nicht gespielt. »Er hat gesagt, wenn noch so etwas passiert, würde ihm endgültig die Geduld reißen oder er wäre mit seinem Latein am Ende. Und zum erstenmal hatte ich den Eindruck, daß seine Malerei ihn nicht mehr interessiert hat. Vielleicht war es eine vorübergehende Laune, aber bis dahin hatte ich immer das Gefühl gehabt, daß die Malerei ein echter Halt für Dickie war, egal, was passierte.«

»Ist die Malerei ihm wirklich so wichtig?«

»Ja, unbedingt«, sagte Tom entschieden.

Mr. Greenleaf sah zur Zimmerdecke, die Hände hinter dem Rücken gefaltet. »Zu schade, daß wir diesen Di Massimo nicht ausfindig machen können. Er wäre vielleicht imstande, uns weiterzuhelfen. Soweit ich informiert bin, wollte Richard mit ihm nach Sizilien fahren.«

»Davon wußte ich nichts«, sagte Tom. Diese Information hatte Mr. Greenleaf von Marge, wie Tom wußte.

»Dieser Di Massimo hat sich ebenfalls in Luft aufgelöst, falls es ihn je gegeben hat. Ich neige zu der Vermutung, daß Richard ihn erfunden hat, um seine Pinselquälerei in meinen Augen glaubwürdiger zu machen. Die Polizei konnte keinen Di Massimo finden in ihren ... Unterlagen oder Verzeichnissen oder was auch immer.«

»Ich habe ihn nie zu sehen bekommen«, sagte Tom. »Dickie hat ihn ein paarmal erwähnt. An seiner Identität hätte ich nie gezweifelt – beziehungsweise an seiner Existenz!« Tom lachte ein wenig.

»Was meinten Sie vorhin, als Sie sagten: ›Wenn noch so etwas passiert‹? Was ist ihm denn passiert?«

»Na ja, damals in Rom habe ich das auch nicht verstanden; ich habe es mir erst später zusammengereimt. Man hatte ihn wegen dem Boot vernommen, das bei San Remo versenkt worden war. Haben Sie davon gehört?«

»Nein.«

»Bei San Remo wurde ein Boot gefunden, das jemand versenkt hatte. Offenbar verschwand dieses Boot um die Zeit oder an dem Tag, als Dickie und ich dort waren und sogar in einem ähnlichen Boot gefahren sind. Eines von den kleinen Motorbooten, die man mieten kann. Jedenfalls wurde dieses Boot versenkt, und in dem Boot fanden sich Flecken, die man für Blutflecken hielt. Zufällig wurde dieses Boot kurz nach dem Mord an Miles gefunden, und weil ich damals viel unterwegs war und die Polizei mich nicht ausfindig machen konnte, fragten sie Dickie nach mir. Dickie muß den Eindruck gehabt haben, daß er von ihnen eine Zeitlang verdächtigt wurde, er hätte mich umgebracht!« Tom lachte.

»Du lieber Himmel!«

»Das weiß ich alles nur, weil ein Polizeiinspektor mich vor ein paar Wochen in Venedig wegen dieser Sache lang und breit ausgefragt hat. Er hat gesagt, er hätte Dickie schon vor einiger Zeit befragt. Das Komische an der Sache ist, daß ich nicht wußte, daß ich gesucht wurde – nicht dringend gesucht, aber doch gesucht –, und es erst hier in Venedig aus der Zeitung erfahren habe. Daraufhin habe ich mich bei der Polizei gemeldet.« Tom lächelte noch immer. Er hatte sich schon vor einigen Tagen dazu entschlossen, Mr. Greenleaf alles zu erzählen, falls er ihn sehen sollte, unabhängig davon, ob Mr. Greenleaf von der Sache mit dem Boot gehört hatte oder nicht. Das war klüger, als Mr. Greenleaf von der Polizei informieren und ihn auf diese Weise erfahren zu lassen, daß Tom zu einem Zeitpunkt in Rom bei Dickie gewesen war, als die Polizei ihn nachweislich gesucht hatte. Außerdem paßte es zu dem, was er über Dickies niedergeschlagene Stimmung in jener Zeit erzählt hatte.

»Ich verstehe die ganze Geschichte nicht so richtig«, sagte Mr. Greenleaf. Er saß auf dem Sofa und hörte aufmerksam zu.

»Inzwischen hat sich die Aufregung gelegt, weil Dickie und ich schließlich am Leben sind. Ich habe es nur erwähnt, weil Dickie wußte, daß man nach mir suchte, denn die Polizei hat das ihm gegenüber erwähnt. Vielleicht wußte er bei seinem ersten Gespräch mit der Polizei nicht genau, wo ich mich befand, aber auf jeden Fall wußte er, daß ich in Italien war. Aber als ich dann nach Rom kam und wir uns sahen, hat er der Polizei nichts davon gesagt. Er war offenbar nicht dazu bereit, er hatte offenbar keine Lust, ihnen weiterzuhelfen. Das weiß ich, weil Dickie zu einer Vernehmung bei der Polizei war, als Marge in Rom war und mit mir sprach. Er war offenbar der Ansicht, daß es Sache der Polizei sei, mich zu finden, und daß ihn das nichts angehe.«

Mr. Greenleaf schüttelte den Kopf, väterlich und ein wenig verärgert, als wäre ebendies genau das, was von Dickie zu erwarten war.

»Und ich glaube, an diesem Abend hat er gesagt, daß er noch die Geduld verliert oder mit seinem Latein am Ende ist, wenn das so weitergeht. Für mich war das ein bißchen unangenehm- die Polizei in Venedig muß mich für schwachsinnig gehalten haben, weil ich nichts davon wußte, daß sie mich gesucht hatten, aber so war es.«

»Hm«, brummte Mr. Greenleaf desinteressiert.

Tom stand auf, um Cognac zu holen.

»Ich glaube, Ihre Meinung, daß Richard sich das Leben genommen haben könnte, kann ich nicht teilen«, sagte Mr. Greenleaf.

»Marge sieht das genau wie Sie. Ich sagte ja nur, es sei eventuell möglich. Für sehr wahrscheinlich halte ich es auch nicht.«

»Nein? Was halten Sie für wahrscheinlich?«

»Daß er sich versteckt hält«, sagte Tom. »Darf ich Ihnen einen Cognac anbieten, Sir? Im Unterschied zu Amerika ist es in meinem Haus sicher ziemlich kühl.«

»Das ist wohl wahr.« Mr. Greenleaf nahm das Glas entgegen.

»Wissen Sie, er könnte sich auch in einem anderen Land als Italien aufhalten«, sagte Tom. »Nachdem er wieder in Neapel war, hätte er nach Griechenland oder Frankreich oder sonstwohin fahren können, denn gesucht wurde er ja erst Tage später.«

»Ich weiß, ich weiß«, seufzte Mr. Greenleaf müde.

26

Tom hatte gehofft, daß Marge die Einladung zu der Cocktailparty des Antiquitätenhändlers im Hotel Danieli vergessen hätte, doch da hatte er sich getäuscht. Mr. Greenleaf war gegen vier in sein Hotel gegangen, um sich auszuruhen, und sobald er das Haus verlassen hatte, erinnerte Marge Tom an die Party um fünf.

»Willst du wirklich hingehen?« fragte er. »Ich weiß nicht einmal mehr, wie der Bursche hieß.«

»Maloof. M-a-l-o-o-f«, sagte Marge. »Ich würde gerne hingehen. Wir müssen ja nicht lange bleiben.«

Nichts zu machen. Besonders verhaßt an dem Ganzen war Tom, daß sie – nicht nur einer, sondern gleich zwei Hauptakteure im Fall Greenleaf – sich so auffällig wie ein Paar Zirkusakrobaten im Scheinwerferlicht zur Schau stellten. Er spürte, nein, wußte, daß sie nichts als zwei Namen waren, die Mr. Maloof sich geschnappt hatte, Ehrengäste, die tatsächlich erschienen, denn zweifellos hatte er nicht versäumt, jedermann zu erzählen, daß Marge Sherwood und Tom Ripley zu seiner Party kommen würden. Es war ungehörig, fand Tom. Und Marge konnte ihre Überdrehtheit kaum damit rechtfertigen, daß sie sich keine Sorgen um Dickies Verschwinden machte. Tom hatte sogar den Eindruck, als kippe Marge einen Martini nach dem anderen, weil sie nichts kosteten, als bekäme sie bei ihm zu Hause nicht genug oder als würde er ihr keine mehr spendieren, wenn sie sich anschließend mit Mr. Greenleaf zum Abendessen treffen würden.

Tom nippte langsam an seinem einen Drink und hielt sich von Marge fern. Er war Dickie Greenleafs Freund, wenn jemand ein Gespräch mit ihm mit der Frage eröffnete, wer er sei, doch Marge kannte er nur flüchtig.

»Miss Sherwood wohnt zur Zeit bei mir«, sagte er mit leicht besorgtem Lächeln.

»Wo ist Mr. Greenleaf? Wie schade, daß Sie ihn nicht mitgebracht haben!« sagte Mr. Maloof, der wie ein Elefant mit einem riesigen Manhattan im Champagnerglas neben ihm auftauchte. Er trug einen Anzug aus grellkariertem englischen Tweed; Tom vermutete, daß es genau die Art Karomuster war, die man in England widerwillig für Amerikaner wie Rudy Maloof fabrizierte.

»Mr. Greenleaf wollte sich, glaube ich, ausruhen«, sagte Tom. »Wir sehen ihn beim Abendessen.«

»Oh«, sagte Mr. Maloof. »Haben Sie schon die Abendzeitungen gesehen?« Letzteres höflich und mit ehrfürchtiger Miene.

»Ja, das habe ich«, erwiderte Tom.

Mr. Maloof nickte wortlos. Tom fragte sich, welche unschlagbar nichtige Bemerkung er für ihn wohl in petto gehabt hätte, wenn er gesagt hätte, er habe die Zeitungen nicht gelesen. In den Abendzeitungen stand, daß Mr. Greenleaf in Venedig eingetroffen sei und im Palazzo Gritti wohne. Von einem amerikanischen Privatdetektiv war nicht die Rede, weder von seiner Ankunft in Rom noch davon, daß überhaupt einer erwartet wurde, und Tom begann an Mr. Greenleafs Worten zu zweifeln. Die Geschichte mit dem Privatdetektiv kam ihm vor wie etwas, was jemand erzählt hatte, oder wie eine seiner eigenen eingebildeten Ängste, die nie auch nur im entferntesten auf Tatsachen fußten und für die er sich noch Wochen später unweigerlich schämte. Zum Beispiel die Angst, daß Dickie und Marge in Mongibello eine Affäre unterhielten oder auch nur kurz davor standen. Oder die, daß das Geraune über die Fälschungen im Februar ihn ruinieren, ihn bloßstellen könnte, wenn er sich weiterhin als Dickie Greenleaf ausgab. Statt dessen war das Geraune verstummt. Das letzte Gerücht besagte, daß sieben von zehn Sachverständigen in Amerika die Unterschriften auf den Schecks für echt hielten. Er hätte die nächste Empfangsbescheinigung unterschreiben und bis ans Ende aller Zeiten als Dickie Greenleaf weiterleben können, wenn er sich nicht mit seinen eigenen grundlosen Ängsten selbst ins Bockshorn gejagt hätte. Mit halbem Ohr lauschte er noch immer Mr. Maloof, der versuchte, halbwegs intelligent von seinem vormittäglichen Ausflug zu den Inseln Murano und Burano zu erzählen.

Tom biß die Zähne aufeinander, runzelte die Stirn und dachte über sein eigenes Leben nach. Vielleicht sollte er Mr. Greenleaf die Geschichte mit dem Privatdetektiv aus Amerika lieber so lange glauben, bis sie sich als Hirngespinst erwies, aber er würde sich davon nicht aus der Ruhe bringen lassen und nicht einmal mit der Wimper zucken.

Auf eine Bemerkung Mr. Maloofs antwortete Tom zerstreut, und Mr. Maloof lachte albern und geräuschvoll und wanderte weiter. Tom folgte seinem breiten Rücken mit verächtlichem Blick, merkte, daß er sich danebenbenommen hatte und sich zusammenreißen mußte, weil es zu den Aufgaben eines Gentlemans gehörte, höflich zu sein, auch zu dieser Handvoll zweitklassiger Antiquitätenhändler und -krämer und Nippeskäufer – in dem Zimmer, das als Garderobe diente, hatte er Kostproben ihrer Waren auf dem Bett liegen sehen. Doch sie erinnerten ihn allzusehr an die Leute, denen er in New York adieu gesagt hatte, und deshalb irritierten sie ihn so schrecklich, daß er am liebsten weggelaufen wäre.

Schließlich war er wegen Marge hier, nur wegen Marge. Sie war an allem schuld. Tom nippte an seinem Martini, blickte zur Decke und dachte, daß seine Nerven und seine Geduld in ein paar Monaten sogar der Gesellschaft solcher Leute gewachsen wären, falls er je wieder die Gesellschaft solcher Leute zu ertragen haben sollte. Er hatte Fortschritte gemacht, zumindest seit New York, und er würde weitere Fortschritte machen. Er starrte zur Zimmerdecke und stellte sich eine Reise mit dem Segelboot nach Griechenland vor, von Venedig aus durch die Adria und das Ionische Meer bis nach Kreta. Das wollte er im Sommer tun. Im Juni. Im *Juni*. Was für ein süßes, weiches Wort, so hell und träge und voller Sonnenschein! Seine Träumerei währte jedoch nur ein paar Sekunden. Die lauten, schnarrenden amerikanischen Stimmen drangen wieder an seine Ohren und krallten sich wie Klauen in seine Schulter- und Rückennerven. Unwillkürlich bewegte er sich zu Marge. Außer ihr waren nur zwei weitere Frauen anwesend, die grauenhaften Ehefrauen zweier grauenhafter Geschäftsleute, und er mußte zugeben, daß Marge besser aussah als die beiden, doch ihre Stimme, dachte er, war schlimmer, so wie die Stimmen der anderen, nur schlimmer.

Es lag ihm auf der Zunge, zu sagen, sie sollten gehen, doch da es undenkbar war, daß ein Mann das sagte, schwieg er und gesellte sich schweigend zu den Leuten, bei denen Marge stand. Sein Glas wurde gefüllt. Marge erzählte von Mongibello, erzählte von ihrem Buch, und die drei Männer mit ihren grauen Schläfen, tristen Mienen und kahlen Köpfen lauschten gebannt.

Als Marge ein paar Minuten später freiwillig vorschlug zu gehen, mußten sie sich mühsam Maloofs und seiner Kohorten erwehren, die jetzt noch angeheiterter und nicht davon abzubringen waren, was für eine gute Idee es wäre, daß alle zusammen essen gingen, Mr. Greenleaf eingeschlossen.

»Dafür sind wir hier, um uns zu amüsieren!« wiederholte Mr. Maloof wie ein Schwachsinniger und nutzte die Gelegenheit, den Arm um Marge zu legen und sie ein bißchen zu betatschen, während er sie zum Bleiben zu überreden versuchte, und Tom gratulierte sich insgeheim dazu, daß er noch nicht gegessen hatte, denn sonst hätte er sich auf der Stelle übergeben müssen. »Welche Nummer hat Mr. Greenleaf? Rufen wir ihn doch an!« Mr. Maloof bahnte sich schwankend den Weg zum Telefon.

»Ich glaube, wir verschwinden jetzt besser!« raunte Tom Marge grimmig ins Ohr. Er packte sie grob und entschieden am Ellbogen und steuerte sie auf die Tür zu, während beide sich unterwegs nickend und lächelnd verabschiedeten.

»Was ist in dich gefahren?« fragte Marge, als sie im Flur standen.

»Nichts. Ich fand nur, daß die Party langsam aus dem Ruder lief«, sagte Tom und versuchte zu lächeln. Marge war nicht mehr ganz nüchtern, doch nicht beschwipst genug, um nicht zu merken, daß er außer sich war. Er schwitzte und wischte sich den Schweiß von der Stirn. »Solche Leute rauben mir jeden Rest Selbstbeherrschung«, sagte er. »Sie schwadronieren munter über Dickie drauflos, und dabei kennen wir sie nicht einmal, und ich will sie auch gar nicht kennen. Ich würde am liebsten kotzen.«

»Komisch. Kein Mensch hat mir gegenüber Dickie erwähnt. Ich fand es viel angenehmer als gestern bei Peter.«

Tom reckte im Gehen den Kopf und schwieg. Es war die Klasse Menschen, die er verachtete; warum sollte er das Marge sagen, die zu dieser Klasse gehörte?

Sie holten Mr. Greenleaf im Gritti ab. Für das Abendessen war es noch etwas zu früh, und deshalb gingen sie zum Aperitif in ein Café in der Nähe des Hotels. Tom versuchte seinen Jähzorn auf der Party wettzumachen, indem er während des Essens munter und gesprächig war. Mr. Greenleaf war guter Dinge, weil er mit seiner Frau telefoniert hatte, die sich viel besser fühlte als sonst. Ihr Arzt hatte in den letzten zehn Tagen eine neue Behandlung erprobt, sagte Mr. Greenleaf, und diese Behandlung schien wesentlich besser anzuschlagen als alles, was sie bisher ausprobiert hatten.

Die Mahlzeit verlief ruhig. Tom erzählte einen jugendfreien und nicht übertrieben komischen Witz, über den Marge sich halb totlachte. Mr. Greenleaf bestand darauf, das Essen zu bezahlen, und sagte dann, er wolle zurück in sein Hotel, weil er sich nicht sonderlich wohl fühle. Aus dem Umstand, daß er ein Nudelgericht und keinen Salat bestellt hatte, schloß Tom, daß er möglicherweise an der üblichen Touristenkrankheit litt, und hätte ihm beinahe ein ausgezeichnetes Mittel vorgeschlagen, das man in jeder Drogerie bekam, doch Mr. Greenleaf war nicht die Sorte Mensch, der man so etwas ohne weiteres sagen konnte, selbst wenn sie unter vier Augen gewesen wären.

Mr. Greenleaf sagte, er werde am nächsten Tag nach Rom zurückfahren; Tom versprach, ihn am nächsten Morgen gegen neun anzurufen, um zu hören, für welchen Zug er sich entschieden hatte. Marge wollte mit Mr. Greenleaf fahren, und ihr war jeder Zug recht. Sie gingen zum Gritti, wobei Mr. Greenleaf mit seiner strengen Industriellenmiene unter dem grauen Homburg wie ein Stück Madison Avenue aussah, das durch die engen, verwinkelten Gassen wandelte, und verabschiedeten sich vor dem Hotel voneinander.

»Es tut mir schrecklich leid, daß wir uns in der kurzen Zeit nicht öfter gesehen haben«, sagte Tom.

»Mir auch, mein Junge. Vielleicht ein andermal«, sagte Mr. Greenleaf und klopfte ihm auf die Schulter.

Auf dem Nachhauseweg mit Marge ging Tom wie auf Wolken. Alles war so verblüffend glattgegangen, dachte er. Marge schwatzte unterwegs und kicherte, weil einer der Träger ihres Büstenhalters gerissen war und sie ihn festhalten mußte, wie sie sagte. Tom dachte an den Brief, den er diesen Nachmittag von Bob Delancey erhalten hatte, den ersten Brief von Bob überhaupt, abgesehen von einer Postkarte vor ewigen Zeiten; Bob schrieb ihm, daß die Polizei alle Leute im Haus wegen eines Einkommensteuerbetrugs vor ein paar Monaten ausgequetscht hatte. Der Täter hatte allem Anschein nach die Adresse des Hauses benutzt, um sich die Schecks dort hinschicken zu lassen, und hatte die Briefe mit den Schecks einfach vom Briefkasten genommen, wohin der Briefträger sie gelegt hatte. Der Briefträger war auch befragt worden, schrieb Bob, und konnte sich an den Namen George McAlpin auf den Briefen erinnern. Bob schien das Ganze lustig zu finden. Er schilderte die Reaktionen verschiedener Mitbewohner auf die Fragen der Polizei. Rätselhaft blieb, wer die Briefe abgeholt hatte, die an George McAlpin adressiert waren. Alles in allem klang es beruhigend. Die Einkommensteuersache hatte wie ein Damoklesschwert über ihm gehangen, denn daß es eines Tages zu einer Untersuchung kommen würde, hatte er geahnt. Er war froh, daß es nichts weiter gewesen war als das, was Bob ihm geschrieben hatte. Wie die Polizei jemals Tom Ripley mit George McAlpin in Zusammenhang bringen sollte, konnte er sich beim besten Willen nicht vorstellen. Außerdem hatte der Täter, wie Bob angemerkt hatte, nicht einmal versucht, die Schecks einzulösen.

Zu Hause setzte er sich ins Wohnzimmer, um Bobs Brief zum zweitenmal zu lesen. Marge war in den ersten Stock gegangen, um zu packen und sich schlafen zu legen. Tom war auch müde, doch vor lauter Vorfreude auf seine Freiheit morgen, sobald Marge und Mr. Greenleaf abgereist wären, hätte er die ganze Nacht aufbleiben mögen. Er zog die Schuhe aus, um die Füße hochlegen zu können, schob sich ein Kissen unter den Kopf und las weiter in Bobs Brief. »Die Polizei nimmt an, daß es jemand war, der hin und wieder Post für sich in unserem Haus abgeholt hat, weil keiner der Idioten hier wie ein Krimineller aussieht ...« Es war ein merkwürdiges Gefühl, über die Leute zu lesen, die er in New York kannte, Ed und Lorraine, das Spatzenhirn, das sich am Tag seiner Abreise in seiner Kabine verstecken wollte – merkwürdig und kein bißchen anziehend. Was für ein jämmerliches Leben sie doch führten – krebsten in New York herum, drängten sich in der Subway und in irgendwelchen schäbigen Bars an der Third Avenue, um sich zu amüsieren, hockten vor dem Fernseher oder, wenn sie genug Geld hatten, ausnahmsweise in einer Bar an der Madison Avenue oder in einem guten Restaurant, aber wie trostlos war das alles, verglichen mit der schlechtesten Trattoria in Venedig mit ihren Tischen voll grünen Salaten, den herrlichen Käsetellern und den sympathischen Kellnern, die einem den besten Wein der Welt brachten! »Du kannst Gift darauf nehmen, daß ich Dich um Dein Leben in einem *palazzo* in Venedig beneide!« schrieb Bob. »Fährst Du viel mit der Gondel? Wie sind die Puppen? Bist Du inzwischen so kultiviert, daß Du uns gar nicht mehr kennen wirst, wenn Du wiederkommst? Apropos: Wann kommst Du wieder?«

Niemals, dachte Tom. Vielleicht würde er für immer in Europa bleiben. Nicht Europa an sich, sondern die Abende, die er hier und in Rom allein verbracht hatte, waren für dieses Gefühl verantwortlich. Abende, an denen er nichts tat als Landkarten studieren oder auf dem Sofa lümmeln und in Reiseführern blättern. Abende, die er damit verbrachte, seine Kleidung zu begutachten – seine und Dickies Kleidung – und Dickies Ringe zwischen den Handflächen zu spüren und mit den Fingern über den Antilopenlederkoffer zu fahren, den er bei Gucci gekauft hatte. Er hatte den Koffer mit einer speziellen englischen Lederpflege eingerieben, nicht weil der Koffer, den er hütete wie seinen Augapfel, es nötig gehabt hätte, sondern als Vorsichtsmaßnahme. Er liebte Besitz, nicht etwa massenhaft Besitztümer, sondern ein paar ausgesuchte Objekte, von denen er sich nie trennte. So etwas verlieh einem Menschen Selbstachtung. Nicht Prunk, sondern Qualität und Kennerschaft. Besitz erinnerte ihn daran, daß er existierte, und bewirkte, daß er sich seiner Existenz erfreute. So einfach war das. Und war das etwa nichts? Er existierte. Nicht viele Menschen verstanden sich darauf, selbst wenn sie genug Geld besaßen. Es erforderte gar nicht viel Geld, nicht massenhaft Geld, sondern nur eine gewisse finanzielle Sicherheit. Er war auf dem richtigen Weg gewesen, sogar damals bei Marc Priminger. Er hatte Marcs Besitz zu schätzen gewußt, und der Besitz hatte ihn angezogen, doch es war der Besitz eines anderen gewesen, und ihm selbst war es bei einem Einkommen von vierzig Dollar in der Woche unmöglich gewesen, eigenen Besitz zu erwerben. Selbst wenn er eisern gespart hätte, hätte es die besten Jahre seines Lebens erfordert, Dinge zu erwerben, nach denen es ihn verlangte. Dickies Geld hatte ihn nur auf dem Weg, den er ohnehin eingeschlagen hatte, schneller vorangebracht. Das Geld verschaffte ihm die Muße, Griechenland zu bereisen, etruskische Vasen zu sammeln, wenn es ihn danach gelüsten sollte (er hatte vor kurzem ein interessantes Buch darüber von einem Amerikaner gelesen, der in Rom lebte), Mitglied in Kunstgesellschaften zu werden, wenn er das wollte, und ihnen Geld zu spenden. Es verschaffte ihm beispielsweise die Muße, seinen Malraux heute nacht so spät, wie es ihm paßte, zu lesen, weil er morgens nicht zur Arbeit gehen mußte. Er hatte sich gerade eine zweibändige Ausgabe von Malraux' *Psychologie de l'art* gekauft, die er jetzt mit Hilfe eines Wörterbuchs und mit großem Vergnügen las. Er beschloß, ein Nickerchen zu halten und danach ein bißchen zu lesen, egal, wie spät es war. Ihm war trotz des Espressos gemütlich und schläfrig zumute. Die Lehne des Sofas schmiegte sich wie ein Arm um seine Schultern oder eher besser als jeder Arm. Er beschloß, auf dem Sofa zu schlafen. Es war bequemer als das Sofa in seinem Gästezimmer. In ein paar Minuten wollte er nach oben gehen und eine Decke holen.

»Tom?«

Er öffnete die Augen. Marge kam barfuß die Treppe herunter. Tom setzte sich auf. Marge hielt sein braunes Lederetui in der Hand.

»Ich habe eben Dickies Ringe hier drin gefunden«, sagte sie atemlos.

»Oh – die hat er mir gegeben. Ich sollte sie für ihn aufbewahren.« Tom stand auf.

»Wann war das?«

»Ich glaube, in Rom.« Er trat einen Schritt zurück, stolperte über einen seiner Schuhe und bückte sich, um ihn aufzuheben, doch hauptsächlich, um sich die Verwirrung nicht ansehen zu lassen.

»Was hatte er vor? Warum sollte er sie dir geben?«

Sie hatte nach Nadel und Faden gesucht, um ihren Büstenhalter zu reparieren, dachte Tom. Warum zum Henker hatte er die Ringe nicht anderswo aufbewahrt, zum Beispiel im Futter des besagten Koffers? »Ich weiß es wirklich nicht«, sagte er. »Aus einer Laune heraus vermutlich. Du kennst ihn doch. Er sagte, wenn ihm jemals etwas zustoßen sollte, wollte er, daß ich seine Ringe hätte.«

Marge sah ihn ratlos an. »Wohin wollte er gehen?«

»Nach Palermo, nach Sizilien.« Er hielt den Schuh mit beiden Händen so, daß er den hölzernen Absatz als Waffe benutzen konnte. Wie er es tun würde, schoß ihm blitzschnell durch den Kopf: sie mit dem Schuh treffen, dann zur Eingangstür hinausschleifen und in den Kanal werfen. Er konnte sagen, sie sei auf dem Moos ausgerutscht und hineingefallen. Und sie war eine so gute Schwimmerin, daß er gedacht hatte, sie könne sich über Wasser halten.

Marge starrte auf das Etui. »Dann hatte er wirklich vor, sich umzubringen.«

»So gesehen, ja. Die Ringe machen es wahrscheinlicher, daß er so etwas vorhatte.«

»Warum hast du nichts davon gesagt?«

»Ich hatte die Ringe völlig vergessen. Ich habe sie in das Etui gelegt, damit sie nicht verlorengehen, und dann habe ich nicht mehr daran gedacht, seit er sie mir gab.«

»Entweder hat er sich umgebracht, oder er hat eine neue Identität angenommen – nicht wahr?«

»Ja«, sagte Tom traurig und entschieden.

»Du solltest Mr. Greenleaf Bescheid sagen.«

»Ja, das werde ich. Mr. Greenleaf und der Polizei.«

»Das läßt praktisch nur eine Erklärung zu«, sagte Marge.

Tom knetete den Schuh jetzt wie ein Paar Handschuhe, hielt ihn jedoch noch immer in Position, weil Marge ihn so sonderbar anschaute. Sie überlegte noch immer. Nahm sie ihn auf den Arm? Wußte sie jetzt Bescheid?

Marge sagte in ernstem Ton: »Ohne seine Ringe kann ich mir Dickie gar nicht vorstellen«, und da wußte Tom, daß sie die Antwort nicht erraten hatte, daß ihre Gedanken meilenweit davon entfernt waren.

Er entspannte sich, erschlaffte und ließ sich auf das Sofa sinken, wo er so tat, als sei er vollauf damit beschäftigt, seine Schuhe anzuziehen. »Ich auch nicht«, stimmte er mechanisch zu.

»Wenn es nicht so spät wäre, würde ich Mr. Greenleaf auf der Stelle anrufen. Aber er ist sicher schon im Bett, und wenn ich ihm das jetzt erzähle, tut er die ganze Nacht kein Auge zu.«

Tom versuchte in den zweiten Schuh zu schlüpfen. Sogar seine Finger waren schlaff und kraftlos. Er zermarterte sich das Hirn nach einer vernünftigen Antwort. »Es tut mir leid, daß mir das nicht früher eingefallen ist«, sagte er mit tiefer Stimme. »Es war eine dieser Sachen, die ...«

»Der Detektiv, den Mr. Greenleaf hergeholt hat, kann uns in diesem Fall nicht mehr viel helfen, nicht wahr?« Ihre Stimme zitterte.

Tom sah sie an. Tränen standen ihr in den Augen. Er begriff, daß sie sich in diesem Augenblick zum erstenmal eingestand, daß Dickie möglicherweise oder sogar höchstwahrscheinlich nicht mehr am Leben war. Tom ging langsam zu ihr. »Es tut mir so leid, Marge. Und vor allem tut mir leid, daß ich dir das mit den Ringen nicht früher gesagt habe.« Er legte einen Arm um sie.

Das ließ sich nicht vermeiden, da sie sich gegen ihn lehnte. Er roch ihr Parfum. Vermutlich das Stradivari. »Das ist einer der Gründe, warum ich davon überzeugt war, daß er sich umgebracht hat – oder es getan haben könnte.«

»Ja«, sagte sie mit jammervoll klagender Stimme.

Sie weinte nicht, sondern lehnte sich mit starr gesenktem Kopf an ihn. Wie jemand, der soeben von einem Todesfall erfahren hat, dachte Tom. Was der Fall war.

»Wie wär's mit einem Brandy?« sagte er liebevoll.

»Nein.«

»Komm, setz dich auf das Sofa.« Er führte sie hin.

Sie setzte sich, und er durchquerte das Zimmer, um den Cognac zu holen, den er in zwei Cognacschwenker einschenkte. Als er sich umdrehte, war sie fort. Er sah gerade noch den Saum ihres Morgenmantels und ihre nackten Füße auf dem oberen Treppenabsatz verschwinden.

Sie wollte lieber allein sein, dachte er. Er nahm einen Cognacschwenker in die Hand, um ihn ihr zu bringen, und überlegte es sich anders. Das würde ihr jetzt ohnehin nicht helfen. Er wußte, wie sie sich fühlte. Er trug die Gläser feierlich zu seinem Barschrank zurück. Er hatte nur ein Glas zurückschütten wollen, doch dann schüttete er beide zurück und stellte die Flasche wieder an ihren Platz.

Er ließ sich auf das Sofa sinken, streckte ein Bein aus und ließ den Fuß baumeln; er war zu müde, auch nur die Schuhe auszuziehen. So müde wie nach dem Mord an Freddie Miles, dachte er plötzlich, oder nach dem an Dickie in San Remo. Um Haaresbreite wäre es geschehen! Er erinnerte sich an seine kaltblütigen Überlegungen, sie mit dem Schuhabsatz bewußtlos zu schlagen, doch nicht so brutal, daß die Haut riß, sie durch den Eingangsraum und zur Tür hinauszuschleifen, ohne Licht zu machen, damit sie nicht gesehen wurden, und an seine schnell ausgedachte Geschichte, sie sei ausgerutscht und er habe gedacht, sie könne zur Treppe zurückschwimmen, und sei deshalb nicht in den Kanal gesprungen und habe nicht um Hilfe gerufen, bis ... In gewisser Weise hatte er sich sogar die genauen Worte vorgestellt, die er und Mr. Greenleaf später getauscht hätten, Mr. Greenleaf entsetzt und verwundert, er selbst dem Anschein nach ebenso entsetzt, doch nur dem Anschein nach. Unter der Oberfläche wäre er so ruhig und selbstsicher gewesen, wie er es nach dem Mord an Freddie gewesen war, weil seine Geschichte unwiderlegbar war. Wie die Geschichte über San Remo. Seine Geschichten waren gut, weil er sie sich intensiv vergegenwärtigte, so intensiv, daß er sie fast selbst glaubte.

Einen Moment lang hörte er seine eigene Stimme: »Ich stand draußen auf der Treppe und rief nach ihr, weil ich dachte, sie würde jede Sekunde auftauchen oder sie hätte mir sogar nur einen Schrecken einjagen wollen ... Verstehen Sie, mir war gar nicht klar, daß sie ausgerutscht war, weil sie eben noch so fröhlich und gut gelaunt dort gestanden hatte ...« Er verkrampfte sich. Es war, als liefe eine Schallplatte in seinem Kopf, als fände ein kleines Schauspiel in seinem Wohnzimmer statt, dem er nicht Einhalt gebieten konnte. Er sah sich mit Mr. Greenleaf und mit der italienischen Polizei vor den großen Eingangstüren. Er sah und hörte sich, wie er voller Ernst sprach. Und wie ihm geglaubt wurde.

Doch was ihn eigentlich erschreckte, war nicht der Dialog oder die Einbildung, er hätte es getan (er wußte, daß er es nicht getan hatte), sondern die Erinnerung daran, wie er mit dem Schuh in der Hand vor Marge stand und sich alles so kühl und gelassen überlegte. Und der Umstand, daß er es zuvor schon zweimal getan hatte: Diese zwei anderen Male waren Tatsachen, nicht Einbildung. Er konnte sagen, er habe es nicht tun wollen, aber er hatte es getan. Er wollte kein Mörder sein. Manchmal konnte er ganz und gar vergessen, daß er gemordet hatte, fiel ihm ein. Doch bisweilen – so wie jetzt – konnte er es nicht. Gewiß hatte er es heute abend zeitweise vergessen gehabt, als er über Europa und über den Sinn von Besitz nachgedacht hatte und darüber, warum er gerne in Europa lebte.

Er legte sich zusammengekrümmt auf die Seite, zog die Füße auf das Sofa hoch. Er schwitzte und zitterte am ganzen Leib. Was war nur mit ihm los? Was war passiert? Würde er morgen, wenn er Mr. Greenleaf sah, lauter Unsinn brabbeln – daß Marge in den Kanal gefallen war und er um Hilfe gerufen hatte und ins Wasser gesprungen war, ohne sie zu finden? Würde er durchdrehen, obwohl Marge neben ihnen stand, und alles herausschreien und sich selbst als Irren entlarven?

Er mußte morgen Mr. Greenleaf die Geschichte mit den Ringen erzählen. Er würde wiederholen müssen, was er Marge erzählt hatte. Er würde Details erfinden müssen, um es glaubwürdiger zu machen. Er begann sich Einzelheiten auszudenken. Sein Geist beruhigte sich. Er stellte sich ein Hotelzimmer in Rom vor, Dickie und ihn im Gespräch in diesem Zimmer und Dickie, der beide Ringe abzog und sie ihm reichte. Dickie, der sagte: »Es wäre mir lieber, wenn du das niemandem erzählst ...«

27

Marge hatte Mr. Greenleaf am nächsten Morgen um halb neun angerufen und ihn gefragt, wie bald sie ihn in seinem Hotel aufsuchen konnten; das hatte sie Tom erzählt. Gewiß war Mr. Greenleaf aufgefallen, wie aufgeregt sie war. Tom hatte gehört, wie sie anfing, die Geschichte mit den Ringen zu erzählen. Sie verwendete die gleichen Worte, die Tom ihr gegenüber verwendet hatte – offenkundig glaubte sie ihm –, doch Mr. Greenleafs Reaktion konnte Tom daraus nicht ermessen. Er befürchtete, daß diese neue Nachricht genau das Steinchen war, das gefehlt hatte, um das Mosaik zu vervollständigen, und daß Mr. Greenleaf, wenn sie ihn besuchten, sich in Begleitung eines Polizisten befinden würde, der Tom Ripley festnehmen wollte. Diese Möglichkeit betonte den Vorteil seiner Abwesenheit vom Schauplatz, während Mr. Greenleaf von den Ringen erfuhr, ganz ungemein.

»Was hat er gesagt?« fragte Tom, als Marge aufgelegt hatte.

Marge setzte sich müde auf einen Stuhl am anderen Ende des Zimmers. »Er scheint es so zu sehen wie ich auch. Er hat es selber gesagt. Es sieht ganz so aus, als hätte Dickie vorgehabt, sich umzubringen.«

Doch Mr. Greenleaf würde etwas Zeit haben, darüber nachzudenken, bevor sie eintrafen, dachte Tom. »Wann sollen wir kommen?« fragte er.

»Ich habe ihm halb zehn oder um die Zeit herum vorgeschlagen. Sobald wir Kaffee getrunken haben. Der Kaffee ist schon aufgesetzt.« Marge stand auf und ging in die Küche. Sie war bereits angezogen. Sie trug das Reisekostüm, in dem sie gekommen war.

Tom setzte sich unentschlossen auf die Kante des Sofas und lockerte seine Krawatte. Er hatte angekleidet auf dem Sofa geschlafen, und Marge hatte ihn vor ein paar Minuten geweckt, als sie heruntergekommen war. Wie er in diesem kalten Zimmer die ganze Nacht durchgeschlafen hatte, war ihm ein Rätsel. Es war ihm unangenehm. Marge hatte sich gewundert, ihn hier vorzufinden. Hals, Rücken und rechte Schulter waren verkrampft. Er fühlte sich elend. Unvermittelt stand er auf. »Ich gehe nach oben, um mich zu waschen«, rief er Marge zu.

Oben warf er einen Blick in sein Zimmer und sah, daß Marge bereits gepackt hatte. Ihr geschlossener Koffer stand mitten auf dem Boden. Tom hoffte nach wie vor, daß sie und Mr. Greenleaf mit einem der Vormittagszüge abreisen würden, und das war auch sehr wahrscheinlich, weil Mr. Greenleaf schließlich heute in Rom seinen amerikanischen Detektiv erwartete.

Tom entkleidete sich in seinem Gästezimmer, ging in das Badezimmer und stellte die Dusche an. Nach einem Blick in den Spiegel beschloß er, sich vorher zu rasieren, und ging zurück, um seinen Rasierapparat zu holen, den er grundlos aus dem Bad entfernt hatte, als Marge ankam. Unterwegs hörte er das Telefon klingeln. Und Marge nahm ab. Tom beugte sich über das Treppengeländer und lauschte.

»Oh, prima«, sagte sie. »Oh, das macht gar nichts, wenn wir ... Ja, das sage ich ihm ... Ist gut, wir beeilen uns. Tom wäscht sich gerade ... Oh, höchstens eine Stunde. Bis nachher.«

Er hörte sie zur Treppe gehen und trat zurück, weil er nichts anhatte.

»Tom?« rief sie nach oben. »Der Detektiv aus Amerika ist gerade angekommen! Er hat Mr. Greenleaf angerufen und kommt vom Flughafen hergefahren!«

»Gut!« rief Tom zurück und ging wütend in das Schlafzimmer. Er schaltete die Dusche ab und steckte den Rasierapparat in die Steckdose. Angenommen, er wäre unter der Dusche gewesen? Marge hätte trotzdem gerufen und einfach unterstellt, daß er sie hören konnte. Er war froh, sie bald los zu sein, und hoffte inständig, daß sie noch heute vormittag abreiste. Es sei denn, sie und Mr. Greenleaf wollten mit verfolgen, was der Detektiv mit ihm anstellte. Tom wußte, daß der Detektiv eigens seinetwegen nach Venedig kam, statt in Rom auf Mr. Greenleaf zu warten. Er fragte sich, ob Marge das auch bewußt war. Sicher nicht. Das hätte zuviel logisches Denken erfordert.

Tom wählte einen unauffälligen Anzug mit ebensolcher Krawatte und ging hinunter, um mit Marge Kaffee zu trinken. Er hatte so heiß wie möglich geduscht und fühlte sich jetzt viel besser. Marge schwieg während des Frühstücks bis auf die Bemerkung, daß die Ringe Mr. Greenleaf und den

Detektiv sicherlich überzeugen würden und auch dem Detektiv vor Augen führen mußten, daß Dickie sich das Leben genommen hatte. Tom hoffte, daß sie damit recht hatte. Alles hing davon ab, was für ein Menschentyp dieser Detektiv war. Alles hing davon ab, was für einen Eindruck er, Tom, auf den Detektiv machen würde.

Es war wieder ein grauer, naßkalter Tag. Um neun Uhr regnete es nicht wirklich, aber es hatte geregnet und würde in ein paar Stunden wahrscheinlich wieder regnen. Tom und Marge nahmen den *traghetto* von der Treppe vor der Kirche zum Markusplatz und gingen zum Gritti. Sie ließen sich telefonisch bei Mr. Greenleaf anmelden. Mr. Greenleaf sagte, Mr. McCarron sei eingetroffen, und bat sie auf sein Zimmer.

Mr. Greenleaf öffnete ihnen die Zimmertür. »Guten Morgen«, sagte er. Marge drückte er väterlich den Arm.

»Tom ...«

Tom trat hinter Marge ein. Der Detektiv stand am Fenster; er war ein untersetzter, kräftiger Mann Mitte Dreißig. Seine Miene war freundlich und wach. Ziemlich aufgeweckt, aber nicht übermäßig aufgeweckt, war Toms erster Eindruck.

»Das ist Alvin McCarron«, sagte Mr. Greenleaf. »Miss Sherwood und Mr. Ripley.«

Man begrüßte sich.

Auf dem Bett sah Tom eine nagelneue Aktentasche neben Papieren und Fotografien liegen. McCarron nahm ihn in Augenschein.

»Ich habe gehört, Sie sind ein Freund von Richard?« sagte er.

»Wir sind beide mit Richard befreundet«, sagte Tom.

Mr. Greenleaf unterbrach sie und bat sie, sich zu setzen. Das Zimmer war von angenehmer Größe und üppig möbliert; aus den Fenstern sah man auf den Canal Grande. Tom saß auf einem rotgepolsterten Sessel ohne Armlehnen. McCarron hatte sich auf das Bett gesetzt und blätterte in seinem Haufen Papiere. Tom sah, daß darunter Fotokopien waren, die an Dickies Schecks erinnerten. Es gab auch Fotos von Dickie.

»Haben Sie die Ringe mitgebracht?« fragte McCarron und sah von Tom zu Marge.

»Ja«, sagte Marge ernst und stand auf. Sie holte die Ringe aus ihrer Handtasche und reichte sie McCarron.

McCarron hielt sie auf ausgestreckter Handfläche Mr. Greenleaf hin. »Das sind seine Ringe?« fragte er, und Mr. Greenleaf nickte nach einem flüchtigen Blick, während Marges Miene einen leicht beleidigten Ausdruck annahm, als stehe sie im Begriff zu sagen: »Ich kenne seine Ringe genauso gut wie Mr. Greenleaf und vielleicht besser als er.« McCarron wandte sich an Tom. »Wann hat er sie Ihnen gegeben?«

»Das war in Rom. Wenn ich mich recht erinnere, um den dritten Februar herum, wenige Tage nach dem Mord an Freddie Miles«, antwortete Tom.

Der Detektiv beobachtete ihn mit neugierigen, sanften braunen Augen. Seine hochgezogenen Augenbrauen zeichneten zwei Falten in die ledrig aussehende Haut seiner Stirn. Sein welliges braunes Haar war an den Seiten kurz geschnitten, während über der Stirn eine kesse Locke wippte. Diesem Gesicht konnte man nichts ablesen, dachte Tom: Es hatte gelernt, nichts zu verraten. »Was hat er gesagt, als er sie Ihnen gab?«

»Er hat gesagt, wenn ihm etwas zustoßen sollte, wollte er, daß ich sie hätte. Ich habe ihn gefragt, was ihm seiner Meinung nach zustoßen könnte. Er hat gesagt, das wüßte er nicht, aber es wäre möglich.« Tom machte eine dramatische Pause. »Bei diesem Gespräch kam er mir nicht niedergeschlagener vor als bei anderen, ähnlichen Anlässen. Und weil ich mit ihm gesprochen hatte, kam ich gar nicht auf die Idee, daß er vorhaben könnte, sich das Leben zu nehmen. Ich wußte nur, daß er verreisen wollte, mehr nicht.«

»Wohin?« fragte der Detektiv.

»Nach Palermo«, sagte Tom. Er sah Marge an. »Er hat sie mir vermutlich an dem Tag gegeben, als wir uns in Rom gesprochen haben, im Inghilterra. An dem Tag oder einen Tag davor. Weißt du noch das Datum?«

»Es war der zweite Februar«, sagte Marge kleinlaut.

McCarron machte sich Notizen. »Was wissen Sie sonst noch?« fragte er Tom. »Erinnern Sie sich an die Tageszeit? Hatte er getrunken?«

»Nein. Er trinkt nie viel. Ich glaube, es war früher Nachmittag. Er hat gesagt, es wäre ihm lieber, wenn ich das niemandem erzählte, und das habe ich ihm natürlich versprochen. Ich habe die Ringe weggelegt und sie dann ganz vergessen, wie ich Miss Sherwood schon erzählt habe – ich nehme an, daß es damit zusammenhängt, daß ich mir fest vorgenommen hatte, niemandem davon zu erzählen, wie er es gewollt hatte.« Tom sprach offen und ungezwungen, stotterte hie und da unbeabsichtigt, wie es jeder andere unter diesen Umständen auch getan hätte, fand er.

»Was haben Sie mit den Ringen getan?«

»Ich habe sie in ein altes Etui gelegt, ein Etui, in dem ich alte Knöpfe aufbewahre.«

McCarron sah ihn einen Moment lang schweigend an, und Tom nutzte den Moment, um einmal tief durchzuatmen. Dieses gleichmütige und zugleich wache irische Gesicht war zu jeder Reaktion fähig, von einer provozierenden Frage bis zu der trockenen Feststellung, daß er lüge. Innerlich verbiß Tom sich hartnäckig in seine Behauptungen, entschlossen, sie bis aufs Messer zu verteidigen. In der Stille konnte er beinahe Marge atmen hören, und ein Husten Mr. Greenleafs ließ ihn zusammenfahren. Mr. Greenleaf wirkte auffallend ruhig, fast gelangweilt. Tom fragte sich, ob er mit McCarron ein Komplott gegen ihn ausgeheckt hatte, das auf der Geschichte mit den Ringen basierte.

»Ist es seine Art, seine Ringe aus heiterem Himmel auszuleihen? Hat er so etwas früher schon einmal getan?« fragte Mr. McCarron.

»Nein!« sagte Marge, bevor Tom antworten konnte.

Tom atmete wieder unbeschwerter. Er merkte, daß McCarron sich nicht schlüssig war, was er von dem Ganzen halten sollte. McCarron wartete auf seine Antwort. »Er hat mir früher verschiedenes geliehen«, sagte Tom. »Hin und wieder hat er mir mit Krawatten und Jacketts ausgeholfen. Aber das ist schließlich etwas ganz anderes als seine Ringe.« Er hatte sich gedrängt gefühlt, das zu sagen, weil Marge zweifellos von der Episode wußte, als Dickie ihn in seinen Kleidern überrascht hatte.

»Ohne seine Ringe kann ich mir Dickie gar nicht vorstellen«, sagte Marge zu McCarron. »Wenn er schwimmen ging, zog er den grünen ab, aber er hat ihn hinterher immer sofort wieder angesteckt. Wie ein Kleidungsstück. Deshalb denke ich, daß er sich entweder das Leben nehmen oder eine neue Identität annehmen wollte.«

McCarron nickte. »Hatte er irgendwelche Feinde, soweit Sie wissen?«

»Nicht einen«, sagte Tom. »Darüber habe ich schon nachgedacht.«

»Können Sie sich irgendeinen Grund vorstellen, warum er sich verkleiden oder eine andere Identität annehmen wollte?«

Tom sagte bedächtig, indem er seinen schmerzenden Hals verzog: »*Even-*

tuell – obwohl das in Europa fast unmöglich ist. Er hätte dafür einen anderen Paß benötigt. Um von einem Land in ein anderes zu reisen, hätte er einen Paß benötigt. Sogar um sich im Hotel auszuweisen.«

»Sie haben doch gesagt, daß er dafür vielleicht auch keinen Paß gebraucht hätte«, sagte Mr. Greenleaf.

»Ja, in kleinen Gasthöfen in Italien. Das ist tatsächlich eine entfernte Möglichkeit. Aber nach all dem Aufsehen, das sein Verschwinden erregt hat, kann ich mir nicht recht vorstellen, wie er weiterhin versteckt bleiben könnte«, sagte Tom. »Irgend jemand hätte ihn in der Zwischenzeit sicher verraten.«

»Auf jeden Fall ist er mit seinem eigenen Paß gereist«, sagte McCarron, »denn mit diesem Paß hat er sich in dem Hotel auf Sizilien ausgewiesen.«

»Ja«, sagte Tom.

McCarron machte sich eine Zeitlang Notizen und sah dann zu Tom auf. »Tja, Mr. Ripley, wie sehen Sie die Sache?«

McCarron war noch lange nicht fertig, dachte Tom. McCarron würde sich später unter vier Augen mit ihm unterhalten. »Ich fürchte, daß ich Miss Sherwoods Meinung teile, daß es ganz so aussieht, als hätte er sich das Leben genommen, und daß es auch so aussieht, als hätte er das schon länger vorgehabt. Das sagte ich bereits zu Mr. Greenleaf.«

McCarron sah zu Mr. Greenleaf, doch dieser schwieg und sah McCarron nur erwartungsvoll an. Tom hatte den Eindruck, daß McCarron inzwischen auch zu der Ansicht neigte, Dickie sei tot und es sei eine Zeit- und Geldverschwendung gewesen, ihn herüberkommen zu lassen.

»Ich möchte nur noch einmal überprüfen, was wir wissen«, sagte McCarron, der nicht lockerließ und wieder in seinen Unterlagen blätterte. »Das letztemal wurde Richard am fünfzehnten Februar gesehen, als er, aus Palermo kommend, in Neapel von Bord ging.«

»So ist es«, sagte Mr. Greenleaf. »Ein Steward hat das ausgesagt.«

»Und nach diesem Zeitpunkt wurde er in keinem Hotel gesehen, und niemand hat mehr von ihm gehört.« McCarron sah von Mr. Greenleaf zu Tom.

»Richtig«, sagte Tom.

McCarron sah zu Marge.

»Stimmt«, sagte Marge.

»Und wann haben Sie ihn zum letztenmal gesehen, Miss Sherwood?«

»Am dreiundzwanzigsten November, als er nach San Remo fuhr«, sagte Marge wie aus der Pistole geschossen.

»Waren Sie damals in Mongibello?« fragte McCarron und sprach das G in Mongibello hart aus, als könne er kein Italienisch.

»Ja«, sagte Marge. »Im Februar hätte ich ihn in Rom um ein Haar getroffen, aber gesehen habe ich ihn zuletzt in Mongibello.«

Gute alte Marge! Tom fühlte trotz allem fast Zuneigung zu ihr. Schon heute morgen hatte er diese Zuneigung zu fühlen begonnen, obwohl sie ihm auf die Nerven gefallen war. »Er wollte in Rom niemanden sehen«, mischte Tom sich ein. »Und deshalb dachte ich damals, als er mir die Ringe gab, er sei im Begriff, sich von allen Leuten, die er kannte, abzukoppeln, in eine andere Stadt zu gehen und für eine Zeitlang unterzutauchen.«

»Und warum Ihrer Meinung nach?«

Tom schilderte wortreich die Wirkung, die der Mord an Freddie Miles auf Dickie ausgeübt hatte.

»Meinen Sie, Richard wußte, wer Freddie Miles ermordet hat?«

»Nein, ganz sicher nicht.«

McCarron wartete auf Marges Meinungsäußerung.

»Nein«, sagte sie und schüttelte den Kopf.

»Überlegen Sie mal«, sagte McCarron zu Tom. »Meinen Sie, das könnte sein Verhalten erklären? Meinen Sie, er könnte sich davor drücken, der Polizei Auskunft zu geben, indem er sich versteckt hält?«

Tom dachte eine Minute lang nach. »Er hat nichts in dieser Richtung zu mir gesagt.«

»Glauben Sie, daß Dickie vor irgend etwas Angst gehabt hat?«

»Ich wüßte nicht, wovor«, sagte Tom.

McCarron fragte Tom, wie eng Dickie mit Freddie Miles befreundet gewesen sei, ob er weitere gemeinsame Freunde der beiden kenne, ob er wisse, ob einer der beiden Schulden beim anderen gehabt habe, wie es um Freundinnen stehe – »Da kenne ich nur Marge«, erwiderte Tom, und Marge beteuerte vehement, daß sie nicht Freddies *Freundin* gewesen sei und Eifersucht ihretwegen völlig undenkbar sei – und ob Tom sich als Dickies engsten Freund in Europa bezeichnen würde.

»So würde ich das nicht sehen«, antwortete Tom. »Dafür würde ich Marge

Sherwood halten. Dickies andere Freunde in Europa kenne ich so gut wie gar nicht.«

McCarron studierte Toms Gesicht erneut. »Was halten Sie von diesen Fälschungen?«

»Sind es denn welche? Ich dachte, da wäre man sich nicht sicher.«

»Ich glaube nicht, daß es welche sind«, sagte Marge.

»Man ist sich nicht einig«, sagte McCarron. »Die Experten halten den Brief an die Bank in Neapel für echt, und daraus folgt, daß er jemanden gedeckt haben muß, falls irgendwelche Fälschungen existieren. Angenommen, es existieren welche, könnten Sie sich dann vorstellen, wen er zu decken versucht haben könnte?«

Tom zögerte einen Augenblick, und Marge sagte: »So wie ich ihn kenne, kann ich mir überhaupt nicht vorstellen, daß er einen anderen zu decken versucht. Warum sollte er das tun?«

McCarron starrte Tom an, doch Tom konnte nicht einschätzen, ob er sich Gedanken über seine Ehrlichkeit machte oder verdaute, was sie ihm erzählt hatten. McCarron sah wie der typische amerikanische Automobilverkäufer oder wie der typische Vertreter aus, fand Tom – aufgeräumt, adrett, durchschnittlich intelligent und in der Lage, sich mit einem Mann über Baseball zu unterhalten und einer Frau ein albernes Kompliment zu machen. Tom hatte keine besonders hohe Meinung von ihm, doch andererseits war es nie ratsam, den Gegner zu unterschätzen. McCarron öffnete seinen kleinen, weichen Mund, während Tom ihn ansah, und sagte: »Mr. Ripley, hätten Sie etwas dagegen, für ein paar Minuten mit mir nach unten zu gehen, falls Sie noch ein paar Minuten erübrigen können?«

»Keineswegs«, sagte Tom und erhob sich.

»Es wird nicht lange dauern«, sagte McCarron zu Mr. Greenleaf und zu Marge.

Tom warf von der Tür aus einen Blick zurück, weil Mr. Greenleaf aufgestanden war und etwas sagen wollte, doch Tom hörte nicht zu. Er merkte plötzlich, daß es regnete, daß dünne, graue Regenschleier gegen die Fensterscheiben klatschten. Es war wie ein letzter Blick, verschwommen und hastig – Marges Gestalt, die am anderen Ende des großen Zimmers klein und eingefallen aussah, Mr. Greenleaf, der zittrig wie ein alter Mann vortrat und Einspruch erhob. Doch ihm ging es um den komfortablen Raum und den Blick über den Kanal dorthin, wo sein Haus stand – unsichtbar wegen des Regens –, das er möglicherweise nie wieder zu sehen bekommen würde.

Mr. Greenleaf fragte: »Werden Sie – werden Sie in ein paar Minuten zurückkommen?«

»Aber ja«, antwortete McCarron mit der unpersönlichen Entschiedenheit eines Henkers.

Sie gingen zum Aufzug. War das ihr Vorgehen, fragte Tom sich. Ein unauffälliges Gespräch im Foyer. Er würde der italienischen Polizei übergeben werden, und dann würde McCarron auf das Zimmer zurückkehren, wie er es versprochen hatte. McCarron hatte ein paar der Unterlagen aus seiner Aktentasche mitgenommen. Toms Blick haftete an einer vertikalen erhabenen Verzierung neben dem Schild mit den Nummern der Stockwerke: einem eiförmigen Gebilde, von vier Knöpfen eingefaßt – Ei, Knöpfe, bis in die Halle hinunter. Überlege dir etwas Vernünftiges und Normales, was du über Mr. Greenleaf sagen kannst, befahl er sich. Er knirschte mit den Zähnen. Hoffentlich bekam er keinen Schweißausbruch! Noch war nichts passiert, aber der Schweiß konnte aus allen Poren strömen, bis sie das Erdgeschoß erreichten. McCarron reichte ihm kaum bis zur Schulter. Tom wandte sich zu ihm um, als der Aufzug hielt, und sagte finster, die Zähne zu einem Lächeln bleckend: »Sind Sie zum erstenmal in Venedig?«

»Ja«, sagte McCarron. Er durchquerte das Foyer. »Wollen wir uns hier hinsetzen?« Er deutete auf die Kaffeebar. Sein Ton war höflich.

»In Ordnung«, sagte Tom freundlich. In der Bar war es nicht besonders voll, doch kein Tisch befand sich außer Hörweite irgendeines anderen Tisches. Wollte McCarron ihn an einem solchen Ort überführen, die Fakten einen nach dem anderen auf den Tisch legen? Er nahm den Stuhl, den McCarron ihm hinhielt. McCarron setzte sich mit dem Rücken zur Wand.

Ein Kellner kam. »*Signori?*«

»Kaffee«, sagte McCarron.

»Cappuccino«, sagte Tom. »Möchten Sie Cappuccino oder Espresso?«

»Welcher ist der mit Milch? Cappuccino?«

»Ja.«

»Den nehme ich.«

Tom bestellte.

McCarron sah ihn an. Sein kleiner Mund lächelte schief. Tom malte sich drei, vier mögliche Einleitungen aus: »Sie haben Richard ermordet, stimmt's? Das mit den Ringen war ein bißchen zuviel des Guten, finden Sie nicht auch?« Oder: »Mr. Ripley, die Geschichte mit dem Boot in San Remo hätte ich gerne in allen Einzelheiten von Ihnen gehört.« Oder einfach und ohne Umschweife: »Wo waren Sie am fünfzehnten Februar, als Richard in ... in Neapel ankam? Schon gut, aber wo wohnten Sie zu dieser Zeit? Wo haben Sie beispielsweise im Januar gewohnt? ... Können Sie das beweisen?«

McCarron sagte kein Wort, sondern sah jetzt auf seine feisten Hände und lächelte leise. Als wäre es so lächerlich einfach gewesen, das Gespinst zu entwirren, dachte Tom, daß er es fast nicht für der Mühe wert hielt, es in Worte zu kleiden.

Am Nebentisch redeten vier Italiener durcheinander wie im Tollhaus und kreischten vor Lachen. Tom wäre gerne weggerückt. Er saß reglos da.

Tom riß sich zusammen, bis sein Körper sich wie Stahl anfühlte, bis die schiere Spannung ihm Trotz einflößte. Er hörte sich mit unvorstellbar ruhiger Stimme fragen: »Hatten Sie in Rom Zeit, mit Tenente Roverini zu sprechen?«, und in dem Moment, in dem er die Frage stellte, begriff er, daß er sie nicht grundlos stellte, sondern weil er herausfinden wollte, ob McCarron von der Sache mit dem Boot erfahren hatte.

»Nein, das hatte ich nicht«, sagte McCarron. »Mir wurde ausgerichtet, daß Mr. Greenleaf heute nach Rom kommen würde, aber ich war schon so früh in Rom, daß ich lieber herfliegen wollte, um ihn abzuholen – und um mit Ihnen zu sprechen.« McCarron senkte den Blick auf seine Unterlagen. »Was für ein Mensch ist Richard? Wie würden Sie seine Persönlichkeit beschreiben?«

Wollte McCarron es auf diesem Weg einleiten? Indem er noch mehr Hinweise unter den Wörtern fand, die Tom wählte, um Dickie zu beschreiben? Oder wollte er nur eine objektive Meinung hören, die er von Dickies Eltern nicht erwarten konnte? »Er wollte Maler sein«, begann Tom, »aber er wußte, daß er es als Maler nicht sehr weit bringen würde. Er hat immer versucht, so zu tun, als würde es ihm nichts ausmachen und als wäre er völlig zufrieden und würde hier in Europa genau das Leben führen, das er sich gewünscht hat.« Er fuhr sich mit der Zunge über die Lippen. »Aber ich glaube, dieses Leben hat ihm allmählich nicht mehr gefallen. Sein Vater war dagegen, wie Sie wahrscheinlich wissen. Und mit Marge hatte Dickie sich in eine unangenehme Lage hineinmanövriert.«

»Wie meinen Sie das?«

»Marge war in ihn verliebt, aber er nicht in sie, und gleichzeitig war er in Mongibello so häufig mit ihr zusammen, daß sie sich weiterhin Hoffnungen machte ...« Tom sprach jetzt zuversichtlicher, doch mit gespieltem Zaudern und Suchen nach den richtigen Worten. »Er hat darüber nie richtig mit mir gesprochen. Er hat immer nur Gutes über Marge gesagt. Er hat sie sehr gern gehabt, nur war es jedermann völlig klar – auch Marge –, daß er sie nie heiraten würde. Trotzdem hat Marge die Hoffnung nie ganz aufgegeben. Und ich glaube, das ist der Hauptgrund, warum Dickie Mongibello verlassen hat.«

McCarron hörte ihm geduldig und verständnisvoll zu, fand Tom. »Was verstehen Sie darunter, daß sie die Hoffnung nie ganz aufgab? Woran erkannte man das?«

Tom schwieg, bis der Kellner die zwei schaumigen Tassen Cappuccino vor ihnen abgestellt und die Rechnung unter die Zuckerdose geklemmt hatte. »Sie schrieb ihm dauernd und wollte ihn besuchen, obwohl ich sicher bin, daß sie gleichzeitig respektierte, daß er allein sein wollte. Das hat er mir alles in Rom erzählt, als ich ihn dort sah. Nach dem Mord an Miles sagte er, daß er Marge in dieser Situation auf keinen Fall sehen wollte, aber befürchtete, daß sie aus Mongibello nach Rom kommen würde, wenn sie erfuhr, daß er in Schwierigkeiten steckte.«

»Warum war er Ihrer Meinung nach so nervös nach dem Mord an Miles?« McCarron trank einen Schluck Kaffee, zog eine Grimasse, weil der Kaffee ihm zu heiß oder zu bitter war, und rührte ihn um.

Tom erklärte es. Sie waren gute Freunde gewesen, und Freddie war wenige Minuten nach seinem Besuch bei Dickie ermordet worden.

»Meinen Sie, Richard könnte Freddie Miles umgebracht haben?« fragte McCarron ruhig.

»Nein, das denke ich nicht.«

»Und warum?«

»Weil es keinen Grund für ihn gab, so etwas zu tun – jedenfalls soweit ich weiß.«

»Normalerweise sagen die Leute gerne, daß dieser oder jener nicht die Art Mensch war, die jemanden umbringt«, sagte McCarron. »Meinen Sie, Richard war die Art Mensch, die irgend jemanden hätte umbringen können?«

Tom zögerte, ernsthaft um eine wahrheitsgetreue Antwort bemüht. »Ich habe darüber nie nachgedacht. Ich weiß nicht, welche Art Leute in der Lage sind, jemanden umzubringen. Ich habe ihn im Zorn erlebt –«

»Wann war das?«

Tom beschrieb die zwei Tage in Rom, als Dickie, wie er sagte, wegen der Vernehmungen durch die Polizei zornig und ungeduldig geworden war, so daß er schließlich sogar von seiner Wohnung ins Hotel zog, um Anrufen von Freunden und Fremden aus dem Weg zu gehen. Das verknüpfte Tom mit der wachsenden Unzufriedenheit Dickies, weil die erhofften Fortschritte als Maler sich nicht einstellen wollten. Er schilderte Dickie als eigensinnigen, hochmütigen jungen Mann, der sich vor seinem Vater fürchtete und deshalb entschlossen war, die Wünsche seines Vaters zu durchkreuzen, als einen unberechenbaren Zeitgenossen, der zu Fremden und Freunden gleichermaßen großzügig war, aber zu jähen Stimmungswechseln neigte, von ausgelassener Geselligkeit zu verdrießlicher Menschenscheu. Er schloß mit dem Fazit, Dickie sei ein sehr gewöhnlicher junger Mann, der sich in der Vorstellung gefiel, er sei ein außergewöhnlicher Mensch. »Wenn er sich umgebracht haben sollte«, sagte Tom abschließend, »dann meiner Meinung nach deshalb, weil er gemerkt hatte, daß er den eigenen Erwartungen nicht gerecht werden würde – daß er gewissermaßen versagt hatte. Als Selbstmörder kann ich ihn mir vorstellen, als Mörder nicht.«

»Ich bin mir nicht so sicher, daß er Freddie Miles nicht ermordet hat. Und Sie?«

McCarron war ungeheuchelt ehrlich. Davon war Tom überzeugt. McCarron erwartete jetzt sogar, daß Tom Dickie verteidigte, weil sie Freunde gewesen waren. Tom spürte, wie ihn ein Teil seiner Ängste verließ, aber nur ein Teil, als schmelze etwas in seinem Inneren sehr langsam. »Ich bin mir nicht sicher«, sagte Tom, »aber ich kann es mir einfach nicht vorstellen.«

»Ich bin mir auch nicht sicher. Aber es würde vieles erklären, nicht wahr?«

»Ja«, sagte Tom. »Alles.«

»Na ja, das ist erst mein erster Arbeitstag«, sagte McCarron mit zuversichtlichem Lächeln. »Ich habe noch nicht einmal den Bericht in Rom gesehen. Ich werde sicher zu einem späteren Zeitpunkt noch einmal mit Ihnen sprechen wollen.«

Tom starrte ihn an. Offenbar war es vorbei. »Sprechen Sie Italienisch?«

»Nein, nicht sehr gut, aber lesen kann ich es. Mein Französisch ist besser, aber ich werde schon zurechtkommen«, sagte McCarron, als wäre das nicht weiter wichtig.

Es war aber sehr wichtig, dachte Tom. Er konnte sich beim besten Willen nicht vorstellen, wie McCarron alles, was Roverini über den Fall Greenleaf wußte, nur mit Hilfe eines Dolmetschers aus ihm herausholen wollte. Ebensowenig wäre es ihm möglich, mit Leuten wie Dickies Vermieterin in Rom zu plaudern. Es war äußerst wichtig. »Mit Roverini habe ich vor ein paar Wochen hier in Venedig gesprochen«, sagte Tom. »Grüßen Sie ihn bitte von mir.«

»Das werde ich tun.« McCarron leerte seine Tasse. »Was glauben Sie als jemand, der Dickie kennt, wohin er am ehesten gehen würde, wenn er sich versteckt halten wollte?«

Tom rutschte auf seinem Stuhl etwas zurück. Mangelnde Gründlichkeit konnte man dem Detektiv nicht vorwerfen. »Nun ja, ich weiß, daß er sich am liebsten in Italien aufhält. Frankreich würde ich ausschließen. Griechenland mag er auch. Irgendwann einmal sagte er, er wolle nach Mallorca fahren. Spanien kommt überhaupt in Frage.«

»Verstehe«, sagte McCarron seufzend.

»Fahren Sie heute nach Rom zurück?«

McCarron hob die Augenbrauen. »Vermutlich ja. Ich hoffe, daß ich vorher ein paar Stunden schlafen kann. Ich bin seit zwei Tagen auf den Beinen.«

Das merkte man ihm nicht an, dachte Tom. »Ich glaube, Mr. Greenleaf hat sich nach den Zügen erkundigt. Es gibt zwei Vormittagsverbindungen und nachmittags sicher noch einige. Er wollte heute fahren.«

»Das läßt sich einrichten.« McCarron griff nach der Rechnung. »Vielen Dank für Ihre Hilfe, Mr. Ripley. Falls ich Sie noch einmal sprechen muß, habe ich Ihre Adresse und Telefonnummer.«

Sie erhoben sich.

»Hätten Sie etwas dagegen, wenn ich Marge und Mr. Greenleaf auf Wiedersehen sage?«

McCarron hatte nichts dagegen. Sie fuhren mit dem Aufzug wieder nach oben. Tom mußte sich zusammennehmen, um nicht laut zu pfeifen. *Babbo non vuole* spukte ihm im Kopf herum.

Als sie das Zimmer betraten, schaute Tom Marge aufmerksam an und forschte in ihrer Miene nach irgendwelchen Anzeichen von Feindseligkeit. Marge sah nur ein wenig tragisch aus, fand er. Als wäre sie vor kurzem Witwe geworden.

»Miss Sherwood, ich würde Ihnen ebenfalls gern ein paar Fragen unter vier Augen stellen«, sagte McCarron. »Wenn es Ihnen recht ist«, sagte er zu Mr. Greenleaf.

»Aber selbstverständlich. Ich wollte mir gerade unten ein paar Zeitungen besorgen«, sagte Mr. Greenleaf.

McCarron war unermüdlich. Tom verabschiedete sich von Marge und von Mr. Greenleaf für den Fall, daß sie heute nach Rom zurückfuhren und sie einander nicht mehr sahen. Zu McCarron sagte er: »Wenn es von irgendwelchem Nutzen sein sollte, komme ich jederzeit gerne nach Rom. Bis Ende Mai werde ich voraussichtlich hier bleiben.«

»Bis dahin werden wir mehr wissen«, sagte McCarron mit seinem zuversichtlichen irischen Lächeln.

Tom fuhr mit Mr. Greenleaf in das Foyer hinunter.

»Er hat mir alle Fragen noch einmal gestellt«, sagte Tom zu Mr. Greenleaf, »und wollte wissen, wie ich Richards Charakter einschätze.«

»Und wie schätzen Sie ihn ein?« fragte Mr. Greenleaf in hoffnungslosem Ton.

Ob Dickie ein Selbstmörder oder ob er weggelaufen war, um sich zu verstecken, war in Mr. Greenleafs Augen gleichermaßen tadelnswert, das begriff Tom. »Ich habe ihm gesagt, was ich für die Wahrheit halte«, sagte er, »daß ihm zuzutrauen ist, daß er weggelaufen ist, und daß ihm ebensogut zuzutrauen ist, daß er sich das Leben genommen hat.«

Mr. Greenleaf erwiderte darauf nichts, sondern klopfte Tom nur auf den Arm. »Auf Wiedersehen, Tom.«

»Auf Wiedersehen«, sagte Tom. »Lassen Sie mich hören, wie es Ihnen geht.«

Zwischen Mr. Greenleaf und ihm war alles in Ordnung. Und mit Marge würde ebenfalls alles in Ordnung sein. Sie hatte die Selbstmordtheorie geschluckt, und in diesen Bahnen würden sich ihre Gedanken in alle Zukunft weiterbewegen, das wußte Tom.

Tom verbrachte den Nachmittag zu Hause; er rechnete mit einem Anruf, zumindest von McCarron, auch wenn es nichts Wichtiges mitzuteilen gab, doch nichts geschah. Nur Titi, die Gräfin vom Dienst, rief an, um ihn zum Cocktail einzuladen. Tom sagte zu.

Warum sollte er von Marge Schwierigkeiten erwarten, dachte er. Sie hatte ihm nie welche gemacht. Der Selbstmord war eine fixe Idee, und sie würde ihr bißchen Vorstellungskraft darauf abrichten, sich dieser Idee anzupassen.

28

Am nächsten Tag rief McCarron aus Rom an, um sich von Tom die Namen aller Leute sagen zu lassen, die Dickie in Mongibello gekannt hatte. Mehr wollte McCarron offenbar nicht wissen, denn er ließ sich viel Zeit dabei, sie zu erfragen und auf einer Liste, die Marge ihm gegeben hatte, abzuhaken. Die meisten Namen hatte Marge schon genannt, doch Tom zählte sie alle auf mitsamt ihren Adressen – Giorgio selbstverständlich und Pietro vom Hafen, Faustos Tante Maria, deren Nachnamen er nicht wußte, aber dafür erklärte er McCarron umständlich den Weg zu ihrem Haus, Aldo mit seinem Krämerladen, die Cecchis und sogar den alten Stevenson, den Maler, der zurückgezogen außerhalb des Dorfs lebte und den Tom nie kennengelernt hatte. Es dauerte ein paar Minuten, bis Tom alle Namen genannt hatte, und McCarron würde wahrscheinlich einige Tage brauchen, um sie alle aufzusuchen. Tom erwähnte jeden bis auf Signor Pucci, der Dickies Haus und Segelboot verkauft hatte und McCarron erzählen konnte – falls Marge es nicht bereits getan hatte –, daß Tom Ripley nach Mongibello gekommen war, um ihn in Dickies Namen damit zu beauftragen. Was Leute wie Aldo und Stevenson betraf, konnte McCarron sie gerne nach Herzenslust ausquetschen.

»Und in Neapel?« fragte McCarran.

»Nicht, daß ich wüßte.«

»Rom?«

»Tut mir leid, in Rom habe ich ihn nie mit Freunden gesehen.«

»Sind Sie nie diesem Maler begegnet, diesem Di Massimo?«

»Nein. Gesehen habe ich ihn einmal«, sagte Tom, »aber nicht gesprochen.«

»Wie sieht er aus?«

»Na ja, es war an der Ecke. Ich hatte mich gerade von Dickie verabschiedet, als er kam, und habe ihn nur von weitem zu sehen bekommen. Etwa fünf Fuß, neun Zoll groß, graumeliertes dunkles Haar – viel mehr weiß ich nicht. Er sah ziemlich kräftig gebaut aus. Und er hatte einen hellgrauen Anzug an, wenn ich mich richtig erinnere.«

»M-hm. Okay«, sagte McCarron zerstreut, als schreibe er alles mit. »Tja, ich glaube, das war schon alles. Vielen Dank nochmals, Mr. Ripley.«

»Gern geschehen. Viel Glück.«

Dann wartete Tom mehrere Tage in seinem Haus ruhig ab, so wie es jeder getan hätte, während die Suche nach einem vermißten Freund ihren Höhepunkt erreichte. Er schlug drei oder vier Einladungen aus. Das Interesse der Zeitungen an Dickies Verschwinden war durch das Erscheinen eines amerikanischen Detektivs, den Dickies Vater engagiert hatte, wieder angefacht worden. Als Fotografen von *Europeo* und *Oggi* auftauchten, um Tom und sein Haus zu fotografieren, forderte er sie entschieden auf zu gehen; einen dreisten jungen Mann packte er am Ellbogen und schleuderte ihn durch das Wohnzimmer zur Tür. Doch fünf Tage lang ereignete sich nichts von Bedeutung – keine Anrufe, auch keine Briefe, nicht einmal von Tenente Roverini.

Bisweilen malte Tom sich das Schlimmste aus, vor allem bei Einbruch der Dämmerung, wenn er niedergeschlagener war als zu jeder anderen Tageszeit. Er stellte sich vor, wie Roverini und McCarron sich zusammensetzten und die Theorie austüftelten, daß Dickie möglicherweise im November verschwunden war, malte sich aus, wie McCarron überprüfte, wann er sein Auto gekauft hatte, und nachdenklich wurde, als er feststellte, daß Dickie von der Fahrt nach San Remo nicht zurückgekommen und daß Tom Ripley in Mongibello erschienen war, um Dickies Angelegenheiten zu regeln. Wieder und wieder erwog er Mr. Greenleafs müde, gleichgültige Abschiedsworte an jenem letzten Vormittag in Venedig, deutete sie als unfreundlich und stellte sich vor, wie Mr. Greenleaf in Rom einen Wutausbruch bekam, weil alle Bemühungen, Dickie zu finden, fehlgeschlagen waren, und plötzlich verlangte, daß man Tom Ripley genau unter die Lupe nahm, diesen Halunken, den er auf eigene Kosten hergeschickt hatte, damit er versuchte, seinen Sohn zur Heimkehr zu bewegen.

Doch jeden Morgen war Tom wieder guter Dinge. Auf der Habenseite war zu verzeichnen, daß Marge ganz unstreitig glaubte, Dickie habe all diese Monate in Rom verdrießlich geschmollt; wahrscheinlich hatte sie seine Briefe vollzählig aufbewahrt und würde sie vollzählig McCarron präsentieren. Und es waren ganz ausgezeichnete Briefe. Tom war froh, daß er sich soviel Arbeit mit ihnen gemacht hatte. Marge war eher eine Hilfe als eine Gefahr. Es war wirklich ein wahres Glück, daß er an dem Abend, an dem sie die Ringe gefunden hatte, seinen Schuh wieder hingelegt hatte.

Jeden Morgen hielt er vom Fenster seines Schlafzimmers aus Ausschau nach der Sonne, die über der friedlich daliegenden Stadt aufging und sich durch den Winternebel kämpfte, bis sie ihn endlich durchbrach und am Vormittag tatsächlich zwei Stunden lang zu sehen war, und dieser friedvolle Tagesbeginn war jedesmal wie ein Versprechen künftigen Friedens. Die Tage wurden wärmer. Es war heller und regnete seltener. Der Frühling stand vor der Tür, und an einem dieser Morgen, einem besonders schönen Morgen, würde er das Haus verlassen und ein Schiff nach Griechenland besteigen.

Am Abend des sechsten Tages nach der Abreise Mr. Greenleafs und McCarrons rief Tom Mr. Greenleaf in Rom an. Mr. Greenleaf hatte ihm nichts Neues zu berichten, doch das hatte Tom auch nicht erwartet. Marge war nach Hause gefahren. Solange Mr. Greenleaf in Italien war, dachte Tom, würden die Zeitungen jeden Tag etwas über den Fall Greenleaf bringen. Ihnen gingen nur allmählich die sensationellen Meldungen zu diesem Fall aus.

»Und wie geht es Ihrer Frau?« fragte Tom.

»Nicht schlecht. Ich habe gestern mit ihr telefoniert. Ich denke nur, daß die ganze Aufregung ihr zu schaffen macht.«

»Das tut mir leid«, sagte Tom. Er sollte ihr einen netten Brief schreiben, dachte er, nur ein paar nette Worte. Solange Mr. Greenleaf nicht zu Hause und sie ganz allein war. Er wünschte, er hätte schon früher daran gedacht.

Mr. Greenleaf sagte, er werde Ende der Woche nach Paris fahren, wo die Polizei ebenfalls nach Dickie suchte. McCarron begleitete ihn, und wenn sich in Paris nichts Neues ergab, würden sie beide von dort nach Hause fahren. »Es dürfte inzwischen außer Frage stehen«, sagte Mr. Greenleaf, »daß er entweder nicht mehr am Leben ist oder sich absichtlich versteckt hält. Die Suche nach ihm hat sich auf praktisch jeden Winkel der Welt erstreckt. Mit Ausnahme von Rußland vielleicht. Du lieber Himmel, hat er etwa je eine Vorliebe für diese Region zu erkennen gegeben?«

»Für Rußland? Nicht, daß ich wüßte.«

Offenbar war Mr. Greenleaf zu der Ansicht gelangt, daß Dickie entweder tot war oder ihm den Buckel hinunterrutschen konnte. Während des Telefongesprächs schien die zweite Haltung zu überwiegen.

Am Abend dieses Tages besuchte Tom Peter Smith-Kingsley. Freunde hatten Peter englische Zeitungen geschickt; in einer war ein Foto von Tom, der den *Oggi*-Fotografen hinauswarf. Tom hatte das Bild auch in italienischen Zeitungen gesehen. Fotos von ihm auf den Straßen Venedigs und Fotos von seinem Haus waren bis nach Amerika gelangt. Sowohl Bob als auch Cleo hatten ihm mit Luftpost Fotos und Artikel aus New Yorker Boulevardblättern geschickt. Sie fanden die ganze Sache schrecklich aufregend.

»Es hängt mir wirklich zum Hals heraus«, sagte Tom. »Ich bin nur noch hier, weil ich nicht unhöflich sein und helfen will, so gut ich kann. Der nächste Reporter, der sich Einlaß in mein Haus zu verschaffen versucht, kriegt mit der Schrotflinte eins auf den Pelz gebrannt.« Seiner Stimme war anzuhören, wie erbost und angewidert er war.

»Das kann ich verstehen«, sagte Peter. »Du weißt, daß ich Ende Mai nach Hause fahre. Wenn du Lust hättest, mitzukommen und eine Zeitlang bei mir in Irland zu wohnen, wärst du jederzeit mehr als willkommen. Dort sagen Fuchs und Hase sich gute Nacht, das kann ich dir versichern.«

Tom warf ihm einen schnellen Blick zu. Peter hatte ihm von seinem alten Schloß in Irland erzählt und ihm Bilder davon gezeigt. Etwas von seiner Beziehung zu Dickie ging ihm unvermittelt durch den Kopf wie die Erinnerung an einen Alptraum, wie ein bleicher böser Geist. Weil das gleiche mit Peter passieren konnte, dachte er, mit Peter, dem ehrlichen, ahnungslosen, naiven, großzügigen lieben Kerl – mit dem Unterschied, daß er Peter nicht ähnlich genug sah. Doch eines Abends hatte er zu Peters großem Vergnügen mit englischem Akzent gesprochen und Peters Marotten nachgeahmt und seine Art, den Kopf beim Sprechen schief zu legen, und Peter hatte sich schier kaputtgelacht. Das hätte er nicht tun sollen, dachte Tom jetzt. Es hatte ihn mit entsetzlicher Scham erfüllt – dieser Abend und der Umstand, daß er auch nur eine Sekunde lang für möglich gehalten hatte, daß das, was mit Dickie passiert war, auch mit Peter passieren könnte.

»Danke«, sagte Tom. »Ich bin lieber noch eine Zeitlang allein. Mir fehlt mein Freund Dickie, weißt du. Er fehlt mir ganz schrecklich.« Mit einemmal

EPOCA
BABBO NON VUOLE...
22
NESSUNA TRACCIA DI
'DICKIE' GREENLEAF

kamen ihm die Tränen. Er erinnerte sich an Dickies Lächeln an jenem Tag, als sie anfingen, sich besser zu verstehen, als er Dickie gestanden hatte, daß sein Vater ihn geschickt hatte. Er erinnerte sich an ihre verrückte erste Reise nach Rom. Voller Wehmut erinnerte er sich sogar an die halbe Stunde in der Bar des Hotels Carlton in Cannes, als Dickie so gelangweilt und schweigsam gewesen war, doch dafür hatte es schließlich einen Grund gegeben: Er hatte Dickie mitgeschleppt, während die Côte d'Azur Dickie anödete. Hätte er nur sein Touristenprogramm allein absolviert, dachte Tom, hätte er es nicht so eilig gehabt und wäre er nicht so gierig gewesen, hätte er die Beziehung zwischen Dickie und Marge nicht so katastrophal falsch eingeschätzt oder auch nur abgewartet, bis sie sich aus freien Stücken getrennt hätten, dann wäre nichts von alledem passiert, und er hätte bis ans Ende seines Lebens mit Dickie zusammenleben können, reisen und leben und das Leben genießen bis ans Ende seiner Tage. Hätte er an jenem Tag nur nicht Dickies Kleider angezogen –

»Das verstehe ich, Tommie, mein Junge. Das verstehe ich natürlich«, sagte Peter und klopfte ihm auf die Schulter.

Tom sah ihn durch einen Tränenschleier an. Er stellte sich vor, wie er mit Dickie auf einem Ozeandampfer für die Weihnachtsferien nach Amerika fuhr, stellte sich vor, sich mit Dickies Eltern so prächtig zu verstehen, als wären Dickie und er Brüder gewesen. »Danke«, sagte Tom. Es klang wie ein kindliches »Blang«.

»Wenn es dir nicht so an die Nieren ginge, müßte ich ja annehmen, du wärst nicht normal«, sagte Peter verständnisvoll.

29

Venedig, den 3. Juni 19–

Lieber Mr. Greenleaf,

als ich heute meinen Koffer packte, fiel mir ein Brief in die Hände, den Richard mir in Rom gab und den ich aus einem unbegreiflichen Grund bis heute vergessen hatte. Auf dem Umschlag stand »Nicht vor Juni zu öffnen«, und diesen Monat haben wir jetzt. In dem Umschlag befand sich Richards Testament. Er hinterläßt mir sein Einkommen und seinen Besitz. Darüber bin ich ebenso

erstaunt, wie Sie es sicherlich sind, doch den Formulierungen des Testaments nach zu schließen (es ist maschinenschriftlich abgefaßt), hat er es offenbar im Zustand geistiger Klarheit verfaßt.
Es tut mir jedoch aufrichtig leid, daß ich nicht früher an die Existenz dieses Umschlags gedacht habe, denn dann hätten wir schon viel früher gewußt, daß Dickie sich tatsächlich das Leben nehmen wollte. Ich habe den Umschlag seinerzeit in ein Seitenfach meines Koffers gesteckt und ihn dort vergessen. Er gab ihn mir bei unserer letzten Begegnung in Rom, als er so düsterer Stimmung war.
Ich halte es für das klügste, meinem Brief eine Fotokopie des Testaments beizulegen, so daß Sie es selbst sehen können. Es ist das erste Testament, das ich je gesehen habe, und ich weiß nicht, was als nächstes zu tun ist. Was können Sie mir raten?
Bitte richten Sie Mrs. Greenleaf meine herzlichsten Grüße aus. Ich möchte Ihnen sagen, daß ich Ihnen beiden tiefste Anteilnahme entgegenbringe und die Notwendigkeit, diesen Brief zu schreiben, sehr bedaure. Bitte lassen Sie so bald wie möglich von sich hören. Meine nächste Adresse lautet: c/o American Express
Athen, Griechenland

Ergebenst,
Ihr Tom Ripley

Das konnte auch danebengehen und ihm viel Ärger eintragen, dachte Tom. Eine neuerliche Untersuchung von Unterschriften nach sich ziehen, sowohl der auf dem Testament als auch der auf den Überweisungsbestätigungen, eine jener unbarmherzigen Untersuchungen, wie Versicherungen und wahrscheinlich auch Vermögensverwaltungen sie einleiteten, wenn es um ihr Geld ging. Doch ihm war einfach danach zumute gewesen. Mitte Mai hatte er seine Fahrkarte nach Griechenland gekauft; das Wetter war immer schöner geworden und er immer ruheloser. Er hatte seinen Wagen in der Fiat-Garage in Venedig abgeholt und war über den Brenner nach Salzburg und nach München gefahren, nach Triest und von dort nach Bozen, und das Wetter war überall gut gewesen bis auf einen harmlosen Frühlingsregen in München, als er im Englischen Garten spazierenging, und er hatte sich nicht einmal unterzustellen versucht, sondern war weitergegangen, erregt von dem Gedanken, daß dies die ersten deutschen Regentropfen waren, die seine Haut berührten. Er besaß nur zweitausend Dollar auf seinen eigenen Namen, die er sich von Dickies Konto überwiesen und aus Dickies Einkommen gespart hatte, weil er nicht gewagt hatte, in der kurzen Zeit von drei Monaten mehr Geld abzuheben. Allein die Gefahr, die damit verbunden war, die Hand nach Dickies ganzem Geld auszustrecken, das Risiko dieses Wagnisses, war für ihn unwiderstehlich. Er war die öden, ereignislosen Wochen in Venedig so leid, in denen jeder einzelne Tag seine Sicherheit zu bestätigen und die Trostlosigkeit seiner Existenz zu betonen schien. Roverini hatte aufgehört, ihm zu schreiben. Alvin McCarron war nach Amerika zurückgefahren (nach einem weiteren und letzten unwichtigen Anruf aus Rom), und Tom nahm an, daß er und Mr. Greenleaf zu dem Schluß gelangt waren, daß Dickie entweder tot war oder sich absichtlich versteckt hielt und jede weitere Suche sinnlos war. Die Zeitungen hatten aufgehört, über Dickie zu berichten, weil es nichts zu berichten gab. Tom verspürte ein Gefühl der Leere und Ungewißheit, das ihn fast wahnsinnig machte, bis er die Reise nach München unternommen hatte. Als er nach Venedig zurückkehrte, um für Griechenland zu packen und sein Haus aufzugeben, war das Gefühl noch schlimmer geworden: Er stand im Begriff, nach Griechenland aufzubrechen, zu diesen alten heroischen Inseln, und das als der kleine Kläffer Tom Ripley, schüchtern und demütig, mit lächerlichen zweitausend Kröten auf der Bank, was hieß, daß er jeden Pfennig zweimal umdrehen mußte, bevor er sich das bescheidenste Buch über griechische Kunst kaufen durfte. Es war unerträglich.

In Venedig hatte er beschlossen, seine Griechenlandreise in heroischem Stil zu gestalten. Er würde die Inseln aus dem Meer auftauchen und in sein Blickfeld schwimmen sehen, und zwar als lebendes, atmendes, kühnes Individuum, nicht als jämmerlicher Wurm, als Niemand aus Boston. Sollte er der Polizei in Piräus direkt in die Arme segeln, dann hätte er zumindest die Tage davor genossen, im Fahrtwind am Bug des Schiffes das weindunkle Meer befahrend wie Jason oder wie Odysseus auf der Heimkehr nach Ithaka. Deshalb hatte er drei Tage vor seiner Abreise aus Venedig den Brief an Mr. Greenleaf geschrieben und abgeschickt. Mr. Greenleaf würde ihn frühestens vier oder fünf Tage später erhalten und folglich keine Zeit haben, Tom in Venedig mit einem Telegramm festzuhalten, so daß er sein Schiff versäumte. Außerdem sah es in jeder Hinsicht besser aus, wenn er die Sache möglichst gelassen anging und gar nicht erreichbar war, bis er in Griechenland ankam, ganz so, als wäre es ihm so gleichgültig, ob er das Geld bekam oder nicht, daß er deshalb nicht einmal diese kleine Urlaubsreise aufzuschieben bereit war.

Zwei Tage vor der Abreise besuchte er Gräfin Titi della Latta-Cacciaguerra, seine erste Bekanntschaft in Venedig, zum Tee. Das Hausmädchen führte ihn in den Salon, und Titi begrüßte ihn mit den Worten, die er seit Wochen nicht mehr gehört hatte: »*Ah, ciao, Tomaso!* Haben Sie die Nachmittagszeitung gesehen? Dickies Koffer sind gefunden worden! Und seine Bilder! Hier, beim American Express in Venedig!« Ihre goldenen Ohrringe zitterten vor Erregung.

»Wie?« Tom hatte keine Zeitung zu sehen bekommen. Er hatte den ganzen Nachmittag gepackt.

»Hier! Lesen Sie selbst! All seine Kleidung erst im Februar dort hinterlegt! Er hat sie aus Neapel geschickt. Vielleicht ist er sogar hier in Venedig!«

Tom las den Artikel. Die Schnur um die Leinwände hatte sich gelöst, und der Angestellte von American Express, der sie wieder einpacken wollte, hatte die Signatur R. Greenleaf gesehen. Toms Hände begannen zu zittern, so daß er die Finger in die Zeitung krallen mußte, damit die Zeitung nicht mitzitterte. In dem Artikel stand, die Polizei untersuche nun alles sorgfältig auf Fingerabdrücke.

»Vielleicht ist er am Leben!« rief Titi.

»Das glaube ich nicht – ich wüßte nicht, warum das beweisen sollte, daß er lebt. Er kann ermordet worden sein oder sich das Leben genommen haben, nachdem er die Koffer aufgegeben hat. Der Umstand, daß er das Gepäck unter einem anderen Namen deponiert hat – Fanshaw ...« Er hatte das Gefühl, daß die Gräfin, die kerzengerade auf dem Sofa saß und ihn anstarrte, sich über seine Nervosität wunderte; deshalb atmete er tief durch, nahm all seinen Mut zusammen und sagte: »Verstehen Sie nicht? Sie suchen alles nach Fingerabdrücken ab. Das würden sie nicht tun, wenn sie davon überzeugt wären, daß Dickie die Koffer selber aufgegeben hat. Warum sollte er sie unter dem Namen Fanshaw deponieren, wenn er sie wieder abholen wollte? Und sogar sein Paß ist in dem Gepäck. Er hat ihn eingepackt.«

»Vielleicht versteckt er sich irgendwo unter dem Namen Fanshaw! Oh, *caro mio*, Sie brauchen dringend eine Tasse Tee!« Titi erhob sich. »*Giustina! Il tè, per piacere, subitissimo!*«

Tom sank kraftlos auf das Sofa, die Zeitung noch immer in Händen haltend. Was war mit dem Knoten des Taus um Dickies Leiche? Würde es nicht zu seiner Pechsträhne passen, wenn dieser Knoten sich jetzt lockerte?

»Ah, *carissimo*, Sie sind zu pessimistisch«, sagte Titi und tätschelte ihm das Knie. »Das sind gute Nachrichten! Angenommen, die Fingerabdrücke sind alle von ihm! Wären Sie dann nicht glücklich? Stellen Sie sich vor, Sie würden morgen auf irgendeinem Sträßchen in Venedig plötzlich Dickie Greenleaf alias Signor Fanshaw gegenüberstehen!« Sie lachte ihr schrilles, fröhliches Lachen, das so selbstverständlich zu ihr gehörte wie das Atmen.

»Hier steht, daß alles in den Koffern war – Rasierzeug, Zahnbürste, Schuhe, Mantel, alles, alles«, sagte Tom, der sein Entsetzen mit Schwermut überspielte. »Wenn er am Leben wäre, hätte er nicht alles eingepackt. Der Mörder hat ihn offenbar entkleidet und die Kleidung mit dem Gepäck deponiert, weil es der leichteste Weg war, sie loszuwerden.«

Das dämpfte sogar Titis Lebensgeister. Dann sagte sie: »Versprechen Sie mir, nicht so mutlos zu sein, bis wir mehr über die Fingerabdrücke wissen. Morgen wollen Sie eine Vergnügungsreise antreten! – *Ecco il tè!*«

Übermorgen, dachte Tom. Zeit genug für Roverini, der sich seine Fingerabdrücke besorgen und sie mit denen auf den Bildern und den Koffern vergleichen würde. Er versuchte sich an die Oberflächen der Dinge in den Koffern zu erinnern, von denen man Fingerabdrücke nehmen konnte. Viel gab es nicht außer dem Rasierzeug, aber sie würden genug Fragmente und Reste finden, aus denen sie komplette Abdrücke zusammenstellen konnten, wenn sie sich Mühe gaben. Optimismus konnte er nur aus dem Umstand schöpfen, daß sie seine Fingerabdrücke nicht besaßen und vielleicht nicht auf die Idee kamen, sie abnehmen zu wollen, weil sie ihn nicht verdächtigten. Aber was war, wenn sie Dickies Fingerabdrücke irgendwo anders bereits abgenommen hatten? Würde Mr. Greenleaf ihnen nicht sofort Abdrücke aus Amerika schicken, um sie vergleichen zu lassen? Dickies Fingerabdrücke konnte man an allen möglichen Orten finden: auf Dingen in Amerika, die ihm gehört hatten, in dem Haus in Mongibello –

»Tomaso! Trinken Sie Ihren Tee!« sagte Titi und drückte ihm liebevoll das Knie.

»Danke, Titi.«

»Sie werden sehen. Wenigstens kommen wir so der Wahrheit näher, was auch geschehen sein mag. Jetzt wollen wir von etwas anderem sprechen, wenn Sie das so unglücklich macht. Wohin wollen Sie von Athen aus fahren?«

Er versuchte, seine Gedanken auf Griechenland zu richten. Für ihn war Griechenland vergoldet, golden wie die Rüstungen der Krieger und das berühmte Sonnenlicht. Er sah steinerne Statuen vor sich, Statuen mit ruhigen starken Gesichtern wie die Frauen der Säulenhalle des Erechtheions. Er wollte nicht nach Griechenland fahren, während in Venedig die Fingerabdrücke wie eine Drohung über seinem Haupt hingen. Das wäre zu erniedrigend. Er würde sich so erbärmlich vorkommen wie die erbärmlichste Ratte in den Gossen Athens, erbärmlicher als der dreckigste Bettler, der ihm auf den Straßen Salonikis begegnen konnte. Tom hielt sich die Hände vor das Gesicht und weinte. Mit Griechenland war es vorbei, es war geplatzt wie ein goldener Luftballon.

Titi legte ihm ihren festen, rundlichen Arm um die Schulter. »Tomaso, nehmen Sie es nicht so zu Herzen! Warten Sie, bis es wirklich einen Grund gibt, so traurig zu sein!«

»Ich verstehe nicht, warum Sie nicht sehen können, daß es ein schlechtes Zeichen ist!« sagte Tom verzweifelt. »Das verstehe ich nicht!«

30

Das schlimmste Zeichen war, daß Roverini, der ihm bisher so freundlich und ausführlich geschrieben hatte, über den Fund der Koffer und Leinwände nicht das geringste von sich hören ließ. Tom verbrachte eine Nacht schlaflos und den Tag damit, in seinem Haus auf und ab zu gehen, während er versuchte, Kleinigkeiten zu erledigen, die kein Ende zu nehmen schienen; er bezahlte Anna und Ugo und die Lieferanten. Zu jeder Tages- und Nachtzeit erwartete er, daß die Polizei an seine Tür klopfte. Der Gegensatz zwischen dem gelassenen Selbstbewußtsein, das ihn vor fünf Tagen beseelt hatte, und seiner gegenwärtigen Nervosität zerriß ihn schier. Er konnte weder schlafen noch essen, noch stillsitzen. Die Ironie des Mitgefühls, das Anna und Ugo für ihn empfanden, und die der Anrufe seiner Freunde, die wissen wollten, was er davon hielt, daß die Koffer gefunden worden waren, war fast mehr, als er ertragen konnte. Und wie ironisch, daß er nun nicht zu verbergen brauchte, wie durcheinander, pessimistisch und sogar verzweifelt er war. Man hielt es für völlig normal, denn schließlich war denkbar, daß Dickie ermordet worden war: Jedermann hielt es für höchst bedeutsam, daß alle persönliche Habe Dickies sich in den Koffern in Venedig befunden hatte, sogar sein Rasierzeug und sein Kamm.

Und dann das Testament, das Mr. Greenleaf übermorgen erhalten würde. Bis dahin wußte man vielleicht schon, daß die Fingerabdrücke nicht von Dickie stammten. Bis dahin hatte man vielleicht die *Hellenes* abgefangen und Toms Fingerabdrücke genommen. Wenn herauskam, daß das Testament auch eine Fälschung war, würde man kein Erbarmen mit ihm kennen. Beide Morde würden ans Licht kommen, so wahr er Tom Ripley hieß.

Als Tom an Bord der *Hellenes* ging, kam er sich vor wie ein wandelndes Gespenst. Er fand keinen Schlaf, brachte nichts herunter außer Espresso, und seine Energie speiste sich nur mehr aus seinen zuckenden Nerven. Er wollte fragen, ob es eine Funkstation an Bord gab, war aber überzeugt, daß es eine gab. Es war ein Schiff von mittlerer Größe mit drei Decks und achtundvierzig Passagieren. Fünf Minuten nachdem der Steward sein Gepäck in die Kabine gebracht hatte, brach Tom zusammen. Er erinnerte sich, daß er sich mit dem Gesicht nach unten auf sein Bett gelegt hatte, einen Arm unter dem Oberkörper, zu müde, sich anders hinzulegen, und als er erwachte, bewegte sich das Schiff, fuhr nicht nur, sondern schaukelte leicht in einem angenehmen Rhythmus, der von einer ungeheuren Kraftreserve und dem Versprechen unaufhörlicher, unbezwingbarer Vorwärtsbewegung, der sich nichts in den Weg stellen konnte, zu künden schien. Tom fühlte sich besser; nur der Arm, auf dem er gelegen hatte, hing schlaff herab wie ein abgestorbener Körperteil und schlug gegen ihn, als er den Gang entlangschritt, so daß er ihn mit der anderen Hand festhalten mußte. Auf seiner Uhr war es Viertel vor zehn, und draußen war dunkle Nacht.

Weit entfernt zur Linken war Land zu sehen, wahrscheinlich ein Stück Jugoslawien, fünf oder sechs matte weiße Lichter, doch ansonsten gab es nichts als schwarzes Wasser und schwarzen Himmel, keine Spur eines Horizonts, und sie hätten ebensogut auf einen schwarzen Schirm zufahren können, doch das stetig voranfahrende Schiff traf auf kein Hindernis, und der Wind blies Tom so ungehindert ins Gesicht, als komme er aus dem unendlichen All. Außer ihm war niemand an Deck. Sie waren alle unten bei ihrem

späten Abendessen, nahm er an. Er war froh, allein zu sein. Sein Arm begann sich wieder belebt anzufühlen. Er hielt sich am Geländer fest, dort, wo der Bug zu einem spitzen V zulief, und atmete tief ein. Trotziger Mut erwachte in ihm. Was war, wenn der Funker in ebendiesem Moment die Nachricht erhielt, Tom Ripley sei festzunehmen? Er würde sich dem so tapfer stellen, wie er jetzt hier stand. Oder er konnte sich über das Schandeck des Schiffs stürzen – was sowohl seinen äußersten Mut erforderte als auch letztes Entkommen wäre. Und wenn schon! Selbst dort, wo er jetzt stand, hörte er das leise Summen des Funkraums vom Peildeck herdringen. Er fürchtete sich nicht. Das war es. So hatte er zu empfinden gehofft, wenn er nach Griechenland fuhr. Auf das schwarze Wasser ringsumher zu blicken und sich nicht zu fürchten, das war fast das gleiche, wie die griechischen Inseln am Horizont auftauchen zu sehen. In der milden Juninacht vor ihm konnte er in seiner Vorstellung die kleinen Inseln erschaffen, die häusergesprenkelten Hügel Athens und die Akropolis.

An Bord des Schiffs war eine ältere Engländerin; sie reiste in Begleitung ihrer Tochter, die vierzig war, ledig und so fürchterlich nervös, daß sie es nicht einmal ertrug, eine Viertelstunde lang in ihrem Liegestuhl die Sonne zu genießen, ohne aufzuspringen und laut zu verkünden, sie müsse »ein paar Schritte gehen«. Ihre Mutter hingegen war sehr ruhig und langsam; ihr rechtes Bein war kürzer als das linke und halb gelähmt; sie trug rechts einen orthopädischen Schuh mit hohem Absatz und konnte nur am Stock gehen – genau die Art Mensch, die Tom in New York mit ihrer Langsamkeit und stets gleichbleibenden Freundlichkeit wahnsinnig gemacht hätte, doch hier verfiel er darauf, den Liegestuhl neben ihrem zu nehmen, sich mit ihr zu unterhalten und ihr zuzuhören, wenn sie von ihrem Leben in England und in Griechenland erzählte, das sie 1926 verlassen hatte. Er führte sie langsam auf Deck spazieren, und sie lehnte auf seinem Arm und entschuldigte sich unablässig für die Mühe, die sie ihm machte, obwohl sie seine Aufmerksamkeit sichtlich genoß. Und die Tochter war sichtlich erfreut, daß jemand anders sich um ihre Mutter kümmerte.

Vielleicht war Mrs. Cartwright als junge Frau ein wahrer Satansbraten gewesen, dachte Tom, vielleicht war sie an jeder einzelnen Neurose ihrer Tochter schuld, vielleicht hatte sie ihre Tochter so eng an sich gefesselt, daß die Tochter keine Chance gehabt hatte, ein normales Leben zu führen und zu heiraten, und vielleicht hätte Mrs. Cartwright es verdient, über Bord geworfen zu werden, statt daß man mit ihr auf Deck spazierenging und ihr stundenlang zuhörte, aber wen sollte das kümmern? War das Schicksal immer gerecht? War es zu ihm gerecht gewesen? Er erwog, daß er mehr als Glück gehabt hatte, mit zwei Morden davongekommen zu sein, und daß das Glück ihm treu geblieben war, seit er in Dickies Rolle geschlüpft war. Im ersten Teil seines Lebens war das Schicksal schrecklich ungerecht mit ihm verfahren, dachte er, doch die Zeit mit Dickie und danach hatte das mehr als wettgemacht. Doch er hatte das Gefühl, daß ihn in Griechenland etwas erwartete, und zwar nichts Gutes. Seine Glückssträhne hatte einfach zu lange angehalten. Angenommen, sie überführten ihn anhand der Fingerabdrücke und anhand des Testaments und beförderten ihn auf den elektrischen Stuhl – konnte der qualvolle Tod auf dem elektrischen Stuhl oder der Tod an sich mit fünfundzwanzig Jahren so tragisch sein, daß er sagen mußte, die Monate von November bis jetzt seien das nicht wert gewesen? Ganz gewiß nicht.

Was er bedauerte, war nur, daß er noch nicht die ganze Welt bereist hatte. Er wollte Australien kennenlernen. Und Indien. Er wollte Japan sehen. Südamerika nicht zu vergessen. Allein die Kunst jener Länder zu betrachten wäre eine erfreuliche und lohnende Lebensaufgabe, dachte er. Er hatte eine Menge über die Malerei gelernt, sogar indem er sich bemüht hatte, Dickies minderwertige Gemälde zu kopieren. In den Galerien von Rom und Paris hatte er ein Interesse an der Malerei bei sich festgestellt, von dessen Existenz er vorher nichts geahnt hatte oder das möglicherweise vorher nicht vorhanden gewesen war. Er wollte nicht Maler werden, aber mit genug Geld, dachte er, wäre es sein größtes Vergnügen, Bilder zu sammeln, die ihm gefielen, und jungen begabten Malern in Geldnot unter die Arme zu greifen.

So sprang er in Gedanken von einem Gegenstand zum nächsten, während er mit Mrs. Cartwright über Deck promenierte oder mit halbem Ohr ihren nicht immer interessanten Monologen lauschte. Mrs. Cartwright fand ihn reizend. Mehrmals erklärte sie ihm nachdrücklich, wie sehr sie diese Reise genossen habe und daß sie das ihm verdanke, und sie schmiedeten Pläne, sich am zweiten Juli in einem Hotel auf Kreta wiederzusehen, denn Kreta war der einzige Ort, an dem ihre Reisewege sich kreuzten. Mrs. Cartwright hatte eine Busreise gebucht. Tom stimmte all ihren Vorschlägen zu, obwohl er nicht erwartete, sie je wiederzusehen, sobald sie das Schiff verlassen hatten. Er malte sich aus, wie er auf der Stelle verhaftet und an Bord eines anderen Schiffs oder vielleicht eines Flugzeugs verfrachtet wurde, das ihn nach Italien zurückbrachte. Keine Funkmeldungen über ihn waren eingetroffen, soweit er wußte, doch würde man ihn von so etwas denn informieren? Die Schiffszeitung, ein einseitiges hektographiertes Blättchen, das jeden Abend den Gästen auf die Plätze gelegt wurde, beschäftigte sich ausschließlich mit internationaler Politik und hätte auch dann nichts über den Fall Greenleaf gemeldet, wenn sich etwas Wichtiges ereignet hätte. Während der kurzen Reise lebte Tom in einer eigenartigen Atmosphäre voller Verhängnis und heroischem, selbstlosem Mut. Er stellte sich eigenartige Dinge vor: wie Mrs. Cartwrights Tochter über Bord fiel und er hinter ihr hersprang und sie rettete. Oder wie er sich durch die Wassermassen kämpfte, die durch ein geborstenes Bullauge eindrangen, um das Leck mit seinem Körper zu versperren. Er war wie besessen von übernatürlicher Kraft und Furchtlosigkeit.

Als das Schiff sich dem griechischen Festland näherte, stand Tom mit Mrs. Cartwright an der Reling. Sie erzählte ihm, wie sehr der Hafen von Piräus sich verändert habe, seit sie ihn zum letztenmal gesehen hatte; Tom interessierte sich herzlich wenig für diese Veränderungen. Der Hafen existierte, nur darauf kam es an. Vor ihm befand sich keine Fata Morgana, sondern ein solider Hügel, den er betreten, mit Gebäuden, die er berühren konnte – wenn er bis dorthin gelangte.

Die Polizei wartete am Kai. Er sah vier Polizisten, die mit verschränkten Armen dastanden und zum Schiff hinaufsahen. Tom kümmerte sich bis zuletzt um Mrs. Cartwright, geleitete sie behutsam über die unebene Stelle am Ende der Planke und verabschiedete sich lächelnd von ihr und ihrer Tochter. Er mußte unter R auf sein Gepäck warten, sie warteten unter C und würden mit ihrem Reisebus nach Athen weiterfahren.

Mrs. Cartwrights Kuß klebte noch warm und ein wenig feucht auf seiner Wange, während Tom sich umdrehte und langsam auf die Polizisten zuging. Kein Aufheben machen, dachte er; er würde ihnen einfach sagen, wer er war. Hinter den Polizisten sah er einen großen Zeitungskiosk; eine Zeitung würde er gerne kaufen. Vielleicht würden sie es ihm erlauben. Die Polizisten starrten ihn über ihre verschränkten Arme hinweg an, als er sich ihnen näherte. Sie trugen schwarze Uniformen und Schirmmützen. Tom lächelte ihnen schwach zu. Einer führte die Hand an die Mütze und trat einen Schritt

HELLENES

beiseite. Doch die anderen regten sich nicht. Jetzt befand Tom sich zwischen zwei Polizisten, genau vor dem Kiosk, und die Polizisten starrten wieder geradeaus, ohne ihn eines weiteren Blicks zu würdigen.

Tom sah die Zeitungsauslage vor sich an, benommen und verwirrt. Automatisch griff seine Hand nach einer vertrauten römischen Zeitung. Sie war nur drei Tage alt. Er holte ein paar Lire aus der Tasche, merkte plötzlich, daß er kein griechisches Geld bei sich hatte, doch der Zeitungshändler nahm die Lire so bereitwillig, als wären sie in Italien, und gab ihm sogar Lire heraus.

»Die nehme ich auch«, sagte Tom auf italienisch und wählte drei weitere italienische Zeitungen und die Pariser *Herald-Tribune*. Er warf einen Blick zu den Polizisten. Sie sahen nicht zu ihm her.

Dann ging er zu dem Unterstand am Kai, wo die Schiffsreisenden auf ihr Gepäck warteten. Er hörte Mrs. Cartwrights fröhlichen Gruß, doch er tat so, als hätte er sie nicht gehört, und ging weiter. Bei R blieb er stehen und schlug die älteste italienische Zeitung auf, die vier Tage alt war.

NIEMAND NAMENS ROBERT S. FANSHAW GEFUNDEN – DER NAME, UNTER DEM DAS GREENLEAF-GEPÄCK EINGELAGERT WURDE

lautete die ungelenke Überschrift auf der zweiten Seite. Tom las die lange Kolumne darunter, doch erst im fünften Absatz wurde es interessant:

Die Polizei hat sich vor einigen Tagen vergewissert, daß die Fingerabdrücke auf den Koffern und Bildern mit denen in Greenleafs verlassener Wohnung in Rom identisch sind. Man nimmt deshalb an, daß Greenleaf Koffer und Bilder persönlich eingelagert hat …

Ungeschickt blätterte Tom zur nächsten Seite. Es ging weiter.

… In Anbetracht der Tatsache, daß die Fingerabdrücke auf den Gegenständen in den Koffern mit denen in Signor Greenleafs Wohnung in Rom identisch sind, ist die Polizei zu dem Schluß gelangt, daß Signor Greenleaf die Koffer eigenhändig gepackt und nach Venedig aufgegeben hat. Man vermutet, daß er Selbstmord begangen hat, eventuell unbekleidet im Wasser. Denkbar ist auch, daß er gegenwär-

tig unter dem Namen Robert S. Fanshaw oder unter einem anderen Namen lebt. Oder er wurde ermordet, nachdem er seine Koffer aus eigenem Antrieb gepackt oder man ihn dazu gezwungen hatte, möglicherweise um die Ermittlungen durch seine Fingerabdrücke zu erschweren …
Auf jeden Fall ist es sinnlos, noch länger nach »Richard Greenleaf« zu suchen, denn sollte er am Leben sein, würde er nicht mehr unter seinem Namen …

Tom fühlte sich schwindelig und wie berauscht. Das gleißende Sonnenlicht, das unter das Dach des Unterstands hereinfiel, schmerzte in seinen Augen. Automatisch folgte er dem Dienstmann mit seinem Gepäck zum Zoll, und während er auf seinen offenen Koffer starrte, den der Zollbeamte hastig abfertigte, versuchte er zu begreifen, was diese Nachrichten wirklich bedeuteten. Sie bedeuteten, daß er nicht verdächtigt wurde. Sie bedeuteten, daß die Fingerabdrücke tatsächlich seine Unschuld zementiert hatten. Sie bedeuteten, daß er nicht nur nicht ins Gefängnis mußte, nicht nur nicht sterben mußte, sondern daß er überhaupt nicht verdächtigt wurde. Er war frei. Bis auf die Sache mit dem Testament.

Tom bestieg den Bus nach Athen. Einer seiner Tischgefährten saß neben ihm, doch er begrüßte ihn nicht und hätte nichts antworten können, wenn der Mann ihn angesprochen hätte. Bei American Express in Athen würde ihn ein Brief bezüglich des Testaments erwarten, davon war er überzeugt. Mr. Greenleaf hatte gerade genug Zeit gehabt, um zu antworten. Vielleicht hatte er seine Anwälte unverzüglich darauf angesetzt, und in Athen würde nur eine höfliche abschlägige Antwort von einem Anwalt warten, während ihm als nächstes die amerikanische Polizei mitteilen würde, daß man ihn der Urkundenfälschung verdächtigte. Vielleicht erwarteten ihn beide Botschaften im American-Express-Büro. Das Testament konnte alles zunichte machen. Tom schaute aus dem Fenster auf die karge, verdorrte Landschaft, ohne etwas wahrzunehmen. Vielleicht erwartete ihn die griechische Polizei im Büro von American Express. Vielleicht waren die vier Männer, die er am Kai gesehen hatte, keine Polizisten gewesen, sondern Soldaten.

Der Bus hielt an. Tom stieg aus, nahm sein Gepäck entgegen und suchte sich ein Taxi.

»Würden Sie bitte bei American Express halten?« fragte er den Fahrer auf italienisch; dieser verstand zumindest »American Express« und fuhr los.

Tom erinnerte sich daran, daß er dieselben Worte zu dem Taxifahrer in Rom gesagt hatte, als er auf dem Weg nach Palermo gewesen war. Wie zuversichtlich war er da gewesen, nachdem er Marge im Inghilterra durch die Finger geschlüpft war!

Er richtete sich auf, als er das Schild des American Express erblickte, und sah sich nach eventuellen Polizisten vor dem Gebäude um. Vielleicht waren sie drinnen. Auf italienisch bat er den Fahrer, auf ihn zu warten; der Fahrer schien auch das zu verstehen und berührte zustimmend seine Mütze. Alles war von einer trügerischen Leichtigkeit, wie in dem Augenblick kurz vor einer Explosion. Tom sah sich im Eingangsraum des American Express um. Nichts Außergewöhnliches war zu sehen. Vielleicht in dem Moment, in dem er seinen Namen nannte –

»Sind Briefe für Thomas Ripley eingetroffen?« fragte er leise auf englisch.

»Riipley? Können Sie das bitte buchstabieren?«

Er buchstabierte den Namen.

Die Frau wandte sich ab und holte aus einem Fach einige Briefe.

Nichts geschah.

»Drei Briefe«, sagte sie auf englisch und lächelte.

Ein Brief von Mr. Greenleaf. Einer von Titi in Venedig. Einer von Cleo, nachgesandt. Er öffnete Mr. Greenleafs Brief.

9. Juni 19–

Lieber Tom,

Ihr Schreiben vom 3. Juni traf gestern ein.

Meine Frau und ich waren darüber weniger erstaunt, als Sie vielleicht erwartet haben. Es war uns beiden bewußt, daß Richard Sie sehr gern hatte, auch wenn er sich nie die Mühe gemacht hat, uns das in einem seiner Briefe zu schreiben. Wie Sie völlig zu Recht feststellten, läßt dieses Testament leider wenig Zweifel daran, daß Richard aus dem Leben geschieden ist. Mit dieser Erkenntnis haben wir uns mittlerweile abgefunden. Die einzige andere denkbare Möglichkeit wäre, daß Richard aus unbekannten Gründen einen anderen Namen angenommen hat und mit seiner Familie nichts mehr zu tun haben will.

Meine Frau ist genau wie ich der Ansicht, daß wir Richards Wünsche respektieren und erfüllen sollten, auch wenn wir nicht wissen, was aus ihm geworden ist. Was das Testament betrifft, können Sie daher auf meine vorbehaltlose Unterstützung zählen. Die von Ihnen übersandte Fotokopie habe ich meinen Anwälten übergeben, und diese werden Sie über alle weiteren Schritte der Vermögensübertragung auf dem laufenden halten.

Ich möchte Ihnen nochmals für Ihre Hilfe in Europa danken. Lassen Sie von sich hören.

Mit besten Grüßen,

Herbert Greenleaf

War das ein Scherz? Doch das Burke-Greenleaf-Briefpapier in seiner Hand fühlte sich echt an – dick, etwas rauh und mit geprägtem Briefkopf –, und Mr. Greenleaf war diese Art von Scherz nicht zuzutrauen, nie im Leben. Tom ging zu dem wartenden Taxi. Es war kein Scherz. Gewonnen! Dickies Geld und seine Freiheit. Und die Freiheit war wie alles andere doppelt, es war seine und Dickies. Er konnte sich ein Haus in Europa und eines in Amerika leisten, wenn ihm der Sinn danach stand. Das Geld für den Verkauf des Hauses in Mongibello lag noch immer auf der Bank, fiel ihm plötzlich ein, und er nahm an, daß er es den Greenleafs schicken sollte, da Dickie das Haus zum Verkauf ausgeschrieben hatte, bevor er das Testament aufsetzte. Er lächelte und dachte an Mrs. Cartwright. Er mußte ihr einen großen Strauß Orchideen mitbringen, wenn er sie auf Kreta sah, falls es auf Kreta Orchideen gab.

Er versuchte sich die Landung auf Kreta vorzustellen – die langgestreckte Insel mit den Gipfeln der trockenen, zerklüfteten Kraterränder, die harmlose Aufregung am Kai, wenn sein Schiff in den Hafen einfuhr, die kleinen Jungen, die sich als Gepäckträger um sein Gepäck und sein Trinkgeld balgten –, und er würde genug Trinkgeld haben, genug für alles und alle. Er sah vier reglose Gestalten auf dem imaginären Kai stehen, die Gestalten kretischer Polizisten, die auf ihn warteten, geduldig mit verschränkten Armen warteten. Mit einemmal verkrampfte er sich, und die Vision zerrann. Würde er künftig auf jedem Kai, dem er sich näherte, Polizisten sehen? In Alexandria? Istanbul? Bombay? Rio? Wozu darüber nachdenken! Er straffte die Schultern. Wozu die Reise damit verderben, sich über eingebildete Polizisten den Kopf zu zerbrechen! Selbst wenn am Kai Polizisten sein sollten, mußte das keineswegs bedeuten –

»*A donda, a donda?*« sagte der Taxifahrer, der sich bemühte, für ihn Italienisch zu sprechen.

»Zu einem Hotel, bitte«, sagte Tom. »*Il meglio albergo. Il meglio, il meglio!*«

Nachwort

Als hätte Patricia Highsmith es ihren späteren Deutern leichtmachen wollen, bieten die Tagebücher – gegenüber den Notizbüchern die privatere Quelle – zu ihrem Roman *Der talentierte Mr. Ripley* nur einen einzigen direkten Kommentar. Sie sei »sehr glücklich« bei der Arbeit an ihrem neuen Buch *A Month of Sundays*, notiert sie am 12. Mai 1954 in Stockbridge (Massachusetts), wo sie ein Cottage gemietet hat, um in selbstgewählter Einsamkeit, fern von einer geliebten Freundin, zu schreiben. Oder genauer, um ihrem Handwerk zu dienen, denn den asketischen Sommer empfindet sie durchaus als heldenhafte Tat. Noch nie habe sie sich beim Schreiben so sicher gefühlt, abgesehen von der Arbeit an ihrem – unveröffentlichten und 1958 schließlich verlorengegangenen – Roman *The Traffic of Jacob's Ladder*. »Die Sätze dieses Buches«, heißt es weiter über das Werk, das im Jahr darauf unter dem Titel *The Talented Mr. Ripley* bei Coward-McCann in New York erscheint, »gehen auf das Papier nieder wie Nägel. Es ist ein wunderbares Gefühl. Wenn irgendwo ein Wort nicht stimmt, merke ich es sofort und bringe es in Ordnung. Zur Zeit liest sich das Ganze sehr stark.«

Wer die Handlung des *Talentierten Mr. Ripley* vor Augen hat, wird den Sinn und die unbekümmerte Bosheit des ursprünglich geplanten Romantitels ›A Month of Sundays‹ zweifellos zu würdigen wissen: Er klingt wie eine Fanfare der materiellen Freiheit und des Hedonismus. Doch auch der Titel, unter dem wir den Roman kennen, drückt einen wesentlichen Gedanken des Buches aus: Warum sollte ein talentierter Mensch nicht tun, was seine Talente ihm ermöglichen? Wenn er jemanden ermorden kann, wer oder was sollte ihn hindern? Wenn er den Ermordeten dann auch noch täuschend echt zu verkörpern weiß, um die Umstände von dessen Verschwinden zu verschleiern und allen Verfolgern Sand in die Augen zu streuen, wer sollte ihm je auf die Schliche kommen? Geben wir zu, daß die kriminelle Karriere des fünfundzwanzigjährigen Amerikaners Tom Ripley eine starke Verführungskraft besitzt.

Aber was ist an ihr verführerisch? Manche Leser erklären die Faszination durch einen zweifachen Mörder, einen Betrüger, Scheckfälscher und Hochstapler damit, daß Ripley durch Charme und Skrupellosigkeit die moralische Werteskala der Suspense-Gattung auf den Kopf gestellt habe. Was die Forschung die »Theologie des Kriminalromans« genannt hat, liegt bei Patricia Highsmith zertrümmert am Boden: Das Böse triumphiert, indem es sich gelassen die Finger abwischt und mit nicht allzu großer Hast den Tatort verläßt. Die Polizei wird nicht einmal düpiert; sie tut ordnungsgemäß ihre Pflicht und sinkt danach in die Bedeutungslosigkeit zurück.

Und es ist ja etwas daran, wir zittern mit niemandem außer mit Ripley, weil er, dem wir nahe sind, das Verbotene so glühend ersehnt und entschlossen in die Tat umsetzt. Und er tut es auf besonders provokante Weise, nämlich indem er den bescheidenen, hilfsbereiten jungen Mann spielt, den Traum aller Schwiegermütter. Hinzu kommt, daß Tom Ripley jung ist, intelligent, erfinderisch und kühn. Niemand in diesem Roman, der wahrlich nicht von Idioten bevölkert ist, kann es mit ihm aufnehmen. In manchen Augenblikken erreicht sein verbrecherisches Kalkül die Reinheit von Shakespeares Richard III. Zugleich ähnelt sein Auftreten eher dem eines weltmännischen Tüftlers als dem eines bedenkenlosen Doppelmörders. Mehr: Am Ende, auf der zehntägigen Schiffsreise von Venedig nach Griechenland, lebt er in einer eigenartigen Atmosphäre voller Verhängnis und »heroischem, selbstlosem Mut«, wie es im letzten Kapitel heißt, und in seinen Phantasien sieht er gefaßt dem elektrischen Stuhl entgegen. Sollten seine Verbrechen auffliegen und am Hafen griechische Polizisten auf ihn warten, um ihn festzunehmen, so sei es! Tom Ripley mag ein Mörder sein, seine Hände haben ein Ruder auf den Schädel eines Freundes niedersausen lassen und einen schweren Aschenbecher auf den Schädel eines Mannes, der sein Geheimnis zu lüften drohte. Aber er ist zu jeder Sekunde bereit, den vollen Preis für seine Übertretungen zu bezahlen.

Die Frage nach Gut und Böse hat Patricia Highsmith, die begeisterte Dostojewskij-Leserin, von früh auf beschäftigt. Sie liegt auch dem Interesse des neunjährigen Mädchens zugrunde, das um 1930 Karl Menningers populärwissenschaftliche Studie über abnorme menschliche Verhaltensweisen, *The Human Mind*, im elterlichen Bücherregal entdeckt. Für das Kind öffnete sich die Tür zu einer anderen Welt. Die Fallstudien über Kleptomane, Pyromane und Schizophrene ließen das Psychopathologische nicht monströs erscheinen, sondern alltäglich, sie holten das Krankhafte und Verbrecherische buchstäblich ins Haus nebenan. Nichts, so die Autorin viele Jahre später, habe ihre Phantasie so stark beflügelt wie Menningers Buch.

Über die Keimzelle zu ihrem Serienhelden Tom Ripley hat Patricia Highsmith 1990 in einem kurzen Essay Auskunft gegeben. »Es war in Positano, im Spätsommer oder Frühherbst 1951«, schreibt sie und schildert den Blick vom Balkon ihres Hotelzimmers auf den Strand und das Meer, die »idyllisch geschwungene Küste« mit ihren vor Anker liegenden Fischerbooten. »Eines Morgens wachte ich gegen sechs Uhr morgens auf und ging auf die Terrasse. Es war kühl und ganz still. [...] Keine Menschenseele weit und breit, nichts regte sich, nur eine Möwe da und dort, da sah ich auf einmal einen jungen Mann in Shorts und Sandalen daherkommen, der mit einem Handtuch über der Schulter von rechts nach links am Strand entlangging. Er blickte zu Boden – natürlich, wegen der Steine. Ich konnte nur sehen, daß er glattes, eher dunkles Haar hatte. In seiner ganzen Haltung lag etwas Nachdenkliches, es schien ihm nicht wohl zu sein in seiner Haut. Und warum war er allein? Er wirkte auf mich nicht wie der sportliche Typ, der zu so früher Stunde allein loszieht, um ein kühles Bad zu nehmen. Hatte er sich mit jemandem gestritten? Was ging in ihm vor? Ich habe ihn nie wiedergesehen.«

Patricia Highsmith hat die kleine Strandszene seinerzeit nicht schriftlich festgehalten. Aber soviel durfte sie vermuten: Der junge Mann an dem italienischen Strand war wohl ein Amerikaner. Und später, nach einer weiteren, mehr als zwei Jahre dauernden Europareise, kam ihr die Idee eines »jungen amerikanischen Vagabunden, der nach Europa geschickt wird, um einen anderen Amerikaner zur Rückkehr nach Amerika zu bewegen«. Die thematische Nähe zu Henry James' Roman *Die Gesandten* (1903) war der Autorin dabei bewußt, und sie betont das Element der Travestie, indem sie den Unternehmer Herbert Greenleaf auf James anspielen läßt.

In gewissem Sinn folgte sie den Spuren ihres Vorgängers. Denn auch ihr bot sich mit dem *European theme* des *Talentierten Mr. Ripley* die willkommene Gelegenheit, ihre Reiseeindrücke, besonders aus Italien und Frankreich, in einem Buch zu verarbeiten. Olof Lagercrantz hat einmal bemerkt, er unterscheide literarische Werke danach, ob sie in geschlossenen Räumen oder unter freiem Himmel spielten. In diesem Sinn ist *Der talentierte Mr. Ripley* ein freundliches, helles, sonnenbeschienenes Buch, obwohl die Figuren darin sogar einen unbequemen europäischen Winter zu überstehen haben. Das Licht ist hier nicht nur eine Sache der Meteorologie, sondern auch der touristischen Begeisterung, des Entdeckerblicks, der geradezu gierigen Eroberung des mediterranen Europa. Ob es dem Leser bewußt ist oder nicht, der südliche Zauber des Romans verleiht seinem sinistren Gehalt einen gefährlich attraktiven Schimmer. Wer sähe es nicht mit Wohlwollen, wenn Tom Ripley Reiseführer studiert, ein anspruchsvolles Besichtigungsprogramm absolviert und ernsthaft Sprachen erlernt? Wer denkt an einen Mörder, wenn der davongekommene Ripley dem griechischen Taxifahrer im letzten Satz des Romans euphorisch (und in fehlerhaftem Italienisch) zuruft: »Il meglio albergo. Il meglio, il meglio!«? Ja, dieser Mann hat das beste Hotel verdient.

Er bleibt freilich ein Mörder. Die moralische Hürde übersprungen zu haben – den Schurken nicht nur davonkommen zu lassen, sondern ihn auch mit einem sicheren Einkommen auf Lebenszeit zu belohnen –, empfand Patricia Highsmith als Befreiung. Am 6. April 1955, als der Roman abgeschlossen war, hielt sie im Notizbuch fest: »Ich habe weder das Gespür für Gut und Böse noch das Wissen darum, und nicht nur habe ich das Gefühl für Gut und Böse verloren, sondern Gut und Böse existieren nicht (und das gefiel mir) und sind lediglich ein Vorurteil; ich kann von allen Vorurteilen frei sein, doch genau in dem Augenblick, da ich diese Freiheit erlange, werde ich zugrunde gehen.« Die Sätze sind nicht leicht zu verstehen, und wie wörtlich sie zu nehmen sind, muß offenbleiben. Im Notizbuch – die fragliche Passage steht isoliert auf den letzten Seiten – folgt ein Hinweis auf Dostojewskijs Roman *Die Dämonen*, ein Zitat von Stawrogin sowie ein Zeitungsausschnitt, der von der Zerschlagung eines Rauschgiftrings handelt.

Die fehlende chronologische Systematik im Notizbuch erschwert es, Gedanken nachzuzeichnen oder sie zweifelsfrei bestimmten Schreibprojekten zuzuordnen. Der oben zitierte Absatz liefert dafür ein Beispiel. Man glaubt darin einen Kommentar zu dem soeben abgeschlossenen Roman über den amoralischen Tom Ripley zu sehen. Doch in denselben Tagen denkt Patricia Highsmith bereits über den nächsten Roman nach, *Tiefe Wasser* (1957), den sie als »fourth suspense novel« bezeichnet und dessen erste Handlungsskizze in den frühen März 1955 fällt. Während der Protagonist des Romans, Victor Van Allen, durch den Ehebruch seiner Frau Melinda und systematische

Demütigungen in die Schizophrenie getrieben wird, gibt es im Fall Tom Ripley nirgendwo einen Hinweis darauf, seine Mordtaten entsprängen einer psychischen Störung.

Die Atmosphäre in diesem Notizbuch Nummer 23, das die Zeit vom Februar 1954 bis zum September 1955 umfaßt und Aufzeichnungen aus New York, Massachusetts, Santa Fe sowie von einer längeren Mexikoreise enthält, ist skeptisch und desillusioniert – in jeder Beziehung. In ein und demselben Satz springt Patricia Highsmith von ihrem gequälten Sexualleben zu der Unzufriedenheit ihrer Generation mit der großen Politik. Am 7. Juli 1954 beklagt sie die »Nichtsnutzigkeit« des Guten, worunter wohl auch die hehren Absichten und fortschrittlichen politischen Meinungen ihrer eigenen Altersgruppe zu verstehen sind. Ursprünglich plant die Schriftstellerin, ihren Helden Tom Ripley – als Verkörperung des zeitgenössischen Amerikas – mit einem gewissen politischen Bewußtsein auszustatten. Von dieser Idee bleibt nichts übrig.

Überhaupt steuert die Handlung von *Der talentierte Mr. Ripley* im Planungsstadium einen abenteuerlichen Zickzackkurs, bevor sie schließlich die uns vertraute Richtung einschlägt. Am 28. März 1954 entwirft Patricia Highsmith, als Vorstufe zu Dickie Greenleaf, einen jungen Amerikaner, einen »halben Homosexuellen« und halbernsten Maler, der sich in Positano mit dem organisierten Verbrechen einläßt, aus reinem Vergnügen zum Mörder wird und seinem Leben nach einem Akt der Selbsterkenntnis eine positive Wendung gibt. Dazu müsse viel über Drogenschmuggel geforscht werden, seufzt die Autorin im Notizbuch. Dann eine Formulierung, die es zu beachten gilt: Ihre Figur dürfe – »wie Bruno« (der Verführer aus ihrem Roman *Zwei Fremde im Zug*) – niemals »völlig homosexuell« (*quite queer*) sein, sie solle das homosexuelle Verhalten nur spielen, um Informationen zu erlangen oder sich aus einer Notlage zu befreien. Zwei Jahre zuvor, in Mallorca, hat Patricia Highsmith die Bekanntschaft von Amerikanern gemacht, die einem solchen Typus entsprechen, sie sieht die Hauptstadt Palma vor sich und die Shorts eines jungen Mannes: »His name should be Clifford, or David, or Matthew.«

Zweieinhalb Monate später, am 15. Juni 1954, beginnt im Notizbuch eine Serie ausführlicher Aufzeichnungen zum Plot; zum erstenmal fällt der Name Richard Greenleaf. Richard, der Maler und Gelegenheitsschmuggler, sowie Tom sind nach dem vertrauten Muster aus *Zwei Fremde im Zug* als komplementäre Charaktere angelegt, Gefährten, die sich im einen Augenblick lieben und im nächsten hassen. Ausführlich beschreibt Patricia Highsmith im Notizbuch den Trick Toms, mit entwendeten Formularen aus der New Yorker Steuerbehörde Geld zu erschwindeln. Auch die Scham über die banale Herkunft und über den eigenen Namen sind in dieser frühen Skizze schon angelegt. Was seine sexuelle Orientierung betrifft, regiert völlige Verwirrung (die für den Tom Ripley der folgenden Bände charakteristisch sein wird): Der junge Mann weiß selbst nicht, ob er Männer oder Frauen bevorzugt, scheu ist er bei den einen wie den anderen. Bis auf weiteres geht er deshalb jedem sexuellen Abenteuer aus dem Weg.

Am 26. Juni entwickelt die Schriftstellerin die Handlung. Danach soll Vater Greenleaf, der einem ihm kaum bekannten jungen Mann vertraut hat, persönlich nach Europa kommen, um nach dem Rechten zu sehen. Richard und Tom, die behelligten Freunde, stürzen den Eindringling von einer Klippe. Da sieht Tom seine Chance und stößt auch Richard in die Tiefe. Den angeblichen Unfall meldet er der Polizei. Richard jedoch hat den Sturz überlebt, kehrt am Abend zum Haus zurück (das Buch spielt in Positano) und will Tom mit dem Wissen um dessen Verbrechen dazu zwingen, sich an seinen (Richards) Schmuggelaktivitäten zu beteiligen. Ein amerikanischer Detektiv trifft ein, der Richard und Tom zum Tod des alten Greenleaf verhört. »Die beiden jungen Männer«, schreibt Patricia Highsmith im Notizbuch, »lieben einander und hassen einander; doch niemand will den verabscheuenswerten, unritterlichen *(ungentlemanly)* Schritt tun, den anderen zu verraten. Nein, und sei es ihr Tod.« Der Detektiv scheint den Aussagen zu glauben, läßt die beiden Freunde aber beschatten. Es folgt, nach den Worten der Autorin, die »Farce« einer harmlosen, hedonistischen und reichlich öden Existenz auf Capri und Ischia. Dort wächst zwischen den beiden die Spannung. Richard, der weniger eindeutig Homosexuelle, hat nun eine Freundin, die das Männerbündnis gefährdet.

Jetzt beschließt Patricia Highsmith eine wichtige Änderung: Tom, so findet sie, muß den Mord an Richards Vater allein begehen. Dafür tauschen die beiden Freunde beim zweiten Mordversuch die Rollen: Nicht Tom stößt Richard, sondern Richard stößt Tom in die Tiefe. Die Erklärung dafür, so die Autorin am 30. Juni 1954, liege in den Schuldgefühlen Richards gegenüber seinem Vater, der ihn an seine Pflichten erinnert habe; für Richard stellt der Mord am Mörder seines Vaters die ersehnte Wiedergutmachung dar. Toms Leiche allerdings bleibt zunächst verschwunden. Dann taucht der Totgeglaubte wieder auf, quält den heftig trinkenden Richard mit seiner »gespenstergleichen Gegenwart« und geht ihm sogar an die Gurgel. Richard, schreibt Patricia Highsmith, »ist fast verrückt«.

Es ist eine makabre Übung, sich die Handlungsvariationen, mit denen Patricia Highsmith spielt, als Bestandteile eines tatsächlichen Romans vorzustellen, denn im Notizbuch liefert die Autorin meistens nur die finsteren Details, nicht das Motiv oder den psychologischen Prozeß, der zur Gewalt führt. Besonders schwierig ist es, sich vorzustellen, die Leiche des alten Greenleaf (welche die Freunde wegen eines verräterischen Indizes noch einmal aus dem Wasser fischen müssen) könne als Behältnis für Schmuggelware benutzt werden. Nachdem die Autorin einige nicht sehr appetitliche Ideen geprüft hat, folgt in Klammern der Satz: »But this sounds terrible to me!« Danach, mit dem Datum desselben Tages, setzt sie abermals an, malt sich eine Opiumlieferung nach Neapel aus und denkt über die im Wasser treibende Leiche als »zeitliches Element« ihres Romans nach. Das wiederum ist keine schlechte Idee. Wann sie aufgegeben wird, wissen wir nicht. Die Handlungsskizzen zu *Der talentierte Mr. Ripley* brechen an dieser Stelle ab; im Notizbuch folgt eine Lücke von mehr als sechs Monaten. Vielleicht hat Patricia Highsmith die zuvor entwickelten Einfälle ja im Handstreich beiseite gefegt und Tom Ripley, einer Eingebung folgend, als alleinigen Helden ins Scheinwerferlicht gestellt.

Und dort steht er gut. So gut, daß wir ihn, nach insgesamt fünf Romanen, die seinen Namen im Titel tragen, genau zu kennen meinen, was aber ein Irrtum sein könnte. Denn obwohl keiner seiner Tricks und Winkelzüge ein Geheimnis ist, weil die Bühne in jedem Augenblick ganz ihm gehört, sind seine seelischen Antriebskräfte durch die spätere Verwandlung in einen wohlhabenden, entspannten Serienhelden womöglich etwas in Vergessenheit geraten. Hier, im *Talentierten Mr. Ripley*, ist der junge Mann aus Boston noch längst kein souveräner Verbrecher, der seinen Untaten im Landhausstil das Flair französischer Lebensart und eines eigenen Weinkellers zu verleihen weiß. Nein, im ersten Band haben wir es mit einem Mann ohne Bildung und fast ohne Herkunft, mit einer Vollwaise und einem verzweifelten Liebenden zu tun. Darin ist Tom Ripley ein Bruder des flehend werbenden Charles Bruno aus *Zwei Fremde im Zug* (1950) – mit einem wichtigen Unterschied. Während Patricia Highsmiths erster veröffentlichter Roman beide Beteiligte an dem Mordplan untergehen läßt, ermöglicht das fünf Jahre später erschienene Buch dem Helden den Sieg über widrigste Umstände. Tom Ripley ist einer der wenigen, die in der Highsmith-Welt davonkommen, und sein Schicksal heißt nicht nur Überleben (wie etwa für die Hauptfigur des Romans *Der Schrei der Eule*), sondern unvermischter Triumph.

Es ist aber gerade der vergeblich Liebende – der als Liebender kläglich Scheiternde –, dem die Aufmerksamkeit und die Sympathie der Autorin gehören. Man sieht es an der ausgefeilten Motivstruktur, die wie ein feines Netz über diesem Roman liegt. Dabei macht sich Patricia Highsmith Doppeldeutigkeiten virtuos zunutze. Einerseits ist Tom Ripley ein Schauspieler und Maskenkünstler, der auf seine beeindruckende Verstellungsgabe eine verbrecherische Karriere gründet; andererseits pflegt er – und der Roman – einen subtilen Kleiderfetischismus, durch den sich seine sexuellen Neigungen, seine Vorlieben und Antipathien aussprechen. Alle Kleider und Garderobengegenstände, Kosmetik- und Körperpflegeartikel haben etwas zu sagen, sie sind so bewußt plaziert, daß sie im selben Zug zwei parallelen Geschichten dienen: einerseits, auf der Vorderbühne, der des schauspielernden Kriminellen, andererseits, gleichsam hinter dem Paravent, der des Liebenden, der die geraubten Kleider des ermordeten Geliebten trägt. Das Ergebnis ist eine literarische Meisterleistung, nämlich die Verschmelzung des Psychothrillers mit der Verkleidungs- und Kriminalkomödie – hier Film noir, dort Billy Wilders *Some Like it Hot*.

Das Motiv begleitet den Leser – dezent – von Anfang an. Tom etwa soll für Dickie Greenleaf im Auftrag von dessen Mutter zwölf Paar schwarze Wollsocken und einen Bademantel mitbringen. Er wählt Dinge aus, von denen er sich sicher ist, daß sie Dickie gefallen werden. Gemessen daran, daß Tom den jungen Mann kaum kennt, geht die Einfühlung erstaunlich weit. Sich selbst kauft er ein Leinenhemd mit Holzknöpfen und widersteht dabei der Versuchung, es über die Kreditkarte von Vater Greenleaf abzurechnen. Daß ihm solch ein Gedanke überhaupt in den Sinn kommt, schlägt unauffällig das Motiv dieses Romans an: Bald werden seine und Dickies Garderobe an seinem Körper vereint sein. Und bald wird Vater Greenleafs Geld nicht mehr für Dickie, sondern: nur noch für ihn, den Mörder und Betrüger, fließen.

Daß er sich in Italien dann aus Not – aber wer zwingt ihn dazu? – eine winzige schwarz-gelbe, taschentuchgroße Badehose kauft, könnte wie ein Indiz für seine Homosexualität wirken, wäre er nicht andererseits von großer erotischer Zurückhaltung. Patricia Highsmith verlegt die Sexualität ihrer Hauptfiguren gern auf die symbolische Ebene: Man muß das Bett nicht zerwühlen, aber man setzt sich darauf, nah beieinander. Es geht nicht um Sex, sondern um den Bund unter jungen Männern, die körperlich-spirituelle Bruderschaft. Tom ist nun gewiß kein Eroberer, aber unablässig wird auf seine gleichgeschlechtlichen Neigungen angespielt – schon die eigene Tante hat ihn mit dem Wort *sissy* verspottet. Das pejorative *sissy* sowie *pansy* (letztere Bezeichnung taucht neben *queer* und *homosexual* auch in den privaten Aufzeichnungen der Autorin auf) besitzen Bedeutungsnuancen, die sich in den letzten fünfzig Jahren und mit einer gesteigerten Liberalität der Lebensformen gewandelt haben; damals gehörten Weichheit, Feigheit, übertriebenes Körperbewußtsein und ein Hang zum Femininen zum Rollenklischee der Homosexualität. Auch ihrer Hauptfigur erspart Patricia Highsmith nicht, in diesen Verdacht zu geraten. Als Tom am Strand interessiert die muskulösen Akrobaten beobachtet, die genauso knapp bekleidet sind wie er, trifft (und verstimmt) ihn Dickies homophobe Aggressivität. Marge Sherwood vermutet ohnehin, Tom sei homosexuell und wolle ihr Dickie Greenleaf ausspannen. Welch letzteres ja auch zutrifft, nur eben nicht auf die eindeutige und platte Weise, an die Marge dabei denkt.

Auf den ersten Blick wird das Mittelstück des Romans von den beiden Morden beherrscht. Sie sind atmosphärisch so eindringlich beschrieben, daß die dichte Folge von Entkleidungsszenen, von denen sie umgeben sind, unbemerkt bleiben könnte. Die erste betrifft Toms kleine private Theatervorführung in Dickies Schlafzimmer in Kapitel zehn. Tom Ripley, der gerade wie unter Schock einige zärtliche Gesten zwischen Dickie und Marge beobachtet hat, legt die eigenen Kleider ab, zieht die seines Freundes an, scheitelt auch sein Haar auf dessen Weise und spielt vor dem Spiegel die Szene, die das Gegenteil der soeben gesehenen ist: wie Dickie sich von Marge trennt und sich zu ihm, Tom, bekennt. Ein Wunschtraum. Dann stellt er vor dem Spiegel den Mord an der jungen Frau nach – genau jenen Mord durch Erwürgen, den Charles Bruno in dem Roman *Zwei Fremde im Zug* tatsächlich an der Frau seines Freundes Guy Haines begeht.

Die Bedeutung dieses Augenblicks für das Verbrechen, das Tom bald verüben wird, ist überwältigend, und jede Einzelheit läßt sich im Hinblick auf den Mord verstehen. Nur so ist es zu erklären, daß die erotische Konnotierung der Szene manchen Lesern entgeht. Dem eintretenden Dickie dagegen, der Tom vor dem Spiegel überrascht, entgeht sie nicht, er ist regelrecht darauf fixiert. Das ist sein Pech. Seine Fixierung auf abweichende Sexualität ist so stark, daß er die reale Gefahr, die Tom Ripleys Aneignung seines Kleiderschranks bedeutet, gar nicht erkennt. Bezeichnenderweise zieht sich Tom dann nämlich ein zweites Mal aus, diesmal im Boot und vor Dickies Augen – eine schlaue Finte, um den ahnungslosen Freund zu töten, während dieser sich die Hose auszieht. Wer das Kleidermotiv einmal entdeckt hat, wird den erotischen und phallischen Unterton der Mordszene nicht überhören können: »Er (Tom) nahm das Ruder in die Hand, so beiläufig, als hielte er es spielerisch zwischen den Knien, und als Dickie seine Hose herunterließ, hob Tom das Ruder und schlug es Dickie auf den Kopf.«

Was macht der Mörder später, nach vollbrachter Tat, im Haus des Ermordeten? Patricia Highsmith bleibt ihrem Motiv treu. »Es gab eine Menge zu tun. Tom zog sich nackt aus, lief hinunter und nahm schnell eine kalte Dusche; dann zog er Dickies weiße Segeltuchhose an, die im Wandschrank an einem Nagel hing.« Nach dem ersten Ausziehen vor dem Spiegel, gewissermaßen der Kleiderprobe, und dem zweiten Ausziehen, das eine tödliche Falle war, bedeutet das dritte Ausziehen die Inbesitznahme von des Ermordeten Haus, Kleiderschrank und sonstiger Habe. Wie passend, daß die Autorin auf den Namen Ripley stieß, als sie an einer Plakatwerbung mit den Worten »Ripley clothing« vorbeifuhr! Jede Szene, die Tom beim An- oder Ablegen von Kleidern zeigt, überhaupt jede Erwähnung von Garderobe steht in unmittelbarer Beziehung zu dem ermordeten Dickie. Daß Tom der hilflosen Marge in einem mit Dickies Namen unterzeichneten Brief schreibt, sie solle ihm keine Socken schicken, denn er brauche »gar nichts«, ist in diesem Zusammenhang kein belangloses Detail, sondern ein weiteres Steinchen in einer als großes Mosaik komponierten Kleidermetaphorik. Selbst die fürsorglich gestrickten Socken der Freundin können die männerbündlerisch vereinten Gefährten nicht trennen.

Denn das ist das Merkwürdige: Tom Ripley hält das Gedächtnis seines Freundes nicht nur wach, weil er dessen Namen, Hose und Reisepaß noch benötigt. Er erinnert sich an Dickie mit echter Wärme und ungeheuchelter Sympathie, und er bedauert, daß die Freundschaft, die er, Tom, sich erhofft hat, nicht zustande gekommen ist. Als er sich nach seinem zweiten Mord in höchster Bedrängnis im römischen Hotelzimmer eingeschlossen hat, gejagt, bedrückt und allein, entspannt er sich auf eine Weise, die uns nicht mehr überrascht: »Er richtete sich auf und nahm langsam die Krawatte ab. Er bewegte sich, wie Dickie es getan hätte, zog sich aus, nahm ein Bad, zog den Pyjama an und legte sich ins Bett. Er versuchte an das zu denken, woran Dickie jetzt gedacht hätte. Seine Mutter.« Zu dieser Nacktheit vor dem ermordeten Freund gehört es zwingend, daß Tom auf Marges Frage am Telefon, ob sie in sein Hotelzimmer hinaufkommen könne, antwortet: »Ich bin noch nicht ganz angezogen.« Was auch bedeutet: Nur mein Freund sieht mich nackt. Und als Tom die lästige junge Frau endgültig abgeschüttelt hat und in Palermo darüber nachdenkt, ob er ihr unter Dickies Namen nicht einen letzten triumphierenden Brief schreiben soll, der von dessen »Glück« mit Tom Ripley berichtet, sitzt er nackt im warmen Badewasser und genießt den Schaum auf seinem Körper.

Es ist phänomenal, wieviel Antipathie die arme Marge Sherwood in diesem Roman auf sich zieht, nur weil sie es wagt, sich (unbegründete) amouröse Hoffnungen auf Dickie Greenleaf zu machen. Tom Ripley, das ist unabweisbar, haßt und verachtet Marge. Mit der gespielten Ermordung vor dem Spiegel, die er ihr zugedenkt, hat es ja nicht sein Bewenden. Nachdem Dickie gestorben ist und dessen Freundin für Tom keinerlei Konkurrenz mehr darstellen kann, fangen die Gehässigkeiten erst richtig an. Als sie ihn in Venedig besucht, empfindet der Mörder ihres Freundes gegenüber ihren literarischen Versuchen nur Herablassung. Zwei Seiten darauf muß er sich zügeln, um Marge nicht in das trübe Wasser eines venezianischen Kanals zu stoßen. Wiederum fünf Seiten später, als er sich eine Gondelfahrt mit ihr vorstellt, hofft er, ein Hai werde ihr die Hand abbeißen. Als sie dann wirklich zusammen in der Gondel sitzen, achtet Tom ängstlich darauf, daß sein Oberschenkel nicht den ihren berührt. Am nächsten Morgen ist er völlig außerstande, ihr Zimmer zu betreten, weil er den Anblick ihrer Unterwäsche nicht ertragen würde. Allein der Gedanke bereitet ihm Ekel.

Hier geht etwas vor. Die Gefühlsenergien, die sich gegen Marge richten, stehen in keinem Verhältnis zum Anlaß. Unterwäsche und Hüfthalter sind dabei nicht beliebig gewählt. Tom Ripley empfindet Frauenkleidung als anstößig. Erst recht, wenn es sich um eine etwas füllige Frau handelt, wie mehrfach maliziös vermerkt wird. Und um so mehr, wenn sich diese Frau zwischen zwei schlanke Männer drängt, von denen der eine die Kleider des anderen unbesehen übernehmen und genießen kann, als wären es schon immer die seinen gewesen. Fast wie die Kleider von Cleo, Toms großer, schlanker Freundin aus New York, mit der er – Seite an Seite – keusch auf dem großen Bärenfell vor dem Kamin geschlafen und bei der er nie daran gedacht hat, »daß er sie zum Essen oder ins Theater ausführen oder irgendeines der Dinge tun könnte, die man von jungen Männern gegenüber jungen Damen erwartete«. Ihr, der männergleichen Cleo, setzt Tom auf die blasse Wange zum Abschied einen »brüderlichen Kuß«, mit dem er sie symbolisch in die Männerwelt aufnimmt.

Und die Männerwelt besteht aus Männersachen, Männeraccessoires. Toms Belohnung für den Mord an Dickie ist, zumindest in diesem ersten Roman der Ripley-Serie, nicht einfach Geld, Reichtum, Macht. Es sind vielmehr Dinge, die der tote und betrauerte Freund noch zu bewohnen scheint und die Tom, egal wo er sich gerade aufhält, an sein Herz drücken kann. So in Paris: »Die Manschettenknöpfe, die weißen Seidenhemden, sogar die abgetragene Kleidung [...], die alte senffarbene dreiviertellange Strickjacke mit den ausgebeulten Taschen – all das gehörte ihm, und er liebte es.« Das Auftauchen Freddies, des schweren, übergewichtigen Mannes, den er ebenfalls töten muß, könnte deshalb kein größerer Schock sein: Freddie unterbricht Tom gerade in dem Augenblick, da er in der römischen Wohnung, abermals vor dem Spiegel, zum erstenmal Dickies blau-weißes gemustertes Sporthemd mit den Seepferdchen zuknöpft. Auf dieses Hemd, das im Koffer zuoberst liegt, werden bald darauf in Palermo Toms Tränen fallen, als er sich von der Dickie-Greenleaf-Maske und damit von dessen Garderobe endgültig verabschieden muß.

Die textile Fetischisierung, die mindestens ebensosehr eine emotionale wie eine sexuelle ist, lädt spätere Szenen mit untergründiger Bedeutung auf. Als Marge nach Venedig in Toms Wohnung kommt, hält dieser ihre schwarze Cordhose für eine Maßanfertigung – wegen Marges unförmiger Figur. Jetzt häufen sich boshafte Anspielungen auf ihr Übergewicht. Nach einem letzten Abendessen mit Vater Greenleaf erzählt Marge ihrem Begleiter Tam auf dem Heimweg kichernd, an ihrem BH sei ein Träger gerissen. Als sie am späten Abend in Toms Zimmer nach Nähgarn sucht, stößt sie auf Dickies Ringe – Beweisstücke, die dem Mörder gefährlich werden können. Tom, der die Nacht bekleidet auf dem Sofa zu verbringen gedenkt – in der eigenen Wohnung! –, nimmt gegen die unmittelbare Bedrohung durch die mißtrauische Marge eine Waffe zur Hand. Es handelt sich nicht um eine Vase, einen Aschenbecher, einen Brieföffner, sondern – einen Schuh! Mehr, Tom hält ihn in Händen wie ein Paar Handschuhe, eben jenes Mordrequisit, mit dem Charles Bruno in *Zwei Fremde im Zug* den zögernden Guy Haines ausgestattet hat.

Genau in diesem Zwischenreich, das Charles Bruno und Tom Ripley bewohnen, siedelt Patricia Highsmith ihre Helden am liebsten an, denn nur hier können sie zur Projektionsfläche für die zumindest komplizierte sexuelle Identität der Autorin werden. In Paarbeziehungen sah sie sich stets als männlichen Teil – jenen, der inbrünstig wirbt, tapfer erduldet und notfalls entsagt. Immer wieder spricht das Notizbuch 23 von den Unterschieden zwischen heterosexueller und homosexueller Liebe, vor allem in bezug auf gesellschaftliche Konventionen. Als müßte sie für das Los der lesbischen Liebe mildernde Umstände finden, kritisiert die Autorin bei heterosexuellen Paaren Bequemlichkeit, Selbstbetrug und erstarrte Rituale.

Man kann das Problem kaum ernst genug nehmen, denn Patricia Highsmith hat es vermutlich nie gelöst. Deshalb muß sie es mit unerhörtem Aufwand und nahezu pausenlos bearbeiten. Kein anderes Thema wird in ihren Romanen so sichtbar ausgestellt und zugleich so diskret verschleiert wie Homosexualität oder latente Homoerotik. Ausgestellt, weil die meisten Highsmith-Romane und erst recht die Figur des Tom Ripley das Motiv des brüderlichen Männerbundes, der körperlichen Nähe zwischen Männern und des bewußten Ausschließens von Frauen unübersehbar in den Vordergrund rücken. Und verschleiert, weil hier nicht Frauen homosexuell sind (was die Autorin nur in dem 1952 unter Pseudonym erschienenen Roman *The Price of Salt* auszudrücken wagte), sondern ausschließlich Männer. Weil alles diskret im Metaphorischen verharrt. Und weil die Handlung zu einer merkwürdigen Keuschheit tendiert. Sie schreibe von »diesen Sexdingen« äußerst ungern, hat Patricia Highsmith einmal gesagt und Tom Ripley als eher »asexuelle« Figur bezeichnet, die sich selbst gegenüber nicht aufrichtig sei. In Wahrheit hat die Autorin von »diesen Sexdingen« unablässig, aber eben chiffriert geschrieben. Nicht das Asexuelle, sondern die verhüllte, maskierte, metaphorisierte Männerfreundschaft, die vorgeblich ohne Sexualität auskommt, gehört zu den unverkennbaren Merkmalen des Highsmith-Universums.

Nur weil *Der talentierte Mr. Ripley* noch vieles andere bietet und fast alles davon wie nebenbei, ohne bleihändige Kunstgeste, mag das Kleidermotiv unbemerkt bleiben. Ähnlich verhält es sich mit anderen Zutaten dieses ungewöhnlichen Romans. Aber noch einmal: Was fasziniert und bezaubert den Leser an Tom Ripley, was umgarnt und verführt ihn? Vielleicht ja, daß der ursprünglich so einfache Bursche mit seiner Aufgabe wächst. Daß er es gegen die ganze Welt aufnimmt und seinen Sieg mit Eleganz und Ironie erstreitet. Wenn Tom Ripley vor der Polizei als Tom Ripley auftritt und Besorgtheit um Dickie Greenleaf heuchelt, den er eigenhändig im Wasser versenkt hat, dann steigt seine Verstellung in den Rang der schwarzen Komödie auf. In solchen Momenten geht der Witz immer zu Lasten seiner Gegner, und man spürt, daß die Autorin auf Toms Seite steht.

Und was könnte ihm nicht alles gefährlich werden! Die Eltern Greenleaf, die Freundin seines Freundes, die Polizei, gefälschte Schecks, ein blutbeflecktes Boot in San Remo, eine Mietwohnung in Rom, ein Autokauf in Trient, Dokumentenfälschung in New York, ein erfundenes Testament, Ringe und Manschettenknöpfe, Koffer, Gemälde, Paß und Kleidersammlung. Tom Ripley ist ein Virtuose der Erfindung. »Er konnte sie bis zum Gehtnichtmehr an der Nase herumführen«, heißt es im Roman, als er den Polizisten beim Verhör mühelos entgleitet. Das gilt auch für die Schriftstellerin Patricia Highsmith. Müssen wir nicht anerkennen, daß sie und ihr Held auf geheime Weise verwandt sind? »Seine Geschichten waren gut, weil er sie sich intensiv vergegenwärtigte, so intensiv, daß er sie fast selbst glaubte.«

Paul Ingendaay

Editorische Notiz

Anders als bei den frühen Romanen von Patricia Highsmith lassen sich Beginn und Ende der Arbeit an ihrem vierten, zuerst unter dem Arbeitstitel ›A Month of Sundays‹ entstandenen Roman nur schwer bestimmen. Zwischen 1954, als die Autorin Anfang Mai in Tagebuch Nummer 12 den ersten und einzigen direkten Kommentar zu ihrem in Entstehung begriffenen ersten Ripley-Roman notierte, und den letzten Handlungsskizzen im Notizbuch Nummer 23 im Juni desselben Jahres führt die Autorin kein Tagebuch. Im Nachlaß im Schweizerischen Literaturarchiv in Bern finden sich auch keine Manuskript- oder Typoskriptfassungen des Romans. Der Roman erschien vermutlich im ersten Quartal des Jahres 1955 beim Verlag Coward-McCann, Inc., New York.

Eine gegenüber dem amerikanischen Original leicht gekürzte deutsche Übersetzung von Barbara Bordtfeld wurde 1961 unter dem Titel *Nur die Sonne war Zeuge* vom Rowohlt Verlag, Reinbek bei Hamburg, veröffentlicht und 1971 leicht überarbeitet unter dem Titel *Der talentierte Mr. Ripley* im Diogenes Verlag, Zürich (als Taschenbuch 1979, detebe 20481). Die hier erstmals vollständige, von Melanie Walz vorgelegte Neuübersetzung folgt dem Text der amerikanischen Originalausgabe, unter Berücksichtigung einer von der Autorin 1991 anläßlich eines Reprints der Penguin-Taschenbuchausgabe vorgenommenen inhaltlichen Berichtigung am Schluß des 23. Kapitels.

Anna von Planta

Die Künstlerin Alexandra Rügler über ihre Arbeit an diesem Buch

Meine Illustrationen zu Patricia Highsmiths *Der talentierte Mr. Ripley* sind anaglyphische 3D-Bilder, die ich auf der Grundlage von Tuschezeichnungen erstellt habe. Der zweischneidige Charakter des Tom Ripley und die teilweise verzerrte, schon groteske Sicht auf die Welt durch dessen Augen brachten mich zu meinen Illustrationen und zu dieser Technik. Meine Intention dabei war es, dem Leser Räume zu eröffnen, die das Befremdliche, Bizarre der Situationen unterstützen. Mich hat beeindruckt, wie sehr mich Patricia Highsmiths Worte in ihren Bann zogen und an der Gefühlswelt und dem Erleben dieses doch sehr zwiespältigen Charakters teilnehmen ließen.

Als Leser begleitet man nun Tom Ripley auf seiner Reise, in den Bildern kann man ihm direkt über die Schulter blicken. Der Aspekt, den Betrachter mit dem Buch in Interaktion zu bringen, ihn damit spielen zu lassen und eine zweite Leseebene zu eröffnen, in der man das Buch neu entdecken kann, reizte mich sehr beim Illustrieren.

Inhalt

Zu diesem Titel erscheint eine limitierte Vorzugsausgabe
in einer Auflage von 100 Exemplaren
mit einem zweifarbigen Siebdruck von Alexandra Rügler
Die Vorzugsausgabe trägt die ISBN 978-3-7632-6459-9

Textgrundlage dieser Ausgabe:
Herausgegeben in Zusammenarbeit mit Ina Lannert,
Barbara Rohrer und Kate Kingsley Skattebol
Titel der 1955 bei Coward-McCann, Inc., New York,
erschienenen Originalausgabe: *The Talented Mr. Ripley*
Die vorliegende Übersetzung erschien erstmals 2002 im Diogenes Verlag

1. Auflage 2012

Mit 32 3-D-Illustrationen von Alexandra Rügler, Halle
Herstellung und Gestaltung: Katrin Jacobsen, Frankfurt am Main
Satz: Pinkuin Satz und Datentechnik, Berlin
Gesetzt aus der Quadraat 10,75 auf 14,25 Punkt
Gedruckt wurde auf 115 g/qm Fly 05 1,2fach Volumen
Lithografische Arbeiten: RGD, Langen
Die 3-D-Vorhalter lieferte die Firma Perspectrum 3-D-Shop, Nürnberg
Druck und Bindung besorgte die Druckerei CPI – Ebner & Spiegel, Ulm
Printed in Germany 2012
ISBN 978-3-7632-6458-2

www.buechergilde.de

Der Gestalterwettbewerb 2012

Dieses Buch ist im Rahmen des diesjährigen Gestalterpreises entstanden, den die Büchergilde Gutenberg alle 2 Jahre an verschiedenen Hochschulen auslobt. Der Preis wurde 2012 an der Kunsthochschule Burg Giebichenstein in Halle ausgeschrieben. 21 Studenten der Klasse für Kommunikationsdesign und Illustration unter Anleitung von Prof. Georg Barber (Atak) haben erfolgreich an diesem Wettbewerb teilgenommen. Die beiden weiteren Preise gingen an Christina Röckel und Kristin Foltau. Mehr dazu unter www.buechergilde.de